미국

명백한 운명인가, 독선과 착각인가

미국

명백한 운명인가, 독선과 착각인가

최승은 · 김정명 지음

리수

아직은 젊은 나라, 미국

미국을 바라보는 시각은 여러 가지지만 '아직은 젊은 나라'라는 것이 필자의 생각이다. 젊음이란 어떠한가. 혈기왕성하고 의기충천하며 자칫 오만에 빠지기 쉽다. 반면, 보편적 양심을 기성세대의 타락과 바꾸기 주저하고 술수보다는 직접적 대응과 정확한 결과를 원한다. 게다가 유럽의 다수 기독교 국가와 달리 신앙에서도 새로운 탄생을 강조한다. 에반젤리컬복음주의이 대세인 것도 그 때문이다.

이 나라 중산층의 삶에서 상식과 원칙이 지켜지는 것도 미국이 아직은 젊다는 증거다. 오랜 역사를 가진 나라의 권모술수와 능청에 비해 미국인은 비교적 순수하고 이상주의적이다. 유럽이 역사 체험에 바탕을 둔 가치관을 추구한다면 미국은 독립 선언문에 근거한 미국 정신을 수호하기 위해 현재의 역사를 만들어가고 있다. 게다가 입헌공화국 역사로는 세계에서 가장 오래되었기에 민주주의 역사 서술은 어느 나라보다 방대하다. 자본주의의 우여곡절과 정치적 경험 또한 풍부하다. 미국을 '젊지만 아주 오래된 나라'라 일컫는 것도 일리 있는 얘기다.

그들이 생각하는 미국사는 한마디로 '만들어가는 위대한 역사' 혹은 '명백한 운명Manifest Destiny(서부 개척 시대의 영토 확장에 대한 정당화로서 현재는 미국식 민주주의의 사명으로 쓰임)'을 실현해가는 과정이다. 이들은 자신의 조국이 세계 최강이며 그런 이유로 미국이 세계 역사를 주도해야 한다고 생각한다.

  종교 문제도 그렇다. 선거 때마다 당파 간의 대결 구도로 동성애와 여성 문제, 에이즈와 낙태 문제가 치열하게 대립된다. 기독교 근본주의를 택한 현 정권은 대외 정책에서도 종교와 밀착된 경향을 보이고 있다. 대다수가 기독교인인 미 국민의 3분의 1조차도 '종교가 지나친 영향력을 갖고 있음' 을 걱정하고 있다. 종교와 정치의 결합은 인류 역사상 수많은 아픔과 교훈 을 남겨주었다. 이로부터 벗어나 세계의 다양성을 포용하지 못한다면 미국 적 사명은 독선과 착각에 그칠 것이다.

  이 글을 읽기 전에 알아두면 좋은 것은 다음 네 가지 사실이다.

  먼저 미국은 우리가 생각하는 것보다 훨씬 더 넓고 다양하다는 것이다. 미국이라면 흔히 다인종이 함께 사는 뉴욕과 L.A. 등을 떠올리지만 중부에 위치한 대다수 중소도시는 여전히 백인 중산층 중심이라 할 수 있다. 드넓 은 대륙, 그 속에 수많은 갈등과 지방색이 깔려 있으며 백인남성사회를 축 으로 하여 거미줄처럼 복잡한 긴장관계가 형성되어 있다. 따라서 우리가 아는 미국과 미국인의 범위를 좀 더 넓게, 탄력 있게 조절할 필요가 있다.

  둘째로 미국은 신대륙에서 출발한 신생국이다. 이민으로 형성된 나라인 만큼 다인종 · 다문화는 이 나라를 대표하는 특징이다. 미국의 다양성은 자 본주의와 물질문명을 발달시키는 강한 원동력이 되었다. 기회의 나라, 꿈을 실현할 수 있는 나라인 덕에 세계의 인재를 흡수해 초강국의 발판을 마련했다. 아메리칸 드림은 지금도 현재진행형이다. 다가오는 대선에서 정권이 바뀐다면 또 한 번의 진화를 이룰 것이다.

셋째로 이 나라의 정치력이다. 미국은 삼권분립에 기초한 민주국가로 전 세계 민주정치에 큰 영향을 주었다. 두 차례 세계대전 후 냉전을 치르면서 세계 힘의 구도를 판가름하는 강한 정치력을 행사해왔다. 자유와 민주를 추구했으나 그들의 역사적 위선 또한 간과하기 어렵다. 따라서 밖에서 미국을 들여다보면 반미 정서를 불러일으키기 쉽다. 반면, 안에서 보는 미국은 세계 평화와 기독교인의 용기를 추구하는 중산층의 상식과 힘으로 움직이는 나라다. 지난 230년 동안 면면히 이어온 독립 정신이 이들의 정치적 성숙도를 높여주었다. 이 나라를 객관적으로 살피려면 미국의 속과 겉을 고루 느껴야 한다.

넷째, 도저히 짐작할 수 없는 미국의 경제력이다. 2008년 현재 미국의 금융자본은 전 세계 과반수 이상을 차지하고 있다. 월가에서 이뤄지는 모든 경제 활동이 세계 경제를 좌지우지한다. 미국에는 자본주의 시장 논리에 따라 움직이는 수많은 기업과 금융 회사가 존재한다. 금융이 미국을 움직이고 세계를 조종한다.

또한 경제적 모순은 미국뿐 아니라 전 세계에 상대적 불평등을 낳고 있다. 이 모든 문제 해결의 핵심에 미국이 있다. 하지만 21세기 들어 세계는 변하고 초강국 미국의 입지도 또 다른 양상을 보이고 있다. 세계 정치와 금융을 쥐락펴락하는 미국이지만 장기화된 이라크전과 경제 침체를 눈앞에 두고 그 위상이 추락하는 중이다. 그리하여 2008년 대선을 앞둔 이 나라는 '대통령'이 아닌 '영웅의 탄생'을 갈망하고 있다.

강대국이라면 과학과 물질문명, 첨단산업 외에 정의 · 평화 · 인권 등 도덕적 가치를 통한 힘의 증거를 보여야 한다. 지미 카터 전 대통령의 말처럼 '사랑하는 조국 미국이 세계인에게 진정으로 자랑스럽고 위대한 국가가 되기를 바라는 것'이야말로 이 나라 중산층의 꿈이 아닐까.

이 글을 통해 미국의 과거와 현재, 미국인의 생활과 가치관을 살피고 우리가 배워야 할 것과 버려야 할 것을 독자와 함께 나누고 싶다. 덧붙여 이 나라의 다양성을 알고자 하는 분께 조금이나마 도움이 되기를 바란다.

체험과 지식, 이해와 비판, 서술과 표현에 함께 해준
보천, 보희, 보광에게 사랑과 고마움을 전하며.

2008년 6월 최승은 · 김정명

차례
프롤로그 아직은 젊은 나라, 미국 4

1부. 미국은 어떻게 존재하는가

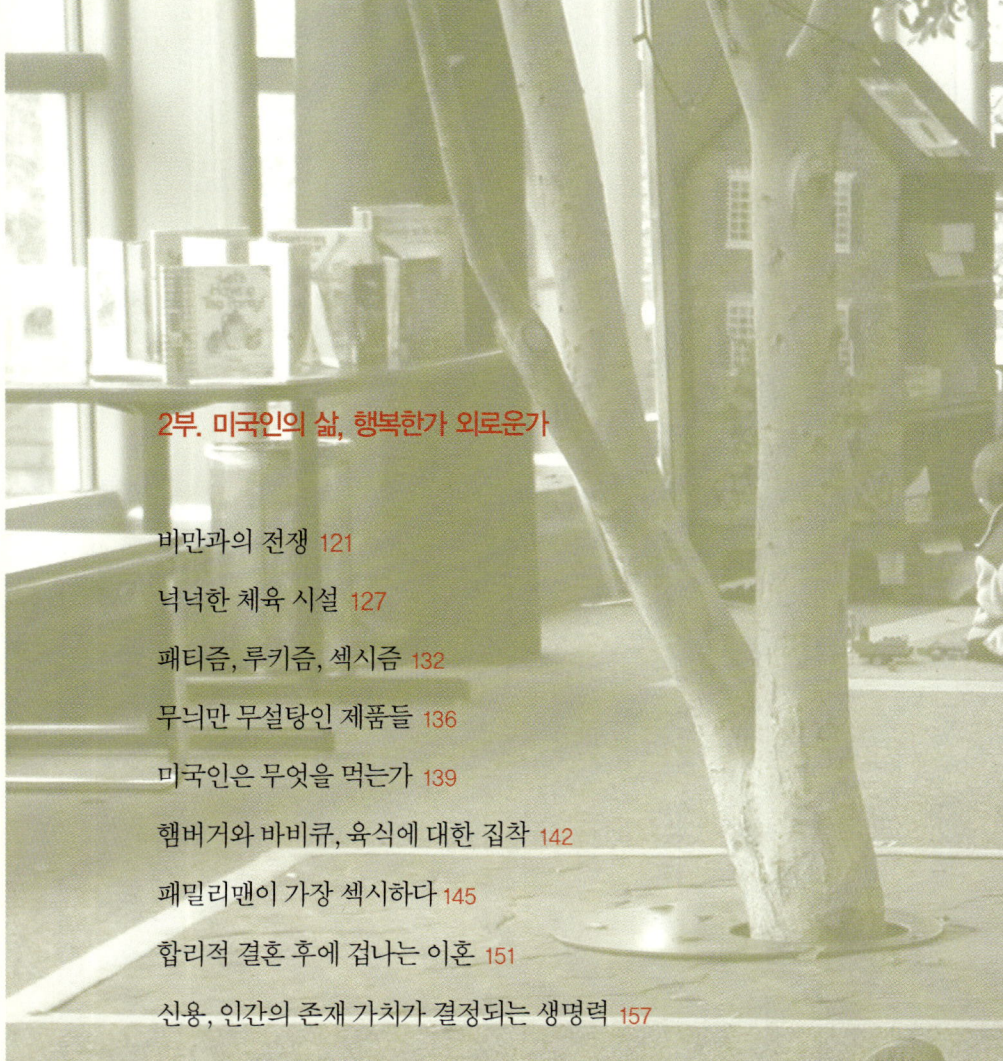

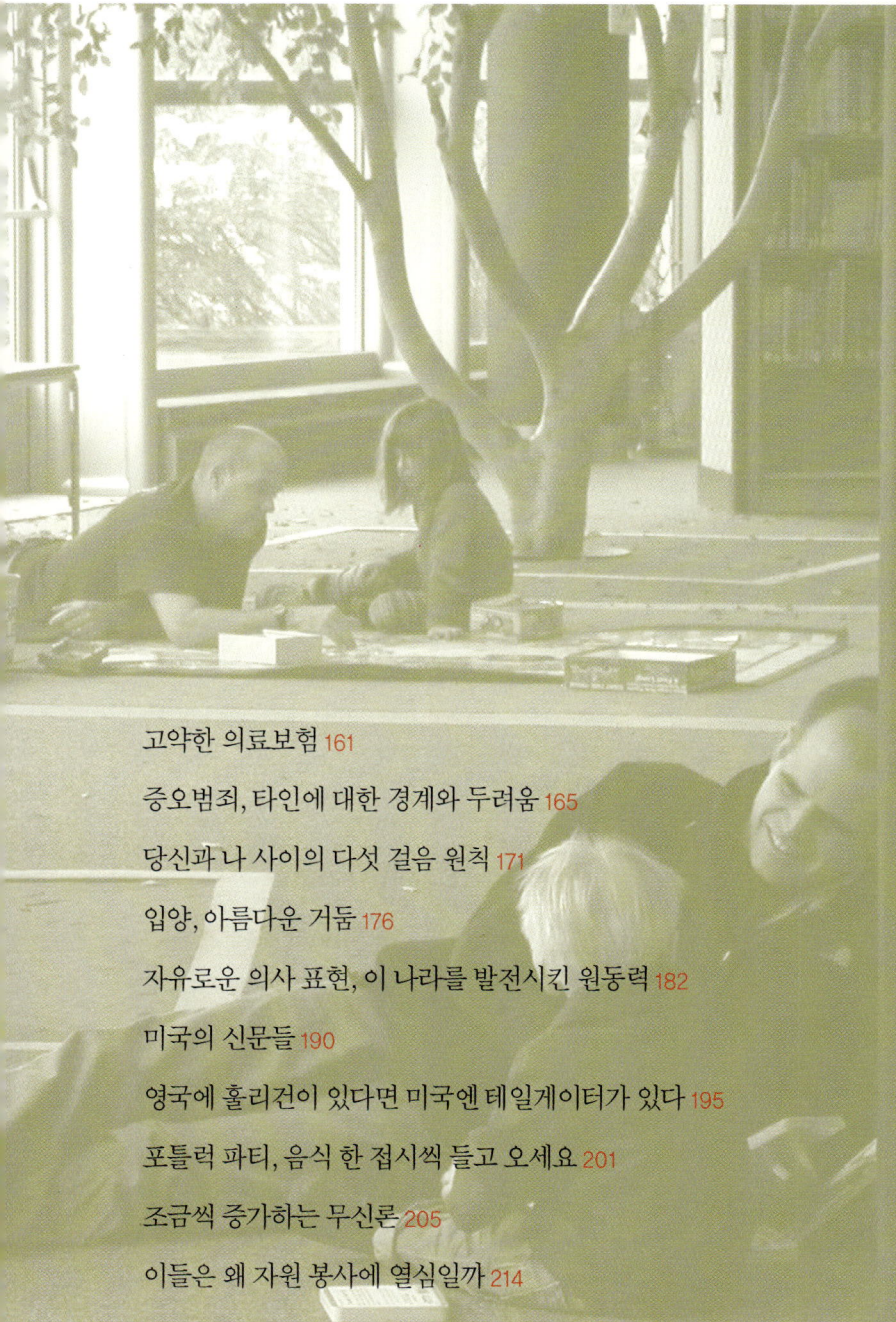

3부. 결코 만만찮은 미국의 교육

4부. 신으로부터 받은 축복, 광활하고 다양한 풍광

13

1부
미국은 어떻게 존재하는가

보스턴 차사건, 미국의 건국 신화

반만년 역사를 가진 한민족에게 미국의 건국은 다소 싱거워 보인다. 1776년 7월 4일에 독립을 선언했으니 이 나라의 나이는 겨우 230년. 콜럼버스의 아메리카 대륙 발견(1492)부터 치더라도 510년을 갓 넘겼을 뿐이다. 미국이 탄생한 18세기 중·후반, 서구 세계는 과학적 발명에 기초해 근대화의 길목에 들어서던 참이었다. 영국에서는 산업혁명이, 프랑스에서는 시민혁명(1789년)이 일어나면서 유럽의 절대왕정이 무너지기 시작한다. 미국의 독립 선언과 상호 영향을 주고받으면서 유럽 또한 역사의 방향을 틀게 된 것이다.

이 나라의 건국 역사는 간단 명료하다. 1607년, 120명의 영국 이주민이 신대륙 동부의 버지니아에 도착해 제임스타운을 형성한다. 역사책에선 위대한 미국의 근원지로 불리지만 실제 그 당시 상황은 좋지 못했다. 기아와 가뭄, 원주민의 습격과 질병으로 초기 이민자 생활은 처참했다. 그 와중인 1619년, 최초의 흑인 노예선이 도착했다. 이미 100만 명 이상의 노예가 중남미 식민지에 존재한 터였다.

1620년에는 메이플라워호를 탄 102명의 청교도Pilgrim Fathers가 아메리카 동북부 매사추세츠에 이주하면서 뉴잉글랜드 식민지 역사를 시작한다. 영국과 네덜란드로부터 건너온 초기 이민자들은 숱한 고난에도 불구하고 새로운 환경에 차차 적응했다. 1643년 뉴잉글랜드 연합체를 시작으로 하여 이민의 수가 늘어났으며 1732년에는 동부 13개 주(버지니아, 매사추세츠, 뉴욕, 메릴랜드, 로드아일랜드, 코네티컷, 델라웨어, 뉴햄프셔, 노스캐롤라이나, 사우스캐롤라이나, 뉴저지, 펜실베이니아, 조지아)를 형성할 만큼 영토를 확장했다. 당시 13개 주의 면적은 현재 면적보다 넓었으며 가장 큰 버지니아 주는 그 경계가 미시시피 강까지 도달했다. 초기 이민자 중심으로 발달한 이곳은 식민지 인구의 5분의 1이 거주할 만큼 풍요로운 지역이었다.

그럼 이쯤에서 반대로 생각해보자. 유럽인이 신대륙에 건너오기 전, 아메리카 대륙에는 오래전부터 원주민이 살고 있었다. 아메리칸 인디언으로 불리는 이들 입장에서 보면 난데없이 나타난 서양인에 의해 제 땅에서 점차적으로 쫓겨난 꼴이다. 처음엔 기근과 질병에 시달리던 서양인을 이모저모로 도와주었다(우리가 잘 알고 있는 애니메이션 '포카혼타스'는 1607년 제임스타운 형성 당시를 배경으로 한 이야기다). 원주민은 백인에게 농사짓는 법을 알려주고 추위를 피할 수 있게 돌봐주었다. 미국의 가장 큰 명절이라 할 수 있는 '추수감사절'은 첫 수확의 기쁨을 원주민과 함께 나눈 데서 비롯되었다. 하지만 유럽인이 무력으로 점차 영토를 넓혀가자 원주민 역시 무력으로 대응하게 되었다. 이것이 우리가 알고 있는 아메리칸 인디언 역사의 시작이다.

장구한 역사를 자랑하는 유럽에 비해 미국은 나이로 보나 역사적 경험으로 보나 새까만 후배라 할 수 있다. 하지만 21세기 현재, 250년도 채 안된 젊은 이 나라는 세계 유일의 초강국으로 군림하고 있다. 이 지구상에 땅덩이 넓은 나라가 꽤 되는데도 왜 유독 미국만이 축복의 땅, 자유와 평등의 나라, 기회의 땅이라 불리는 걸까? 1776년 독립 선언 후 끊임없이 변화, 발전하고 있는 이 나라의 실체를 창조와 진화의 역사라 불러도 좋지 않을까?

이에 우리는 흥미진진한 역사적 사건을 훑어보며 그 이유를 살피려 한다. 그럼 이 나라 건국 신화부터 이야기를 시작해보자.

독립 전쟁을 촉발한 보스턴 차사건Boston Tea Party은 상징적 의미를 갖고 있다. 그 즈음 아메리카 식민지인들은 애팔래치아 산맥 서쪽으로 진출하기 원했고 모국인 영국은 그것을 저지하는 입장이었다. 영토 확장 욕구로 몸살을 앓던 식민지인에 비해 영국은 원주민과의 무력 충돌로 더 이상의 경제적 손실을 원치 않았기 때문이다. 게다가 1770년 발생한 '보스턴 학살 사건'으로 5명의 보스턴 시민이 총을 맞아 사망했기에 영국군에 대한 반감은 더욱 팽배했다. 그러던 1773년, 영국은 식민 상인의 밀무역을 금지하고 당시 아시아를 독점하던 동인도회사에게 아메리카 식민지 차 전매권을 허락하는 관세법을 통과시킨다.

영국은 프랑스와의 7년 전쟁을 마무리했지만 오랜 전쟁으로 인해 재정이 바닥난 상태였다. 그 비용을 식민지로부터 회수하고자 여러 가지 세금을 올려 받기 시작했다. 1764년 설탕법, 1765년 인지법, 1767년 타운센드법이 제정될 때마다 식민지의 분노와 저항은 점처 거세졌다. 대서양 건너 영국 의회에 식민지 대표를 보낼 수 없는 상황에서 그들은 '대표 없이 과세도 없다No Taxation Without Representation'는 단호한 결론을 내렸다. 특히 차 관세로 불만에 차 있던 보스턴의 반영국 급진파들은 불만을 행동으로 옮기기 위해 호시탐탐 기회만 엿보고 있었다.

1773년 12월 16일 밤, 급진파 150여 명은 보스턴 항에 정박 중이던 동인도 회사의 배를 습격했다. 모하크족 분장을 하고 뛰어든 그들은 배 안의 모

1773년 12월 16일 보스턴 차사건.

든 차tea를 바다에 던졌다. 그들이 인디언 복장을 하고 습격했다는 사실이 왠지 비감하면서 코믹하다. 아메리칸 인디언을 야만인, 침략자로 간주했다는 얘기다. 이러한 급진파와 달리 온건파 식민지인은 이 사건에 심히 유감을 표했다. 온건파의 대표 격인 벤자민 프랭클린은 해당하는 차 값을 자신이 갚겠노라고 제안했다.

342상자의 차가 바다에 던져졌다고 '해가 지지 않는 나라 영국'이 굴복할 리 없다. 식민지에 군대를 주둔시켜 손해배상을 촉구하고 항구를 봉쇄해 수출입을 차단하는 등 갖가지 압박을 가했다. 이에 대응해 1774년 9월, 북아메리카 식민지 대표들은 제1차 대륙회의를 소집한다. 이들은 영국의 조치를 규탄하는 여러 문서에 승인했다. 그중 기억할 만한 결정은 '자기 방어를 위한 개인의 무기 소지'를 인정한 것이다. 이것이 현재까지 내려오고 있는 총기 소유의 발원이라 할 수 있다.

이렇듯 팽팽한 긴장 속에서 1775년 영국 군대가 파견되었고 4월 19일 렉싱턴 전투와 콩코드 전투를 시발로 미 독립 전쟁이 시작되었다. 영국과 무력 충돌이 발생하자 벤자민 프랭클린은 프랑스를 설득해 지원을 약속받는다. 네덜란드와 스페인 역시 식민지 편에서 독립 전쟁을 돕기로 했다. 다음 해 1776년 7월 4일, 식민지 상태로 있던 13개 주 연합United States of America은 영국으로부터 독립을 선언하기에 이른다. 전쟁에 승리한 주 연합은 1783년 9월 3일, 파리 조약을 거쳐 영국으로부터 완전한 독립을 인정받는다.

토머스 제퍼슨이 기초한 독립 선언서는 인간은 누구나 생명, 자유, 행복 추구의 권리가 있음을 천명했다. 이는 지금까지도 미국 정신의 기초를 이루고 있으며 이 나라 존립의 근거가 되고 있다. 젊은 나라 미국은 역사적 경험을 통해 민족적 가치와 전통을 키우기보다 '자유, 생명, 행복 추구의 원칙' 아래 역사적 사실을 판단하고 정리하며 진취적인 미래를 모색한다. 짧은 역사와 전통의 부재를 '독립 선언서'로 대체한 셈이다. 세계에서 모여든 이민자의 나라로서, 여러 민족과 문화의 다양성을 끌어안는 데 이보다 더 좋은 방법은 없을 것이다.

독립 선언서와 함께 빼놓을 수 없는 것이 '건국 조부들Founding Fathers'이다. 230년 역사의 시조로서 이 나라 건국 신화를 상징하는 위인들이다. 이들 중에는 연방헌법에 서명한 39인을 포함해 미국인에게 추앙받는 토머스 제퍼슨, 존 애덤스, 존 행콕 등이 있다. 벤자민 프랭클린은 청교도 정신의 살아 있는 전설이라 평가되고 있다. 토머스 제퍼슨은 계몽주의자인 동시에 실용주의자였으며 천부인권을 주장했다. 조지 워싱턴과 존 제이 역시 역사적 인물에서 신화적 존재로 자리 매김했다.

한편 미국의 현대사가史家들은 그들의 조상에 대해 새로운 의견을 제시했다. '신앙의 자유를 찾아 아메리카 대륙에 첫발을 디딘 순례자(필그림)'라는 교과서적 정의에서 벗어나기 시작한 것이다. 초기 정착민 중에는 청교도뿐 아니라 가난한 농부, 노동자, 죄인도 섞여 있었다. 그들이야말로 서부를 개척하고 억세게 소를 키우며 원주민과의 전투에서 피 흘리고 미국의 영토를 현재에 이르게 한 힘과 노동의 근원이었다. 뿐만 아니라 건국의 조부들 역시 '성스러운 영웅'이 아닌 현실과 타협한 평범한 정치가로 재평가되기도 한다. 대표적인 예로 토머스 제퍼슨은 천부인권을 주장하고 노예제에 반대했지만 자신의 집에는 많은 노예를 거느리고 있었다. 이러한 지적은 현재 미국의 중·고등학교 역사 시간에 자주 거론되는 주제다.

1960년대 반문화 운동을 통해 확산된 아메리칸 인디언의 역사도 일부 수용하고 있다. 수많은 미국인은 그들의 역사가 곧 원주민에 대한 침략과 학살의 역사라는 사실을 부인하지 않는다. 하지만 어쩔 것인가. 아메리카 대륙이 원주민 것이고 미국이 그것을 무력으로 취했다 해도 이제 와서 되돌려주거나 나눌 수도 없는 노릇이다. 미국 역사에서 원주민에 대한 언급이 소홀한 것은 건국의 정당성 자체를 뒤흔들 수 있기 때문이다.

이 나라 평범한 중산층은 독립 전쟁의 영웅을 건국의 조부로 숭상하고 있으며 1776년 작성된 독립 선언문과 1788년 제정된 헌법 이념을 정신적 지주로 삼는다. '청교도 정신'과 '자유, 생명, 개인의 행복 추구'라는 몇 가지 틀은 현대 미국인의 삶을 이해하는 데 중요한 판단 기준이 된다. 개인의 권리보다 국가의 존립을 우선시하는 우리로서는 미국인의 개인주의가 이상하고 놀랍다. 미 국민 대다수가 국가의 이익보다 개인의 인권을 앞세우기 때문이다. 이는 국민이 먼저 있고 국민의 권리를 보호하기 위해 나라가 세워졌다는 미국의 건국 정신을 설명해준다. 심지어 각종 법률, 선거 운동, 초등학교 공교육에서부터 개인의 인생관에 이르기까지 자유, 생명, 행복 추구의 정신은 고루 뿌리박혀 있다. 어쩌면 국가공동체 의식보다 합리적 개인주의가 이 나라를 세계 초강국으로 만드는 데 밑거름이 되었을지 모른다.

당신은 제퍼소니언인가, 해밀터니언인가

초기 미국 역사는 간단해 보인다. 하지만 그 과정은 대내외적으로 결코 만만찮았다. 1776년 7월 4일 독립 선언에 이르기까지 각 주의 의견 충돌이 빈번했다. 영국 왕실을 의식한 온건보수파와 급진적 진보 세력의 갈등도 심각했다. 전쟁의 과정 또한 험난했다. 승리와 패전을 거듭하면서 미국과 영국은 희망과 절망 사이를 오갔다. 영국의 항복을 얻어내기까지 식민지 민병대의 희생과 프랑스, 스페인의 도움은 결정적이었다. 1783년 파리조약 후 만국으로부터 독립을 인정받은 미국은 헌법 제정 작업에 들어간다. 1787년 알렉산더 해밀턴을 중심으로 필라델피아 제헌회의가 개최되었으며 제임스 매디슨이 삼권분립(입법, 사법, 행정)에 근거한 헌법의 토대를 마련했다.

독립 직후 이 나라 정치 세력은 헌법을 지지하던 연방주의자 해밀턴파 Hamiltonian와 각 주의 독립된 권한을 중요시한 반연방주의자 제퍼슨파Jeffersonian 로 갈라졌다. '해밀터니언과 제퍼소니언'이라는 정치 용어도 이즈음 시작되었다. 당시 북부 중심의 연방주의자들은 강력한 중앙집권을 주장했고 기업가와 은행을 적극 지원했다. 지식인과 상류층 중심의 귀족정치를 추구하던 그들은 아이로니컬하게도 영국과의 긴밀한 유대를 원했다. 이에 반해 남부 중심의 반연방주의자들은 귀족적 중앙집권에 반대했다. 그들은 주정부의 권리를 존중하고 시민의 재산과 자유, 권익을 위해 주정부가 헌신해야 함을 강조했다. 또한 농민과 노동자 등 미국의 90% 이상을 차지하던 평민 중심의 정치를 주장했다.

건국 초부터 북부와 남부는 강한 지역색으로 대립했다. 연방당을 만든 강력한 연방주의자 알렉산더 해밀턴은 초대 재무장관에 취임한 즉시 연방은행을 설립한다. 보호관세를 실시해 북부 상공업자에게 유리한 경제정책을 마련한다. 일반 국민을 무지하고 경계할 대상으로 여긴 그는 '현명한 소수 지도자에 의한 정치'를 선호했다. 특히 미국의 경제 이익을 최우선으로 하는 외교적 발판을 마련했다. 연방주의의 몇 가지 모순에도 불구하고 해밀턴이 존경받는 이유는 그의 경제정책이 국가 이익을 극대화하는 데 초점을 두었기 때문이다. 그는 미국의 신용도를 높였고 적절한 통화 공급과 경기 부양으로 국가 재정을 확보했다. 요즘 식으로 말하면 금융의 귀재, 탁월한 경제학자라 할 수 있다.

이에 비해 토머스 제퍼슨의 반연방주의는 외교적 중립을 선언하고 각 주의 자치와 개인의 자유를 추구했다. 이들이 생각한 헌법은 주와 주 사이의 협정에 불과했으며 주정부 각각이 실질 권력을 가져야 한다고 주장했다. 그러니 해밀턴과 제퍼슨은 서로를 비난하는 앙숙일 수밖에 없었다. 1801년 제퍼슨이 제3대 대통령에 당선되자 연방파의 세력은 사그라진다.

실제로 독립 후 가장 큰 전쟁인 남북 전쟁Civil War도 연방주의와 반연방주의의 충돌이라 할 수 있다. 당시 상공업 중심의 북부에서는 노예 해방과 중앙집권적 행정이 요구되었다. 반면, 노예제 중심의 남부는 농경플랜테이션에 매진했고 대부분의 공산품을 수입에 의존했기에 관세 인상의 타격은 치명적이었다. 흔히 남북전쟁을 노예 해방 전쟁이라 알고 있지만 그 속내를

해방된 노예보다 노예제도에 묶여 있는 미국 노예의 생활이 더 풍요롭다는 남부의 억지 주장을 보여주고 있다.

들춰보면 남북 간의 정치 대립, 뿌리 깊은 경제적 갈등이 내재해 있다.

이러한 대립 구도는 오늘날까지 이어지고 있다. 해밀터니언과 제퍼소니언은 200년이 지난 지금에도 자주 사용하는 표현이다. 생각해보라. 미국 대부분의 주는 한반도 면적을 웃돌고 있다. 하나의 주가 곧 한 나라의 규모와 맞먹을 정도라는 얘기다. 미연방United States of America은 50개의 독립된 주가 하나의 연결 고리로 이어져 있다는 뜻이다. 만일 당신이 연방주의자라면 워싱턴 중심의 강력한 중앙집권을 선호하는 것이고 당신이 반연방주의자라면 각 주의 독립성과 자치적 권한을 옹호한다는 의미다.

개인의 정치적 입장 또한 진보와 보수, 민주와 공화, 반연방주의자와 연방주의자 등으로 나누어진다. 요즘도 「타임」이나 「뉴스위크」, 「이코노미스트」 같은 주요 주간지를 보면 해밀터니언, 제퍼소니언이 언급되곤 한다.

그 밖에 기억할 만한 정치 이념으로 제7대 대통령 앤드루 잭슨의 잭슨민주주의를 빼놓을 수 없다. 1812년 발발한 미영전쟁에서 민병대를 인솔해 대승리를 거둔 그는 일약 국민영웅으로 부상한다. 동부의 정통 상류 출신이 아닌 그가 1828년 대통령에 당선된 것은 폭넓은 대중의 지지 덕분이었다. 때는 19세기 초반, 서부 개척에 대한 관심이 높아지면서 국민의 참정 의사도 분명해졌다. 이에 잭슨 대통령은 동부 13개 주에서 6개 주를 확장하면서 보통 성인남성의 참정권을 인정하고 민선관리를 늘린다. 또한 대중정당을 만들어 이 나라 민주주의를 구체화하기 시작한다. 이는 평민의 활약이 절실했던 서부 개척 시대에 꼭 알맞은 프런티어 민주주의였다. 무엇보다 앤드루 잭슨의 상징적 의미는 권력가도 재산가도 아닌 그가 민중의 선택으로 대통령에 당선되었다는 것이다. 원주민 정벌에서는 특유의 잔혹함과 호

1812년 미영전쟁 중 시카코 대학살을 풍자한 만화. 영국군이 원주민으로부터 식민지 군대의 머리가
죽을 사들이고 있다. 당시 영국은 원주민 부족을 회유하여 전쟁에 이용한 예가 있다.

전성을 보였고 노예제를 인정했으며 토지 확장에 열광한 그가 대중민주주의의 시조라는 것이 조금은 야릇하지만 말이다.

또 하나 빼놓을 수 없는 것이 20세기 초 윌슨 대통령의 고립주의다. 미국적 예외주의 혹은 민족자결주의로도 불리는 이 정책은 제5대 먼로 대통령의 먼로독트린(1823년)을 확대 · 발전시킨 것이다. 먼로 대통령은 유럽의 정치적 간섭에서 벗어나기 위해 '너는 너, 나는 나'라는 식의 아메리카 대륙 분리주의(불간섭주의)를 천명한다. 이때 간과해서는 안 될 것은 '나'의 범주에 남북 아메리카 모두가 해당되는 것이다. 점차 미국은 남미의 정치, 경제에 관여하기 시작한다.

제1차 세계대전 중이던 1918년, 윌슨 대통령은 평화 원칙 14개조를 발표하면서 윌슨독트린을 선포한다. 이는 때에 따라 국제 관계에 개입할 수 있으며, 미국이야말로 세계의 자유와 평등을 위해 적극적인 힘을 행사할 수 있다는 기본틀을 제공한다. 고립주의로, 혹은 개입주의로 정치적 필요에 따라 옷을 갈아입을 수 있다는 뜻이다. 두 차례에 걸친 세계대전 참전과 현재 세계 경찰 국가로서의 입지 역시 윌스니즘의 산물이라 하겠다.

위의 네 가지 정치 노선을 살펴본 이유는 '미국의 정체성'과 그들이 믿고 움직이는 '대외적 가치관'을 이해하기 위해서다. 230년의 젊은 역사임에도 이들은 스스로 건국 신화를 만들었으며 미국이라는 거대한 나라의 '위대한 정신'을 만들었다. 청교도 정신과 민주주의 수호는 미국의 정치 · 외교를 결정하는 기준이 된다. 거기에 경제력과 군사력이 더해져 오늘날 세계 문제에 적극 관여하는 '초강국' 미국이 형성된 것이다. 이 나라 중산층은 미국이 곧 세계의 희망이라 굳게 믿고 있다.

헌법과 수정 조항

17세기 초 제임스타운 형성부터 독립 선언에 이르기까지 미 대륙은 170년간 영국의 식민지였다. 독립 후에도 유럽 이민을 계속 받아들임으로써 문화·정치 면에서 유럽의 확대판이었다. 19세기 들어 서부 개척이 본격화되면서 광활한 국토를 확보했고 풍부한 자원을 바탕으로 급속한 경제 발전을 이루게 된다. 미국을 '자유의 땅, 용기의 나라The Land of Freedom, The Home of Brave'라 일컫게 된 것도 서부 개척으로 실현된 끝없는 가능성 때문이다.

근대 민주 국가로 출발한 미국은 대표적 법치주의 국가로 오늘에 이르렀다. 건국 당시 제정된 헌법은 수정이나 삭제를 할 수 없고 그 대신 수정 조항으로 헌법상 미흡한 점을 보완함으로써 법치 국가로서의 완성을 추구하고 있다.

헌법 수정 조항이란 기본 헌법에 예외를 달아 국민의 권리를 탄력 있게 설정한 것이다. 해밀터니언이 연방 헌법을 중요시한다면 제퍼소니언은 수정 조항으로 보장되는 개인의 자유, 권리, 행복추구권을 주장한다. 이렇듯 헌법과 수정 조항의 관계는 대원칙과 소원칙의 조화로운 공존이며 중앙 정부의 권한과 국민의 자유가 동시에 확보됨을 의미한다. 헌법이 볼록하면 오목한 수정 조항이 모양을 맞춰주고 헌법이 오목하면 수정 조항이 볼록해 균형을 이루는 식이다. 하여 미국의 모든 구조는 '국가 권력 대 개인의 자유'의 조화를 도모한다. 이는 입법·행정·사법부의 균등한 삼권분립, 상호 견제와 균형을 추구하는 미국식 민주주의 기본이다.

이해하기 쉽도록 재미난 예를 하나 들어보자. 텍사스 주 대표 짐 더남Jim Dunnam은 2005년 특이한 수정 법안을 제정했다. 부모가 아이 학교에 컵케이크 스낵을 가져갈 수 있다는 다소 엉뚱한 법안이다. 텍사스 주 헌법은 어린이 비만을 예방하기 위해 초등학교 급식에서 컵케이크 디저트를 1년 중 한 번만 허락한다. 물론 이 법안 때문에 텍사스의 어린이 비만이 예방되는 것은 아니지만 지방과 당분에 집착하는 식습관을 공적으로 경계한다는 데 상징적 의미가 크다고 하겠다. 하지만 부모가 등교한 자녀에게 컵케이크 스낵을 가져다주고 싶은데 법률로 그것을 막는다면 개인의 자유와 권리를 침해하는 것이 된다. 즉 미국의 건국이념인 '행복 추구권'에서 벗어난다는 얘기다. 그리하여 주 헌법을 보완하려는 컵케이크 수정 조항이 제청되고 통과되었다. 이는 헌법과 수정 법안의 관계를 설명하는 좋은 예다.

1787년에 필라델피아 회의에서 헌법이 제정되고, 1791년 그것을 보완하기 위한 10개의 수정 조항이 채택되었다. 이를 권리장전Bill of Rights이라 부르며 국민의 기본 권리를 보장하기 위해 일상 생활에 직접 영향을 미치는 주요 사항을 다루고 있다. 그 안에는 언론과 출판의 자유, 무기 소지의 자유, 사유재산의 자유, 공정한 재판, 부당한 수색 및 체포로부터의 자유, 배심원에 의한 신속하고 공정한 재판 등의 조항이 들어 있다. 그중 수정 조항 제5조는 우리가 영화에서 흔히 볼 수 있는 미란다 원칙Miranda warning(경찰이 용의자를 체포할 때 묵비권과 변호사 선임권이 있음을 미리 알려주는 원칙)에 관한 것이다. 이는 외부 압력에 의해 자신의 죄를 인정하지 않도록 보장하는 피의자 권리 보호 조항으로 소위 '묵비권 행사right of silence'를 말한다.

1870년, 수정 조항 제15조의 입법화에 대한 풍자화. 링컨의 노예 해방으로 흑인의 지위가 향상되었음을 비꼬고 있다.

그 후 오랜 시간에 걸쳐 17개 수정 조항이 추가되었다. 예를 들어 1870년 제15차 수정안은 인종에 관계없이 모든 남성에게 투표권을 부여하는 것, 1920년 제19차 수정안에서는 여성의 참정권을 보장했다. 우리가 잘 아는 금주법은 1919년에 수정 조항으로 통과되었고 이후 금주법이 더 많은 문제를 일으키자 1933년 금주법을 철폐하는 수정 조항이 승인되었다. 1791년 10개의 수정 조항이 승인된 후 17개 수정 조항이 더해져 모두 27개 수정 조항이 법으로 통과된 셈이다.

이렇듯 개인의 자유와 권리를 보호하고자 만든 권리장전이지만 그 혜택이 모든 사람에게 해당된 것은 아니었다. 1808년까지 계속된 노예무역과 1865년 남북전쟁이 종식된 후에도 아프리칸 아메리칸은 수정 조항의 혜택을 받을 수 없었다. 1870년 인종을 막론하고 모든 남성에게 투표권을 허락했을 때도 실제로 가난한 흑인 남성은 투표권을 갖지 못했다. 1895년 짐 크로법(짐 크로는 한 백인 연예인이 부른 노래 주인공으로 니그로와 동의어로 쓰였다)에서는 흑백 분리를 명백히 규정했고 KKK단으로 알려진 루이지애나 백인동맹은 20세기 초반까지도 흑인에게 무자비한 폭행을 계속했다. 1919년 금주법도 다소 엉뚱한 법안이었다. 서부 개척 과정 중에 알코올 중독이 급격히 늘어나고 남성 중심의 주점 문화가 사회악으로 대두되자 정부와 여성단체는 '술과의 전쟁'에 두 팔 걷고 나선다. 하지만 금주법은 더 큰 폐해를 낳았고 각종 폭력집단에 의해 사회는 더욱 황폐해졌다. 별 효과 없이 부작용만 심해지자 1933년 금주법은 폐지된다. 공연히 긁어부스럼만 만든 경우였다.

수정 조항의 왜곡된 해석으로 끊임없이 사회문제가 벌어지는 경우도 있다. 최근 또다시 심각한 문제로 부각된 수정 조항 제2조의 '무기 소지의 자유'다. 이 조항은 독립 전쟁 이후 지금까지 개인의 총기 소지 자유를 뒷받침해왔다. 하지만 그 내용만으로는 총기 소지의 정당성을 주장하기 모호하다. 총기 소지를 주장하는 이들은 민주주의의 출발이 곧 '자기 방어를 위한 무장'이라고 역설한다. 민병대가 영국 왕 조지 3세에 맞서 독립을 쟁취하고 총을 매개로 서부 개척에 성공했다는 미국인의 자부심은 대단하다. 남북전쟁의 승리 역시 위대한 미국 정신을 총으로 수호했다는 해석이다. 자기 방어를 전제로 한 총기 소지의 자유는 현재까지 이어지고 있다. 수많은 청문회, 토론, 법원 심의에도 불구하고 총기 소지 금지가 어려운 것은 이것이 백인 우월주의를 지키는 최선의 수단이라 믿는 탓이다. 2008년 2월, 1주일에 네 건의 캠퍼스 총기난사가 벌어지자 일부 대학에서는 교내 총기 소지를 허락하여 사고로부터 자신을 방어할 수 있게 해달라는 학생들의 청원이 있었다. 정말이지 우리로서는 상상할 수 없는 일이다.

이렇듯 헌법과 수정 조항은 서로를 보완하며 국가 정의와 국민의 기본권을 지켜나간다. 50개 주의 주 헌법과 수정 조항도 마찬가지다. 때로 개인의 권리가 지나치게 강조된 나머지 심각한 부작용도 불러오지만 이 나라 중산층 대부분은 공동체 의식에 앞서 개인의 자유와 권리를 더욱 소중하게 생각한다.

진보적인 북부와 보수적인 남부

사우스다코타의 러시모어 산에 가면 이 나라 위대한 대통령 4명의 얼굴이 암벽에 조각되어 있다. 조지 워싱턴, 토머스 제퍼슨, 에이브러햄 링컨 그리고 시어도어 루스벨트 대통령이다. 네 인물 모두 위대한 업적을 남겼으나 개인적으로 가장 존경하는 인물로 링컨을 꼽고 싶다. 우리 모두가 알고 있는 남북전쟁 때문이다.

남북 대립의 시초는 식민지 초기까지 거슬러 올라간다. 먼저 지형적·사회적 특성이 남과 북을 갈라놓았고 농업과 상공업이라는 경제적 기반 역시 남북의 이해충돌을 가져왔다. 1861년에 발발해 1865년에 종식된 남북전쟁은 보는 이의 시각에 따라 몇 가지로 해석된다. 노예 해방이라는 인권적 해석, 남과 북의 이해 대립이라는 경제적 해석, 연방 정부와 주정부 간의 갈등과 대립이라는 해석이다.

미국 흑인 노예의 역사는 17세기 초반부터 시작된다. 초대 대통령 조지 워싱턴은 1786년 노예제 폐지 계획을 초안한 바 있고 3대 대통령 제퍼슨도 천부인권을 정치철학의 기본으로 삼았다. 아프리카로부터 잡혀온 흑인 노예는 190여 년간 합법적으로 거래되다가 1808년 의회의 결정으로 수입과 거래가 법률상 중단되었다. 하지만 남부 플랜테이션에 종사하던 기존의 노예들은 계속해서 존재했다.

EXPLORING THE LOUISIANA PURCHASE

BRITISH TERRITORY

OREGON
COUNTRY
(In dispute)

Great
Salt Lake

SPANISH

TERRITORY

LOUISIANA

PURCHASE

Louisiana Purchase
Lewis and Clark's Route
1804-1806
⊗ Approximate location of
encounter with Grizzly bear

0 100 200 300 MILES

1803년 루이지애나 매입 후 1804~1806년에 걸친 루이스와 클라크의 서부 탐험 경로. 그들의 탐험으로 서부 개척이 앞당겨진다.

19세기 중반 이후 미국의 사회적 성격은 크게 셋으로 나누어진다. 동북부 지역은 상공업과 무역이 발달했고 서부 개척으로 개발된 오리건과 캘리포니아는 골드러시로 정신없이 부를 축적했다. 남부는 남부대로 흑인 노예를 이용한 목화 플랜테이션으로 미 경제의 큰 몫을 차지하고 있었다. 기존의 주정부들은 서부 개척 결과 새롭게 탄생할 주가 노예제를 선택할 것인지 반대할 것인지에 촉각을 곤두세웠다. 남과 북, 노예주와 자유주 어느 쪽에 힘이 실리느냐에 따라 국가 권력의 실세가 판가름 날 판이었다.

노예제를 찬성하는 주와 반대하는 주의 숫자가 비슷한 가운데 1820년 먼로 대통령 당시 미주리 협정이 체결된다. 새로 편입된 미주리까지 노예주로, 그 북쪽의 새로운 주는 자유주로 타협을 본 것이다.

그 즈음 미국은 그야말로 동분서주였다. 1803년 루이지애나 매입 후 'Go West'에 박차를 가했고 원주민을 미시시피 강 서쪽으로 몰아냈으며 1846년 멕시코 전쟁으로 텍사스와 대륙 서부를 차지했고 1849년 캘리포니아 노다지 광풍으로 금을 긁어내느라 정신없이 바빴다. 이렇듯 대륙 전체를 확보한 상황에서 서부의 땅덩이를 새로운 주로 승인하려다보니 미주리 협정이 거추장스러워진 것은 당연했다. 그 대신 캔자스 네브래스카법을 제정(1854년), 이주민 투표로 노예주와 자유주를 결정하게 된다. 이에 노예제 찬성론자들이 몰려든 캔자스가 노예주가 되자 남북관계의 골은 더욱 깊어졌다.

유럽으로부터 쏟아져 들어온 이민자들도 노예제로 고착된 남부보다 일자리 많은 북부 대도시를 선호했다. 상공업 중심의 북부는 남부 흑인 노예를 해방시킴으로써 인종 차별의 철폐와 값싼 노동력 확보라는 두 마리 토끼를 원했다. 하지만 노예 해방이 실현될 경우 남부 경제가 붕괴될 것은 불을 보듯 뻔했다.

공산품 수입을 제한하려던 보호관세를 놓고도 남북은 격렬히 대립했다. 농업 외에 대부분을 수입에 의존한 남부는 보호관세를 거부했고 제조업이

노예해방을 주장한 북부의 자유주와 남부의 노예주는 미주리 협정을 맺음으로써 팽팽한 긴장관계를 유지했다.

발달한 북부는 보호관세로 상공업 발전을 꾀하고자 했다. 그 당시엔 서유럽과 미국 모두 자국의 산업 육성을 위해 보호관세를 시행했다. 게다가 강력한 중앙정부를 원하는 북부와 달리 남부는 각 주의 독립성을 최대한 요구했다. 노예 문제는 연방정부 소관이 아닌 각 주가 알아서 할 문제라는 게 남부의 주장이었다.

　　남북의 대치 상황은 미연방의 존립을 위협했다. 째깍째깍, 폭발을 향해 초를 재는 시한폭탄 같은 상황이었다. 1860년 노예 페지론자인 링컨이 16대 대통령에 당선되자 사우스캐롤라이나를 시작으로 남부 11개 주가 연방에서 탈퇴했다. 아메리카남부동맹자주(남부연맹Confederate States of America)를 형성한 것이다(남부 연맹 11개 주는 사우스캐롤라이나, 미시시피, 플로리다,

캔자스 네브래스카 조약. 캔자스와 네브래스카에서 노예주 대 자유주의 주민 투표가 시행되어 남북 갈등이 더욱 심화된다.

앨라배마, 조지아, 루이지애나, 텍사스, 버지니아, 아칸소, 테네시, 노스캐롤라이나다). 남부의 연방 탈퇴는 미 독립 선언 후 85년 만의 일이다. 역사도 전통도 없이 독립 전쟁을 통해 탄생한 나라, 헌법을 만들고 대통령을 선출하며 각 나라 이민을 받아들여 발 빠르게 발전하고 있던 이 나라에 최대의 위기가 닥친 것이다.

미국 역사를 제대로 이해하려면 미연방의 의미를 숙지해야 한다. 현재도 그렇지만 이 나라 각 주의 성격은 서로 다른 독립국이랄 만큼 판이한 면이 있다. 연방 유지를 위해 핵심 권력은 중앙정부에, 각 주의 특성을 최대한

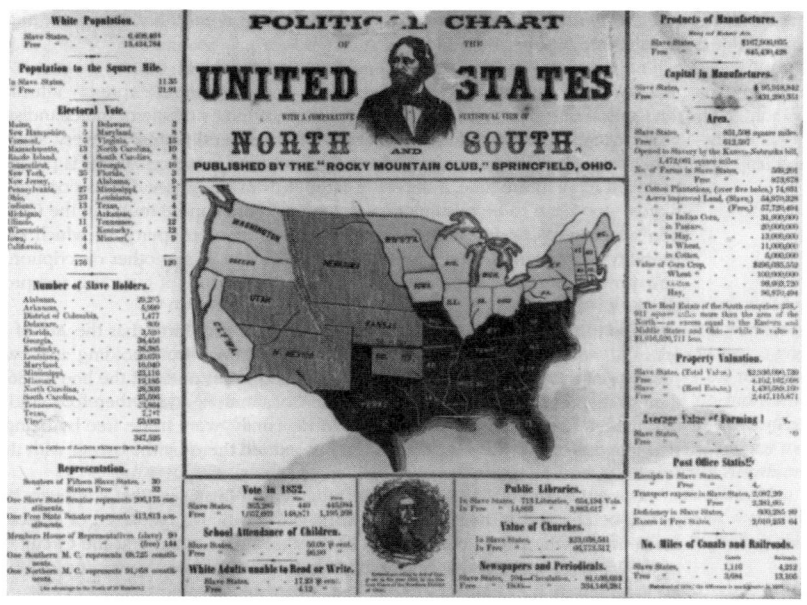

1856년 대통령선거를 앞두고 남북 간의 노예제 대립이 얼마나 첨예했는지 알 수 있는 신문 기사. 당시 미국의 극단적 양분 형태를 보여준다.

존중해 세부 권력은 주정부에, 이것이 거대한 제국 미연방을 유지하는 기본 구도다. 때문에 주정부와 중앙정부의 균형이 무너진다는 것은 미연방의 의미를 상실하는 것이다. 따라서 남부연맹의 탄생은 곧 남부의 독립 선언을 의미한다.

전쟁이 일어날 즈음 링컨 대통령의 심중은 복잡했다. 수많은 국민의 지지와 비난이 동시에 그의 어깨를 짓눌렀다. 노예 해방 선언을 준비한 것도 전쟁 2년째 접어든 1862년 9월이었다. 패전하던 북군이 앤티텀 전투에서

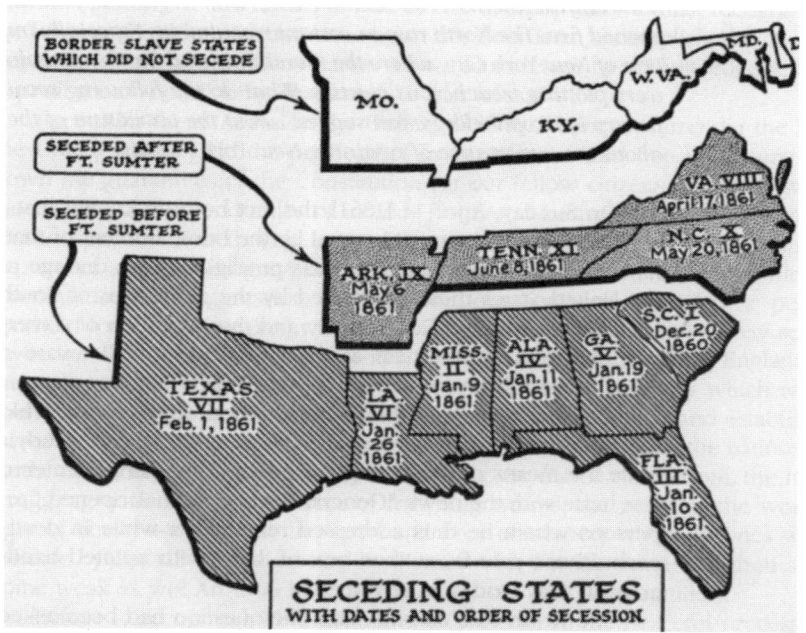

남부 11개 주 연방 탈퇴. 탈퇴한 날짜와 순서가 적혀 있다.

첫 승리를 거두자 이를 계기로 노예 해방이라는 대의명분을 통해 유럽의 지지를 얻기 위해서였다. 1863년 1월 1일에 발표된 노예 해방 선언으로 남군의 전세는 내리막길로 접어든다. 1861년 남부의 선공으로 시작된 전쟁은 60만 명이라는 수많은 희생자를 내고 1865년 4월에 종결된다.

　　남과 북의 인구가 두 배 이상 차이 났고 군대 역시 북군이 두 배나 많은 상황에서 시작된 전쟁이었다. 4년간 지속된 이 전쟁의 처절함은 여러 영화를 통해서도 짐작할 수 있다. 전후 12년 동안 남부에서는 군정이 실시되었

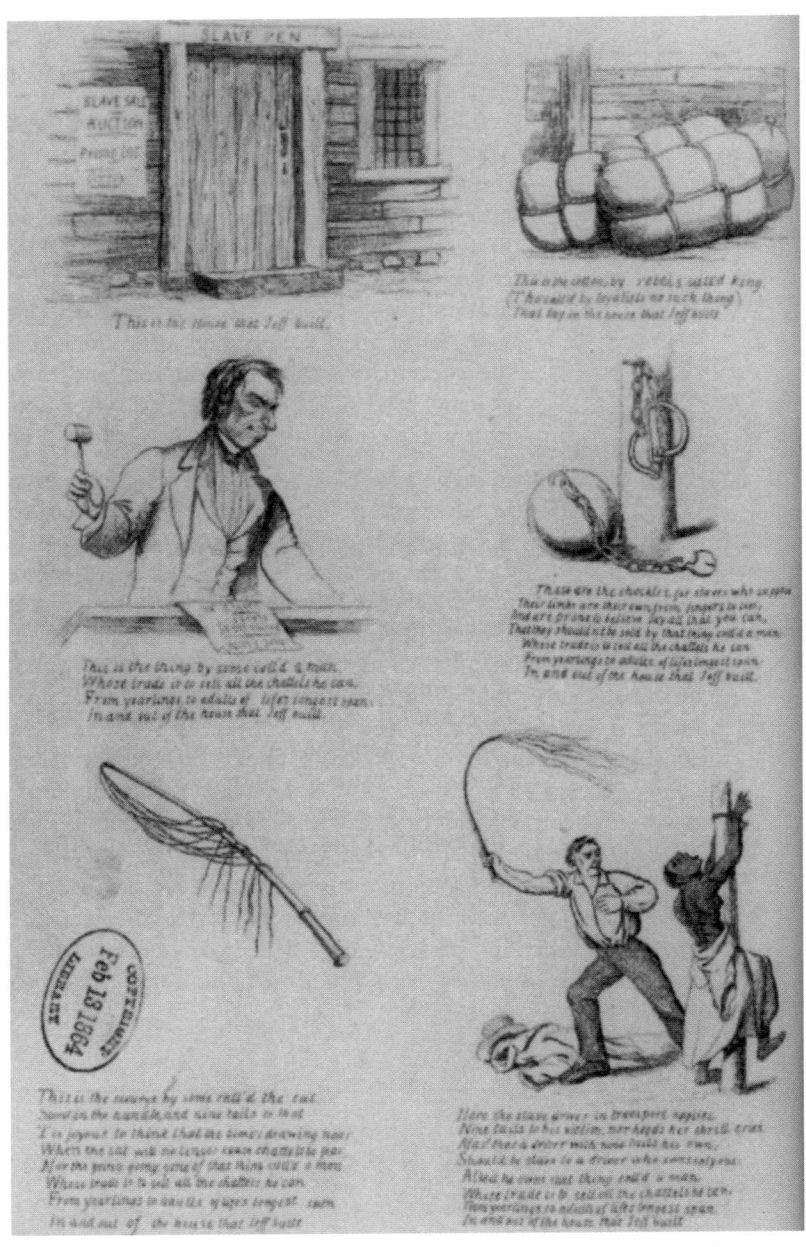

매사추세츠에서 발행된 삽화. 노예제의 잔혹함을 보여줌으로써 당시 노예폐지론자들의 주장을 뒷받침하고 있다.

혹독한 플랜테이션 노동뿐 아니라 부모 자식 간의 생이별도 대수롭지 않게 생각하는 남부 백인의
만행을 풍자한 삽화.

다. 멋대로 연방을 탈퇴했으니 복귀하는 과정이 만만했을 리 없다. 경제 면
에서는 목화, 사탕수수 플랜테이션 중심이던 것이 석유, 석탄 등 근대 공업
을 받아들여 급속한 발전을 이루게 된다. 그러나 해방된 노예들의 정체성
이 모호한 채 그들의 삶은 고달픈 행진을 계속한다.

　앞서 남부연맹 11개 주를 하나하나 적은 것은 현재까지 계속되고 있는
보이지 않는 차이점을 말하고자 함이다. 인종 문제에서 남부는 여전히 지
체 현상을 보이고 있으며 정치적·종교적 성향 역시 남과 북은 큰 차이를
보인다. 소위 진보로 표현되는 대부분의 이슈는 북부가 주도하고 남부는
예나 지금이나 지역적이며 보수적이다. 미국의 정치·경제가 동·북부 중
심으로 발전한 반면 노예 플랜테이션의 역사를 가진 남부 몇 주는 현재까

북부의 노예 폐지론자들을 비판하는 반공화당의 삽화. 노예 해방이 불러올 사회적 종족 간의 혼란에 대해 신랄한 조소를 퍼붓고 있다.

지도 가장 가난한 주에 속한다.

　건국 초부터 시작된 남북의 특성이 230년이 지난 아직도 남아 있음은 재미난 현상 아닌가. 만일 이때 남군이 승리했다면 미국 역사는 어떻게 변했을까 상상해본다. 연방은 깨지고 주마다 하나의 국가로 분열되었으며 어쩌면 몇몇 주는 영국에 의존해 또 다른 식민국가로 회귀했을지도 모른다. 노예 해방에 관한 몇 가지 애매한 결정에도 불구하고 미국인이 링컨 대통령을 가장 존경하는 이유는 미연방을 굳건히 지켜낸 그의 용기와 투지 때문이다.

　반면, 남북전쟁 중 링컨 대통령이 발효한 홈스테드법Homestead Act의 정체가 흥미롭다. 1862년 5월 20일 실시된 이 법은 서부 이주를 장려하기 위한 백인 토지소유법으로 만 21세의 미국인이면 누구나 가능했다. 먼저 10달러의 등록 수수료를 내고 서부의 마음에 드는 토지 160에이커를 골라잡은 후, 그 농장에서 5년 거주하면 제 땅이 된다. 피비린내 나는 남북전쟁 와중에도 서부 개척은 계속되었고 백인들이 새로운 땅을 차지할 때마다 아메리칸 인디언들은 삶의 터전을 턱없이 빼앗겼다. 기록에 의하면 1860년에서 1880년까지 서부 개척지에서 키우던 소는 13만 마리에서 450만 마리로 늘어났다. 20년 사이에 무려 35배가 늘어난 것이다. 서부 개척과 카우보이는 떼려야 뗄 수 없는 관계다. 무법천지 서부가 미화되어 미국의 상징이 된 것은 나름대로 그럴듯한 이유가 숨어 있다.

　'서부 개척'은 미국에 내려진 신의 계시와 같았다. 역대 대통령 그 누구도 망설임이 없었다. 야만인을 몰아내고(그들은 아메리카 원주민에게 영혼이 없다고 생각했다) 신이 주신 대륙을 마땅히 차지하는 것이야말로 백인의 절대 사명이라 여겼다. 노예 해방을 위해 남북전쟁을 치른 그들이 20세기 중반이 넘도록 원주민에 대해 한마디 언급이 없던 것은 실로 놀라운 일이다. 천부인권을 주장하는 그들이지만 원주민 정책만큼은 나 몰라라 했던 이유가 무엇일까? 후에 살펴볼 아메리칸 인디언의 역사는 미국식 민주주의의 한계를 엿볼 수 있는 좋은 예다.

세계대전이 없었다면 지금과 같은 초강국이 되었을까

　건국 신화와 연방 헌법 그리고 권리장전에 이르기까지, 미국을 이룬 기본 틀은 시간이 더할수록 군건해졌다. 건국이념과 청교도 정신을 대대로 강조한 것은 민족적 기반이 몹시 취약한 '이민의 나라'인 탓이다. 역대 대통령들은 'We are American'이라는 대명제 아래 국민 통합을 꾀했다. 미국이 하느님으로부터 축복받은 나라며 그들이 선택받은 국민임을 대내외에 계속 인지시켜왔다.

　미국의 현재를 가능케 한 지형적 특징은 대서양과 태평양을 양 날개에 끼고 있는 대륙 국가라는 점이다. 물론 북쪽으로 캐나다에 면하고 남쪽으로는 멕시코와 접경하고 있지만 국가 간 분쟁의 영향을 받지 않고 독자적 민주국가로 발전해나갈 수 있는 지형적 특성을 갖고 있다. 실제로 캐나다는 미국과 우호 관계를 맺고 있는 영연방이고, 남미의 경우 미국이 기침 한 번 하면 폐렴에 걸리는 실정이다. 제1·2차 세계대전에서 어느 정도 고립주의 노선을 지킬 수 있었던 것도 대서양과 태평양이 방패막이가 되어준 덕이라 하겠다.

　미국의 지형적 특성은 세계대전의 피해를 경제 발전의 원동력으로 탈바꿈해주었다. 쑥대밭이 된 유럽과 아시아에 군비와 물자를 제공해줌으로써 세계 초강국의 기틀을 마련했다.

　역사학자 아놀드 토인비는 18세기 말 영국에서 시작된 산업혁명을 일컬

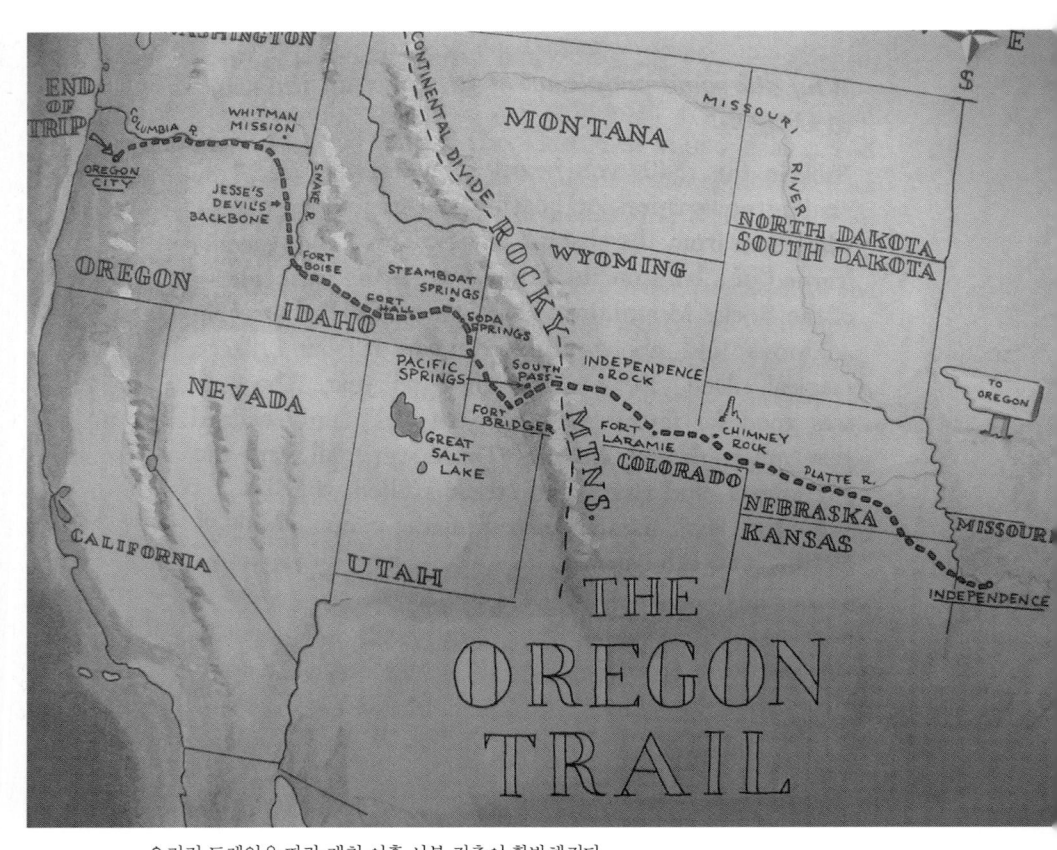

오리건 트레일을 따라 개척 이후 서부 진출이 활발해진다.

어 '경제 활동을 통한 근대 경쟁 사회로의 변혁'이라 표현했다. 인류 역사에서 산업혁명의 의미는 과학 문명의 발달로 자본주의가 형성되고 세계 정치·경제·문화가 획기적으로 재구성된 것이다.

19세기 후반, 미국은 이미 경제적으로 최강국 대열에 올라섰다. 1840년, 오리건 트레일(미주리를 출발해 캔자스, 네브래스카, 와이오밍, 아이다호를 거쳐 오리건에 이르는 서부 진출 노선) 개척 이후로 서부 진출이 가능했고 1849년, 캘리포니아 골드러시의 시작으로 막대한 부를 창출했다. 돈줄을 쫓아 몰려든 노동자와 산업을 위해 철도가 필요했으며 이를 위해 자본과 철강, 값싼 노동력이 필요했다. 우리에게 너무도 잘 알려진 철강왕 카네기와 스탠더드 석유회사의 록펠러, 미국의 금융권을 장악하고 있던 J.P.모건 등은 이때의 중요 인물이다. 지금은 훌륭한 기업가, 자선사업가로 인식되어 있지만 19세기 말 그들의 한창 시절엔 노동자를 외면하고 기업 윤리를 무시하며 독점을 형성해 끝없이 부를 쫓는 자본주의의 화신이었다. 이렇듯 19세기는 영토 확장과 민주주의의 확대, 남북전쟁과 미국식 산업혁명의 시대였다. 질풍노도 같은 역사적 사건들이 동시다발적으로 발생해 위대한 미국의 발판을 만들었다.

다사다난했던 19세기를 지나 20세기에 들어서는 유럽과 아시아로부터 들어온 이민자와 여성, 흑인의 노동력으로 공업이 급격하게 발달했다. 1845년, 기근에 지친 150만 명의 아일랜드 이민자가 쏟아져 들어온 것을 시작으로 유럽 각 나라와 중국, 일본으로부터 '아메리칸 드림'을 꿈꾸는 이민이 줄을 이었다.

1823년 먼로독트린 이후 미국은 대외적으로 전통적 고립주의를 채택했다. 유럽에 간섭하지 않으며 미국 역시 유럽으로부터 간섭받지 않겠다고 선언한다. 그러나 그 배경에는 아메리카 대륙에 대한 독점적 기득권이 깔려 있었다. 흔히 미국의 고립주의가 해체된 것은 1941년 12월 7일, 일본의 진주만 기습 후 제2차 세계대전 참전이라 알고 있다. 그러나 이미 19세기 중반 이후 고립주의에서 탈피, 알래스카(1867)를 소련으로부터 매수했고 하와이합병조약(1897)을 체결했다(두 지역은 1959년 미국의 49번째, 50번째 주로 승격, 현재에 이른다). 뿐만 아니라 1898년 미서(미국-스페인)전쟁을 통해 쿠바와 괌, 푸에르토리코를 획득해 아메리카 대륙에서의 입지를 분명히 했다. 26대 대통령인 시어도어 루스벨트는 1914년 라틴아메리카 간섭권을 주장, 그 후 파나마 운하 개통과 멕시코 혁명에 무력 개입할 수 있는 발판을 마련했다.

19세기 후반의 미국은 상공업 발달로 인한 소비 시장 개척이 절실했다. 또한 축적된 자본을 투자할 곳도 필요했다. 비록 먼로 대통령의 고립주의와 윌슨 대통령의 민족자결주의로 치장했으나 팽창주의로 변모하는 것은 순간이었다. 이미 세계 열강은 원자재 확보를 위한 식민지 전쟁의 말미에 아슬아슬 다가서고 있었다.

1876년, 미 건국 100주년이 되던 해에 열린 '필라델피아 세계 엑스포'는 이 나라 산업 부흥을 증명하는 행사였다. 전등, 전화, 증기기관 등이 공개되고 현재 세계적으로 알려진 굴지의 기업들(제너럴 일렉트릭, 프록터 앤드 갬블, AT&T 등)도 미국판 산업혁명에 힘입어 뿌리내린다. 20세기를 시작하기 전 미국의 경제력은 이미 세계 최고였다. 1929년 대공황의 주인공이 된 것도 이 나라가 세계 경제의 중심이었기 때문이다.

산업의 발달로 엄청난 생산품을 만들어내자 시장은 상대적으로 축소되었고, 부자들은 투자할 곳이 없어 증권 등 투기 시장으로 몰려들었다. 주가가 정신없이 올라 거품 현상이 거듭되다가 드디어 1929년 10월 24일 목요일, 미 증시는 붕괴되고 만다. 기업 파산과 금융권 침몰에 따른 연쇄적 영향으로 미국과 전 세계가 대공황의 혼란에 휩싸이게 된다. 이 나라는 이미 1857년, 1873년과 1893년 등 여러 차례에 걸쳐 공황을 경험했다. 하지만 1929년의 대공황은 어느 때와 달랐다. 제1차 세계대전 후 초토화된 유럽의 영향으로 세계 자본이 모두 미국에 몰려 있던 탓에 거품과 폭락, 괴멸과 절망의 정도는 끝이 없었다. 1932년까지 노동자의 4분의 1이 실직했으며 세계 무역의 총 가치는 호황이던 1920년대 초에 비해 50% 미만으로 축소되었다. 공황 직후 찰리 채플린은 영화 '모던 타임스(1936)'를 통해 기계 문명에 따른 인간성 상실을 코믹하게 그려냈다. 시대를 꿰뚫는 그의 통찰력은 세계 어느 사가史家 못지않게 정확했다.

자본주의의 위기를 맞아 루스벨트 대통령은 역사적인 뉴딜 정책을 시행했다. 이는 국가에 의한 유효수요의 창출과 고용, 새로운 관리통화제도를 포함한 '케인스 정책'에 근거한 것이다. 자연 파괴의 극치라 비판되는 후버댐 공사 역시 뉴딜 정책의 산물이다. 전국 각지에서 학교와 병원, 토목과 건축 공사가 쉬지 않고 시작되었다. 미국의 경제는 서서히 회복되었으나 세계 무역의 불균형을 피할 수 없었다. 유럽에서는 자본주의에 대한 불신이 팽배해 그에 대항한 파시즘과 군국주의 세력이 들불처럼 확산되었다.

고립주의와 팽창주의를 오가던 미국은 1914년 제1차 세계대전이 발발했을 때 정말이지 참전할 의사가 꿈에도 없었다. 자국에 직접적인 피해가 없으니 '두고 볼밖에'라는 속셈이었다. 만일 독일의 무차별 잠수함 공격으로 미국 상선이 피해를 당하지 않았다면 역사는 또 달라졌을까? 괜한 용광로에 발을 들이기 원치 않았던 미국은 자국의 직접 피해가 가시화되자 전쟁에 개입했다. 전쟁 중이던 1917년, 볼셰비키 혁명으로 탄생한 소련의 등장은 20세기 역사의 새로운 장을 열었다. 이른바 자본주의와 사회주의라는 양대 산맥이 세계대전의 지각 변동을 통해 탄생한다.

예나 지금이나 국제 관계는 비정하리만큼 현실적이다. 자국의 이익 없는 인류애는 사실상 존재하지 않는다. 강대국일수록 속셈계산이 빠른 법이다. 정치·경제 협력에서 불이익을 감수하는 것은 언제나 개발도상국 몫이다. 제1차 세계대전 후 탄생한 국제연맹은 윌슨 대통령이 주창했음에도 소련과 미국의 불참으로 유명무실해졌다. 공화당 상원의원들이 고립주의를 부르짖었기 때문이다.

그로부터 20년 후인 1941년 12월 7일, 일본군이 하와이 진주만을 대대적으로 폭격한다. 역시 모르쇠로 일관한 미국이었지만 자국 영토 위로 폭탄 세례가 쏟아졌으니 제2차 세계대전에 참전할 수밖에 없었다. 뒤늦게 참전한 미국은 전쟁을 통해 완전한 경기 회복을 이루었다. 병사를 보내 싸운 것뿐 아니라, 최신 무기를 만들어 팔고, 막대한 식량을 팔고, 거액의 자금에 갈급하던 유럽에 돈을 대부해준다. 세계의 자본을 빨아들인 미국은 기축통화를 금에서 달러화로 대체한다. 불타는 유럽 덕분에 미국은 다시 한 번 세계 자본의 중심지로 우뚝 서게 되었다.

일본이 미국에 선공을 가했기에 참전의 명분 또한 뚜렷했다. 이쯤에서

짚고 넘어가야 할 것이 미국식 명분론이다. 미 건국 역사상 벌어진 각종 전투와 전쟁을 보면 '하는 수 없이' 전쟁에 뛰어든다는 명분론이 우세하다. 예를 들어 적군이 먼저 공격하도록 유도한다든지, 묘한 정치적 명분을 앞세워 공격을 정당화하는 방식이다.

영국이 항상 놀리듯이 '세계대전 참전에 늑장 부리다가 이익의 대부분을 챙겨간 것'이 현재의 미국을 가능하게 만들었다. 만일 세계대전이 없었다면 미국이 지금과 같은 초강국이 되었을까, 냉전이 아니었다면 최첨단 과학과 무기 산업이 가능했을까? 이스라엘이 아니었다면 중동 문제가 이토록 심각했을까? 소련이 무너지지 않았다면 이라크전이 가능했을까? 다시 쓸 수 없는 세계 역사지만 이룰 수 없는 가설은 상상 속에서 흥미롭다.

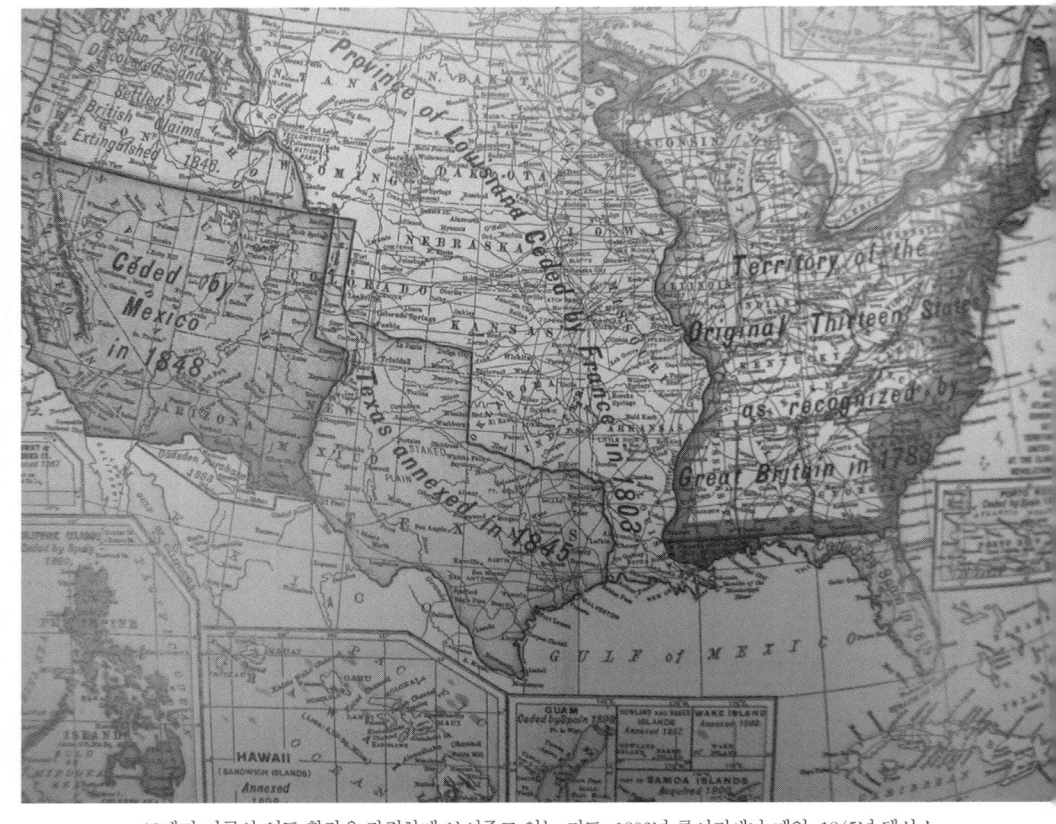

19세기 미국의 영토 확장을 간결하게 보여주고 있는 지도. 1803년 루이지애나 매입, 1845년 텍사스 합병, 1848년 멕시코 전쟁으로 대륙의 서부 획득 과정을 확인할 수 있다.

지금의 미국 지도가 만들어지기까지

지난 2006년 10월 17일 아침, ABC방송 '굿모닝 아메리카'에서 환호성이 터졌다. 미국 인구가 드디어 3억을 넘어선 것이다. 이 나라 국토 면적에 비해 3억 인구는 결코 많은 것이 아니다. 그즈음 중국이 13억을 넘어섰고 인도가 11억 200만을 넘어섰다. 게다가 인구밀도 높은 아시아 몇 나라에 비교하면 아직도 이들의 땅은 넓고 광활하다.

예나 지금이나 새로운 이민자가 끊이지 않는 곳도 미국이다. 이민 허용 숫자가 늘었다 줄었다, 한동안 특정 국가 이민을 허락했다 금했다 하는 제도적 변화가 있을 뿐, 이민은 앞으로도 꾸준히 지속될 것이다. 특히 21세기 전후 히스패닉(스페인어를 사용하는 남미인을 통칭함)의 이민은 미국 내에 강한 영향을 미치고 있다. 2006년 미국 통계국 자료에 의하면 전 국민은 백인 66.9%, 라틴계 14.4%, 흑인 13.4%, 아시아계 4.9%, 아메리칸 인디언 등 소수계 1.9%로 집계되었다. 이에 비해 2006년 겨울 「타임」에 의하면 전체 3억 인구 중에 백인 80.1%, 라틴계 14.8%, 흑인 12.8%, 아시아인 4.4% 그리고 아메리칸 인디언과 알래스카 원주민, 하와이안과 태평양 섬 주민을 합해 1.2%의 구성비를 보인다. 이때 백분율 합산이 100%를 넘는 것은 백인과 라틴계 혼혈이 중복됐기 때문이다.

놀라운 것은 2006년 5세 미만의 유아 중 44%가 히스패닉, 아시안 등 유색인종이라는 사실이다. 라틴계의 경우 2000년부터 2005년까지 5세 미만 유아증가율이 전체 유아증가율의 70%를 차지했다. 이로써 2025년 이후 미국 20대 성인의 절반이 아시안, 히스패닉 계열 소수 인종이 되리라 예측할 수 있다. 앞으로 15년 후인 2020년만 되어도 총 인구 중 백인이 50%, 히스패닉이 25% 이상 차지할 전망이다.

미국에 임시 거주하던 우리도 위의 현실을 실감할 수 있었다. 막내가 초등학교 1학년에 편입하기 위해 여러 초등학교를 방문할 때였다. 과연 미국다운 초등학교는 어떤 것일까? 백인들만 있는 학교? 흑인과 백인이 섞여 있는 학교? 흑인과 백인 외에 다양한 나라의 여러 인종이 섞여 있는 학교? 아이의 학교를 알아보면서 '미국'이란 나라의 정체성에 대해 수많은 생각이 오갔다. 방문한 서너 학교 중 두 학교는 라틴계 어린이가 백인보다 훨씬 많았다. 우리가 선택한 학교는 라틴계가 3분의 1로 비교적 적었으나 세계 15개국 어린이가 고루 섞여 있어 다양한 문화 체험이 약속된 학교였다. 캘리포니아, 뉴멕시코, 플로리다 주 등에는 히스패닉 어린이가 더 많을 것이다.

일부 보수 정치인들은 영어와 스페인어를 병행하는 초등학교에 대해 상당히 비판적이다. 미국에 왔으면 미국인이 되어야지 떠나온 고국 문화와 언어를 유지해서는 안 된다는 게 그들의 주장이다. 거대 제국 미국에는 민족 전통이 없기 때문에 'You are American. We are American'을 강조할 수밖에 없다.

1492년 아메리카 발견 이후 최초 이민은 스페인이라 할 수 있다. 그들은 주로 중남미와 현재 미국의 남부, 캘리포니아 지역을 차지했다. 그 뒤를 쫓아 프랑스가 현재 캐나다 퀘백 부근에 도착하여(1534년) 대륙의 북부를 탐험한다. 영국인이 식민지 개발에 열심인 데 반해 프랑스는 서서히 영토를 넓혀나갔다. 1673년이 되어서야 미시간 호수에서 아칸소에 이르는 지역을 탐험하고 루이 14세의 이름을 따라 루이지애나로 명명한다. 18세기 말, 대륙 지도는 이처럼 크게 셋으로 나뉘었다. 동부는 새로 독립한 미 연방, 중부는 프랑스, 서부는 스페인 차지였다.

그러던 1803년, 미국 역사상 가장 큰 부동산 매입이 이루어졌다. 제3대 대통령 토머스 제퍼슨이 프랑스로부터 1500만 달러에 루이지애나를 사들인 것이다(Louisiana Purchase, 1803년). 당시에는 반대와 비난도 많았지만 이는 미 역사상 가장 현명한 매입이었음에 틀림없다. 프랑스령 루이지애나가 계속 존재했다면 서부 개척의 역사는 늦어도 한참 늦어졌을 것이다. 1800년 초 루이지애나는 현재 지도와 전혀 다르다. 남으로는 텍사스 일부와 캔자스·루이지애나, 중부로는 오클라호마와 미주리·미시시피·네브래스카, 북부로는 몬태나·와이오밍 일부, 아이오와, 다코타 주에 걸친 거대한 땅이었다. 쉽게 말해 아메리카 대륙의 3분의 1을 차지하는 영토였다.

프랑스의 나폴레옹도 아메리카 대륙에 깊은 관심이 있었다. 하지만 프랑스령이던 생 도밍구(현재 아이티)의 흑인 반란을 진압(1801년)하면서 지독히 애를 먹자 복합적 이유를 들어 루이지애나를 팔게 된다. 신생국인 미국에 힘을 실어줌으로써 영국을 견제한다는 속셈도 있을 터였다. 루이지애나 매입으로 미국의 서부 개척은 힘을 받는다. 그 후 멕시코 전쟁을 통해 대륙 서남부(뉴멕시코)와 캘리포니아 지역을 차지해(1848년), 신생국 미국은 현재 모습에 접근한다.

멕시코로부터 빼앗은 텍사스(1836년)의 역사 또한 재미나다. 텍사스는

"DON'T FEEL WE DID WRONG IN TAKING THIS GREAT
COUNTRY FROM THEM. THERE WERE GREAT NUMBERS
OF PEOPLE WHO NEEDED NEW LAND AND
THE INDIANS WERE SELFISHLY TRYING TO
KEEP IT FOR THEMSELVES."
— JOHN WAYNE

멕시코 전쟁을 주제로 한 영화 '알라모'에서 열연한 존 웨인은 "이 축복받은 땅을 인디언만 차지하
는 건 말도 안 된다"고 말한다.

'명백한 운명'의 이중성을 그린 풍자화. 멕시코 전쟁과 오리건 합병을 통해 영토 확장에 힘쓰는 반면 자유의 땅이라는 대의 아래 노예제가 여전함을 보여준다.

1800년대 초반까지 스페인 영토였다가 그 후 30년간 멕시코의 통치를 받는다(실제 멕시코 독립은 1821년이지만 1836년에야 스페인이 이것을 인정했다). 1836년이라야 미국이 루이지애나를 매입한 지 33년 후이고 제5대 대통령 제임스 먼로가 불간섭주의(먼로독트린)를 발표한 지 13년 후다.

국내 정치 혼란으로 주변 통치가 어렵던 멕시코는 미 서부 개척자들의 텍사스 거주를 허락한다. 하지만 정작 이들의 갈등은 종교에서 시작되었다. 가톨릭을 믿는 멕시코와 개신교인 미국의 갈등이 깊어진 것이다. 게다가 카우보이의 서부 개척 욕구가 팽배하자 텍사스 내 미국인은 1833년 자치 정부 수립을 요구하게 된다. 양측의 군사 충돌 중 드디어 1836년 멕시코로부터 텍사스가 독립하고 그 후 10년간 텍사스는 하나의 독립국으로 행세한다. 미 연방정부가 텍사스를 주로 승인한 것은 1845년의 일이다.

크리스마스 파티에서 만난 한 텍산(텍사스 출신)은 자신의 고향이 미국 내 유일하게 10년간 독립국이었음을 자랑했다. 만일 역사를 몰랐다면 그의 자랑에 깜빡 넘어갔겠지만 미국의 영토 확장 정책을 잘 알고 있는 나로서는 그의 자랑에 심드렁할 수밖에 없었다. 텍사스로 말할 것 같으면 미 영토의 7.4%를 차지하는 어마어마한 면적에다 현재 그곳에서는 어마어마한 원유와 천연가스가 나지 않던가. 멕시코 입장에선 이때 내준 땅의 면적이 멕시코 전 국토의 절반가량이라 하니 현재 멕시코 면적만큼을 미국에 빼앗긴 셈이다.

미국의 묻지마식 땅따먹기는 점차 탄력을 받게 된다. 1846년부터 3년간 벌어진 멕시코 전쟁으로 캘리포니아와 오리건 지역이 미국의 손에 들어간다. 1853년 개즈던 매입 조약으로 뉴멕시코 남부와 애리조나까지 1000만

달러에 사들인다. 이로써 멕시코와의 국경이 확정되었다. 결국 대륙의 3파
전은 미국의 승리로 끝을 맺는다. 아, 지나간 역사지만 멕시코 입장에서는
얼마나 억울할까.

멕시코인의 불법 이민 이슈가 불거졌던 2006년, 한 라틴계 지도자는 흥
분하여 이런 말을 했다. 과거 멕시코 전쟁으로 미국이 획득한 영토를 돌아
보고 멕시코 이민에 대해 긍정적으로 검토해야 한다고. 하기는 1천 년 전도
아니고 불과 160년 전 일이니 그런 말이 나오는 것도 무리는 아니다.

이쯤에서 우리는 미국 역사를 좌지우지할 엄청난 단어를 되새길 필요가
있다. Manifest Destiny, 우리말로 풀면 '명백한 운명' 쯤 될까? 이 말이 회자
되기 시작한 것은 1845년, 존 오설리번John. L. O' Sullivan의 논설이 발표된 후다.
「데모크라틱 리뷰」에 실린 내용인 즉 "미국은 신이 주신 특권으로 대륙을
차지할 확실한 운명을 타고났다"는 것이다. 그러니 멕시코로부터 빼앗은
텍사스 병합이 정당하고 그 후 벌어진 멕시코 전쟁도 마땅히 해야 할 일을
한 것뿐이다. 아메리칸 원주민을 몰아낸 후 축복받은 땅을 백인이 차지하
는 것도 '신의 뜻을 실현하는' 옳은 일이라는 얘기다.

스리랑카 저널리스트 리처드 드 조이사Richard De Zoysa는 미국의 대외 정책
을 가리켜 명백한 운명인가, 사탄의 일인가 하고 묻는다. 미국인 입장에선
'명백한 운명'인 그것이 제3국 사회운동가의 눈엔 반대로 보였을지 모를
일이다.

미 대륙을 건설한 이민자들

19세기 중반 이후 동서 대륙횡단철도 건설이 구체화된다. 광활한 대륙, 그 넓은 땅덩이를 하나로 잇는다는 것은 대내외적으로 큰 의미를 갖는다. 먼저 1803년 루이지애나 매입으로 미국 영토는 두 배 이상 확장된다. 이어 1812년 영국과의 전쟁 후 플로리다를 차지하고 1830년 인디언 강제이주법을 제정한다. 1836년엔 멕시코령이던 텍사스가 독립하고 1843년 오리건 트레일을 따라 서부로의 대이주가 시작되었다. 1848년 종결된 멕시코 전쟁의 결과 미국의 영토는 캘리포니아까지 확장되었다. 1849년 골드러시와 함께 미국 경제는 수직 상승만을 남겨놓은 셈이었다.

1865년에 종식된 남북전쟁이 노예제 폐지를 통한 남북 통합이라면 1869년 개통된 대륙철도는 동서 통합을 상징한다. 이는 산업과 자본의 유통뿐 아니라 미 대륙이라는 거대 단위를 정신적으로 합체하는 역사적 사업이었다. 비록 몇몇 자본가에 의해 철도와 자본이 독식되었지만 국가 전체의 획기적 발전은 약속된 것이었다. 대륙횡단철도는 1869년 5월 10일, 네브래스카 주 오마하에서 출발한 유니언 패시픽 철도와 캘리포니아 주 세크라멘토에서 출발한 센트럴 패시픽 철도가 유타 주 프로먼토리에서 접속되어 이루어졌다. 철로 길이 약 2826km(1756마일)의 횡단철도로 미국의 산업은 날개를 달았다. 1862년, 패시픽 철도 법안에 서명한 대통령은 다름 아닌 제16대 링컨 대통령. 때는 마침 남북전쟁 중이었으니 그는 노예 해방과 대륙횡단철도라는 두 가지 위대한 사업을 동시에 치른 셈이다(하지만 그 과업이 완성되는 것을 보지 못한 채 1865년 4월 암살로 유명을 달리한다).

지도상으로 보면 이 철도는 샌프란시스코 위쪽에서 출발해 네바다 사막을 지나 유타의 솔트레이크 시티를 거쳐 네브래스카 주에 이른다. 미국의 대륙횡단철도는 동부에서 서부 끝까지 하나로 연결된 것은 없으며 이렇듯 서부에서 중부, 중부에서 동부로 연계된 형식을 취하고 있다. 몇 년 전 유타, 콜로라도, 와이오밍을 여행할 때 로키 산맥을 유유히 횡단하던 기차를 보며 가슴 뻐근했던 기억이 난다. 저 철도를 놓은 이들은 누구일까, 끝없는 평야와 사막을 지나 험준한 산맥마저 꿰뚫는 저 철도를 누가 놓았을까.

미국의 발달은 대륙횡단철도 이전과 이후, 커다란 차이를 보인다. 19세기 중반, 서부 캘리포니아까지 영토를 확장한 미국은 도로, 운하 등 수많은 기간 시설 확충에 힘쓴다. 이에 부족한 노동력을 채우기 위해 외국 이민자들이 줄을 서는데 그즈음 유입된 것이 중국 이민이었다. 임금이 턱없이 쌌으나 그들은 밥벌이를 위해 어떤 막일도 기꺼이 해냈다. 노예 해방 역시 중국 이민자를 받아들이게 된 주된 이유였다. 남북전쟁 후 노예를 쓸 수 없는 상황에서 갓 이민 온 중국인(당시 청나라인)은 발전하는 산업의 주요 인력이었다.

대륙횡단철도 공사에 유입된 중국인들은 더할 수 없이 근면했다. 당시 캘리포니아에는 금광을 캐기 위해 이민 온 중국 성인 남자가 6만여 명 정도였다. 하지만 캘리포니아법은 중국인의 금 채취를 법으로 막았으며 허드렛일을 해도 세금을 엄청나게 부과했다. 아이들도 공립학교에 가지 못하고 시민권은 물론 투표권도 없으며 죄를 지을 경우 법정 증언도 허락되지 않아 백인 측의 일방적 판결을 받아들여야 했다. 당시 캘리포니아 주지사였던 스탠퍼드조차도 중국인 폄하로 악명이 드높았다니 중국인이 받은 인종적 수모를 짐작할 수 있다.

하지만 중국인이 철도 공사에 투입되고부터는 그들에 대한 인식이 조금씩 바뀌기 시작한다. 생각해보라. 중국인은 세계 불가사의의 하나인 만리장성을 쌓은 민족이다. 한 달 35달러 안팎의 임금을 받는 생활을 때로 채찍을 맞아가면서까지 참아냈다. 부당한 대우에 저항해 파업을 했을 때도 그들은 폭력 사건 하나 없이 수행했다. 철도 건설 간부인 찰스 크로커(센트럴 패시픽 책임자 콜리스 헌팅턴, 릴랜드 스탠퍼드, 마크 홉킨스와 더불어 서부 철도 건설의 4대 거두로 불림)는 만일 백인이 이 파업을 주도했다면 폭력과 살인 사건이 난무했으리라고 말했을 정도다.

지난여름, 캘리포니아를 여행하던 중에 1869년 당시 대륙횡단철도 공사를 재현한 영상물을 보았다. 폭발과 추락 등의 사고로 공사 중 사망한 중국인의 희생은 눈물겨웠다. 그들의 노고와 헌신이 없었다면 누가 그 일을 감당했을까. 자신하건대 백인 노동자로는 예나 지금이나 힘겨웠으리라.

태평양을 건너온 중국 이민자가 서부 건설과 광산 노동에 많이 투입되었다면 아일랜드계 이민자는 동부 건설과 개척 시대의 막일을 도맡으며 성장한다. 아일랜드에서는 1845년에서 1849년에 걸쳐 발생한 감자 기근으로 100만여 명이 사망했다. 그 후 10여 년간 아일랜드 전체 인구의 25%가 미국으로 대량 이민했다. 굶주림의 땅에서 탈출할 수 있는 유일한 방법이었다. 그즈음의 유럽 이민자들은 산업화에 편승하지 못해 고향을 등진 농부와 가난한 수공업자가 대부분이었다. 혈기 왕성한 젊은 이민자들은 무한한 가능성을 꿈꾸며 신대륙에 도착한다. 기회의 나라, 가능성의 나라, 일확천금의 나라. 그보다 더 매력적인 곳이 또 어디 있겠는가. 과연 이들에게 미국은 신이 내린 나라라 해도 과언이 아니었다. 하지만 이들 역시 충돌과 핍박을 거쳐 어렵사리 이 사회에 편입되었다. 중국과 일본 이민보다는 덜했지만 이들의 역사도 심상치는 않다.

레오나르도 디카프리오 주연의 영화 '갱스 오브 뉴욕' (2002)은 1860년 당시 아일랜드 이민상을 그려내고 있다. 물론 영화이기 때문에 과장과 왜곡이 있겠지만 기존 이민자와 새로 들이닥친 이민자 간의 갈등이 얼마나 심각했는지 짐작할 수 있다. 영화의 배경이 된 뉴욕 파이브 포인트는 건축가와 사가들에 의해 악명 높은 빈민굴이었음이 증명되고 있다. 19세기 중반엔 아일랜드계 갱의 세력 다툼 장소였다가 그 후 이탈리아인, 유대인을 거쳐 중국인이 흡수되면서 오늘날 대부분 차이나타운이 되었다. 그룹 U-2가 부른 영화 주제가 'The Hands that Built America미국을 건설한 손길들'는 아일랜드계 이민자의 꿈과 노고를 슬픈 어조로 그리고 있다. 앞부분 노랫말을 듣고 있자면 꿈과 기회의 나라에 도착한 모든 이민자들의 뜨거운 설움과 향수가 느껴진다.

내 사랑, 우린 참 먼 길을 왔지
고향의 헐벗은 언덕을 떠나 철과 유리로 된 협곡으로
황무지로부터 하늘까지 치솟은 철구조물로
이게 바로 미국을 만든 손길이라네
오, 미국이여

그 후로도 계속 독일, 이탈리아, 스웨덴, 네덜란드, 프랑스로부터 이민 대열이 이어지고 제2차 세계대전 전후 나치의 핍박을 피해 유대인 이민이 폭주한다. 잘 알려진 영화 '대부' 역시 1900년 즈음 미국 땅을 밟은 이탈리아 이민자 돈 코르네오네를 주인공으로 삼았다. 영화 전편에 이어지는 마피아 내용보다는 청년 돈 코르네오네로 분장한 로버트 드 니로의 모습에서 이탈리아 이민자의 생활상을 살펴볼 수 있다. 아메리칸 드림을 안고 미 대륙에 건너온 그들은 이유야 어떠했건 간에 편견과 차별 대우, 폭력을 감내해야 했다. 아시아 이민사를 소재로 한 영화는 거의 없지만 아일랜드인, 이탈리아인, 유대인의 수난은 할리우드 대중 영화에서 자주 볼 수 있다.

19세기를 유럽 이민 시대로 본다면 20세기 들어서는 아시아, 라틴계 이민이 주를 이룬다. 중국과 일본의 이민 역사가 19세기 중반으로 거슬러 올라가나 그 밖의 아시아 이민이 미국에 정착하기까지는 오랜 시간이 필요했다.

미국을 세계 초강국으로 올려놓을 수 있었던 것은 이민자들의 맨파워라 해도 과언이 아니다. 가난과 기아, 폭력과 핍박에 못 이겨 쏟아져 들어온 이민도 많지만 세계대전 전후로 유럽의 학자, 예술가, 재력가들도 신대륙에 망명한다. 현재도 마이크로소프트사의 빌 게이츠 같은 이들은 우수한 인력 확보를 위해 이민법 개정에 적극 찬성하는 대표적 CEO로 유명하다. 이 나라를 움직이는 최상위 두뇌 중엔 외국인 이민이 엄청나게 많을 것이다.

이민자에 대한 편견은 오늘날도 계속되고 있다. 이민의 나라, 지금도 꾸준히 그 수가 늘고 있는 나라, 이 나라를 건설한 실제 주인공은 누구일까, 생각해봄 직하다.

냉전을 넘어서 신자유주의로

세계 대공황과 제1·2차 세계대전을 지나면서 자본주의에 대한 의혹이 깊어갔다. 돈에 살고 돈으로 죽는 세상, 오죽하면 이미 1835년에 프랑스 귀족 알렉시스 드 토크빌1805~1859이 이런 말을 했을까. "미국처럼 돈에 대한 숭배가 인간에 대한 애정을 압도하는 나라를 나는 본 적이 없다." 이는 극단적 개인주의로 인한 관계의 부재와 자본주의 미래에 대한 그의 통찰력에서 나온 말이다. 약 9개월 동안 미국을 여행하고 1835년『미국 민주주의』라는 책을 펴냄으로써 이방인이 바라본 미국 정치제도의 치열함과 초기 민주주의의 장단점을 서술한 그는 이미 20세기 자본주의의 질곡과 민주주의와 공산주의의 대립, 민주정치와 전체정치의 양날을 예언했다.

20세기 초 그 부작용으로 나타난 것은 극심한 빈부 격차와 세계 전쟁이었다. 1917년 볼셰비키혁명 이후 소련이 탄생하고 1949년 중화인민공화국이 건설되자 민주주의 지도국이 된 미국은 보수화에 박차를 가한다. 1945년 8월, 일본에 투하된 원자폭탄으로 제2차 세계대전에 종지부를 찍은 미국이지만 뒤이어 소련이 핵실험에 성공하면서(1949년 8월) 양 진영의 긴장은 더할 수 없이 팽팽해진다.

1950년 한국전쟁으로 민주주의와 공산주의 냉전은 본격화된다. 미국에선 정부 관료였던 엘저 히스의 간첩 사건이 터지고 공무원 출신 로젠버그 부부에 의해 원자폭탄 기밀이 소련으로 넘어간다. 위의 두 간첩 사건은 미국 사회에 거대한 파문을 일으켰다. 이런 배경 속에서 매카시즘이 몰아친 것은 어찌 보면 자연스러운 흐름이었는지도 모른다.

1930년대가 전체주의 공포 시대였다면 1940년대 이후는 공산주의 공포 시대였다. 소련과 중공의 위협, 제2차 세계대전으로 인한 외국인 혐오증 등이 미국 사회 전반을 지배했다. 흥미진진한 첩보 영화가 오락물만은 아닐 만큼 냉전 당시 미소 양국의 첩보전은 영화를 능가했을 것이다. 핵을 보유한 두 개의 축이 전 세계를 쥐락펴락하기 시작했다.

위스콘신 주 상원의원인 조지프 매카시는 1950년 2월, 공산주의자가 미의회와 정부를 뒤덮고 있다고 주장했다. 공산주의자 및 동조자 200명의 추방을 요구하면서 '자본주의식 공산주의자 숙청 선풍'으로 세상을 발칵 뒤집어놓았다. 그 당시 기록 필름을 보면 다수의 피의자가 증거도 없이 그저 풍문만으로 추궁받고 직위에서 물러났다. 각 기관마다 충성 맹세를 돌렸으며 사회주의 성향을 조금이라도 보였다가는 혹독한 청문회를 겪어야 했다. 우리가 좋아하는 천재 영화인 찰리 채플린도 매카시즘의 희생자다. 그의 작품이 갖는 정치적·사회적 페이소스가 매카시즘의 그물을 빠져나가기는 불가능했을 것이다.

미국을 알기 위해선 경제공황보다, 세계대전보다, 매카시즘을 살펴보는 것이 효과적이다. 개인적이며 이성적이고 다분히 합리적인 미국 정신이 헌법도 무시하고 증거도 능멸한 채 사회주의의 위협 아래 여지없이 무너진 것이다. 조지 클루니 감독의 영화 '굿 나이트 앤드 굿 럭' (2005년)은 1953년 당시 레드 콤플렉스에 맞선 언론인 에드워드 머로의 활약을 그린 영화다. 그 안에서 미국풍 집단 광기에 맞선 그의 용기를 엿볼 수 있다.

현대사의 초입, 매카시즘은 본격적인 냉전의 시작을 상징한다. 정신 차리고 보니 국민의 바로 코앞에 냉전이 있는 터였다. 심지어 언론들은 냉전 종식 10년 후에 발생한 911사태(2001년)와 이라크전을 매카시즘에 비유했다. 좀처럼 집단행동에 수렴하지 않는, 지극히 개인적인 이 나라 국민 정서가 911사태의 충격으로 인하여 대 테러전을 전폭적으로 지지했기 때문이다.

이야기를 되돌려 1960년으로 가보자. 그해 최초의 가톨릭 신자 대통령인 존 F. 케네디가 탄생한다. 젊은 그는 미국의 이미지를 강하고 참신하게 바꿔주었다. 뉴 프런티어라 부르는 새로운 진보주의는 빈곤 퇴치와 인종차별 해소 분위기를 고조시켰다. 나사NASA는 달 착륙 우주선 사업에 착수하고 쿠바 사태에서는 강한 지도력으로 소련의 기세를 꺾었으며 핵무기 축소에도 깊은 관심을 보였다. 반공을 명분으로 1950년대 말부터 남베트남에 주둔하던 미군 철수 또한 그가 추진한 정책이었다. 젊은 대통령의 패기만만함은 미국 역사의 새 장을 여는 듯싶었다. 간단히 말해 1950년대 보수정치와는 대체로 다른 노선을 걸었던 셈이다.

내정內政에서 숨은 적이 많았던 탓일까? 그는 임기를 마치지도 못하고 1963년 11월 달라스에서 암살된다. 뭔가 석연치 않은 그의 죽음은 현재까지도 의문에 싸여 있다. 과연 워런위원회 발표대로 오스월드 단독범죄인가, 배후에 뭔가 거대한 음모가 있지 않을까? CIA, 쿠바, 소련, 마피아 등 미국민의 마음속엔 수없이 많은 배후세력이 떠올랐다 사라졌다. 위대한 미국을 부활시켜줄 젊은 대통령이 변변치 않은 한 남성의 총격에 사망했다는 건 어딘지 믿어지지 않고 서운하기까지 하다. 음모가 아닌 다음에야 초강국 미대통령이 어찌 허무하게 암살될 수 있단 말인가.

케네디 암살 음모론에 대해 어떤 사회학자는 '미국인에겐 과대망상 증세가 있다' 고까지 평가한다. 몰아치듯 달려온 이들의 역사가 '과대망상' 을 키워왔는지, 실제로 배후에 무엇이 있는지는 누구도 알 수 없지만 말이다. 실제로 미국인은 드라마틱한 역사를 좋아한다. 신화와 전설을 갈구하고 영웅American Hero을 흠모한다. 허망한 역사가 아닌 대서사시를 원하며 단순하고 사소한 사건보다는 전략과 음모, 복선과 카타르시스를 원한다.

1964년 샌프란시스코의 버클리 대학을 기점으로 시작된 반전, 반문화 운동은 그동안 곪아왔던 미국의 제반 문제점을 이슈에 올린다. 반문화 운동과 함께 흑인 인권 · 페미니즘 · 원주민 운동 등이 횃불처럼 번졌다. 마틴 루터 킹 목사가 흑인 인권을 위해 일어섰으며 여성계와 원주민들도 지위 개선을 위해 나섰다. 1967년 10월, 워싱턴 D.C. 링컨기념관 앞에서 열린 베트남전 반대 대규모 시위는 기존의 정치 · 경제 · 사회 질서에 대항한 젊은 세대의 거센 외침이었다.

1969년 발표된 '닉슨 독트린' 결과로 중공과 핑퐁외교(1971년)가 시작되었다. 냉전 시대는 선택적 화해 무드로 일전했고 자국의 이익을 위한 이념 넘어서기가 세계적 대세가 되었다. 이러한 국제 상황이 미국 내 진보와 보수 진영에 큰 혼란을 준 것은 당연하다. 1973년 월남전의 패배는 미국 전체에 정신적 충격을 주었다. 월남전을 치르는 동안 불황 속의 인플레이션이 사회 전체를 위기로 몰고 갔으며 석유파동이 겹쳐 미국은 진보 체제의 한계를 맞게 된다.

우리가 흔히 말하는 네오콘Neocon, 신보수주의도 실은 냉전의 산물이다. 1960년에 태동해 현재까지, 전통 보수와 구별해 또 다른 정치 외교 노선을 주장하고 있다. 냉전 시대의 네오콘은 첨단의 군사력과 국내 안보를 강조해 구소련과 맞섰다. 국제 여론과 무관할 정도의 강력한 외교 노선이야말로 미국을 초강국으로 만드는 조건이라 여겼다. 냉전 종식 후 신보수주의 네오콘은 전통 보수와 확연하게 갈린다. 1980년대부터 현재까지, 네오콘의 세계 간섭주의, 일방적 외교는 미국 내에서도 많은 갈등을 일으키고 있다. 유대인이 네오콘에 강력한 힘을 보태기 시작한 것도 냉전 종식 즈음으로 해석되고 있다.

1970년대 말은 베이비부머들이 직업을 갖기 시작할 즈음이다. 제2차 세계대전 후 태어난 그들을 일컬어 베이비부머(1945년부터 1964년 사이에 출생한 자)라 하는 이유는 전후 출산 장려로 인구가 급격히 늘었기 때문이다. 이들의 과잉 노동력으로 실업률이 급속히 증가하자 대중의 염원은 오로지 경제 회복과 사회 안정뿐이었다. 베트남전 패배의 충격과 핑퐁외교의 혼란 속에서 평범한 중산층은 먹고사는 일로 코가 석자나 빠져 있었다.

이즈음 태동한 신자유주의는 미국의 경제적 갈등을 풀어주었다. 신자유주의란 자유 무역, 자유 시장, 국제적 분업을 기초로 한 선진국 중심 시장 경제 원리다. 정치적 수단과 압력을 통해 외국 시장을 개척하고 시장 개방을 통해 다국적 기업과 자본의 확산을 도모한다. 1980년대 레이건 대통령은 보수로 회귀해 신자유주의를 세계로 확대시킨다. 그리하여 세계로 퍼진 다국적기업들은 막대한 이익을 창출했으며 제3국 잉여 노동력에 대한 착취가 인권 문제로 떠올랐다.

세계 각국이 체결 중인 FTAFree Trade Agreement, 국가 간 무역 자유 협정와 RTARegional Trade Agreement, 지역 간 무역 자유 협정도 마찬가지다. 세계 시장을 하나로 보고 자유

교역과 시장 개방을 통해 양국 간 혹은 지역 간의 경제 통합을 이루자는 뜻이다. 한미 FTA 역시 무역 장벽을 완화해 양국 간 무역 증진을 도모하고 물자, 서비스 등의 교역을 확대해 원활한 경제 소통을 이루고자 한다. 하지만 FTA 협약 내면에 숨어 있는 강대국의 힘의 논리를 배제할 수는 없다. 한미 FTA 협정에서도 쇠고기 개방 문제, 농업 개방 문제, 업종 간 관세 문제 등으로 깊은 갈등을 겪고 있다.

1980년대는 변화의 시대였다. 미국의 대기업과 부유층은 레이건의 보수 경제 정책으로 엄청난 부를 축적한다. 반면 빈부 격차의 심화로 미국은 현재 많은 사회문제를 안게 되었다. 간단하면서 가장 일상적인 예를 하나 들어보자. 레이건 시절 제정한 401K라는 연금법이 있다. 소득에서 일정량을 401K에 넣으면 세금 감면뿐 아니라 투자 자금으로 활용되어 높은 이자가 보장된다. 소득이 높은 중산층 이상은 401K를 활용한 덕에 21세기로 넘어온 현재 어마어마한 복리로 풍요로운 노년을 맞이하게 되었다. 미국 내 수많은 잡지마다 401K 연금을 끌어들이기 위한 금융 회사 광고가 널려 있는 것도 그 액수가 실로 어마어마하기 때문이다. 이렇듯 401K로 유입된 자금은 레이건 대통령 당시 군비 확장에 활용되었다고 한다. 군비 경쟁에서 뒤진 소련은 해체의 위기를 맞게 되었다. 401K 연금법의 나비효과라고나 할까.

이처럼 미국에선 경제 부활의 신화적 인물로 레이건 대통령을 꼽는다. 도덕 정치를 목표로 했던 카터 전 대통령에 비해 레이건은 멋진 카우보이였고 유머 넘치는 스타였으며 미국민에게 격려와 희망을 전하는 메신저였다. 독립 이전부터 세금이라면 끔찍하게 싫어했던 이들에게 세금감면정책을 실시했고 작은 정부, 경제 규제 철폐 등으로 미국의 도약을 이끌었다. 그가 이룬 대소련 핵 감축 협상과 냉전 시대의 종결 또한 상징적이다. 1990년대엔 사우스다코타 러시모어 산에 새겨진 4명의 위대한 대통령 얼굴 곁에 레이건을 끼워 넣자는 여론이 무성했다. 하지만 그의 보수 정치에 따른 문제점 때문에 반론 역시 분분했고 그 후 사람들은 잠잠했다.

「뉴욕 타임스」의 2007년 3월 통계에 의하면 2005년 납세 자료 분석 결과, 미국 내 상위 10%가 전체 소득의 48.5%를 차지하고 있다. 이는 1970년에 33%였던 것에 비해 15.5%나 상승한 수치다. 상위 1%가 국민 전체 소득의 21.8%를 점유함으로써 거부 1명이 하위 계층 500명분의 소득을 올렸다. 빈부 격차와 사회적 불평등은 21세기 미국을 뒤흔들 또 하나의 사회문제가 될 것이다.

건국 이래 230년 동안 국가는 부유해졌으나 가난한 자는 여전히 가난하고 인종차별도 남아 있다. 민주적이며 합리적인 국가 내면엔 통제 불능의 편견과 총기 문화, 상상을 초월하는 진보 세력이 존재한다. 세계 평화를 주도한다는 미국적 사명이 세계 곳곳에서 비난받고 있지만 이들의 군사력과 세계 경제에 미치는 영향력은 막강하다. 여러 나라로부터 블랙홀처럼 흡수한 뛰어난 인재 고용과 끊임없이 질문하고 저항하는 평범한 중산층의 존재가 이 나라를 튼튼히 받쳐주고 있다. 그렇다면 21세기 이 나라의 역사는 어떤 방향으로 나아갈 것인가? 이라크전에 매여 있고 경제 침체에 진입하고 있으며 인도와 중국의 급부상으로 최강의 자리를 위협받고 있는 이때 그들의 전략은 무엇일까? 간략히 살펴본 미국 역사 말미에 이 질문을 누군가에게 던지고 싶다.

1844년. 필라델피아 폭동. 초기 영국 이민과 아일랜드 이민자 간의 갈등이 프로테스탄트 대 가톨릭 이라는 종교적 반목으로 표출되었다.

인종 차별과 민족의 다양성

"미국은 한마디로 멜팅 팟melting pot이다."

자주 듣는 얘기다. 한 나라 안에 여러 민족, 여러 문화가 한꺼번에 녹아 있음을 비유하는 말이다. 하지만 그것도 지난 세기 얘기다. 미국이 내부적으로 몸살을 앓는 이유는 다인종, 다문화가 그다지 녹아들지 않는 데 있다. 일부 비판적인 사람들은 미국이 결코 '멜팅 될 수 없다'고 말한다. 함께 용해되려면 골고루 섞여야 하는데 여러 인종이 혼합되는 과정에서 유리되거나 동화되거나 둘 중 하나라는 의견이다.

흔히 미국과 캐나다, 호주 등 근대 이후 건설된 이민 국가를 일컬어 다문화주의, 다문화복합주의라고 한다. 멀티컬처럴리즘, 모자이크 소사이어티라는 표현은 갖가지 문화가 고루 섞여 다양화 속에 균형을 이룬다는 의미다. 어떤 이는 샐러드 문화, 비빔밥 문화라고 표현한다. 야채마다 제 맛, 제 모습을 유지한 채 뒤섞인 상태를 강조한 것이다. 그렇다면 미국의 정체성은 어떤 것일까?

예를 들어 샌프란시스코의 차이나타운을 보자. 이민 150년 역사를 지닌 중국인은 시내 중심가에 중국과 다름없는 자기들만의 문화 공간을 갖고 있다. 그 안에 들어가면 미국인지 중국인지 알 수 없다. 장소만 미국으로 옮겼을 뿐 그들의 전통과 역사를 지켜나가는 데는 별 어려움이 없다. 일본도 유대인도 마찬가지다. 유대인이 많은 동부 몇 지역에선 유대축일에 학교가 쉬기도 한다. 민족의 다양성은 각각의 이민 역사와 고국의 언어 · 종교 · 문화의 다양성에 이르기까지 수많은 파장 효과를 가져온다. 이에 따른 계급의 다양화 역시 미국 사회를 관찰하는 데 빠질 수 없는 요소가 될 것이다.

이렇듯 미국의 현재를 알기 위해 이민의 역사는 중요하다. 건국 이전부터 이민으로 출발해 현재도 매년 80만 명의 이민자가 새로운 삶을 개척하려고 미국 땅을 찾는다. 하지만 200년 전이나 지금이나 이민자에게 예민한 촉수를 들이대는 것은 여전하다. 특히 태평양을 통해 들어온 아시아 이민자에게 여지없이 브레이크를 걸곤 했다.

1798년에 이민법과 유사한 귀화법이 제정되었다. 그 후 50년 가까이 유럽 이민을 자유롭게 받아들이다가 19세기 중반에 이르러 아일랜드 이민을 제한한다. 프로테스탄트인 본토박이Nativists들에게 가톨릭을 믿는 아일랜드인이 마땅할 리 없었다. 서부 캘리포니아에서는 중국 이민이 시작된 19세기 중반 이후 이민자 수가 급격히 늘어난다. 그러자 1882년, 중국 이민을 막기 위해 중국인 배척법을 제정했다. 일본인도 이와 유사한 배척을 받는다. 1924년엔 이민과 국적법을 실시해 국가별 이민자 수를 극히 제한했으며 아시아 이민은 실제로 금지되다시피 했다. 이는 유색인종에 대한 차별이었다. 제2차 세계대전이 발발했을 때도 마찬가지다. 독일, 이탈리아계 백인에게는 전쟁의 분노를 공식적으로 전가하지 않았지만 일본인은 하나도 빠짐없이 강제 수용소로 이송되는 아픔을 겪었다. 백인과 유색인종에 대한 차별이 극명하게 드러나는 처사였다.

1952년에 제정된 매카렌-월터법은 기존의 국가별 쿼터제를 유지하면서 일부 국가의 이민을 제한했다. 냉전이 시작된 만큼 동구의 사회주의 국가를 의식했기 때문이다. 그러던 1965년, 인권 운동의 영향을 받은 새 이민법에 의해 비로소 아시아 이민자에게 문호가 개방되었다. 이에 한국을 비롯한 베트남, 태국, 인도 등에서 아시아 이민이 쏟아져 들어오고 남미 및 멕시코 이민자도 질세라 뒤를 쫓았다.

1970년대 말 정체성 혼란과 경제 불황이 심각해지자 미국은 보수로의 회귀를 갈망하게 된다. 유색 이민자, 특히 불법 이민자에 대해 경종을 울리기 시작한 것은 어찌 보면 당연하다. 비록 그들이 3D로 불리는 막노동 업종 수요를 충족시켰음에도 그들 때문에 백인 청년들이 일자리를 빼앗기고 국민 복지 혜택 또한 거저 나눠야 한다는 것이 크나큰 불만이었다. 그즈음 도마 위에 오른 멕시코 불법 이민자 문제는 현재까지 격렬하게 이어지고 있다. 앞으로 있을 새로운 이민법은 더욱 제한적이고 면밀할 것이다. 결국 미국의 이민 정책은 밥그릇 수에 맞춘 노동력 유입과 제한의 연속선상에 있다. 유입되는 이민자 수와 그들의 능력, 역할에 따라 미국의 역사는 진화되었다.

21세기 현재, 이민에서 가장 큰 이슈는 멕시코 국경을 넘어 들어오는 불법 이민자들이다. 브래드 피트 주연의 영화 '바벨' (2006년)에서도 잠깐 보이듯이 멕시코-미국 간 국경을 넘어 불법 이민을 시도하는 이들은 수없이 많다. 게다가 부녀자의 경우엔 국경 사막을 넘다가 사망하는 경우도 비일비재하다. 2007년 10월에 발생한 샌디에이고 대화재 때도 산불을 틈타 미국 국경을 넘으려던 멕시코인 상당수가 불에 타 숨진 채로 발견되었다.

현재 남미 이민자는 아프리칸 아메리칸의 수를 제치고 최다 유색인의 자리를 차지하고 있다. 외국 이민자 중 53%가 라틴아메리카 출신이며 그 대부분이 멕시코인이다 보니 미국 행정부로서 멕시코 불법 이민에 예민할 수밖에 없는 것이다.

재미난 영화 'The Day After Tomorrow' (2004년)를 보면 감독과 제작자의 기발한 시각을 읽을 수 있다. 환경오염에 의한 갑작스러운 기상 이변으로 북극 빙하가 붕괴되자 북반구의 기온 강하가 급격하게 진행된다. 나라의 반쪽이 얼어붙는 상황에서 미국인은 따뜻한 이웃 나라 멕시코로 향한다. 드디어 국경, 수많은 이들이 리오그란데 강을 넘으려 아우성치지만 멕시코 정부는 이들을 단호하게 막는다. 불법으로 국경을 넘으면 발포할 기세다. 하는 수 없이 미 정부는 다음과 같이 제안한다. 국경만 개방해주면 라틴아메리카 부채를 모두 탕감해주겠노라고. 그런데 이게 웬 일? 멕시코 정부는 이 요청마저 거절한다. 마치 "우리에게 그토록 모질게 대했던 것을 보복하겠노라"고 말하는 듯하다. 얼마나 재미난 패러디인지 한동안 배꼽을 잡고 웃었던 기억이 난다. 환경 문제뿐 아니라 이 나라 이민 정책과 대외 정책까지 꼬집은 듯하다. 실재로 2005년 허리케인 카트리나와 허리케인 리타가 불어 닥친 직후 멕시코 국경을 넘어 피난 간 미국인의 수가 상당했다고 한다.

아시아 이민자들은 한국, 일본, 중국, 베트남, 캄보디아, 필리핀, 태국, 티베트, 파키스탄, 인도, 중앙아시아까지 다양하다. 이민자의 세대차도 다양하다. 서부 유럽 이민자들과 아시아 이민 세대는 5대, 6대가 진행 중이고 방금 미국 땅을 디딘 세계 각국의 이민도 있다. 특히 아시아인은 유색인종이면서 높은 교육 수준과 경제력, 백인의 생활 가치를 따르지만 백인 골수 사회에는 침범하지 못한다는 평이다. 백인 보수주의의 경계선은 생각보다 분명하고 날카롭다.

미국의 전통적 보수주의자들은 이 나라의 다양성이 미국 전체를 통합하는 데 불리할 것이라 경고한다. 수차례 대통령 경선에 나선 바 있는 보수 논객 패트릭 뷰캐넌이 대표적인 경우다. 그는 각 나라 이민자가 그들의 문화와 전통, 식습관을 유지할 경우 미국 사회의 분열을 막을 수 없을 것이라 경고했다. 다민족을 인정하기보다 '미국적'인 것을 강조해야 사회 통합이 가능하다는 얘기다. 하지만 건국 이전부터 이민으로 이루어진 나라를 이제 와서 뜯어고칠 수도 없는 노릇이다. 아시아, 아프리카, 남미 이민자들이 고유의 문화, 전통을 지워버리고 '완전한 미국인'이 되기는 힘든 것이다.

뷰캐넌의 우려대로 현재 미국의 멜팅 팟은 보이지 않는 저 깊은 곳에서부터 눌어붙고 있는지 모른다. '다양성'을 적극적으로 포용하지 않는다면 멜팅 팟 미국의 먼 미래는 짐작하기 어려울 것이다.

일본에 대한 죄책감

제2차 세계대전 발발 후 중립을 선언(1939년)한 미국은 1941년 12월, 일본이 진주만을 폭격한 직후 본격적으로 전쟁에 뛰어들게 된다. 두 차례 세계대전의 포화도 미 대륙에는 미치지 못했지만 꼭 한 나라가 이들의 영역에 폭탄 세례를 퍼부었다. 그러니 얼마나 놀랐겠는가? 지금 미국이 갖고 있는 대테러 안전 의식을 생각하면 1941년 당시 미국인의 분노와 놀라움을 짐작할 수 있겠다.

진주만 공습 이후 미국 내 일본인들도 느닷없는 철퇴를 맞는다. 우리 역사책에는 나오지 않는 일본인 강제수용소가 미 서부 곳곳에 설치된 것이다. 모든 일본인이 스파이라는 가정 아래 일본인 가장들이 소리 소문 없이 체포되었다. 그 후 모든 일본인이 전 재산을 버리고 황무지에 급조된 수용소에 갇히게 된다. 1942년 2월 19일, 루스벨트 대통령이 서명한 '대통령령 9066'은 미국 시민권자, 영주권자를 막론하고 일본인이면 모두 수용소에 격리한다는 내용이었다. 한국계 배우 릭 윤의 출연으로 화제가 되었던 영화 '삼나무에 내리는 눈'을 보면 일본인 강제수용소가 나온다.

인적 없는 황무지에 급조된 수용소는 영화에서 흔히 보는 전쟁포로수용소와 진배없었다고 한다. 수용소 주변엔 철조망이 세워졌고 군인들이 그곳을 감시했다. 커다란 천막 하나에 서너 가족이 배치되고 생활 용품은 그야말로 필수적인 것만 지급되었다. 사막과 다름없는 황무지에서 농토를 개간해 농사를 짓고 터무니없이 낮은 임금으로 생활을 버텨나갔다. 당시 미국인은 일본인을 잽스Japs라 부르며 비하했고 심지어 어떤 이들은 아시아 이민자를 미친개, 노란 기생충이라고까지 불렀다.

실생활의 궁핍보다 그들을 더욱 괴롭힌 것은 이민 1세대인 이세이와 2세대인 니세이 간의 갈등이었다. 수용소에 갇힌 일본인 12만 명은 부모 자식 간의 세대 차이로 가족 분열의 위기를 맞는다. 미국 시민권을 가진 니세이들은 전제군주적 사고를 가진 부모 세대와 반목했다. 일부 니세이들은 자신의 충성심을 증명하기 위해 유럽 전선에 참전, 누구보다 혁혁한 공을 세웠다. 반대로 3년여 동안 수용소에 갇혀 있던 이세이들은 종전 이후에도 정신적 충격과 우울증으로 죽음에 이르기까지 고통을 받는다. 치욕을 죽음보다 끔찍스레 생각하는 일본인 가치관으로 보아 그때 그 상황을 짐작할 수 있을 것이다.

훗날 미 정부는 일본인 강제수용소를 두고 '전쟁 중 최악의 실수'라며 공식 시인했고 70년대 이후 보상금 지급과 공식 사과문이 전달되었다. CNN의 정치 논객 부르스 몰턴은 미국 역사상 가장 독선적인 대통령령으로 링컨의 노예 해방법을 꼽았고 프랭클린 루스벨트의 일본인 강제 수용법 역시 그에 버금간다고 평가했다. 정책 결정 과정에서 의회와 대통령 간의 내부적 파장이 상당했음을 알 수 있다.

일본인이 겪은 수모는 역사 교과서에도 생생히 남아 있다. 공립고등학교 현대사 클래스에선 일본인 강제수용소 내용을 비중 있게 다룬다. 배우는 학생도 가르치는 선생님도 일본인 강제수용소에 대해 반성하는 방향으로 사관이 잡혀 있다. 일본 영토에 대한 원폭 투하와 미국 내 강제수용소 사건은 '세계 정의를 수호하는 미국 역사에 은근한 오점'으로 남아 있다. 정의, 자유, 인권을 국가 정체성의 핵심으로 여기고 있는바, 그것을 스스로 무너뜨린 것에 대한 반성과 자책인 셈이다.

무엇이 이들을 수치스럽게 하는가? 미국 역사를 살펴보면 이보다 더 수치스러운 일이 있을 법하다. 하지만 현재 일본이 차지하는 정치적 · 경제적 비중을 고려해 이 사건을 그나마 재조명한 것 아닌가 짐작된다. 만일 그 나라가 일본 아닌 다른 나라였다면 어떠했을까? 아마도 형편은 달라졌을지 모를 일이다.

생각보다 심각한 불법 이민

막내가 다니는 학교에는 라티노(남미인, 히스패닉) 어린이들이 상당히 많다. 그들을 위해 일부 공식 행사에선 스페인어를 함께 사용하고 모든 가정 통신문은 두 가지의 언어로 양면 프린트 된다. 라티노 학부모를 위해 멕시코 출신 상담 교사가 상주하고 교사 중엔 두 가지 언어를 소화하는 이들이 늘고 있다. 남미 어린이가 과반수 이상인 공립학교도 있고 대도시로 갈수록 그 수는 많아진다. 경제적으로 넉넉한 백인 계층이 사립학교를 선호하고 때로 종교적 이유로 자퇴해 홈스쿨링을 하는 데에는 그들만의 교육적 소신이 있을 것이다. 더불어 유색인종에 대한 암묵적 차별주의도 여전히 작용하는 듯싶다.

실제로 우리가 살던 도시의 두 고등학교를 비교해보자. 한 학교는 유색인종이 많고 한 학교는 백인 위주의 공립학교다. 유색인종이 많은 딸아이 학교는 대입 실적(?)이 떨어지고 각종 주 단위 시험 성적이 좋지 않은 편이다. 이에 비해 고급 주택가에 위치한 백인 중심 고등학교는 대학 입학률이며 학교 순위에서 최상위를 차지한다. 학부모 교육 수준과 열의가 높아 교육후원회도 탄탄하다. 백인 중산층 중에는 부러 그 근처로 이사 가는 이도 있다. 교육열 높은 한인 역시 그 학교를 선호한다.

경제적 수입이 낮은 라티노 대부분은 자녀를 대학에 진학시키기 힘들다. 미국의 많은 대학이 저소득층 학생에게 학비 감면을 해주지만 그 기간

조차 돈을 벌어야 하는 사람에겐 학비 감면은 거추장스러울 따름이다. 게다가 고교 자퇴율도 유색인종이 상대적으로 높다.

2006년 봄에는 멕시코 불법 이민 이슈가 하늘을 찔렀다. 캘리포니아에서 대규모 시위가 일어나고 금세 이 나라가 어떻게 될 것처럼 정계며 국민이 떠들썩했다. 미국이라는 나라가 워낙 크고 각양각색이라 한 사건으로 국내 전체를 뒤흔들기 쉽지 않다. 하지만 멕시코 불법 이민에 대해 이렇듯 큰 관심을 보인 것은 미국 중간선거(2006년 11월)를 겨냥한 정치적 포석도 한몫했다.

2007년 초 현재, 미국에는 3600만 명의 이민자가 살고 있다. 전체 인구의 12%가 넘는 수치다. 이 중 3분의 1이 불법 이민자로 추측된다. 주요 시사 주간지에 의하면 2000년 이후 47개 주에서 이민자가 급증하고 있다. 그중 사우스캐롤라이나는 예년에 비해 47%의 증가(2006년)를 보이고 있어 가장 빠르게 이민자 수가 늘고 있는 주로 꼽힌다. 약 20년 전인 1986년에 비해 2006년 현재 불법 이민은 세 배로 증가했다. 남미계가 주를 이룬다.

이들 대부분은 전문 기술이 필요 없는 단순 노동직에 종사한다. 건축, 농업, 레스토랑, 호텔 종업원 등 값싼 인건비로 충당되는 3D 업종이다. 중부에 위치한 아칸소 주의 플랜테이션과 닭 도살업에서는 남미 불법 이민자가 70% 이상이라 추정된다. 미국에서 3D 업종에 종사하는 젊은 백인을 찾기란 쉽지 않다. 이미 그들은 값싸고 힘든 노동에 무관심한 지 오래다.

2001년 911 사태 이후 불법 이민은 곧 사회 안전 문제와 연결되었다. 이 나라 백인은 '불법 이민이 곧 사회 범죄'라는 공식을 지우지 못하고 있다. 2006년 4월 10일자 「타임」의 설문조사에 따르면 불법 이민에 대해 32%가

극도로 심각하다고 답했으며, 36%가 매우 심각, 21%가 어느 정도 심각, 8%가 별로 심각하지 않다고 응답했다. 관계없다고 대답한 이는 겨우 3%에 지나지 않는다.

불법 이민에 대한 백인 다수의 의견은 이렇다. '그냥 놔두되 강력하게 처우하자'는 것이다. 미국인 입장에서 불법 이민은 허락할 수 없지만 게스트 워커Guest Worker 혹은 임시 비자에는 관용적이다. 게스트 워커란 제1차 세계대전 후 미국의 노동력 수요가 많아지자 수만 명의 멕시코인을 추수에 투입하기 위해 서남부로 유입한 제도다. 그들은 추수 후 임금을 받고 멕시코로 돌아갔으며 지금도 게스트 워커라 하면 일정 기간 취업 후에 되돌아가는 것을 전제로 한다. 반대로 불법 이민 정책에 대해 색다른 입장을 취하는 몇몇 정치인도 있다. 플로리다 주지사의 이야기를 들어보자. "이민자들은 미국을 바꾸려고 들어오는 게 아니다. 미국에 의해 미국화되기 위해 이민 오는 것이다." 그러니 불법 이민자 또한 사회 범죄자 취급을 해서는 안 된다는 뜻이다. 라틴계의 한 고위 관리는 이렇게 일침을 놓기도 한다. "170년 전엔 서부 전체가 멕시코 땅이었음을 상기하라. 우리가 국경을 건넌 게 아니고 국경이 우리를 가로막았을 뿐이다."

이 나라 이민 정책의 기본은 '미국화'에 있다. 이민자들에게 미국인이라는 의식을 심어줌으로써 국민의 정체성을 확립하려 한다. 2007년 봄 발생한 조승희 사건에서는 언론과 국민 모두가 다음과 같은 입장을 밝혔다. "그는 미국인이다. 한국인이 죄의식을 느낄 필요는 없다." 이는 이민자에 대한 그들의 생각이 '미국화'인 것을 명확하게 보여준다.

불법 이민으로 백인 남성의 실업률이 높아졌다. 히스패닉에게 일자리

내준 젊은이들은 더 나은 일자리를 찾기 위해 대학에 진학하고 있다. 대학 진학은 곧 경제적 부담을 의미한다. 미래를 위한 몇 년의 투자가 생활의 발목을 잡는 격이다. 하지만 이미 백인 청년들은 3D 업종에서 일할 생각이 없는 것 같다. 유색인종에게 허드렛일 맡기는 것을 당연한 일로 여긴다.

2007년 외신에 보도된 미연방 인구통계는 이런 현실을 증명하고 있다. 미국 내 대도시에서 많은 백인이 빠져나가는 대신 멕시칸 위주의 이민자가 그 공간을 채우고 있다. 뉴욕을 예로 들자면 2000년에서 2006년까지 약 100만 명에 달하는 이민자가 새로 유입되었고 이들이 없었다면 뉴욕 인구가 60만 정도 줄었으리라는 예측이다. 이런 현상은 다른 대도시, 중소도시에서도 마찬가지다. 새로운 이민자들이 노동 수요를 채워줌으로써 백인 노동력의 이탈을 대신하고 있다.

우리가 살던 도시는 멕시코 이민자가 순조롭게 정착한 곳이다. 3D 업종에 흡수된 그들은 성실하게 일해 가족을 부양한다. 불법 이민자들이 확보한 경제력이 상당하다고는 하지만 미국 전체 경제 규모로 볼 때 그들이 버는 돈은 별 의미가 없다. 그보다는 그들의 숫자, 앞으로 20년 후에 현격히 높아질 히스패닉의 인구 비율, 미래의 투표권을 행사할 수 있는 머릿수에 주목해야 한다. 인종 간 이슈에 의해 표심이 쏠리기 시작하면 대권에도 큰 영향을 줄 수 있으므로 인종별 참정권 수는 매우 중요하다.

아메리칸 원주민의 삶

원주민 문화를 접한 것은 오래전 미국 서부를 여행하면서였다. 인디언 보호 구역과 국립 공원을 돌아보면서 좌판에 토산품을 놓고 파는 그들을 보며 전통문화를 간직한 그들이 신기하기만 했다. 아메리칸 원주민의 인생 철학은 자연과 더불어 그 일부로 살아가는 것이다. 신대륙에 도착한 영국 이민과 격하게 충돌한 이유도 자연과 땅에 대한 극단적 개념 차이 때문이었다. 원주민에게 대지는 조상으로부터 물려받은 축복인 동시에 후손으로부터 빌려온 선물이었다. 반대로 유럽인에게 그것은 철저한 소유 개념이었다.

식민지 정착민은 무조건 금을 긋고 내 땅이라 주장하며 그 땅에 발을 들이면 총으로 대적했다. 1830년대 이후 인디언 토지 법안은 단지 합법적으로 그들의 땅을 접수하기 위함이었다. 총기 소지의 자유도 서부 개척 시대의 자기 방어에 기초한다. 본래 독립 전쟁 당시 민병대에 한했던 총기 소지가 개인의 권리가 된 것이다. 동물에 대해서도 마찬가지다. 영화 '늑대와 함께 춤을'에서 볼 수 있듯이 원주민의 사냥은 주린 배를 채우기 위한 목적으로 쓰인다. 하지만 일부 백인은 학살에 가까운 동물 사냥에서 쾌감을 느꼈다. 재미로, 취미로 사냥하는 잔혹함은 원주민과의 전쟁에서 계속되었다. 자연의 질서보다 물질적 과욕을 추구했음은 그 누구도 부인할 수 없는 사실이다.

17세기 초반부터 영국과 원주민은 영토 문제로 충돌했다. 식민지 이주민은 새로운 땅을 원했고 그 땅을 차지하기 위해 총부리를 겨누었다. 위협을 느낀 원주민은 자기 방어를 위해 무기를 들었고 영국군과 맞서 치열한 전투를 치렀다. 미국이 독립하기까지 수차례 잔혹한 전쟁이 있었고 땅에 대한 식민지인의 욕구는 집요했다.

1783년 영국이 미국의 독립을 인정하기까지 원주민에 관한 논의는 전혀 없었다. 신생국 미국은 보다 강한 영토 확장 정책을 펼쳐 애팔래치아 산맥 서쪽으로 전진한다. 1803년 제3대 대통령 제퍼슨이 프랑스로부터 루이지애나를 헐값에 매입하자 미시시피 강 서쪽의 거대한 땅덩이는 이들의 서진 西進을 재촉했다. 미 중부를 종단하는 미시시피 강은 동서 교역을 위한 젖줄이었다. 그 강 너머로 진출하면 단번에 서부 개척이 가능할 판이었다. 하지만 곳곳에 퍼져 있는 원주민 부족들이 걸림돌이었다. 합법적으로 이들을 밀어낼 수 있다면 서부 개척에 이보다 더 좋은 방법은 없을 터였다. 이에 1830년 미국 정부는 소위 '인디언 철거 법령the Indian Removal Act'을 제정한다. 민주주의의 전환점을 이룬 잭슨 대통령 때다. 이 법령으로 동·남부에 있던 원주민 부족을 미시시피 강 서쪽으로 강제 이주시켰다.

그 후 수십 년간 원주민 부족들의 죽음의 서진은 계속되었다. 백인에겐 개척의 길인 동시에 원주민에겐 멸망의 길이었다. 잘 알려진 예로 체로키족의 강제 이주를 들 수 있다. 당시 노스캐롤라이나 지역에 살고 있던 체로키족은 백인 군대의 압박에 의해 강제 이주를 시작한다. 1838년 약 1만 6000명의 체로키족이 피눈물 나는 이주를 시작했고 테네시 주를 지나 오클라호마 주에 이르는 동안 부족 중 약 4분의 1이 추위와 굶주림으로 사망했다고 전해진다.

　19세기 중반부터 시작된 골드러시로 미국의 인디언 정책은 본격화된다. 금광을 찾아 서부로 몰려든 백인은 원주민을 보호 구역 내로 이주시키기 시작했다.

　링컨 대통령 재임 동안 중·북부 사우스다코타 주에서 수우족과 처절한 전투가 있었고 1864년엔 콜로라도 주에서 잔혹하기 이루 말할 수 없는 '샌드크리크 학살'이 벌어졌다. 동부에서는 남북전쟁이 치열할 때 미시시피 강 서쪽에선 원주민 토벌이 병행되었다. 당시 사우스다코타와 콜로라도에서는 금광이 발견되었다. 원주민 멸망사와 백인의 노다지Gold Mine는 같은 길을 걸어간 셈이다.

　'샌드크리크 학살'이 벌어진 곳은 우리가 살던 콜로라도 중·동부에 위치한다. 1864년 그곳에 살던 샤이엔족 부녀자와 노약자 600명이 무참한 공격을 받았다. 당시 학살에 앞장선 시빙턴Chivington 대령은 성인 남자들이 사냥 나간 틈을 타서 부녀자를 급습한다. 그중 약 200명이 살해당했으며 사체의 참혹함은 입에 담기 어려울 정도라고 한다. 현재 샌드크리크는 2005년 8월부터 학살역사유적Sand Creek Massacre National Historic Site으로 보존되고 있다. 우리가 본 샌드크리크는 광활하고 평화로운 모습이었지만 원주민 뼛속 깊이 새겨진 이 학살은 그들 역사 속에 생생히 살아 있다. 한 가지 아이로니컬한 것은 근처 마을 이름이 시빙턴이라는 사실이다. 게다가 그가 감리교 전도사였다니 착잡하기 그지없다.

　1869년 개통된 대륙횡단철도로 미국의 서부 개척은 급속히 진행된다.

설상가상, 쫓기던 원주민은 더 큰 곤경에 빠지게 된다. 철도 개통으로 물자와 군대 수송이 원활해지자 그들의 저항은 무력화되고 만다. 비슷한 시기의 대륙 중남부도 마찬가지다. 체로키족이 살고 있던 오클라호마와 캔자스 일부가 백인에게 불법 불하되기 시작한다. 1887년에 시작된 토지 불하 정책으로 원주민 소유지는 대부분 백인에게 이전된다. 1893년 토지 불하에 관한 내용은 톰 크루즈 주연의 영화 'Far and Away'의 배경이 되었다. 톰 크루즈가 숨넘어가게 달려간 그 평원, 원주민으로부터 빼앗은 그 땅 위를 백인들이 달려가 깃발을 꽂음으로써 자기 땅에 경계를 긋는 장면이 눈앞에 생생하다.

원주민 역사상 가장 유명한 운디드니 사건(1890년)은 원주민 정책의 흑심을 파악한 그들과 백인 기병대의 충돌이었다. 당시 사우스다코타의 수우족 200명을 단 하루 만에 학살한 백인 병사들은 이 사건 이후 원주민 섬멸 정책에 박차를 가한다(영화 '늑대와 함께 춤을'에 나오는 인디언이 바로 이 수우족이다). 청소년 필독서인 『나를 운디드니에 묻어주오』는 중·서부 원주민이 추풍낙엽처럼 멸망해간 1860년에서 90년까지 30년간의 기록이다. 이 책은 1971년 발간 후 미국과 전 세계 지식인들에게 큰 반향을 불러일으켰다.

1900년대 들어서면서 백인은 인디언 보호 구역을 지정했다. 정부에 순응하는 미국의 한 부분으로 그들을 변화시키려는 의도였다. 1924년 정부는 그들에게 시민권을 부여했다. 1948년이 되어서야 이들에게 참정권이 주어졌다. 비록 형식적이기는 하나 흑인의 참정권이 인정된 것은 1870년(수정헌법 15조)이니, 그에 비하면 원주민의 참정권은 80년 가까이 늦은 것이다.

또한 정부는 원주민 아이들에게 전통 교육 대신 기독교 학교를 권유하고 미국화에 편승하도록 유도했다. 운디드니 사건 후 그 정책은 더욱 강력해졌다. 하지만 이들은 열악한 주거, 좋지 않은 건강, 가난, 실업, 마약, 알코올 문제를 떠안고도 일부 의식 있는 원주민을 중심으로 민족의 자존심을 지켜왔다.

어렵게 유지되던 원주민 문화는 1960년대 민권운동과 더불어 소규모 인권운동으로 진행된다. 이미 치러진 조약들은 어쩔 수 없지만 더 이상 자신의 권리를 백인에게 내줄 수 없다는 것이 그들의 입장이었다. 1968년에는 미니애폴리스에서 아메리카인디언운동America Indian Movement : AIM이라는 전투 단체도 결성되었다. 하지만 그 운동의 실효성은 거의 없어 보인다. 5년 후 1973년에는 AIM 단원 200명이 운디드니 근처에 수우족 독립 국가를 선포했다. 그들로서는 원주민 문제의 해결책을 요구한 결단적 저항이었다. 하지만 70일 후 별다른 성과 없이 무산되고 만다. 원주민의 존재는 여전히 미 대중의 심기를 불편하게 만들 뿐이었다.

1970년 닉슨 대통령 당시, 원주민 정책은 청산의 의미에서 자립으로 전환되었다. 미국인은 원주민의 요구 사항을 분명히 알게 되었고 이후 이들을 위한 여러 법령을 제정한다. 인디언 자결법, 인디언 종교 자유법 등이 1970~80년대의 성과라 할 수 있다.

현재 인디언의 삶은 무척 열악하다. 보호 구역 내의 반 이상이 평균 이하의 생활을 하고 있으며 70% 이상이 무직이라는 보고가 있다. 보호 구역 내에 의료 시설도 없고 전기나 물이 없는 곳도 있다. 또한 보호 구역 내의 마약과 알코올 중독, 카지노 설치로 인한 폐해는 오래전부터 회자되고 있다. 2006년 「타임」에 유타 주 스컬밸리 인디언 보호 구역(고슈트족 거주)에 핵 폐기물 공장을 설치한다는 기사가 실렸다. 정부 보상금을 받아 삶의 질을 높이고 사방으로 흩어진 부족을 다시 한 번 모아보자며 적극 찬성하는 원주민도 있다고 한다. 하지만 스컬밸리 일대에는 이미 마그네슘 공장, 신경가스 소각로, 방사능 쓰레기 매립지 등 위험 시설물이 들어서 있다. 주로 중부와 서부에 위치한 인디언 보호 구역에 상당수 위험 시설물이 설치되었다고 한다.

인디언 보호 구역은 미국 전체 면적의 2%다. 좁지 않은 면적이지만 대부분 황무지거나 사람이 살 수 없는 열악한 환경이다. 인구도 소수 중의 소수로 전체 인구 3억 중 1% 내외다.

20세기 후반 들어 인디언이 새롭게 조명되고 있으며 출산율도 서서히 높아지고 있다. 원주민 혈통을 숨기던 혼혈인들이 자신의 존재를 드러내기 시작했다. 이들 인구가 서서히 회복되고 있음은 고무적이다. 전국 274개 보호 구역에 흩어져 살고 있는 이들은 좀 더 나은 삶으로 선회 중이다. 원주민의 정체성을 인정하는 분위기 때문에 떠돌던 젊은이들이 회귀하고 있는 것이다. 돌아온 그들이 보호 구역을 발전시키는 역할을 하고 있다.

2004년 9월, 정부에서는 원주민 전통 문화 보존을 위해 스미소니언 재단 산하 아메리칸인디언 박물관을 만들었다. 워싱턴 D.C.의 국회의사당 앞쪽으로 쭉 늘어선 스미소니언 박물관, 그중 하나가 새로 개관한 원주민 전통 박물관이다. 관광 상품이 아닌 정부 공인 박물관의 탄생은 원주민 역사의 새 장을 열어주었다.

2007년 미국 시민권 시험 문제에서는 몇 가지 특이한 점이 눈에 들어온다. 노예제와 민권운동 문항이 늘어났으며 초기 정착자인 필그림순례자, Pilgrim 을 식민지 개척자로 바꾼 것이다. 이는 백인 중심의 사관에서 조금은 객관화된 개정이라 할 수 있다. 원주민 입장에서 건국의 조부들Founding Fathers로부터 정중한 사과를 얻어내진 못하겠지만 21세기 새롭게 쓰는 원주민 역사는 이처럼 우호적인 이해가 바탕이 될 것이다. 원주민 전통이 미국사의 한 장을 차지하기엔 앞으로도 많은 시간이 필요하겠지만 말이다.

세계 각국에서 몰려드는 이민자와 다르게 원주민은 미국 사회에 용해되기 원치 않는 것 같다. 고래로부터 내려온 땅에서 내몰림당해 일정 지역에 갇혀 살고 있는 그들, 서양 문화에 용해되고 만다면 자신의 모든 것이 지워지고 없어지리라 생각할지도 모른다. 동화도 용해도 거부한다면 그들이 할 수 있는 최선의 삶은 무엇일까?

그들을 생각하고 있노라면 갑갑하고 혼란스럽다. 이 넓은 대지, 끝없는 광야를 누비던 아메리칸 원주민 용사들을 위해 묵념!

미국의 '과장된 영웅' 만들기

가장 미국적인 스포츠 스타라면 누가 있을까. 프로 골프의 타이거 우즈, 전설적인 야구 스타들, 전 세계에 걸쳐 마니아를 갖고 있는 농구 선수들, 청소년의 우상인 풋볼 선수들. 아마도 미국처럼 스포츠 스타가 흔한 나라도 없을 것이다. 잘하기도 잘하거니와 운동 선수를 스타 이상으로 인정하는 이 나라 문화 덕분이다. 게다가 땅덩이가 넓고 인구가 많으니 훌륭한 선수 배출 확률이 유럽에 비해 훨씬 높다. 세계 각국에서 몰려든 발군의 선수들이 앞 다투어 최고의 실력을 자랑한다.

'스포츠는 곧 돈'이라는 공식도 이 나라 상업주의에서 나온 말이다. 대중의 인기를 중요시하는 미국식 스타 만들기는 스포츠가 곧 신앙이라는 공식까지 낳을 정도다. 이른바 인기 종목인 풋볼, 농구, 야구 등은 방송 중계료뿐 아니라 광고비가 천문학적이다. 미국 내 가장 큰 시합인 슈퍼볼의 경우, 30초 광고 하나가 300만 달러에 달한다. 1초 단위로 따지면 1억 원 가까운 금액이다. 2007년 슈퍼볼 방영 시 텔레비전 시청자 수는 9300만 명으로 집계되었다. 미국 인구가 3억을 넘었으니 국민 중 3분의 1가량이 슈퍼볼을 시청한 것이다. 스포츠 중계권 액수도 만만찮다. NBC방송이 2002년 솔트레이크 동계 올림픽 중계권을 따내는 데 든 돈이 5억 4500만 달러였는데, 2006년 토리노 동계 올림픽 때는 6억 1300만 달러로 올랐다. 해가 거듭될수록 그 액수는 높아진다.

풋볼, 야구, 농구 등의 종목이 인기가 높은 것은 짬짬이 고액의 광고를 삽입할 수 있기 때문이다. 미국에서 축구가 인기 없는 이유 중 하나는 텔레비전 중계 시 광고가 쉽지 않기 때문이라고 한다. 45분 내내 뛰어야 하는 축구 경기는 광고를 내보낼 짬이 다른 경기에 비해 적다. 게다가 축구의 종주국은 유럽, 그러니 자존심 강한 신대륙 젊은 나라가 축구 경기를 선호할 리 없다. 그뿐인가. 스포츠 관람부터 직접 운동하는 것까지, 중산층이 광적으로 운동에 매달리는 나라로는 미국이 으뜸이다.

이렇듯 전 국민이 스포츠에 열광하는 상황에서 가장 미국적인 스포츠 스타를 소개하고자 한다. 지난 2001년 이라크전에 투입됐다가 아프간에서 임무 수행 중 2004년 4월 22일 탈레반 잔당에 의해 총격 피살당한 패트 틸먼Pat Tillman이다. 우리에게는 간단한 외신으로 다뤄졌지만 패트 틸먼 이야기는 전 미국인에게 충격을 주었다.

잔당과의 교전 중에 사망한 그는 애리조나 주립대를 졸업한 풋볼 선수였다. 1998년 졸업 후 애리조나 카디널스에 입단해 활동하던 그는 911사태 후 이라크전이 발발하자 참전을 결심한다. NFL에서 뛰던 2000년 당시 연봉 400만 달러 이상이었고 팀의 승리를 좌우할 만큼 철통같은 수비를 자랑하는 디펜서였다. 당당한 체격에 날카로운 눈매, 미디어를 통해 알게 된 그의 인상은 첫눈에도 예사롭지 않았다. 프로 선수로 활약하면서 동시에 철인삼종과 마라톤을 즐겼으니 과연 패트 틸먼은 인간 한계에 도전하고자 하는 강렬한 삶의 욕구를 지녔다고 할 수 있다.

조국을 위해 충성하겠다는 의무감으로 카디널스 팀에서 탈퇴할 때 그의 소식은 외신을 통해 전 세계로 전해졌다. 평범한 사람으로는 이해 못할 결정이었지만 미국의 영웅주의 관점으로 보면 더없이 반가운 일이었다. 레인저로 입대한 그는 미 국민의 가슴속에 애국심을 불러일으켰다. 그로부터 3년 후, 탈레반 잔당에게 죽임을 당한 그는 스포츠 스타로서가 아닌 미국의 영웅으로 우리에게 각인됐다. 매년 그가 사망한 4월이면 주요 주간지에 그의 기사를 다룬다. "우리의 영웅, 패트 틸먼."

그의 영웅적 죽음이 국민의 애국심을 고취시키는 가운데 2007년 4월 24일 놀라운 발표가 있었다. 미국 하원에서 엉뚱한 청문회가 열린 것이다. 그 회의는 미국 행정부가 이라크 전쟁의 영웅담을 조작 혹은 과장했음을 밝히고자 했다. 놀랍게도 증인은 패트 틸먼과 그의 가족. 2001년 참전 직전, 프로 구단의 연봉 제의를 마다하고 아프가니스탄 전쟁에 참가한 그는 팀을 구출하려다 적의 사격으로 사망한 것이 아니라 동료의 오인 사격으로 숨졌음이 밝혀졌다. 결국 그의 죽음은 영웅적 순교가 아닌 평범한 전사였던 것이다.

더 놀라운 것은 '패트 틸먼 스토리의 진실'을 밝히고자 한 측이 가족이란 사실이다. 정부의 '영웅 만들기'에 환멸을 느낀 그들은 사망 진위를 가리는 것만이 패트 틸먼의 죽음을 가치 있게 만든다고 주장했다. 이에 패트 틸먼의 어머니 메리 틸먼은 이렇게 말한다. "영웅담을 만들어냄으로써 정부는 진정한 영웅의 의미를 축소하고 있다. 이것은 나라를 위해서도 바람직하지 않다."

미국의 영웅 만들기는 어제오늘의 얘기가 아니다. 건국 신화가 없는 이들은 미국식 영웅주의를 신화의 뼈대로 삼아왔다. 건국의 조부들도 그렇고 남북전쟁의 영웅도 그렇다. 두 차례 세계대전의 영웅담도 빼놓을 수 없으며 할리우드 영화와 프로 스포츠를 통한 '미국식 영웅 만들기' 역시 계속되고 있다. 42대를 이어온 대통령 중에도 '미국식 영웅주의'에 의해 칭송받는 경우가 허다하다. 2007년 앨 고어의 노벨 평화상 시상식 후 주요 언론은 '미국은 시대의 영웅을 대통령으로 원한다'고 말했다. 하지만 이방인인 우리를 감동시키는 것은 '그들만의 과장된 영웅 이야기'가 아니다. 외려 패트 틸먼 청문회처럼 '진정한 영웅'을 찾고자 고민하는 '중산층의 양심'으로부터 감동받는다. 공교롭게도 패트 틸먼과 그의 가족은 무신론자다. 기독교 근본주의를 신봉하는 현 행정부의 '영웅 만들기'가 평화와 진실을 사랑하는 '무신론자'에게 한 방 맞은 셈이다.

스포츠 스타가 영웅이 되는 것은 패트 틸먼의 경우만이 아니다. 미국은 프로 스포츠의 천국인 동시에 스포츠 영웅주의로도 유명하다. 프로 스포츠 하면 프로 야구, 프로 농구, 프로 아이스하키, 프로 풋볼을 4대 프로 스포츠로 꼽는다. 평범한 선수의 경우 연봉 1000만 달러(95억 원) 이상을 받는다. 메이저리그 최고 연봉의 주인공은 2006년 11월 기준으로 뉴욕 양키스의 알렉스 로드리게스였다. 그의 연봉은 자그마치 2520만 달러(239억 4000만 원)며 이 연봉은 박찬호 선수가 지난 1994년 메이저리그에 진출해 현재까지 받은 연봉의 3분의 1에 해당하는 엄청난 액수다.

그보다 더 높은 연봉을 받는 스타는 2007년 LA 갤럭시로 이적한 영국 축구 선수 데이비드 베컴이다. 2008년 3월 우리 나라 상암운동장에서 FC 서울팀과 친선경기를 벌인 그는 이적료와 스폰서 수입을 합해 한 해 자그마치 5000만 달러를 받는다. 5년 계약에 최소 2억 4800만 달러라는 돈을 벌어들이니 정말이지 어마어마한 액수가 아닐 수 없다. 골프 선수 타이거 우즈의 상금 역시 상상을 초월한다. 그가 이제까지 얼마를 벌어들였는지는 미국세청만이 알 일이다. 이렇듯 스포츠 스타의 고액 몸값은 미국 사회의 경제적 불평등을 상징적으로 대변한다. 유명 선수의 상금과 계약금은 천정부지로 치솟고 있다. 이미 10년도 더 된 영화 '제리 맥과이어'(1996)에서 볼 수 있듯이 스포츠 스타의 몸값 올리기는 상업 자본주의와 비례한다.

2007년 미 연방준비제도이사회(FRB)의 벤 버냉키 의장은 교육과 훈련의 기회 불평등으로 노동자와 뛰어난 재능을 지난 사람들(예를 들어 연예인, 프로 운동 선수, 외환 딜러 등)의 임금 격차가 심화됐다고 분석한다. 그 결과 상위 1%의 재산이 전체 재산의 14% 이상을 차지하고 연소득 10만 달러 이상의 소득층이 전 국민의 46.5%로 늘어났다. 노동자 간 임금 격차도 심화되어 숙련 기술직과 단순 노동직의 임금은 4.7배에 달한다. 빈부 격차의 골이 더욱 심각해지고 있다.

이렇듯 스포츠 스타는 미국뿐 아니라 전 세계의 우상으로 부각된다. 스포츠 광국의 영웅 만들기는 이 나라를 대변하는 또 하나의 거울이다.

노동과 스포츠의 역사, 반주지주의

미국 스포츠 역사는 이 나라를 이해하기 위한 중요한 통로다. 서구 기독교 사회의 맥을 이어왔던 주지주의에 대해 대중적 반주지주의를 대변한 것이 바로 이 나라 스포츠 역사기 때문이다. 그렇다면 반주지주의란 무엇일까? 'Anti Intellectualism'으로 표현되는 반주지주의는 이성과 논리를 바탕으로 한 서양 철학 사조에 반해 감성과 의지를 중요시한 또 하나의 사조다. 쇼펜하우어, 니체, 프로이트에서 20세기 실존주의와 현상학에 이르기까지 직관과 실존, 현상과 개체의 자유를 중요시하고 있다. 이는 기독교적 절대주의에 반해 실존적 삶에 초점을 맞추며 인간의 몸과 감정에 충실한 것이 특징이다.

반주지주의로 살펴본 미국 스포츠사를 훑다보면 이 나라 역사를 보다 명쾌하게 풀어낼 수 있다. 예를 들어보자. 미국의 건국 정신인 기독교가 주지주의라면 노동과 운동, 서부 개척, 심지어 갬블(도박)과 총싸움에 이르기까지, 우리의 이성이 지배하기보다 감성에 기인해 몸으로 행하는 모든 것이 반주지주의에 포함된다. 메이플라워호를 타고 건너온 청교도 이야기가 이 나라 정사正史라면 새롭고 혁신적인 삶을 찾아 목숨 걸고 신대륙에 도착한 유럽의 빈곤층, 죄수, 막노동자들은 아메리카 개척에서 야사野史의 주인공이다. 전자의 역사가 주지주의라면 후자는 바로 반주지주의 역사라 할 수 있다.

이 나라의 건국 배경에는 영국 죄수의 이민이 큰 몫을 하고 있다. 모범수를 골라 신대륙 개척에 활용했음은 아는 사람은 다 아는 사실이다. 영국과의 독립 전쟁, 카우보이, 경마, 총싸움, 원주민과의 전쟁, 엔터테인먼트 등이 모든 것을 반주지주의 맥락에서 해석이 가능하다. 또한 보수 지배층의 주지주의와 서민층의 반주지주의는 서로 얽히고 충돌하며 현재까지 발전해왔다. 스포츠 역사를 반주지주의의 발전으로 해석하는 것은 기독교 신앙과 대비할 수 있는 근거를 마련한다(그렇다고 스포츠가 반종교적이란 뜻은 아니다).

실제로 성일聖日인 일요일을 놓고 기독교와 프로 스포츠가 대립하는 것을 볼 수 있다. 전 국민의 70% 이상이 기독교 신자지만 교회나 성당에 다니는 인구는 40%에도 못 미친다. 그것도 젊은이를 중심으로 급격히 줄어들고 있다. 그렇다면 사람들은 일요일에 교회에 나가지 않고 무엇을 할까? 많은 이들이 야외에 나가기도 하지만 집에 들어앉아 푹 쉬며 하루 종일 스포츠 중계를 보기도 한다. 이런 현상을 놓고 볼 때 신앙과 스포츠(레저 포함)의 자리다툼이라고 할 수 있다.

현재 미국의 공휴일 중엔 월요일이 많다. 예를 들어 9월 첫째 주 월요일은 노동절이고 10월 넷째 주 월요일은 재향군인의 날(제1·2차 세계대전 종전 기념으로 정해졌다)이며 전몰장병 기념일인 현충일은 5월 마지막 주 월요일이다. 초대 대통령 조지 워싱턴과 16대 대통령 에이브러햄 링컨의 생일을 기념하는 대통령의 날은 2월 셋째 주 월요일이고, 독립 전쟁의 시발인 렉싱턴 전투를 기념하는 애국자의 날도 4월 셋째 주 월요일이다. 세계적 명성을 자랑하는 보스턴 마라톤 대회가 매해 이날 열린다. 이는 레저와 스포츠로 일요일을 보낸 노동자들이 토요일, 일요일에 이어 기왕이면 월요일까지 하루 더 쉬자는 반주지주의 주장에서 나온 결과다. 현재도 미국의 프로 풋볼은 'Monday Night Football'이라 하여 매주 생중계된다.

반주지주의의 표현으로 맥을 이어온 스포츠는 앞으로도 계속 미국 사회에서 큰 몫을 차지할 것이다. 기독교 윤리에 기반을 둔 이들의 사회 구조가 운동을 통해, 각종 프로 스포츠를 통해 해방감 즉 카타르시스를 맛볼 수 있으니 말이다.

아이로니컬하게도 미국을 끌어가는 도덕적 힘은 반주지주의에서 나온다. 마음 아닌 몸에 도덕성의 기반을 두고 있다는 얘기다. 생각과 실천의 불일치를 극복하기 어려운 공자의 도덕주의에 익숙한 우리에게 '도덕적 몸'은 다소 익숙하지 않은 화두다. 그와 비교해 미국인의 몸 중심 도덕률은 실천 철학의 기반 위에 형성되었다.

미국 학생들은 학교에서 도덕이나 윤리를 배우는 시간이 없다. 현재의 삶을 충실히 '경험'하는 것이 무엇보다도 중요한 도덕 교육이라 믿는다. 생활 자체가 규범을 배우는 터전이기에 굳이 학교에서 도덕률을 익히는 시간을 들라 하면 교과외 자율활동을 들 수 있다. 인트러뮤럴이란 교내에서 약속된 시간과 공간에 여러 가지 게임을 자율적으로 진행하는 프로그램이다. 실천 철학자 존 듀이와 스탠리 홀은 자율성에 기초한 신체 감각의 발달이 도덕성과 맞물려 있다고 주장했다. 재미없고 딱딱한 교과목 대신 규칙에 근거해 정당하게 겨루는 게임의 법칙이 도덕 교육의 기초를 형성한다.

미국을 여행하거나 거주해본 사람들이 다 함께 느끼는 것이 있다면 학교 현장을 떠나서도 이들은 남녀노소 할 것 없이 스포츠와 놀이에 몰두한다는 점이다. 지역 사회 곳곳에 설치된 스포츠 시설과 놀이 시설에는 언제나 사람들로 넘쳐난다. 그들은 운동과 놀이를 통해 건강과 즐거움을 만끽하는 한편 튼튼한 몸을 바탕으로 하는 도덕 교육을 하는 셈이다.

스포츠나 놀이에 참여하는 이들은 적어도 다음과 같은 전제에서 출발한다. 첫째, 게임은 하나의 약속이고 따라서 그것이 성립하기 위해서는 상호간의 계약인 '규칙'을 지켜야 한다. 둘째, 만약 규칙에서 벗어나면 반칙이 선언되고 그에 따른 불이익을 감수해야 한다. 셋째, 게임은 승자와 패자를 가려내는 과정이지만 모두가 게임의 중요한 구성원이며 궁극적인 승자는 게임을 즐길 줄 아는 사람이다.

이렇듯 일견 단순해 보이는 게임의 구성 원리에는 기회의 평등 속에서 수월성을 추구하는 민주자본주의의 경쟁 원리가 숨어 있다. 미 정부로서는 구태여 국민 건강이라는 이유를 내세우지 않더라도 스포츠나 놀이 시설 설치를 적극 지원할 충분한 이유가 있는 것이다.

스포츠 사학자 도미니크 카발로는 논문 "근육과 도덕Muscle and Moral"에서 소위 혁신주의 교육의 성공 사례를 상세히 기록하고 있다. 20세기 전후 격동의 상황 속에서 어린이와 청소년을 위한 놀이 기구를 체계적으로 공급함으로써 그들의 정서와 규범을 바로잡은 것이다. 또한 1960년대 리버럴리즘과 반전 데모가 대책 없이 번져나갈 때 미국 대학 내에 만들어진 스포츠 센터들은 학생들의 무분별한 열정을 가라앉히고 스스로 윤리적 판단의 구심점을 찾는 데 기여했다.

또한 일부 근본주의 교단을 제외하고는 보수적 도덕률의 근간이었던 주일학교가 사실상 도덕 교육 면에서 유명무실해진 지 오래다. 좀 더 정확히 표현하자면 상위 하달 방식의 기독교 교리 교육을 청소년들이 더 이상 받아들이려 하지 않는다는 것이다. 따라서 YMCA 등 청소년 기독교 선교 단체에서는 이미 오래전부터 신체 활동을 동반한 갖가지 게임을 개발해 청소년의 전인적 성장에 힘쓰고 있다. 미국에서 가장 인기 있는 스포츠 중 하나인 농구가 YMCA 지도자에 의해서 개발된 것도 같은 맥락의 일이다.

물론 반주지주의의 상징처럼 여겨지는 스포츠에 대한 광기가 도덕적으로 좋은 영향만 끼친 것은 아니다. 얼마 전까지만 해도 스포츠 비평가들은 스포츠 세계가 미국의 3대 악덕인 차별, 폭력, 중독의 마지막 피난처라고 혹평했다. 사실 웬만한 분야에서는 자취를 감춘 인종 차별도 스포츠 세계에서는 하나의 전통처럼 남아 있었다. 이러한 '스택' 현상은 인기 스포츠에서 유난히 두드러진다. 가령 농구의 경우 선수층을 흑인이 점령한 반면 코치 자리는 백인이 주류를 이루었다. 풋볼에서도 쿼터백은 백인 위주며 야구에서 외야수는 전통적으로 흑인이었다. 특정 스포츠, 가령 골프도 타이거 우즈가 나타나기 전까지는 백인의 성역이었음을 부인할 수 없다(물론 어디에나 예외는 있다). 아이스 스케이팅, 수영, 스키, 테니스 등도 백인 위주 스포츠로 알려져 있다. 그러나 오늘날에는 이러한 차별 전통이 급격하게 꼬리를 감추고 있다. 다른 부문과 마찬가지로 미국의 스포츠사 역시 진화하고 있는 것이다.

스포츠에서 성 차별과 장애인 차별 문제도 1972년 공포된 타이틀 IX 이후에 급격히 사라졌다. 타이틀 IX는 스포츠 시설을 포함한 모든 교육 시설을 여성과 장애인이 평등하게 이용할 수 있도록 한 미연방 교육 조례다. 이것으로 그동안 남성 중심이던 체육 시설을 여성과 장애인이 고루 접근하게 되었다.

스포츠 세계에 여전히 남아 있는 폭력과 중독의 문제는 그 자체에서 생겨난 것이라기보다 미국 문화의 발생사적 입장에서 해석할 필요가 있다. 예를 들어 무법천지인 신대륙에서 살아남기 위해서는 폭력의 수단화가 정당성을 가질 수밖에 없었다. 존 웨인의 서부 활극과 클린트 이스트우드의 마카로니 웨스턴 영화에 열광하고 월남전 영웅 람보를 통해 1980년대 냉전의 긴장을 미국식 영웅주의로 해소시켰다. 이들의 배경에는 서부 개척 시대부터 뿌리내린 반주지주의가 자리하고 있다. 일부 스포츠에 전통으로 남아 있는 '인가된' 폭력성도 이러한 배경과 무관하지 않으리라.

이렇듯 미국인의 도덕성에 내재한 반주지주의는 스포츠 정신인 룰을 기준으로 한다. 미국을 방문하는 외국인들이 비자 발급부터 시달려야 하는 '미국인의 룰에 대한 절대적 순종' 은 때로 성미 급한 우리를 갑갑하게 한다. 융통성도 없고 예외도 없으며, 말로 해도 될 일조차 분명한 증거와 기록 첨부를 요구하니 말이다. 하지만 이들의 '룰의 원칙' 은 분명 배울 점이 있다. 서로에 대한 신뢰가 있어야 사회 시스템을 정상화할 수 있고 그것이 누구에게나 공평하게 적용되어야 모든 국민이 납득할 수 있다. 이렇듯 반주지주의가 주는 도덕적 교훈은 바로 '규칙에 충실한 게임의 법칙' 에 있다.

환경 문제에 너무나 이기적인 미국

2006년 8월, 무심히 잡지를 들척이는데 온통 '카트리나' 얘기 일색이다. 엊그제라 여겼던 것이 벌써 1주년이 됐다. 주요 시사지는 한결같이 입을 모으고 있었다. 뉴올리언스 복구가 아직도 멀었으며 올해도 내년에도 또다시 그런 재앙이 닥칠 수 있다고.

곁들여 이런 대목이 눈길을 끈다.

We are Fully Prepared. 우리는 완벽하게 준비되어 있습니다.

2005년, 8월. 카트리나 발생 며칠 전 대형 허리케인 예보를 듣고 대통령이 한 말이다. 차라리 아무 말도 하지 말지…. 공연히 장담했다가 두고두고 어록에 오르고 있다.

카트리나가 할퀴고 간 루이지애나 주는 미국 50개 주 중에서 빈곤율이 가장 높은 주로 꼽힌다. 주민 중 빈곤층이 20%를 넘는다. 그다음으로 가난한 주가 미시시피 주로 빈곤층이 19.9%에 달한다.

루이지애나 주는 서쪽으로 텍사스 주에, 동쪽으로는 미시시피 주에 면했으며 남으로는 멕시코 만에 접해 있다. 뉴올리언스의 상당 부분이 해수면보다 낮아 제방에 의지한 채 오랜 세월을 버텨왔다. 루이지애나 재해관리 담당자들은 지난 2001년부터 대규모 허리케인의 피해 가능성을 경고해왔다. 노후 제방 보수 및 홍수 예방을 위해 2700만 달러를 정부에 요청했다.

하지만 부시 정부는 570만 달러 지급 결정을 내렸을 뿐 이 지역 자연 재해 가능성에 대해 은근슬쩍 외면한 터였다.

만일 루이지애나가 가난한 흑인 사회가 아니라 뉴저지나 메릴랜드 같은 백인 중심의 부유한 주였다면 허리케인에 대한 대처가 다르지 않았을까. 일부 언론에선 이 같은 전제로 뉴올리언스의 참극을 해석하고 있다.

'미국은 모든 재앙에서 안전하다?' 아마도 911사태 이전이라면 이렇게 생각하는 미국인이 대부분이었으리라. 두 차례 세계대전에도 아메리카 대륙은 안전했으며 그 후 어떤 천재와 인재도 미국을 강타하진 못했다. 하지만 2005년 뉴올리언스의 경험은 세계 어느 곳도 참담한 자연재해로부터 비켜갈 수 없음을 알려주었다. 서서히 진행되던 환경 문제가 도드라진 것도 이 때문이다.

지구 온난화 문제에서 이기주의를 고수하고 있는 미국은 21세기 초강국이라기엔 상대적으로 빈약한 세계 의식을 갖고 있다. 2004년 대선에서는 과학자, 의사 중심의 노벨상 수상자 48명이 케리 상원의원을 지지하고 나섰다. 당시 그들은 부시 행정부의 과학 정책을 신랄하게 비판했다. 행정부가 과학 관련 연구 기금을 줄이고 지구 온난화 문제를 무시한 까닭이다. 이러한 비판은 꾸준히 계속됐고 최근 부시 행정부는 환경에 대해 차츰 관심을 보이고 있다. 하지만 이라크전에 가려진 지구 온난화 이슈는 앨 고어의 다큐멘터리 '불편한 진실An inconvenient truth'을 아카데미 수상작으로 만들었을 뿐이다. 2007년 10월, 앨 고어 전 부통령은 노벨 평화상까지 수상했다.

'불편한 진실'에서 그는 Bold Eagle(미국의 국조, 실제로는 대머리가 아닌 흰머리 독수리다)처럼 당당하다. 2007년 2월에 열린 오스카상 시상식에서 장편 다큐멘터리상과 주제가상을 받은 그는 '지구 온난화와 환경 문제는 정치적 문제가 아닌 도덕적 문제'라고 선언한다.

그에게 가장 불편한 진실은 세계가 주목하는 지구 온난화에 자신의 조국 미국만 '몰라라'하는 것, '환경 문제 운운하는 것은 배부른 자들의 헛소리'라 치부되는 것, 이라크전 수행하느라 자연보호와 환경 관련 예산을 턱없이 삭감하는 것이다.

하지만 2008년 현재, 이라크전에 가려져 보이지 않던 환경 문제가 미국의 정신을 깨우고 있다. 서브프라임 모기지 사태로 불거진 금융 부실과 경기 침체 역시 에너지에 대한 이들의 고정관념을 바꿔주고 있다. 유럽이나 일본에 비해 많이 늦었지만 아직 너무 늦은 것은 아니다.

부시 대통령의 이 한마디, "We are Fully Prepared."

그 말이 참말이면 얼마나 좋을까.

그렇다면 이 나라는 지구 온난화에 대해 두 손 모두 놓고 있는 걸까? 그 위험성을 알고 있으면서 모르는 척하는 걸까? 이미 알려진 바와 같이 미국은 지구 온난화 방지를 위한 온실가스 배출 협약인 교토의정서에서 탈퇴했다. 부시 행정부 출범 직후인 2001년 3월의 일이다. 이렇게 되면 양쪽 어깨를 으쓱 올리고 고개를 약간 갸우뚱하며 이렇게 되물을 수밖에 없지 않은가. What Happened?

지구별 차원의 환경 협약은 1979년 스위스 제네바에서 열린 제1차 세계 기후회의wcc에서 비롯된다. 오존층 파괴를 규제하기 위해 모였던 1987년 몬트리올의정서도 불과 얼마 전인 듯 새롭다. 당시 에어컨 냉방에 쓰이던

CFC염화불화탄소가 오존층을 파괴한다 하여 온 세계가 떠들썩했다. 1990년 이후 우리나라를 포함한 러시아, 미국, 영국, 유럽공동체 등 세계 여러 나라가 환경 파괴를 줄이고자 협약 내용을 실천하고 있다. 그 후 여러 차례 세계기후협약에 관한 국제회의를 거쳐 1997년 12월, 일본 쿄토에서 기후변화협약 제3차 당사국 총회가 개최됐다. 이때 선진국과 개발도상국을 구분하여 각 나라별로 이산화탄소 등 온실 가스 감축에 관한 국가별 목표를 제시했다. 책임 할당량을 배분하는 과정에서 선진국 간에 갈등이 많을 수밖에 없었다. 교토의정서 결의안에 의하면 2008년부터 2012년까지 선진국의 온실 가스 배출량을 1990년 수준에서 5.2% 감축한다고 규정했다. 이와 달리 개발도상국에는 온실 가스 배출량에 대한 규정 사항이 없다.

교토의정서가 발의됐던 1997년은 경제적 호황을 누리던 클린턴 정부 시절이다. 민주당 클린턴 대통령은 환경문제에 열려 있었다. 그 후 부시 행정부에 들어서면서 경기가 침체되고 국채는 늘어났다. 이라크전까지 수행하고 있어 환경 문제에 갈수록 소홀했다. 중국과 인도 등 개발도상국 경제가 무섭게 성장하자 미국 기업은 하나같이 불만의 소리를 드높였다. '도대체 왜 우리만 온실 가스를 감축해야 하는 거지? 너무하잖아?' 내심 이런 불만을 품었을 터였다.

그 말도 일리 있는 것이 2008년 현시점에서 볼 때 중국과 인도의 환경오염은 20년, 빠르면 10년 안팎으로 선진국 수준을 넘어설 전망이다. 특히나 중국의 경우 하루 석유 소비량은 2006년 약 710만 배럴에서 2030년 1650만 배럴로 늘어날 것으로 추측된다. 자동차 연료 소비량 역시 2030년, 미국의 4배 가까이 이르게 된다. 연간 11% 넘는 경제 성장뿐 아니라 엄청난 소비인구도 환경오염의 원인이 될 것이다. 그러니 미국 같은 선진국 입장에선 개도국이 참여치 않는 온실가스 감축안이 억울할 수밖에 없다. 세계 경제의 축이 중국과 인도로 넘어가는 것도 마뜩치 않다.

하지만 지구 온난화는 기존의 선진국 책임이 크다. 그들이 개발한 소위 물질문명과 첨단화된 산업이 온실효과를 증가시켰다. 근대산업화의 아버지들은 21세기 환경적 안목에서 볼 때 결코 위인이라 할 수 없다. 그들의 과학적 업적이 지구 온난화에 기여한 것을 누가 부인하겠는가. 아프리카나 남아메리카, 남부아시아의 빈곤 국가에서는 온실 효과 발생 물질이 상대적으로 적다.

토목학자와 환경론자의 갑론을박도 흥미롭다. 환경론자는 토목을 일컬어 자연을 파괴하는 일꾼에 비유하고, 토목학자는 서양의 육식 문화를 통렬하게 비판한다. 일례로 '소 1만 마리를 사육할 때 배출되는 유기폐기물은 인구가 11만인 도시에서 발생하는 쓰레기 양과 맞먹는다' 고 한다. 그러니 미국이나 오스트레일리아, 유럽 선진국들이 온실 가스 감축에 앞장서야 함은 물론이고 그 비율도 상대적으로 높아야 한다. 하여 교토의정서 발표 당시(1997) 온실 가스 감축량은 2012년까지 미국은 7%, 유럽연합 8%, 일본과 캐나다가 6%로 협약됐다. 그러나 지구 온난화 방지를 위한 국제 간 노력은 여간해서 쉽지 않을 것이다.

전 세계 온실 가스의 25% 이상을 배출하는 미국의 비협조적 태도는 나름대로 이유가 있다. 한마디로 '우리나라는 우리가 알아서 하겠다' 는 얘기다. 정치나 경제, 심지어 환경 문제에서도, 그들은 아메리카 대륙의 자치성을 강조한다.

그렇다고 이 나라 많은 중산층이 환경 문제를 모른 체하는 것은 아니다. 미국 내 진보적인 195개 도시에선 연방정부와 관계없이 자체적으로 탄소 배출량을 1990년 기준 7% 감축하겠다고 나섰다. 진보적 성향이 강한 미 북동부 지역에선 주정부 차원에서 온실 가스 배출 규제를 도입했다. 동부 최북단인 메인·뉴햄프셔·버몬트, 그보다 조금 남으로 내려온 코네티컷·뉴욕·뉴저지·델라웨어·매사추세츠 등 8개 주정부가 합심했다.

재미난 것은 미국 각주의 정치적 성향이다. 서부 캘리포니아와 동북부 지역은 대체로 민주당의 표밭이다. 그들은 동성애와 낙태 등에 진보적이고 지구 온난화에 대해서도 이해가 깊다. 그렇다고 지구 온난화 문제가 '정치적 이슈'로 떠오르진 않는다. 워싱턴 정가에선 보다 현실적인 메시지가 먹혀들기 때문이다. 그 대신 대선 후보 어느 누구도 지구 온난화 현실을 회피할 수는 없다. 허리케인 카트리나와 같은 피해가 언제 들이닥칠지 아무도 예측할 수 없기 때문이다. 이제 2008년 대선이 코앞에 닥쳤으니 뭔가 방향 전환의 기미가 보일 것이라 짐작된다. 조만간 교토의정서에 준하는 온실가스 감축 협의가 새롭게 이루어질 수도 있다. 차기 미 대선 주자의 정치 노선에 따라 지구의 앞날이 좌우된다고 하면 지나친 과장일까. 미국의 힘은 그만큼 강력하다.

2008년 대선에 새롭게 당선된 대통령은 당파나 선거공약에 관계없이 21세기 환경 혁명에 앞장서기를 희망한다. 이를 통해 미국이 진정한 세계 초강국의 면모를 보여주었으면 좋겠다.

진화론과 창조론 사이에서 방황하는 미국

1993년 새뮤얼 헌팅턴은 문명의 충돌을 얘기했다. 「포린 어페어스Foreign Affairs」에 발표된 이 논문에서 그는 탈냉전 시대의 새로운 세계관을 서구 문명과 이슬람(혹은 아시아) 문명의 충돌에서 찾았다. 그의 글은 서구 중심의 세계 질서가 이슬람 국가에 의해 위협받는다는 논조를 띠고 있다. 백인 중심 세계관에 머물러 있다는 얘기다. 이것은 2001년 911사태 직후 다시 한 번 격렬한 논쟁을 불러일으켰다. 어떤 면에서 그의 예언이 적중했던 탓이다.

미국 중심의 서구 문명과 이슬람의 갈등은 종교에서 비롯된다. 냉전 시대 공동의 적이었던 소련이 무너진 후 기독교 외의 다양한 종교가 부각되기 시작했다. 그에 따라 세계는 민족 간, 문명 간의 충돌로 몸살을 앓게 됐다. 그중 미국과 이슬람의 갈등이 심각한 이유는 원유 지배권과 이스라엘 · 중동 문제가 맞물리기 때문이다. 2001년 911 사태로 인해 극단적 문명 충돌이 현실화된 것이다.

기독교를 근본으로 출발한 미국이지만 독립 선언 당시 연방헌법에는 '신'이나 '창조자' '위대한 통치자' 등 신의 존재를 규정하는 언급이 없다. 뿐만 아니라 미 헌법 수정 조항 1조에서 언론출판의 자유와 함께 신앙의 자유를 언급함으로써 '개인의 종교가 불이익이 되지 않을 것'을 명시하고 있다. 미 헌법 제6조 3항에서도 '합중국의 공직자는 어떤 자격으로든 종교적인 심사를 하는 일은 없다'고 밝힘으로써 종교로 인한 정치적 차별을 부인하고 있다. 하지만 아직도 이 나라에서는 무신론자라든가 타 종교를 믿는 이들이 무언의 압력을 느끼지 않을 수 없는 상황이다. 17세기식 마녀사냥은 사라졌다 해도 20세기 중엽에 이르기까지 타 종교에 대한 이해는 몹시 인색했다.

2007년 4월 9일, 1004(천사)명을 대상으로 한 「뉴스위크」 설문에 의하면 응답자의 91%가 신의 존재를 믿는다고 응답했다. 반대로 신을 부정한 사람은 6%에 지나지 않았다. 신의 존재를 믿는 이 중 87%는 정통 종교를 믿고 있으며 그중 기독교 신자가 82%(구교 신교 모두 포함), 나머지 5%는 유대교와 이슬람교, 불교 등을 믿는다고 했다. 62%의 사람이 무신론 정치인에겐 표를 던지지 않겠다고 응답한 것도 흥미롭다. 신의 섭리에 대한 정신적 의존도가 높은 것도 다분히 미국적이다.

불교의 가르침을 공부하던 미국인 친구 몇몇은 대외 정책에 종교성이 반영되는 것에 큰 우려를 나타냈다. 자신의 조국이 '신의 이름으로' 세계 초강국 자리를 유지하려는 것도 꿰뚫고 있었다. 정치와 종교의 일체는 타 종교에 대한 압박을 정당화할 수 있다는 것이 그들의 고민이다. 이 나라 진보 지식인층에서는 이미 보편화된 우려이기도 하다.

2006년 베일러 대학 조사팀에 의하면 미국 내 기독교 신자는 85%, 그중 에반젤리컬(기독교 근본주의)이 34%로 남부가 우세했고 정통 기독교는 22%로 중북부가 우세했다. 천주교는 21%로 북동부와 남서부에서 우세했다. 흑인 기독교는 5%, 유대교 2.5% 외에 전체 인구의 5%가 무신론으로 나타났다. 하지만 기독교를 믿는 85%의 신자 중 교회나 성당에 다니며 종교

활동을 하는 인구는 40% 안팎으로 추정된다.

반대로 기독교 가치관을 삶의 근본으로 생각하면서 타인의 문명(특히 아시아 문명)에 깊은 관심을 보이는 종파 없는 기독교인이 조금씩 늘고 있다. 지식층과 유대인, 연소득 10만 달러 이상의 고소득자들 중에 '신은 멀리 있다'고 믿는 이들이 많아지고 있다. 신을 믿되 종파를 갖지 않고 교회 활동은 하지 않지만 삶의 중심을 도덕 상식선에 맞춘 사람들이다.

20세기 중반 이후, 반문화 운동 시절부터 아시아 종교에 관심을 갖는 이들이 많아졌다. 무신론자 수도 꾸준히 늘고 있다. 이는 아시아 이민자의 영향도 있겠지만 두 번의 세계대전을 거치면서 '세계는 하나'라는 생각이 보편화됐기 때문이다. 미국에서 가장 인기 있는 목자 릭 워런(새들백 교회)의 말처럼 '타 종교에 대한 미국인의 개방성'은 이슬람교 등의 침투를 용이하게 해 문화와 관습의 충돌을 야기할 수 있다.

칼럼니스트인 윌리엄 파프는 2007년 4월 현재 이라크 전쟁이 문화 전쟁으로 바뀌었음을 경고했다. 미국인은 이들의 문화와 관습에 대해 모르고 있으며 이들의 근본적인 사회 특징을 공격함으로써 더욱 심각한 사태에 직면하고 있다는 것이다. 미국 내 대다수 대학에서 '이슬람 문명 강좌'를 개설한 것도 문명 차이에서 오는 오해와 간극을 줄여보자는 의미다. 비록 이것이 미국 중심 세계관일지라도 서로 다름을 이해하고자 하는 시도는 세계적 충돌을 줄이는 선행 조건이다.

ABC 방송은 2005년, 2006년 두 해 거듭 연말 특집으로 'Heaven'이라는 프로그램을 방영했다. 바바라 월터스 사회로 많은 학자, 명사, 종교 관련자들을 찾아다니며 '천국은 어떤 곳인가'에 대해 이야기를 나누었다. 인터뷰를 한 대상 중에는 목사, 신부, 달라이 라마, 이슬람 테러리스트 청년, 유대교 랍비, 영화배우 등 다양했다. 그들이 말하는 천국의 이미지를 종교별로 비교할 수 있어 흥미로웠다.

그중 2006년 말 동성과의 관계로 퇴임한 에반젤리컬 목사 테드 해거드의 인터뷰도 들어 있다. 그는 "예수를 믿지 않으면 모두 지옥에 떨어진다. 천국은 평화와 정적의 나라이며 더 이상의 고민은 없다"고 단언했다. 그와 비교해 이슬람 청년은 천국을 이렇게 정의한다. "알라를 믿지 않으면 모두 지옥에 간다. 그곳은 우유와 포도주가 넘쳐흐르는 곳이다." 유대교 랍비는 이렇게 말한다. "천국은 존재한다. 하지만 '지금 이곳' 현세의 삶을 소중히 여겨야 한다." 불교에서는 천국을 인정하면서 그 단계 또한 윤회의 한 과정이라고 설명한다. 하지만 달라이 라마와의 인터뷰는 윤회설에 머물면서 우물쭈물 지나갔다. 기독교인이 볼 때 불교의 교리와 개념은 복잡하고 어려울 수밖에 없다. 외려 달라이 라마와 티베트에 대한 호기심과 배려가 은연중에 내비쳤다. 그나마 공영방송에서 연말특집으로 그 정도 관심을 보인 것은 세계 종교에 대한 이들의 관심이 조금씩 넓어지고 있다는 증거다.

우리 주변에는 아시아 문화와 정신을 탐구하는 이들이 많았다. 동양 사상을 이해하고 아시아 문화를 사랑하며 인류 평화를 위해 무엇을 할 수 있을까에 관심이 깊다. 그들은 요가와 명상을 즐기고 자연 친화적 삶을 살며 밖으로 드러나지 않는 내향성을 추구함으로써 평화의 시작은 곧 개인의 수양이라는 철학을 갖고 있다. 기독교 근본주의에서 생의 초점을 찾지 못한 일부 지식층 중심으로 이러한 현상이 두드러지고 있다.

2006년 「뉴스 위크」는 'The Boomer Files'라는 특집에서 'Finding and

Seeking'이라는 제목으로 그들의 종교 역사와 성향을 설명했다. 베이비부머라면 40대 중반에서 60대 후반에 이르는 전후 세대를 일컫는다. 그에 따르면 히피는 최초의 원폭 세대며 그때부터 청년들은 물질 만능을 대체할 수 있는 정신적 갈증에 허덕이기 시작했다. 세계대전이 가져다준 물질문명의 허무함과 냉전 시대의 혼란이 베이비부머 세대에게 준 충격은 대단했으리라.

그리하여 1960년대 미국 사회는 동양의 신비주의에 매료됐다. 히피 중심으로 요가와 초월 명상이 유행했고 이방의 소위 '스승'을 쫓아다니며 문화적 혼란을 경험한다. '정신적 자유와 절대 지혜'에 목말랐던 그들은 기독교 저 너머에서 절대적인 무언가를 찾고자 했다. 1971년 시작된 뉴에이지 운동도 실은 히피 문화에 뿌리를 두고 있다. 1977년 제작하기 시작한 '스타워즈' 시리즈에도 요다로 상징되는 뉴에이지풍 마스터가 등장한다. 청년들은 물질주의에 대한 염증을 넘어 동양 종교로부터 영성을 얻고자 방황했다. 그 시대를 풍미한 비틀스 역시 인도 요기를 스승 삼아 정신적으로 의지했다.

지금도 미국의 많은 이들이 시공을 초월하는 동양의 지혜에 갈수록 매료되고 있다. 카발리스트인 마돈나도 요가를 즐기고, 티베트 불교를 지원하는 리처드 기어 역시 명상을 좋아한다. 우리가 잘 아는 유명 연예인도 허다하다. 캐머런 디아즈와 스팅은 요가 마니아로 알려져 있고 우마 서먼, 니콜 키드먼 등도 요가를 하여 몸과 마음을 다스린다. 그 밖에 동양 무술로 몸을 단련하는 이들도 많다. 쿵후, 태권도, 가라데 인구는 전국 모든 연령층에 고루 퍼져 있다. 이처럼 몸으로 익힌 동양 정신은 이들의 마음을 여는 열쇠 역할을 한다.

　또 하나 이들의 영성적 방황 중에 빼놓을 수 없는 것이 있다. 바로 대형 교회와 작은 교회의 공존이다. 에반젤리컬 중심의 대형 교회는 신자 수가 엄청나다. 1970년 이후 대형 교회가 늘어나기 시작해 현재 신자 수 2000명에서 5만에 이르는 대형 교회가 전국에 걸쳐 1200개에 이르고 있다. 이들 대형 교회는 교인이 원하는 대중적 분위기를 만들기 위해 엔터테인먼트적인 요소를 최대한 고려한다. 효과적인 마이크 시스템과 최첨단 음향, 비디오와 오디오가 어우러진 화려한 분위기, 미국적인 리듬, 그리고 설교자의 카리스마, 뛰어난 언변, 거칠 것 없는 유머는 인기 높은 엔터테이너를 능가한다. 텔레비전을 통해 본 이들의 예배는 마치 화려한 축제를 보는 듯했다. 영적 수준이 낮은 내 머릿속엔 상품화된 대형 매장이 떠오를 뿐이었다. 실제로 이들은 교회 시설 안에 카페, 서점, 탁아소, 체육관, 전용 식당, 어린이를 위한 방과 후 교실까지 운영한다. 특히 개인주의 생활방식을 갖고 있는 미국인에게 커뮤니티 역할을 함으로써 물질주의에서 오는 소외감까지 해소해주고 있다. 또한 이들은 정치적 발언도 서슴지 않는다. 2006년 레바논 공격 당시, 수많은 신도를 이끌고 있는 '유명한' 목사의 입을 통해 '레바논 폭격은 곧 피의 응징' 이라는 말을 들었을 때, 나는 그만 엄청난 둔기로 머리를 맞은 듯 아찔함을 느꼈다.

　미국이라고 해서 대형 교회만 있는 것은 아니다. 이 나라에도 약 5%에 해당하는 작은 교회가 존재한다. 그들은 대형 교회의 형식적 모순을 없애고 본래 성경말씀으로 돌아가 소공동체로서의 역할을 실천하고자 애쓴다.

　그렇다면 이들이 믿는 신의 이미지는 과연 어떤 것일까? 대졸 이상의 고

학력자를 중심으로 한 설문조사에서 34%가 창조론을 믿고, 48%는 진화론을 부정했다. 즉 진화론을 부정한 48%는 한 발은 창조론에, 남은 한 발은 허공에 내놓았다는 의미다. 이러한 설문 결과는 21세기 미국인의 영성에 부드러운 변화가 있음을 보여준다. 청교도 정신으로 건국되어 오늘에 이르기까지 세계 초강국의 정신적 근간이던 미국 기독교가 변화의 세기를 맞고 있다. 따라서 진화론과 창조론 사이에서 방황하는 이들은 여전히 '그들의 신'을 찾고 있다고 해석할 수 있다.

비만과의 전쟁

　지난 2005년에는 400건 이상의 비만 관련 법안이 미 전역 주입법부에 상정되었다. 이것은 2004년 대비 두 배에 이르는 수치다. 이 법안 중 4분의 1이 주의회를 통과해 입법화됐다. 워싱턴 국회에서는 '총기에 관한 입법 제안'만큼이나 '비만에 대한 입법 제안'이 자주 거론된다. 한 공공 건강 단체는 소프트 드링크의 해악에 대해 정부가 긴급히 경고할 것을 제청했고 많은 사람들이 패스트푸드에 지방세Fat Tax, 脂肪稅를 붙여야 한다고 주장한다. 현재 미국인의 체지방은 국방만큼이나 중요한 이슈가 되었다.

　비만을 막기 위한 공공의 노력도 가지가지다. 아칸소 주를 비롯한 여러 주에서는 고용인들에게 간단한 운동을 할 수 있도록 휴식 시간을 준다. 커피타임이나 흡연 휴식이 아닌 운동을 위한 휴식 시간이다. 저소득층에 공급하는 식품교환권에도 건강을 위해 과일과 야채를 구입하도록 추진 중이다. 가난할수록 과일과 야채보다는 값싼 스낵과 정크푸드에 집착하기 때문이다. 칼로리가 높은 스낵, 탄산음료, 바비큐로 함축되는 육식 위주의 식단은 미국인의 '몸'을 상징한다.

　미 정부는 최근 아동의 비만을 심각하게 고려하고 있다. 캘리포니아 주는 2008년부터 학교에서 정크푸드를 팔지 못하게 한다. 중·고등학교 카페테리아에 있는 스낵 자판기를 없앨 계획도 갖고 있다. 음료수 자판기의 탄산음료를 줄일 생각도 하고 있다. 켄터키 주에서는 하루 30분 이상 강도 있

는 체육 활동을 어린이들에게 권장한다. 메릴랜드 주에서도 학교 내 자판기에서 스낵 파는 것을 제재하고 있다.

부자는 날씬하고 가난한 사람은 비만이다? 우스갯소리로 넘기기엔 너무나 뼈저린 농담이다. 빈곤층의 비만엔 그만한 이유가 있기 때문이다. 돈 많은 백인 부자는 날씬하고 건강한 몸매를 유지하기 쉽다. 좋은 음식 골라먹고 시설 좋은 체육관에서 정기적으로 운동을 한다. 피트니스 지도자가 알아서 관리해주고 사교 모임이 많다보니 외모와 체형에 신경 쓸 일이 많다. 반대로 빈곤층의 식단은 제한되어 있다. 값싸고 양 많은 스낵과 역시 저렴한 탄산음료 중심이다. 대형 마트에 가 보면 포테이토칩 봉투가 웬만한 스케치북보다 크다. 가격도 5000원을 넘지 않는다. 게다가 탄산음료는 어찌 그리 값싼지, 여름에는 하나 사면 하나 덤이라 물보다 쌀 때도 있다. 그러니 할 일 없고 운동도 안 하며 저녁 내내 텔레비전 앞에 앉아 이 음식을 먹는다고 생각해보라. 비만으로 가는 길이 탄탄대로다.

부유층에겐 건강에 대한 고급 정보가 다양하고 정확하게 전달된다. 마치 부를 쌓기 위한 금융 정보가 부유층에게 전달되는 것과 똑같다. 그들은 경제적 여유가 있으니 건강하고 섹시한 몸매에 올인할 수 있다.

아이들이 뚱뚱해지는 현상은 생각보다 심각하다. 한번 과체중으로 접어들면 성인이 되어 비만으로 발전하기 때문이다. 2003년 통계에 의하면 매일 체육 활동을 하는 학생의 수가 전체의 28%다. 이는 1991년 42%에 비해 반으로 줄어든 수치다. 이 중 흑인과 히스패닉 계열의 비율은 더 낮은 것으로 드러났다. 그들의 비만 확률이 더 높다는 의미다. 「타임」지 통계에 의하면 1974년에서 2000년까지 과체중 초등학생 수가(6~11세) 세 배 넘게 증가했다고 한다. 25년 동안 어린이 과체중이 세 배로 늘었다는 얘기다.

어린이 비만에 관한 분석은 여러 가지다. 그중 가장 설득력 있는 것이 가정과 학교에서 아이들 활동량이 현격히 줄었다는 주장이다. 정부의 교육지원이 감소하면서 주정부 교육구는 몇몇 과목의 수업 횟수Cut Back를 줄여야 했다. 근 10년 사이, 학업 성적에 관심이 높아진 미국 부모들은 공립학교를 은근히 압박해 예체능 과목 시간을 다소 줄여왔다. 아이들 성적을 높인다는 이유였다.

다음으로 꼽히는 원인이 어린이의 식습관이다. 미국 어린이들의 방과후 생활은 주로 비디오게임, DVD, 텔레비전, 인터넷 등이 차지한다. 청량음료와 당도 높은 스낵은 어린이 간식의 주된 메뉴다. 학교 급식도 마찬가지다. 이들의 메뉴에서 지방과 당분이 빠진다는 건 상상할 수 없다.

이에 재미난 아이디어가 전국 곳곳에서 나오고 있다. 캘리포니아 마린 카운티의 한 초등학교에서는 걷거나 자전거 타고 등교하는 학생을 칭찬해주는 프로그램을 시행했다. 그 결과 걷거나 자전거로 등교하는 학생이 전체 21%에서 38%로 늘었다. 시카고 일부 지역에서는 'Walking School Buses'라 하여 학부모 자원 봉사자들이 날짜를 바꿔가며 아이들의 등교를 돕는다. 학교까지 걸어서 등교하는 이 프로그램은 상당한 성과를 거두고 있다. 뉴욕의 경우 'Safe Routes to School Program'이라 하여 등교 시간만큼은 교통 신호를 어린이 위주로 제어한다. 안전한 보행 환경을 만들어줌으로써 걸어서 혹은 자전거로 등교할 수 있게 배려한 것이다. 복잡하기 이루 말할 데 없는 뉴욕 교통 상황으로 미루어 이 프로그램은 상당히 혁신적이라는 평가다.

　비만과의 전쟁으로 각 음식 회사 광고도 달라지고 있다. 2006년 말, 맥도널드 햄버거와 코카콜라 등 미국 10대 식품 업체는 만화영화 주인공이 등장하는 식품 광고를 하지 않기로 했다. 예를 들어 맥 아저씨의 해피밀 광고가 어린이 식생활에 악영향을 끼치므로 그 광고는 삭제되었다. 세계를 석권하고 있는 맥도널드와 코카콜라 파워로 볼 때 미국 내 광고 개선은 대단한 결정이다. 12세 미만 어린이들의 TV 시청 시간대에도 광고를 제한한다. 크래프트Kraft 회사도 과자의 대명사 오레오 대신 크래프트 닭가슴살 패키지를 광고한다. 묘한 것은 미국 내 오레오 쿠키 광고를 제한하는 대신 아시아 몇 나라에선 부지런히 오레오 쿠키 광고를 내보낸다는 것이다. 마치 미국에서 담배 광고를 안 하는 대신 개도국에서 외국산 담배 광고가 많아진 것과 유사하다. 도대체 이런 현상을 뭐라 불러야 할까.

　또 하나 재미난 것은 코카콜라와 펩시, 미 음료협회American Beverage Association 후원으로 2006년 가을, 청소년 소다 섭취를 줄이자는 전국 캠페인이 시작되었다. 탄산음료를 배제하기 위한 ‘New School Beverage Guidelines’을 만들어 많은 학교에서 실천하고 있다. 초등학교와 중학교 학생에게는 건강에 좋은 주스, 우유, 물을 권장하고 고당분의 소다를 저칼로리 소다로 대체한다. 고등학교에서는 일반적인 소다 대신 다이어트 소다, 스포츠 드링크, 저칼로리 티를 공급할 예정이다. 위의 세 단체가 발표한 성명서는 다음과 같다. “학생들에게 다이어트와 운동의 중요성을 알리고 청소년의 건강한 미래를 위해 우리 함께 협조하고 노력할 것이다.”

　미국 소시민 가정을 풍자한 2006년 영화 ‘리틀 미스 선사인’을 보면 이들의 전형적인 저녁 식사가 등장한다. 일하고 들어온 부인은 저녁거리로 닭튀김을 사오고, 대충 버무린 야채샐러드를 식탁에 놓는다. 할아버지는 '어제도 그제도 계속 닭튀김만 먹었다' 면서 '제발 집에서 요리한 음식 좀 먹어보자' 고 소리를 고래고래 지른다. 엄마가 가족 모두에게 '무엇을 마시겠냐' 고 묻자 하나같이 소다를 달라고 대답한다. 전체적으로 코믹풍이지만 이 나라 소시민 가정을 섬세하게 파헤친 수작이라는 평이다.

미국의 생활은 자동차 중심 문화다. 미디어에도 중독되기 쉽다. 인스턴트와 탄산음료 역시 이들의 몸을 중독시킨다. 이라크전보다 무섭다는 '미국인의 비만' 은 이들의 마음까지 중독시킬 수 있다.

넉넉한 체육 시설

미국인은 스포츠라면 광적이다. 동네 야구건 학교 시합이건 온 가족이 몰려다니며 이리 뛰고 저리 뛴다. 대도시 중심을 벗어나면 시민이 즐길 수 있는 체육 시설이 넉넉하다. 집 주변으로 자전거 도로가 있고 조깅을 즐길 만한 공원이 있으며 공원마다 아이들이 공을 찰 수 있고 곳곳에 무료 테니스장도 있다. 저렴한 공공 체육 시설이 붐비지 않을 정도로 갖춰져 있고 시설도 편리하고 현대적이다.

대학의 경우도 마찬가지다. 이미 50~60년 전부터 대학의 체육 시설은 학생 복지 차원뿐 아니라 학교의 자랑거리로 자리 잡았다. 풋볼의 명문일수록 교내 체육 시설이 잘 되어 있고 그 시설을 이용하는 학생 수도 엄청나다. 풋볼 경기장은 대학의 중심이고 체육관 또한 학생들이 오가는 길목에 자리 잡는다. 대학가에 저녁이 오면 모든 학생이 곳곳에 흩어져 운동을 한다. 강의 시간보다 붐비는 피트니스 룸, 학생들이 꽉 들어찬 농구장, 태권도, 펜싱, 테니스, 탁구, 기계운동, 스케이트보드, 조깅, 자전거까지, 마치 미국의 대학생은 안 하고 못하는 운동이 없을 것만 같다.

중·고등학교도 비슷하다. 과목 시간은 줄었지만 체육 프로그램은 다양하기 이루 말할 수 없다. 각종 구기, 골프, 얼티미트 프리스비Ultimate Frisbee까지 우리가 생각하는 학교 체육의 범위를 벗어나는 경우도 있다. 부모들의 뒷바라지도 열성적이다. 게다가 크고 작은 스포츠 활동은 대학 응시에 좋

은 기록이 된다. 우리의 체육이 소수의 선수를 키워내는 엘리트 스포츠인
데 비해 이들의 체육은 모든 사람이 즐길 수 있는 생활체육시스템이다.

어린이 팀스포츠엔 부모들 자원 봉사가 대단하다. 아이들 지도에서부터
코치, 간식 보조, 아이들 실어 나르는 차량 봉사 등 수많은 부모들이 알아서
움직인다. 국민 스포츠라 할 수 있는 야구는 가족 잔치로 유명하다. 아이들
시합에는 대부분 부모가 코치나 심판으로 봉사한다. 아니면 1루와 3루 옆
벤치에 둘러앉아 아이들을 응원한다. 야구처럼 미국인에게 향수를 불러일
으키는 운동이 또 있을까. 어린 시절 누구나 다 야구공을 주고받으며 자랐
기 때문이다. 최근엔 청소년 중심으로 축구의 인기가 급상승하고 있고 우
리나라에선 하기 힘든 얼티미트 프리스비 같은 운동이 유행하고 있다.

스포츠와 레크리에이션에 대한 미국인의 관심은 1929년 경제대공황과
연결된다. 당시 경제 불황으로 청소년 일탈과 범죄가 증가했고 건전하지
못한 사회 현상은 미국 사회를 도탄에 빠뜨렸다. 대통령에 당선된 루스벨
트는 1930년대 경제난을 타파하기 위해 공공 시설 확충과 고용 확대 등을
목표로 삼는다. 이에 중산층 이하 어린이와 청소년 선도를 목적으로 지역
단위별 레크리에이션 개발이 촉구되었다. 청소년 여가 시설과 접목해 전국
각처에 골프장 254개, 스키장 318개, 수영장 805개, 체육관 1720개, 핸드볼
코트 1817개, 경마장 2261개, 다용도 경기장 3026개, 공원 8000개, 운동장 1
만 2800개를 건설했다. 공립학교와 공공건물도 많이 건립되어 딸아이 다니
는 학교 역시 대공황 프로젝트로 설립되었다.

공황 타개를 위한 시설물 건립 중에 이렇듯 많은 체육 시설이 포함된 것은
다분히 미국적이다. 스포츠에 대한 국민의 관심과 열광, 정부의 재정 지원,

미디어와 대중문화의 영향이 현재 미국 생활체육을 만들었다고 할 수 있다.

미국의 도시개발법에는 도시 전체 면적의 25~30%를 녹지로 구성해야 한다는 규정이 있다. 파크 앤드 레크리에이션 위원회Parks and Recreation Commission 가 공원과 체육 시설을 함께 관장하는 것도 두 가지 시설이 워낙 밀접하기 때문이다. 현대인의 삶의 질을 향상시키는 것은 건강한 몸과 마음이다. 생활체육의 확산과 발전은 물질주의의 나라 미국을 지탱하는 중산층의 힘이 되고 있다.

혹자는 미국인에 대해 혹평을 한다. 정치 문제나 국제적 이슈에 관심이 없고 그저 피크닉 가고, 운동하고, 가족끼리 즐기는 것밖에 모르는 이기주의자들이라고. 그동안 내가 생각해온 미국의 이미지도 물질주의, 극단적인 경쟁, 개인주의에서 파생된 이기주의 등이었다.

하지만 이들 속에 들어와 잘 살펴보니 대다수 평범한 미국인은 보편타당한 원칙과 상식 안에서 평화롭게 자기 삶을 유지한다. 가족의 안전과 주변의 평화, 개인의 권리만 보장된다면 세상사야 별로 개의치 않는다. 그 탓일까? 이 나라 평범한 젊은이의 생활은 너무나 단순하다. 미래를 위한 준비나 목표에 집착하지 않는다. 공부하고, 직업을 얻고, 대출금을 갚아나가고, 결혼해 아이를 키우고, 세금 내고, 주말이면 공원에 가고, 일주일에 두세 번 심박동 수를 높이기 위해 카디오 운동을 하고, 자녀의 팀스포츠를 따라다니며 자원 봉사를 한다. 휴가철이면 국립공원에 캠핑을 가거나 갖가지 레저와 스포츠를 즐긴다. 이들은 마치 현재의 삶을 느끼고 즐기기 위해 이 땅에 태어난 것 같다. 이렇듯 초강국 미국의 중산층은 지금 이 순간의 기쁨을 위해 개인적이며 규칙적인 삶을 살아간다.

미국인의 생활체육은 무척 다양하다. 커뮤니티 중심의 팀스포츠와 청소년의 인트라뮤럴 스포츠는 갖가지 종목에서 활발하게 진행된다.

학 축구부 활동(위). 국민 스포츠라 할 수 있는 야구는 미국인에게 향수를 불러일으킨다. 어린이 스포츠엔 부모들 자원 봉사가 대단하다(아래).

패티즘, 루키즘, 섹시즘 세 단어는 외모지상주의를 일컫는 신조어

코믹 드라마 '치어스The Cheers'로 유명한 커스티 앨리Kirstie Alley는 2004년, 몸무게가 220파운드까지 나갔다. 2006년 11월 오프라 윈프리 쇼에 비키니를 입고 출연하면서 75파운드 감량을 자랑했다. 하지만 다이어트보다 그녀를 더욱 유명하게 만든 것은 소위 패티즘Fatism과 루키즘Lookism을 비난한 그녀의 여성학적 과감성 때문이다. 여성에게 있어 특히나 지배적인 패티즘과 루키즘은 현대 여성학의 주요 이슈다.

대도시에 가면 여닫이문을 통과하기 힘들 정도의 비만을 볼 수 있다. 유전자 때문이라고도 하지만 식습관과 생활습관이 주원인이다. 언제부터인가 비만은 상대의 호감을 사지 못하고 직장 면접에서 제외되며 여배우는 살이 찌면 배역을 맡지 못한다. 커스티도 점점 체중이 불어나면서 배역에서 제외되는 아픔을 겪었다. 2005년 봄 「뉴욕 타임스」 기사에 의하면 소프라노 데보라 보이트Deborah Voight가 2004년 런던 코벤트 가든 시즌에서 비만을 이유로 탈락되었다. 하지만 2007년 타개한 130킬로그램의 루치아노 파파로티에게도 그런 일이 있었을까? 의문이다. 이 말은 비만 여성에 미치는 사회적인 불평등에 대한 비판이기도 하다.

반대로 한 조사에 따르면 거식증으로 고통받는 미국 여성의 수가 1000만에 이른다고 한다. 3억 전체 인구를 생각하면 상당히 많은 수다. 비공식 통계에 의하면 여대생 20%가 거식과 폭식증에 시달린다는 얘기도 있다. 초등학교 4학년 80%의 어린이가 다이어트를 경험했고 심지어 수명을 5년 단축해도 좋으니 살 좀 뺐으면 좋겠다는 여성도 40%에 이른다. 비만으로 인한 외형의 문제는 현대사회에서 그만큼 절실하다.

미국 주요 방송사의 성 상품화는 오래전부터 시작되었다. 이제는 성 상품화를 넘어 성관계의 상품화에 돌입했다. 예를 들어 남녀 짝 찾기 프로그램 같은 경우엔 누가 더 섹시하고 매력적인지 보여줌으로써 주인공에게 간택되는, 이른바 짝짓기를 연상시킨다. 반대로 패티즘을 이용한 상술도 유행이다. 비만 극복, 성형 신데렐라 프로도 인기가 좋다. 일년 사시사철 섹시 스타를 순위별로 발표하는 것도 식상하다. 어느 배우가 가장 섹시한가, 어느 앵커가 가장 섹시한가, 어느 CEO가 가장 섹시한가, 어떤 남자가, 어떤 여자가, 어떤 옷이, 어떤 신발이… 가장 섹시한가. 이렇듯 '섹시즘'의 산물은 한도 없고 끝도 없다.

루키즘이 개인적 삶을 지배하게 된 것도 이미 오래됐다. 미국의 연예잡지를 보면 누가 누구랑 결혼하고, 누구랑 이혼하며, 누가 누구랑 연애하는 기사 다음으로 많은 것이 루키즘 관련 기사라고 보면 된다. 연예잡지에 나오는 모든 사람이 천하절색이다. 모든 매거진에 살 빼는 방법, 살 빼는 약 광고가 실리고 미용에 대한 광고가 지배적이다. 여성 최초로 미 공중파 저녁 뉴스 앵커로 발탁된 CBS의 케이트 쿠릭 역시 다이어트와 성형수술 후 자신감을 회복하고 소위 '신의 목소리'라 일컬어지는 저녁 뉴스의 주인이 되었다. 토크쇼 한 회당 160만 달러(2006년 기준 15억 원)를 받는 오프라 윈프리 역시 체중 감량과 화장술의 귀재(?)로 이름을 날리고 있다. 늙는 것을 거부하려는 대다수 미국인은 노화 방지라면 어느 것이라도 서슴지 않을 것 같다. 이 나라 방송, 광고, 상업이 모두 패티즘, 루키즘, 섹시즘에서 나온다 해도 과언이 아닐 것이다.

게다가 대중문화의 연령층이 하향 조정되는 것도 문제가 크다. 섹시즘 과 루키즘을 숭배하는 분위기에 여자 어린이들까지 합세하고 있다. 심리학 자들의 주장에 따르면 이 나라 모든 대중매체가 여성뿐 아니라 여아들까지 성적 대상으로 묘사하고 있다. 학자들은 이에 따른 인권 문제 외에도 당사 자들의 우울증, 거식증 등은 정신 건강에 치명적이라고 경고한다. 미국의 유명한 하이틴 잡지 「세븐틴」도 그렇다. 몇 권 들춰보면 성인 잡지 못지않 다. 덧붙여 소녀들의 소비 심리를 자극하는 온갖 화려한 의상, 화장품, 장신 구 광고가 현란하다.

그와 더불어 문제가 되는 것이 노화에 대한 공포다. 아무리 아름다운 여 성, 멋진 남성이라도 세월 앞에선 누구나 공평하다. 미국인의 나이 듦에 관 한 공포는 우리가 상상하는 것 이상이다. 고령화 사회로 접어듦에 따라 은 퇴 후 '더 젊게 살기 위한 플랜'은 중산층의 필수 조건이 되었다. 액티브 시 니어Active Senior(활발한 노년)로 남은 삶을 즐겁게 살아가기 위해 건강만큼이나 중 요한 것은 젊은 외모. 젊어질 순 없어도 젊어 보이기 위해서라면 무슨 방법 을 못 쓸까 싶다. 미국 노년층이 애독하는 잡지 「AARP」를 보면 아름다운 노년을 위한 모든 정보가 실려 있다. 노년의 스포츠, 건강, 봉사, 데이트, 문 화 활동, 패션과 코즈메틱, 성생활까지, 노년을 위한 사회의 관심이 방대해 지고 있음을 알 수 있다.

루키즘은 이제 미국 인구 전체를 포함하는 포괄적 개념으로 확장되었 다. 게다가 계속해서 늘어나는 과체중 인구 때문에 외모지상주의에 대한 갈증은 더욱 심하다. 오프라 윈프리의 말대로 '사랑한다면 살을 빼도록 도와주는 것' 이 사랑하는 사람의 의무가 되었다.

이런 사회 분위기 속에서 느끼는 상대적 빈곤감은 때로 중독과 우울증의 원인이 된다. 미국 다이어트 협회의 조사에 의하면 18~35세의 응답자 중에서 75%가 자신을 과체중으로 인식했다. 하지만 의학적으로 비만 범주에 드는 사람은 그 중 3분의 1에 지나지 않았다. 표준 체중 이하의 여성 과반수도 자신이 뚱뚱하다고 응답했다. 심지어 객관적으로 날씬한 여성조차 '과체중' 이라는 스트레스 때문에 거식증으로 내달린다.

위의 모든 것을 해결해줄 마법사가 바로 운동이다. 운동하면 건강해지고 날씬해지며 젊어질 수 있다. 심지어 섹시함까지 챙길 수 있다. 미국에서의 운동은 신앙이고 생활이며 자기 조절을 통해 풍요한 삶을 이끌어가는 중산층의 특권을 상징한다. 직접 운동하는 사람이나, 스포츠 중계를 관람하는 사람이나 미국인의 대다수는 스포츠 마니아다. 그러니 이 나라를 스포츠 광국이라 부르는 데 이의를 제기할 사람은 없을 것이다.

무늬만 무설탕인 제품들

탄산음료의 고향은 어디일까? 아니, 탄산음료의 대명사인 코카콜라의 시작은 언제일까?

코카콜라는 존 펨버턴John S. Pemberton이 알코올로 제조하면서 시작되었다. 1885년 그가 살던 조지아 주에 금주령이 내려지자 알코올 성분 대신 탄산을 넣어 대중에게 시판했다. 제2차 세계대전 당시 참전한 미군에게 무료 공급되면서 미국의 상징으로 부각되었다. 그때 유럽으로 전해진 코카콜라는 종전 이후 세계의 음료가 되었으며 20세기 후반에 이르기까지 탄산음료의 대명사로 군림했다. 1990년대부터 알려지기 시작한 탄산음료의 해악 때문에 어느 정도 쇠퇴기를 겪고 있다지만 그럼에도 불구하고 세계 각국의 콜라 소비량은 엄청나다. 코크 식민지화Coca-Colonization라 부를 정도로 미국 패권의 상징이 되었다.

콜라뿐 아니라 미국 내 소다 소비량은 엄청나다. 중산층 가정의 하루 식사 열량의 18%를 차지한다. 대부분 12온스(340g) 소다 한 캔에 10티스푼의 설탕이 들어 있다. 청소년 섭취도 엄청나서 소다로부터 얻는 설탕의 양이 하루 평균 15티스푼 이상이라고 한다. 그러니 기름진 패스트푸드와 소다 한 캔의 식습관은 과체중 아니면 비만이라는 결과를 가져올 수밖에 없다.

비만과 성인병에 대한 관심 탓일까, 최근 미국인이 가장 좋아하는 음식 광고는 이렇다.

"무지방, 무설탕, 저콜레스테롤Fat Free, No Sugar, Low Cholesterol."

과체중으로 고민하는 사람들은 기왕이면 다홍치마라고 위의 세 가지가
표기된 식품을 고르게 된다.

1960년대에 개발이 시작된 슈가 프리 제품은 이제 설탕보다 더 많이 애
용되고 있다. 패스트푸드점에 들어가면 설탕과 스위트너인공설탕 몇 종류가
구비되어 있고 은행이나 보험 회사에 가면 손님 접대용 커피 테이블에 설
탕은 없고 스위트너만 있는 경우도 많다. 설탕보다 더 대중화되었다는 뜻
이다.

스위트너가 개발된 이유는 단맛 위주의 미국 식단에서 칼로리를 빼려는
의도다. 대표적 제품으로는 Splenda, Sweet'n Low, Equal 등이 무설탕 제
품을 주도하고 있다. 1957년 개발된 스위트엔 로는 우리가 아는 사카린이
다. 기존의 설탕보다 300~500배 달다. 1998년 개발된 스플랜더는 당도가
설탕의 600배이고 1981년 개발된 이퀄은 설탕에 비해 200배 달다. 이렇듯
스위트너의 단맛은 막강하다.

하지만 스위트너가 개발된 지 50년, 미국의 비만 인구는 계속해서 늘고
있다. 아무리 제로 칼로리 스위트너라도 강력한 단맛에 길든 사람은 다른
음식에서도 엄청난 식욕을 유지하기 때문이다. 예를 들어 다이어트 소다에
칼로리는 없지만 스위트너의 강한 단맛에 익숙해진 입맛은 다른 음식에서
그만큼의 칼로리와 자극을 요구한다. 칼로리 없는 단맛에 길들게 되면 음
식을 섭취할 때 자제력을 잃어버리기 쉽다. 미국 내 여러 인종 중에 아프리
칸 아메리칸과 히스패닉이 단맛을 훨씬 좋아한다고 한다. 그들뿐 아니다.
설탕과 초콜릿이 듬뿍 들어 있는 디저트는 코카시안에게도 뿌리칠 수 없는

유혹이다.

2004년, 1억 8000만여 명의 미국인이 슈가 프리 제품을 샀다고 보도되었다. 1991년 1억 900만 명에 비해 7000만 명 이상이 늘었다. 현재 미국에서 구매 상승도가 급격히 높아지는 제품은 유기농organic 제품이다. 그다음을 차지하는 것이 무설탕 제품이라고 한다. 이런 추세로 나가다간 소다뿐 아니라 딸기잼, 시리얼, 심지어 빵과 케이크에도 스위트너를 넣자는 말이 나올 것 같다. 칼로리 없는 식품에 대한 미국인의 심리적 의존도는 대단하다. 만일 무설탕 제품이 개발 중단된다면 수많은 미국인이 정신적 공황에 빠질지도 모른다. 그만큼 칼로리 없는 당분은 유혹적이며 그 때문에 사람의 입맛은 갈수록 피동적으로 변하고 있다.

당분뿐 아니라 무지방, 저콜레스테롤 역시 환상적이다. 지방이 없으니 얼마나 좋아, 하지만 성분표를 자세히 들여다보면 지방의 칼로리는 줄었으나 당분의 칼로리는 여전히 존재하는 경우가 대부분이다. 특히 유제품의 경우 저지방 제품이 즐비하지만 그것만으로는 열량 면에서 그다지 효과를 내지 못한다. 당분의 칼로리는 1그램당 4칼로리, 지방은 1그램당 9칼로리를 내기 때문이다. 다만 심장병이나 당뇨·혈압 등으로 식단을 철저히 관리하거나 성인병 예방을 위해 신경 써야 한다면 모를까, 평범한 소비자가 무지방 혹은 저지방 제품에 의지해 '살찌는 것을 예방할 수 있다'는 생각은 나만의 착각일 뿐이다.

미국인은 무엇을 먹는가

2006년 미국식품의약국(FDA)에 따르면 미국 평균 가정의 식품비 중 46%는 집 밖에서 마련된 음식 구입비라고 한다. 조리가 전혀 필요 없는 냉동식품, 인스턴트식품 그 밖의 외식비 등이 포함될 것이다. 또한 미국인의 하루 평균 칼로리 중 32%는 이런 음식으로 채워진다.

주부취업률이 70%를 넘는 이 나라에서 퇴근한 엄마가 신선한 재료로 저녁을 준비할 수 있을까? 입장 바꿔놓고 생각해보니 내 경우라도 쉽지 않아 보인다. 혹시 주말이라면 모를까, 엄마가 직접 만들어준 맛난 요리는 이 나라 명절 때나 가능할 듯싶다. 인스턴트식품이 발달하고 냉동식품이 보편화된 이유는 사회 구조적인 결과다. 거기에 페미니즘까지 가세해 가족 식사의 전통적 의미는 희미해졌다.

미국처럼 음식이 흔한 나라가 있을까. 식습관 정보 역시 홍수처럼 쏟아진다. 하지만 아무리 좋은 음식이라도 홀로 앉아 외롭게 먹는 것은 몸과 마음에 양분이 될 수 없다. 혼자 사는 사람이 늘어나고 음식 만드는 노고가 줄어들고 있다는 것은 외로운 식사, 차가운 식탁이 늘어난다는 얘기다. 이탈리아 북부에 여러 채 별장을 갖고 있을 정도로 이탈리아에 반한 영화배우 조지 클루니는 '오랜 식사 준비와 사람들이 함께 모여 식사하는 것' 이 이탈리아 최고의 장점이자 미국인으로서 부러운 점이라 하지 않던가. 미국의 식탁 문화는 정말이지 쓸쓸하기 그지없다.

이러한 현실은 흔히 유럽의 식생활과 비교되기도 한다. 미국인은 무엇을 먹느냐로 논쟁하기 좋아하지만 프랑스와 이탈리아로 대표되는 유럽 여러 나라는 먹는 경험 전체를 중요시한다. 미국은 빨리 먹어치우는 대신 유럽 여러 나라에서는 느리게 먹고 식사 시간을 즐긴다. '미국은 무엇을 하고, 무엇을 먹고, 무엇을 주도하느냐'에 관심이 깊은 반면 유럽은 어떻게 하고, 어떻게 먹고, 어떻게 이끌어나가느냐'를 따진다. 전자는 물질의 양과 상품의 선택(자본주의의 현재성)에 목적을 두고 있으며 후자는 물질보다 시간의 질과 과정(역사성)을 소중히 생각하는 탓이다. 이런 차이는 미국과 유럽의 많은 분야에 적용된다. 무엇이 좋고 나쁘다고 말하기 이전에 역사 짧은 나라와 역사 깊은 나라의 기본적 차이점을 이해할 필요가 있다.

미국 FDA의 통계에 의하면 실제로 온 가족이 함께 저녁 식사를 자주 하는 집 자녀들은 술, 담배, 마약, 스트레스, 자살충동 등에서 자유롭다고 한다. 가족 식사를 즐기는 가정의 어린이가 말하기, 숙제, 쓰기, 읽기 등을 잘할 수밖에 없다. 위의 통계에서 재미난 것은 가족 식사를 함께하는 화목한 가정의 청소년은 첫 성경험의 시기도 현저히 늦다는 보고다.

20세기가 되기 전까지만 해도 미국의 식탁 문화는 엄격했다. 청교도 정신으로 무장한(?) 개척민들은 어른 식탁에 8세 미만 어린이를 앉히지 않았다. 식사 예절도 나름대로 엄격했다. 기도를 하고 가장부터 음식을 덜며 어른이 식사를 마칠 때까지 아이들은 바른 자세로 식탁 앞을 떠나지 않았다. 그러다 20세기 들어 식당업이 유행하자 외식은 중산층 가정의 유쾌한 나들이가 되었다. 두 차례 세계대전과 한국전쟁을 통해 여성의 사회 진출이 늘

어나고 물질문명이 발달하면서 외식 중에서도 빠르고 편리한 식사가 우선
순위에 올랐다.

그래도 1950년대까지는 엄마는 요리하고 아빠는 음식 접시를 나르며,
딸은 식탁을 차리고 아들은 정리하는, 그런 전통이 면면히 이어졌다. 하지
만 그 후 경제 · 사회 · 테크놀로지 문화가 발달하면서, 게다가 여성의 사회
진출이 본격화되면서 가족 식사의 의미는 더욱 쇠했다. 특히나 전자레인지
의 발명은 획기적이다. 1945년 어느 날, 군수산업연구원이던 퍼시 스펜서
는 레이더용 마이크로파가 음식물을 녹이는 것을 발견한다. 20세기의 많은
과학 발명품처럼 전자레인지 또한 군수산업에서 힌트를 얻은 것이다. 이것
의 발명으로, 식사 준비 시간이 줄어듦과 동시에 식사의 개념도 많이 바뀌
었다. 냉동식품 개발이 활발해지면서 전자레인지가 '땡' 하면 식사가 준비
되는 이른바 현대 미국 식탁의 모습이 등장했다.

아메리칸 원주민은 사슴 한 마리를 먹이로 잡을 때도 죽은 사슴을 위해
기도했다. 즉 어머니 대지와 음식에 대해 감사와 경의를 표한 것이다. 반면
현대문명이 낳은 패스트푸드는 자연을 거스르는 식문화를 낳았다. 감사는
사라진 채 편리함과 열량만이 존재한다. 좀 더 빨리, 좀 더 많이, 생육과 제
품 생산, 판매와 조리에 이르기까지 간편하지 않으면 선택받지 못한다. 반
면 현재 미국에서 오가닉 제품의 소비가 늘고 있는 현상과 채식주의에 대
한 관심은 그들의 먹을거리를 개선하려는 작은 의지다.

햄버거와 바비큐, 육식에 대한 집착

내가 살던 도시에는 유난히 채식주의가 유행했다. 금요일 파티에 가도, 식당에 가도, 체육관에서 운동을 하다가도 알고 보니 채식주의자인 친구가 많았다. 그중에는 환경과 평화, 자유와 지혜에 관심 많은 이들이 대부분이다. 태어날 때부터 체질적으로 육식을 못하는 이는 이 나라 육식 문화로 볼 때 드물 수밖에 없다. 그렇다고 고기를 먹는 것이 잘못되었다는 얘기는 아니다. 단백질과 지방의 공급원으로 육식은 매우 중요하다. 채식을 선택한 이들은 종교적 신념으로, 개인 철학으로, 다이어트 때문에, 건강을 이유로 육식을 거부한다. 미국적 식생활에선 대단한 결단이다.

육식을 마다하지 않는 나지만 이들의 바비큐 문화를 보면 '육식의 종말'을 외친 제레미 리프킨의 글이 가슴에 와 박힌다. 내 입으로 들어가는 고기가 어떻게 키워졌으며 어떤 과정을 통해 식탁에 올랐는지 찬찬히 돌이키면 온몸이 오싹하다. 리프킨에 따르면 인간이 먹는 '고기'를 위해 전 세계 곡물 생산의 3분의 1이 사료로 사용된다고 한다. 미국의 곡물 중 70% 역시 가축의 먹이로 소비된다. 계산해보면 쇠고기 1파운드(0.45kg)를 얻기 위해 16파운드(7.26kg)의 곡식이 필요하다는 얘기다. 못 먹어 굶주리는 아프리카, 아시아의 극빈자가 10억에 달하는데 잘사는 나라에서는 인구 수백만이 동물성지방 과잉 섭취로 죽어가고 있다. 그뿐인가, 세계 질서 역시 약육강식의 논리가 지배한다. 역사적으로 고기 먹는 민족은 그렇지 않은 민족을 지배해왔다. 육식 인간이 초식 인간을 내몰고 광활한 땅을 차지하곤 한다. 광우병에 대한 경각심과 함께 쇠고기 수출입에 대한 선진국 파워게임이 우리에게도 실감 나는 요즘이다.

1492년 콜럼버스가 신대륙을 발견한 이후 육식 문화도 신대륙에 착륙한다. 말할 것도 없이 아메리칸 인디언은 자연 친화적 종족이었다. 유목을 했지만 필요 이상 취하지 않았고 떠돌아다녔지만 초식에 가까운 전통을 이어갔다. 유럽으로부터 온 이민자가 늘어나면서 그들은 서쪽으로 서쪽으로 진출하기 시작했다. 선교라는 명분 아래 소 떼를 몰고 소위 '개척' 이란 이름으로 영역을 넓혔다.

리프킨의 통찰에 의하면 목축지를 넓히기 위한 유럽인의 야망이 식민지 시대를 열었다고 한다. 더 넓은 초원을 차지하려는 백인의 욕심이 신대륙을 개척했고 선교와 문명화라는 미명 아래 남북 아메리카, 오스트레일리아, 뉴질랜드 등이 식민지화되었다. 신대륙 중 미국만이 모국Mother Country에 저항해 독립을 얻었을 뿐 남미, 오스트레일리아, 뉴질랜드 등은 육식의 종족을 떠받치기 위해 19세기 전반까지 식민지 역사를 지탱했다.

평일 열심히 일한 미국의 중산층은 금요일 저녁부터 바빠진다. 모임도 있고 파티도 있으며 토요일, 일요일이면 피크닉이나 가족 나들이를 간다. 날씨가 좋으면 공원에 나가 바비큐를 하고 날씨가 좋지 않으면 집에서 바비큐를 한다. 화창한 주말, 피크닉 테이블 앞에서 앞치마 두르고 그릴에 고기를 굽는 아빠는 이 나라 건전한 가정의 상징이다. 전통 요리가 없는 미국에서는 바비큐가 그 자리를 대신한다.

1973년대가 배경인 영화 '킬링필드' 에서도 캄보디아에 주둔한 미군이 바비큐를 하는 장면이 나온다. 이때 결코 빠질 수 없는 것이 코카콜라와 맥주다. 로빈 윌리엄스 주연의 영화 '굿모닝 베트남'에서도, 톰 행크스 주연의 '포레스트 검프'에서도 베트남에 참전한 미군은 바비큐를 즐기며 맥주를 마신다.

백인이 신대륙에 몰고 온 해악 중 가장 확실한 것이 목초지 개간에 따른 환경 파괴와 그 위로 풀을 뜯는 소 떼, 빈부 격차와 육식이 남긴 몸의 후유증이 아닐까 싶다.

육식의 결과로 환경 파괴를 논하는 것은 열대우림과 삼림을 없애고 만든 목초지 때문이다. 게다가 가축 분비물에서 나오는 메탄가스는 대기 오염의 중요한 원인이 된다. 일부에서는 육식의 파워가 환경오염을 넘어 육식 제국주의를 상징한다고 한다. 세계 각국의 물가를 비교하는 빅맥지수가 좋은 예라 할 수 있다. 그러나 햄버거의 인기가 떨어지면서 이즈음엔 스타벅스로 대표되는 커피 제국주의란 말이 유행하고 있다. 스타벅스의 카페라테로 각 나라별 통화지수를 비교할 수 있는 것은 세계 도처에 스타벅스 제국이 진출해 있기 때문이다.

목축의 규모는 계속 확대되지만 소비 시장은 생각만큼 늘지 않고 있다. 광우병도 그 원인 중에 하나다. 하여, 육식 제국주의는 쇠고기 수입 개방을 통상의 제1순위로 놓는다. 한미 FTA를 위한 쇠고기 전면 개방 요구가 단적인 예다. 육식을 포기하지 않는 한 바비큐는 영원할 것이다.

패밀리맨이 가장 섹시하다

우리나라와 미국의 가정 생활에서 가장 큰 차이점을 들라면 단연 아빠의 역할이다. 이곳에서는 어딜 가나 아이들과 어울려 행복한 시간을 보내는 즐거운 아빠들을 볼 수 있다. 대부분은 부부가 함께지만 아빠 혼자 아이를 돌보는 경우도 눈에 띄게 많다. 외국인 눈에 그 정도라면 이들 삶에서 아빠의 비중은 얼마나 클까.

햇살 쏟아지는 일요일 아침, 유모차에 아기를 태우고 동네를 산책하는 젊고 잘생긴 아빠, 지나는 사람마다 아기 참 귀엽다고 하면 엄마 닮아서 그렇다는 말을 덧붙인다. 수영장에 아이들을 줄줄이 데리고 와 옷 갈아입혀, 함께 물놀이하고 샤워시켜, 옷 입혀 밖으로 나가면서 머리도 빗겨주고 아이스크림을 함께 먹으며 행복하게 웃는 아빠. 그야말로 감동적인 아빠다. 이 모든 것은 패밀리맨을 남성의 필수조건으로 치는 이들의 결혼풍속도를 짐작하게 한다.

미국 기혼 여성 중 일하는 엄마가 전체의 3분의 2 이상이다. 부부 모두 직장을 가진 맞벌이가 많다는 뜻이다. 물론 여성의 능력이 향상되어 사회적·경제적 위치를 차지한다는 의미도 있지만 물질 우선주의 미국에서 살아남기 위해 하는 수 없이 부부 모두 생활 전선에 뛰어든 이들도 많다. 웬만한 경우 한 사람이 벌어 풍요롭게 먹고살기 쉽지 않은 곳이 미국이다. 버는 것이 많아도 쓰는 것이 많은 탓이다. 미국 친구 중 많은 이들이 '전업 주부'

국의 가족제도에서 감동받은 것은 '아빠'의 역할이다. 언제 어디에서나 아이들과 어울려 즐거운
간을 보내는 '패밀리맨'을 볼 수 있다. 때론 엄마보다 더 자상한 아빠들. 최근엔 패밀리맨이 아니
면 각계각층 어디에서도 명함을 내밀지 못한다.

인 우리나라 여성을 부러워하는 것도 그들의 가정경제가 '살림만 하는 부인'을 허락지 않기 때문이다. 또한 이유 불문하고 이혼할 경우에 경제적 능력 없이 갈라서면 어쩔 것인가. 자녀양육에서 아빠 역할이 큰 이유도 여성 취업이 가정경제의 중요한 몫이기 때문이다. 따라서 가사 분담 역시 남녀가 대체로 동등한 편이다.

초등학생이 등교하는 풍경을 보면 패밀리맨 아빠를 실감할 수 있다. 많은 경우 아빠들이 아이를 학교에 데려다 주고 아빠와 아이가 함께 자전거 타고 등교하는 풍경도 심심찮게 볼 수 있다. 초등학교 필드 트립Field Trip(견학과 나들이를 겸한 소풍)에는 학부모 자원 봉사로 아빠들도 참여한다. 아이 하교 시간에 정확히 맞춰 데리러 오는 아빠들도 있다. 우리 같으면 엄마 몫으로 정해져 있는 아이들 개인 지도 라이드ride까지 아빠 차지가 될 때도 많다. 이처럼 아이의 등·하교를 책임지는 아빠도 있지만 아예 일하는 부인을 위해 자신의 직업을 접고 가정을 돌보는 아빠들도 적지 않다.

처음엔 애 보는 아빠House Daddy가 이상야릇해 보였다. '무슨 남자가 할 일 놔두고 집에서 아이를 보고 있나?' 하지만 이런 생각은 살림과 자녀 양육에 대한 편견이다. 여성이 하는 집안일이 얼마나 귀하고 거룩한지 말하기 전에 남성이 그 역할을 할 때 역시 같은 평점을 주어야 한다.

최근엔 이 같은 남성을 일컬어 베타남Beta Male이라고 부른다. 똑똑하고 학벌 좋으며 수입도, 능력도 좋은 알파걸에 대비되는 내조형 남성형을 일컫는 말이다. 이들은 여성보다 덜 똑똑하고 능력 면에서도 떨어지지만 마음이 너그럽고 여성에 대한 이해심이 깊어 알파걸에겐 더할 수 없이 인기 좋은 남편감이다. 이들 역시 좋은 직장에 활발한 사회 활동을 하지만 결혼 후 아내를 뒷받침하기 위해 살림과 육아를 적극적으로 분담한다. 위에서 말한 패밀리맨이 베타남의 한 전형이다. 직업을 갖지 않고 아내 대신 살림과 육아를 담당하는 하우스 대디 역시 베타남에 속한다.

최근엔 패밀리맨 아니면 각계각층 어디에서도 명함을 내밀지 못한다. 대통령이 갖추어야 할 필수 자질 중 하나도 패밀리맨이다. ABC 월드 뉴스의 앵커 찰스 깁슨 역시 자신의 뉴스 광고에서 "내 인생에 가장 소중한 것은 가족이다"라는 말부터 시작한다. 재계의 거물부터 말단 공무원에 이르기까지 집무실 책상 위엔 가족 사진이 있고 지갑 속엔 사랑스러운 아이들 사진이 줄줄이 꽂혀 있다. 아니나 다를까, 한 모임에서 '당신은 지갑 속에 어떤 사진을 갖고 다니냐'는 질문이 나왔다. 그 자리에 있던 엄마들 지갑 속에는 아이들 사진이 없었지만 아빠들은 저마다 지갑에서 아이들 어릴 때 사진이며 부인과 자신의 젊을 때 사진을 꺼내 들었다. 몇몇 아빠의 얼굴 위로 '이 세상에 나보다 더 가정적인 남자 있으면 나와보라고 해' 그런 표정이 역력했다.

패밀리맨이 크게 부각된 시기는 1980년대, 그동안 움츠렸던 미국 경제가 조금씩 살아나더니 90년대 들어 가계 소비 지출이 부쩍 늘었다. 경제 안정과 낮은 유가에 힘입어 중산층 가정마다 연비 높은 SUVSports Utility Van와 미니밴을 앞 다퉈 사들이기 시작한다. 백인 중산층을 중심으로 가정의 소중함이 더욱 강조되었고 자상한 가장은 모든 아내, 아이들의 부러움의 대상이 되었다. 종래 섹시남이 잘생기고 체격 좋으며 약간 느끼한 용모라면 이후 매력남의 기준은 '지극히 가정적인 남자'로 바뀌었다. 아직도 생생하게 기억나는 것은 '함부로 다른 여자에게 넘어가지 않는, 가정적인 남자야말로 한번쯤 유혹해볼 만하지 않느냐' 는 한 연예잡지의 기사 내용이다. 패밀리맨을 높이 평가하려는 역설이었을 게다.

합리적 결혼 후에 겁나는 이혼

이 나라의 이혼 사유 중 가장 큰 것이 배우자의 외도다. 그다음이 배우자의 중독, 그다음이 경제적 어려움이다. 이들의 이혼 과정을 보면 흥미로운 점이 있다. 이혼을 하면 자녀 양육비와 위자료를 지급하는데, 남편에게 경제적 능력이 없을 때는 그 금액을 감당하지 못할 수 있다. 반대로 부인에게 경제적 능력이 있을 때는 위자료나 자녀 양육비 분담이 달라진다. 능력 있는 여성과 이혼한 남성은 위자료 부담을 덜 수 있다. 그 좋은 예로 2006년 항간을 떠들썩하게 했던 배우 리즈 위더스푼과 라이언 필립의 이혼을 들 수 있다. 남편보다 두 배 이상 수입이 많은 그녀는 이혼 성립 시 위자료로 자신의 재산 절반가량을 남편에게 주어야 했다. 만일 그녀가 혼전계약서에 이혼 발생에 관해 상세히 서술했다면 문제는 달라졌을 것이다.

유명인의 결혼과 이혼은 이 나라 이혼 풍속을 살피는 좋은 예가 될 수 있다. 결론부터 말하자면 '아름다운 이혼'과 '더러운 이혼', 이 두 가지가 대세다. 부동산 재벌 도널드 트럼프가 강조한 혼전계약서Pre-nuptial Agreement는 지구 반대편에 사는 우리에게도 낯설지 않다. 혼전계약서의 Pre는 미리, 먼저라는 접두사며 nuptial은 보통 복수로 쓰여 결혼wedding을 뜻한다. 그 안에 혼인 중에 꼭 지켜야 할 사항, 이혼 후 재산 분할 조항, 자녀 양육 문제, 이혼 과정의 갈등을 막기 위한 위자료 항목 등을 꼼꼼히 적는다. 캘리포니아 주는 결혼을 10년 유지한 후 이혼하면 재산 동등 분배를 법으로 규정해놓았

151

다. 우리 정서로는 개인주의의 극치다 싶지만 알고 보면 이처럼 현실적이고 합리적인 것도 없다.

혼전계약서 작성 여부에 따라 위자료 차이는 엄청나다. 헤지펀드 업계의 제왕 조지 소로스는 결혼 생활 25년 후 위자료 8000만 달러를 지불했다. 자녀 2명을 둔 두 번째 이혼이었다. 반면 제너럴 일렉트릭의 전 회장 잭 웰치는 13년 결혼 생활 후 1억 8000만 달러의 위자료를 지불했다. 위의 두 경우에서 1억 달러라는 액수 차이는 영특한 소로스가 결혼 전에 혼전계약서를 작성했기 때문이다.

열정적인 사랑, 합리적 결혼, 그 후에 오는 것은 겁나는 이혼이다. 그나마 이혼 과정이 순조로우면 '아름다운 이혼'에 속한다. 그렇지 않은 경우, 부자들의 위자료 소송은 피도 눈물도 없는 혈전이 될 수 있다. 유명인의 이혼 위자료는 정말이지 천문학적 숫자다. 이들의 이혼이 쉬운 이유는 결혼 시점부터 경제적인 면에서 서로 분리되어 있기 때문이다. 이는 그들의 개인주의 탓도 있겠지만 미국의 신용평가제도는 부부의 경제권을 각각 분리해서 취급한다. 그래야만 세금과 신용 평가에 편리하고 유리하다.

2006년 한 해 동안 폴 매카트니, 브리트니 스피어스, 리즈 위더스푼 등 수많은 인기 연예인의 요란한 이혼이 있었다. 대체로 유쾌하지 못한 이혼으로로 마무리됐다. 텍사스 재벌인 데이비드 새퍼스타인과 그의 아내는 10억 달러라는 엄청난 위자료를 놓고 이혼소송을 벌이기도 했다. 말이 10억 달러지 한화로 치면 9500억 원이다. 비행기를 타고 그 돈을 태평양에 뿌리지 않는 한 다 쓰고 죽지도 못할 것이다. 2007년 말엔 농구 스타 마이클 조던이 새로운 기록을 세웠다. 프로 농구 기록이 아닌, 셀러브리티 중 가장 높은 이혼 합의금을 주고 부인과 헤어졌기 때문이다.

친구 매그는 첫 결혼의 상처로 재혼을 생각지 않고 있다. 10년 전 한국에서 3년간 영어 강사를 했던 그녀는 결혼 후 아들을 낳고 얼마 후 남편과 헤어졌다. 남편보다 생활력이 강했기에 위자료를 받지 않고 이혼했고 지금 아들과 함께 행복하게 지내고 있다. 심리 테라피스트를 꿈꾸는 그녀는 이미 사랑과 미움을 초월해 인생 그 자체를 꿰뚫고 있는지도 모른다.

언제나 밝고 명랑한 케이의 가정은 미국 사회의 여러 단면을 보여준다. 고교 시절 아기를 가졌고 그 후 아기 아빠는 그녀를 떠났다. 대학 진학을 포기한 그녀는 아들 출산 후 파트타임으로 일했다. 주정부로부터 최저생계비를 보조받으며 2년 이상 버텨냈다. 마침내 돌아온 아이 아빠와 가정을 꾸렸지만 지금까지도 결혼은 보류 상태다. 결혼의 구속력이 외려 자기 가정을 해칠지 모른다는 두려움 때문이다.

한편 그녀의 부모는 10년 전에 이혼했다. 아버지의 외도 때문이었다. 이혼 당시 아버지는 약간의 일시불 외엔 거의 위자료를 지불하지 못했다. 경제적 능력이 부족했기 때문이다. 젊은 부인과 재혼한 아버지는 얼마 전 두 번째 이혼소동을 치러야 했다. 젊은 부인의 외도로 초등학교에 다니는 남매를 떠맡게 되었다. 아버지와 이복동생 둘은 케이의 집으로 이사했다. 그녀의 살림살이도 넉넉지 못했지만 아버지와 두 동생이 갈 곳이 없었기 때문이다. 투 베드룸 아파트에서 여섯 식구가 지내기는 정말이지 쉽지 않다. 개인의 프라이버시를 중요시하는 미국 사회에서는 극적인 일이라 할 수 있다.

케이의 엄마는 또 어떠한가. 아버지와 헤어진 후 계속해서 남자친구를 사귀어왔다. 몇 해 전부터 함께 지내던 남자친구가 최근 엄마를 떠나버렸다. 일주일에 한 번씩 엄마를 찾았던 케이는 그가 떠난 사실에 내심 쾌재를 불렀단다. 엄마의 남자친구가 탐탁지 않았지만 엄마에게 소중한 사람이었기에 참고 지냈던 것이다. 케이의 엄마는 남자친구가 떠나자 깊은 슬픔에 빠져 헤어나지 못하고 있다. 예순이 가까운 그녀 나이에 새로운 사랑은 쉽지 않기 때문이다.

이혼한 엄마의 남자친구, 이혼한 아빠의 여자친구, 우리 정서로는 낯설고 이상하기만 하다. 하지만 이들에겐 그다지 특별하지도, 야릇하지도 않은 일이다. 사랑 때문에 만나고 헤어지고, 이혼 후 새로운 연인과 사랑에 빠졌다가 배신당하고, 이 모든 일의 중심은 개인의 감정과 선택이다. 내가 케이를 좋아하는 이유는 그녀의 긍정적인 인생관 때문이다. 상황이 이렇듯 복잡한데도 그녀는 늘 행복하다. 일곱 살 된 아들을 바라보는 그녀 눈빛엔 희망이 가득하다. 아버지 얘기를 할 때도 엄마 얘기를 할 때도, 남편의 방랑 증상을 얘기할 때도 그녀는 담담하다. 듣는 내 가슴이 답답하고 분노가 솟아오를 지경인데도 말이다. 하지만 가만히 생각해보면 미국의 결혼과 이혼, 그들이 쌓아온 가정 생활의 역사가 케이를 담담하게 만들었을 것이다. 드라마 속에서나 볼 수 있는 만남과 헤어짐의 반복된 스토리가 이들 가정에 평범한 일로 자리 잡은 것 같다.

사람은 무엇으로 사는가? 사랑하고 결혼해 행복하게 살다가 어느 날 문득 헤어질 수도 있다. 미국인은 이혼만큼은 철저한 조건과 이유, 분명한 입장과 액수로 산정하고자 한다. 사랑 없이 살 수 있어도 돈 없이는 못산다. 누가 이들에게 돌을 던질 수 있을까. 애석하게도 우리는 그런 세상에 살고 있는 것 같다.

미국 사회의 복잡한 가족 형태는 다음 몇 가지로 나눌 수 있다. 나뉜 가정, 섞인 가정, 혼합 가정. 물론 정상적인 가정이 더 많고 싱글부모 가정, 동성부모 가정 같은 특이 가족도 있다. 부모의 헤어짐과 새로운 결합이 나뉜 가정과 혼합 가정을 만들고, 백인과 유색인종 등 민족 간 결합은 섞인 가정으로 나타난다. 2005년 「USA 투데이」가 보도한 통계 자료에 따르면 양쪽 생부모 밑에서 양육되는 자녀는 전체의 63%밖에 되지 않는다. 나머지 37%는 위에서 말한 여러 형태의 가족 구성원에 속해 있다. 이렇듯 다양한 사연 속에서 가정의 평화가 유지되고 아이들은 자란다. 하지만 많은 심리학자들은 가족 형태의 변화가 자녀에게 주는 충격은 겉으로 드러나지 않은 채 잠재해 있다가 이들이 성인이 되었을 때 같은 과정을 밟을 확률이 두 배 이상 높다고 말한다. 즉 가정 분열의 재생산 확률이 그만큼 높다는 얘기다.

또 하나 중요한 것이 부모의 헤어짐과 가정불화가 있을 때 부모 중독에 의한 어린이 학대Chile Abuse다. 미국 사회의 중독은 상당히 광범위하다. 부모의 알코올 중독, 마약 복용, 폭력 등으로 내적 상처트라우마, Trauma를 가진 어린이들이 상당히 많다. 이들 또한 각종 중독의 피해자로서, 때로 부모의 중독을 그대로 물려받음으로써 수많은 아이들이 상처받고 사회로부터 소외되기도 한다. 부모의 이혼, 재혼, 또 다른 결합 관계의 반복이 자녀 성장에 결코 바람직하진 않을 것이다. 가정의 평화가 곧 세계의 평화라는 말은 결코 과장이 아니다.

여러 가족 형태를 알고 이해하는 것은 어린이의 권리이자 어른의 책임이다. 최근엔 동성 가정을 내용으로 한 동화책도 출간되었다. 동성 커플의 입양이 늘고 있으며 여성동성 커플일 경우엔 출산도 드물지 않다. 동성 커플로 유명한 딕 체니 부통령의 딸 메리도 2007년에 아기를 출산했다. 보수 정치인인 체니 부통령이지만 사랑하는 딸의 선택은 최대한 존중하는 입장이다. 동성 단체에서는 어린이 교과서에 동성 커플을 언급해줄 것을 주장하고 있다. 그들의 권리뿐 아니라 입양된 아이들을 위한 인권 보호도 중요하기 때문이다.

어린이를 진정 위하는 길은 행복한 가정에서 양육하는 것이다. 그렇지 못할 경우, 최대 피해자인 어린이를 적극적으로 보호해야 한다. 패밀리맨이 대통령 후보의 중요한 조건임에도 이혼율이 50% 이상인 나라, 어린이날이 없는 대신 1년 열두 달 모두 어린이날이라 할 정도로 어린이 보호에 극성인 나라, 하지만 아동 학대가 심각한 나라, 가족의 분열과 결합 등으로 심리적 상처를 안고 사는 나라. 이렇듯 이 사회는 모든 면에서 다양성의 극단으로 치닫고 있다. 햇빛이 강하면 그늘 또한 진하다지 않던가. 세계 어느 나라보다 자유롭고 부유한 나라지만 상대적으로 그 그늘은 진하고 어둡다.

신용, 인간의 존재 가치가 결정되는 생명력

혼히 다른 문화권에서 느끼는 차이를 문화 충격Culture Shock이라 한다. 이는 서로 다른 가치관과 삶의 방식, 예의범절과 교통법규 등 여러 부문에서 나타난다. 해당 지역의 문화를 모르는 채 다른 문화권에 들어간다면 상당히 당황스러운 경험을 할 수 있다.

우리의 경우, 이방인으로 거주하면서 가장 놀란 것은 알다가도 모를 개인 신용 평가 제도였다. 잠깐 다녀가는 사람이면 관계없지만 미국에 1년 이상 거주하는 이에겐 신용 정보가 중요하다. 여기서 신용이란 우리나라에서 말하는 신용카드가 아니다. 이 나라의 신용은 개인 신용 점수에 따라 존재 가치가 좌우되는 경제적 생명력이다. 즉 내 신용 점수가 몇 점이냐에 따라 할부금의 액수와 이자율, 심지어는 자동차 구입비, 아파트 임대료, 주택 구입 가격이 달라진다. 신용 평가 회사를 통해 연방정부에서 각 개인의 신용 정보를 공유한다.

외국에 거주하려면 가장 먼저 할 일이 은행 계좌를 여는 것이다. 계좌를 만든 후 은행카드와 수표를 사용해 물건을 구입하고 거래 대금을 지불한다. 물론 집 안 비밀금고에 현금을 쌓아두고 사용할 수도 있지만(과연 그런 사람이 있을까?) 그것은 위험할 뿐 아니라 화폐 단위가 커지면 사용이 어렵다. 이들에겐 거액의 현금 소지가 비정상적인 일이다. 물론 작은 단위의 현금 사용은 아직도 흔하지만 2~3달러 이상만 되어도 대부분 카드를 사용한다. 카드나 지갑, 휴대폰을 단말기에 대기만 하면(Paypass, Contactless 등) 소액 결제가 쉽게 이루어지는 직불 방식도 있다.

처음 계좌를 열기 위해 은행 문을 열고 들어가니 우리나라 은행 같은 따뜻한 웃음이 없다. 직원 표정은 자못 기계적이고 차갑기까지 하다. 계좌를 만들고 싶다고 말하니 사진 있는 신분증이 2개 있어야 한단다(사진 있는 신분증이라면 여권과 운전면허증 두 가지를 말한다). 예전엔 국제운전면허증으로 가능했지만 911사태 이후 제도가 엄격해져서 미국면허증이 꼭 필요하다. 계좌를 열면서 다시 한 번 놀란 것은 통장이 없다는 것이다. 이름과 도장, 예금 액수를 적어주는 통장 대신 체크번호와 계좌번호가 적힌 명함만 한 종이를 줄 뿐이다.

은행 계좌는 크게 셋으로 나뉜다. Checking Account, Savings Account, Money Order 혹은 Money Market(MMF). 체킹 어카운트는 내가 쓰는 직불카드Debit Card나 수표가 지출되는 계좌다. 따라서 항상 정신 차려서 잔액을 확인해야 한다. 만일 이 계좌에 돈이 없는데 수표나 직불카드를 쓰면 1달러만 초과해도 30달러 이상 벌금을 물게 된다. 나 역시 계좌가 빈 줄 모르고 있다가 5달러 마이너스 되는 바람에 벌금으로 30달러를 낸 적이 있다. 세이빙스 어카운트는 예금계좌라 보면 된다. 이자가 있다지만 거의 없는 편이다. 이자율이 약간 높은 것으로 머니 오더 혹은 머니 마켓 등이 있다. 은행에 따라 다른 상품도 가능하다.

예금은 Deposit, 출금은 Withdrawal, 거래 내역은 Bank Statement라 하며 그달 쓴 내역이 집으로 우편 배달된다. 요즘은 인터넷 뱅킹으로 확인할 수 있지만 기본적으로 미국은 개인의 예금 사용 내역을 우편으로 배달한다. 그 안에 계좌의 모든 것이 상세히 기록되어 있고 같은 은행 카드를 사용하는 경우라면 카드 사용 내용도 낱낱이 적혀 있다.

계좌번호가 있는 체크북은 우편으로 수표를 보낼 때 많이 쓴다. 본인의 서명이 들어간 개인수표다. 전기요금, 전화요금 등 공공요금 납부에 쓰이고 임대료를 낼 때, 다른 사람에게 돈을 지불할 때도 체크북을 쓴다. 체크북 사용 시 금융 사고를 의심할 수도 있지만 생활 속에 오래도록 익숙해진 터라 사고는 거의 없다. 은행에선 수표를 받을 때 그 수표를 스캔해 수표발행자의 인터넷 계좌에 올린다.

그렇다면 신용이란 무엇일까? 사람의 가치를 숫자로 환산할 수 있을까? 물론이다. 미국 사회는 개인의 가치를 신용 점수로 환산한다. 이때의 가치란 도덕성이나 지식, 삶의 기준이 아니다. 다만 사회에서 살아나갈 수 있는 경제적 능력과 가치를 말한다. 개인의 신용 정보는 편차가 크지만 대개 600 단위에서 800단위까지 분포한다. 이 점수가 높을수록 신용도가 좋고 낮으면 낮을수록 신용도가 낮아 미국적 삶에서 소외되기 쉽다. 예를 들어 신용 점수가 높은 사람은 차를 사거나 집을 살 때 혹은 가구를 살 때, 업주 측에서 요구하는 일시불 액수Downpayment가 적다. 할부금 이자도 낮아진다. 2007년 발생한 서브프라임 모기지 사태는 신용 등급이 낮은 이에게 주택담보대출을 해준 것에서 비롯되었다. 신용 경제 사회에서 그것이 무너졌으니 미국 경제, 나아가 세계 경제가 타격받은 것도 당연하다.

미국적 삶에서 소외되지 않으려면 신용 제도를 이해해야 한다. 융자도 재산이고 이자 밀린 것도 재산이다. 빌린 돈이 많을수록 은행의 고객이 되고 오래도록 할부금을 갚아나가야 신용이 좋아진다. 전기요금, 전화요금,

임대료도 연체하지 않는 것이 신용 관리에 유리하다. 신용 점수를 올리는 가장 쉬운 방법은 크레디트 카드를 사용하는 것이다. 은행에 크레디트 카드를 신청하면 처음엔 100달러 안팎으로 사용 한도를 정해준다. 한 달이나 두 달, 신용 한도 내에서 카드를 사용하면 그다음엔 신용 한도가 200달러, 400달러, 이런 식으로 조금씩 올라간다.

그렇다면 신용 한도란 무엇일까? 예를 들어 내 계좌에 1000달러가 들어 있고 나의 신용 한도가 100달러라고 하자. 내 계좌에 1000달러가 있으니 카드로 900달러를 쓴 후 은행계좌에서 돈이 빠져나가는 것이 아니다. 계좌 액수와 관계없이 신용 한도인 100달러 내에서만 카드 사용이 가능하다. 만일 신용 한도를 넘기면 최소 30달러 안팎의 벌금을 문다. 크레디트 카드로 100달러를 쓰는 대신 직불카드는 나머지 900달러 내에서 사용 가능하다.

이렇듯 장황하게 신용 제도를 설명한 것은 이것이 갖는 국가적 의미 때문이다. 이는 미국 중산층을 통제하기 위한 강력한 수단이라고까지 표현한다. 은행에서 융자받아 집과 차를 모기지로 사고 심지어 가구까지 할부로 구입할 수 있다. 따라서 융자받은 사람은 할부금을 갚기 위해서라도 열심히 일해야 한다. 또한 카드를 사용하면 개인의 경제 기록을 낱낱이 보관할 수 있기에 비정상적인 돈의 흐름을 추적할 수 있다. 예를 들어 10년 전 어느 마켓에서 6개월 할부로 가전제품을 샀다고 하자. 당사자는 그 사실을 까맣게 잊고 있지만 연방정부에선 그 내역을 고스란히 보관하고 있다. 카드 사용은 은행에 보고되고 은행은 그 자료를 신용기관으로, 그 후 연방으로 보내어 각 개인의 경제 히스토리가 수집된다. 나는 잊고 살아도 기록은 영원하다.

고약한 의료보험

작년 미국에선, 자회사 사원의 질병을 치료하기 위해 환자를 인도로 수송하는 해프닝이 유행했다. 환자와 가족 모두를 인도로 보내, 그곳에서 수술받고 회복시킨 후 다시 미국으로 데려오는 것이다. 미국과 인도는 서로 지구의 반대편이다. 지구 반 바퀴를 돌아 치료받으러 간다는 것은 도저히 상상할 수 없는 야릇한 얘기다. 하지만 미국의 의료비를 생각하면 이해할 수 있다. 인도로 날아가 수술하고 치료받는 비용이 미국에 비해 반값도 안 된다고 한다. 가령 미국에서 심장 수술이 3만 달러라면 인도에서는 7000달러의 비용이 든다. 인도의 의료비는 미국의 10분의 1밖에 되지 않는다. 미국에서 촬영된 MRI 사진도 인터넷으로 전송해 인도에서 분석한다. 의료에 관한 모든 비용을 절감할 수 있기 때문이다. 높은 보험료와 의료비 탓에 직원의 정기 검진을 외국 의료기관에 맡기는 기업도 있다.

미국의 의료보험은 금액도 종류도 천차만별이다. 보험 범위Coverage와 보험료에 따라 종류가 다양하다. 이 나라엔 무보험자도 많은 반면 고액의 의료보험으로 최고 서비스를 보장하는 차별화된 상품도 많다. 물질주의의 나라 미국, 그 대표적 제도로 의료보험을 꼽는 데는 그만한 이유가 있다. 이 나라의 중산층임을 자부하는 한 친구는 가족 의료보험료로 한 달에 1000달러 이상을 지출한다. 평소 보험료가 부담스럽다 싶지만 무릎수술로 병원에 입원, 수술을 해보니 보험의 값어치를 톡톡히 알 수 있었다는 후담이다.

다행히 응급환자의 경우 보험에 가입하지 않았거나 치료비가 없다고 병원에서 환자를 거부할 수는 없다. 일단 사람부터 살리고 보는 것이 이곳의 법률이다. 만일 그 환자가 땡전 한 푼 없는 극빈자에 속한다면 10만 달러가 넘는 수술비와 치료비가 면제되는 곳도 미국이다. 극빈자에겐 사회보장이 철저하지만 조금이라도 소득이 있고 주정부에 세금 낼 능력이 있으면 알아서 자율적으로 자신의 삶을 꾸려야 한다.

이렇듯 우리나라 의료보험이 국민보험인 데 비해 미국의 의료보험은 자유경쟁 체제다. 우리 보험이 공보험이라면 미국은 사보험이란 뜻이다. 우리 경우 보험 가입이 의무인 탓에 보험 가입자 수가 100%에 근접한다. 하지만 이 나라는 보험 가입에 관한 통계도 많아서 대략 65세 이하의 성인 80%가 보험 가입자로 보고되고 나머지 성인 20% 안팎은 무보험으로 추정된다. 이를 총인구로 확산하면 무보험자 비율이 늘어날 것이며 최근 급격히 늘고 있는 불법 이민자를 포함하면 무보험자 비율은 더욱 높아질 수밖에 없다.

미국은 세계 최고의 의료비를 자랑한다. 그중 최첨단 의학 연구에 많은 비용이 재투자됨은 매우 긍정적이다. 세계 의학 발전을 주도하고 불치병과 난치병 치료에 공헌하고 있다. 1100여 개의 희귀 난치병에도 갖가지 의료 혜택을 주고 있다. 예를 들어 희소병 치료에 필요한 의약품은 보험 혜택을 받을 수 있게 제도화하는 것이다. 이렇듯 뛰어난 의학적 공헌에도 불구하고 어쨌거나 내가 만난 모든 사람들은 의료보험제도를 'Incredible' 'Terrible'이란 단어로 표현했다. 잘사는 나라 미국, 하지만 서민 입장에서 절대로 병에 걸려서는 안 될 나라가 바로 미국이다.

이 나라의 많은 직장에서는 직원의 의료보험을 해결해준다. 그중엔 드

물게 자체적으로 의료 시설을 마련한 회사도 있다. 업무 중 사고는 의료보험이 아닌 업무보상금Workman' s Compensation에서 치료비가 지급되고 자동차 사고 시에는 자동차보험에서 의료비가 지급된다. 만일 자신의 실수로 차사고가 났다면 자동차보험 혜택을 받지 못하고 대신 의료보험으로 처리된다. 일반 의료보험은 의료 목적으로 적용되며 성형, 예방접종에는 해당 사항이 없다. 치과 역시 따로 보험을 들어야 한다.

무보험자 중 예외적으로 치료 혜택이 주어지는 경우가 있다. 65세 이상의 노인과 장애인을 대상으로 운영하는 메디케어Medicare와 주정부에서 빈곤층을 상대로 제공하는 메디케드Medicaid 등이다. 물론 이 두 가지 의료 혜택은 가장 기본적인 치료에 해당된다. 그 유명한 월마트가 시민 단체로부터 거세게 비난받는 주요 원인이 바로 하급 직원들 의료보험을 저소득층 대상 메디케드로 대처한다는 사실이다. 회사의 보험 비용을 줄이고자 메디케드를 취하는 것은 기업의 양심 문제다.

영화감독 마이클 무어는 2007년 미국 의료 제도를 해부한 다큐멘터리 'Sicko환자' 를 만들었다. 다큐 영화 '볼링 포 컬럼바인', 911사태에 이어 탈많고 병 많은 의료보험에 메스를 댄 것이다. 그에 의하면 미국의 의료보험은 병원과 제약 회사 등 막강한 기득권층을 등에 업고 있다. 마치 이 나라 총기 문화를 뒤집어놓기 불가능하듯이 의료제 개선 역시 만만찮을 것이다.

자유와 평등을 외치는 미국이지만 자본주의 원칙에 비정하리만큼 철저한 곳도 미국이다. 따라서 이 나라 의료 제도 개선은 요원하다고 보는 사람이 대부분이다. 다수의 이민자도 미국의 모든 것에 만족하지만 의료 제도에 한해서는 진저리를 치고 있다. 우리가 만난 많은 사람들이 진담 반 농담

반으로 입을 모았다. '미국은 다른 건 다 좋은데 의사, 변호사 때문에 살 곳이 못 된다' 라고 말이다. 그 의미는 듣는 이가 알아서 새길 일이다.

증오범죄, 타인에 대한 경계와 두려움

미국의 다양성에 관심 많은 딸아이는 공립고등학교로 전학하자마자 '벽 허물기'라는 행사에 참여했다. 인종과 문화의 다양함을 피할 수 없는 미국은 다른 인종과 더불어 사는 것을 초등학교 때부터 배운다. 이 행사 역시 여러 학생이 서로의 벽을 허물고 친해지고자 학기 초에 마련된다. 소수 그룹 활동, 게임, 갖가지 프로그램에 참여하고 돌아온 딸아이는 몹시 들떠 있었다. 다양성을 이해하려는 학생들의 열정을 피부로 느꼈기 때문이다. 하지만 이후 며칠 동안 딸아이는 마음고생을 했다. 행사 중에 인사를 나누고 당장 속이라도 내줄 것처럼 친절했던 백인 친구들이 그 후 관심은커녕 얼굴조차 알아보지 못하더라는 것이다.

물론 새로운 동양 친구를 기억한다는 것이 쉽진 않을 것이다. 하지만 타인에게 지나칠 정도로 친절하다가 돌아서면 새하얗게 잊는 것이 그들의 특징이다. 그들은 친구가 되어 사이가 어느 정도 진전되면 더 이상 다가가길 거부한다. 개인의 영역을 중시하기에 서로의 영역이 침해받는 것을 달가워하지 않기 때문이다. 그것은 일종의 관습, 이들 문화 속에 배어 있는 개인의 벽이다. 우리가 상상하는 것보다 그들의 벽은 더 높고 단단하다. 하물며 고등학생이면 이미 또래집단이 고착된 시기 아닌가. 이곳 십대 청소년이 이방인을 새롭게 받아들이기는 쉽지도 않고, 바랄 것도 못 된다.

심리학 세미나 중에 '경계 허물기' 프로그램에 참석한 적이 있다. 이들의 경계 허물기 프로그램은 어처구니없을 정도로 싱거웠다. 예를 들어 서로 세 걸음 사이를 두고 마주 본다. 한 발걸음씩 가까이 다가가면서 살며시 손을 뻗어 사방 10cm 정도까지 손바닥을 갖다대며 상대방의 전기를 느끼는 것이다. 그러면 상대는 자신의 경계가 침입당한 느낌을 갖게 되고 그 느낌이 어떤지 서로 의견을 나눈다. 나로서는 이런 실험이 별것 아니었지만 세미나에 참석한 미국 친구들은 진지하고 엄숙했다. 자신의 경계에 누군가를 받아들이기가 그만큼 어려운 문화이기 때문이다. 접촉에 관한 두려움, 몸에 대한 보호 의식은 아기 때부터 철저히 연습된다.

한 친구가 있다. 그의 딸은 이제 다섯 살, 유치원에 다닌다. 하루는 딸아이가 다른 친구와 장난하다가 손톱으로 살짝 그 아이를 할퀴었다. 아이들 사이에 흔히 있는 일이지만 이 나라 교육 제도 안에선 이것도 심각한 사건이다. 선생님은 친구의 딸을 잘 알아듣게 타이르고 살짝 상처가 난 아이와 아이 부모에겐 정중하게 사과했다. 다섯 살 꼬마들이 놀다 생긴 일이지만 뒤처리는 이처럼 진지하고 꼼꼼하다. 문제는 그다음이다. 친구 딸의 손톱이 길어 본의 아니게 생긴 사고(?)라 선생님은 아이의 손톱을 깔끔하게 손질해주었다. 다른 친구와 놀다가 또 다른 사건이 발생하면 곤란하기 때문이다. 아이 손톱을 고르고 예쁘게 잘라준 선생님, 우리 정서로는 있을 수 있는 일이다. 하지만 친구 부부는 극도로 흥분했다. 아이의 몸에 함부로 손을 댔다는 것이 그 이유다. 집안이 뒤집히고 유치원이 뒤집혔다. 부모의 허락 없이 어린이 몸에 손을 댔으니(그것이 비록 손톱이라도) 소송이 발생하면 엄청난 결과를 가져올지 모른다. 이 나라의 정서, 이 나라의 법이 그렇다.

몸에 대한 개인의 권리는 유아 때부터 학습되며 어떤 이유에서건 침해당

해선 안 된다. 이렇게 학습된 '개인의 벽'은 백인 사회 특유의 '경계심'을 만든다. 타인에 대한 자기 방어와 보호야말로 이 나라 정서의 핵심이라 할 수 있다. 이는 아마도 미국의 탄생부터 오늘에 이르기까지 다양한 종족과 타인의 문화 속에 군림해야 했던 '백인 나름의 생존 방식'일 수 있다. 총이 없으면 자신을 보호할 수 없다고 생각하는 이들, 세상의 악으로부터 내 가족을 보호하기 위해 총을 지녀야 하는 이들은 오로지 자기 방어에 충실한 것뿐인지도 모른다.

경계와 두려움이 자신을 보호할 수 있지만 그만큼 상대를 받아들이기 힘들다는 증거다. 벽 허물기 행사를 경험한 후 동양 친구들은 서양 친구의 이중성을 비난했다. 하지만 오해하지 말자. 그것은 이들이 가진 한계이자 특징일 뿐이다. 이방인뿐 아니라 백인 사회에서도 서로 섞이지 못함은 이들의 고민일 게다. 그래서 이들은 외롭고 쓸쓸하다. 가족 중심의 생활이 될 수밖에 없는 것도, 부모 자식 간에 연락도 없이 지내는 것도, 우울증 환자가 흔한 것도, 중독자가 많은 것도, 고독하게 늙어가는 것도 모두 이 때문이다. 결국 학기 초 벽 허물기 행사는 눈곱만큼도 도움이 되지 못했다. 자의든 타의든 그 벽은 결코 허물어질 수 없으리다. 그 벽이 낳은 또 하나의 비극이 증오범죄다.

우리가 살던 도시의 주립대학에서 증오범죄가 발생했다. 한 흑인 여학생이 죽이겠다는 협박 메일을 수차례 받은 것이다. 두려움이 극에 달한 그녀가 경찰에 도움을 청했고 그것이 뉴스화되었다.

증오범죄는 대학 사회뿐 아니라 이 사회 전반적으로 계속되고 있다. 흔히 알려진 인종차별보다 범위가 넓다고 보면 된다. 인종차별이 많이 해소되었다고 하지만 아직도 문화 저변에 존재하는 것도 사실이다. 인종차별에 의한 증오범죄의 대표적 예로 우리가 잘 알고 있는 KKK단을 들 수 있다.

KKK단은 남북전쟁이 끝난 후 1865년 탄생한 백인우월주의 단체다. 전쟁 후 남부에서 실시된 군정 치하에서 그들은 노예로부터 해방된 흑인과 그들을 지지하던 백인들에게 폭력을 행사했다. 그 후 남부 전역이 안정을 찾기 시작하면서 공포의 KKK단은 서서히 사라졌다가 20세기 초, 부활했다. 여러 나라로부터 급격하게 이민자가 늘어감에 따라 남부를 중심으로 재결집한 것이다. 1920년 절정을 이루었을 당시 전국의 회원 수는 450만 명에 달했다. 그들은 인종차별뿐 아니라 반가톨릭, 반유대교, 반외국인을 표방한 테러 집단이었고 백인우월주의뿐 아니라 건국의 순수성(?)까지 지키고자 했던 국수주의 단체임을 나름 자부했다. KKK단의 활동대원은 남부의 가난하고 무지한 농민과 소외된 백인 계층이었다. 그들이 저지른 반사회적 증오범죄는 가공할 만하다.

아시아인 대상의 증오범죄가 사회문제로 부각된 것은 1970년대 즈음이다. 이전엔 주로 흑인 탄압이 주였으나 아시아 이민 사회가 커지고 경제 활동에 영향을 주게 되자 아시아인을 향한 증오범죄도 늘어났다. 아시아인 증오범죄의 뿌리는 1800년대 중반 이후 아시아 이민으로부터 시작된다. 개척 시대 광산이나 철도공사에서 있었던 차별은 이미 잘 알려진 사실이다.

1982년엔 중국 청년 빈센트 친이 총각 파티 후 구타로 살해당했다. 백인 노동자 두 명이 살해범으로 구속되었으나 처벌은 터무니없이 미약했다. 집행유예에 벌금형인 법원의 판결에 아시아인은 분노했다. 만일 동양인이 백인을 살해했다면 어떠했겠는가.

2005년 1월엔 마이애미에서 세 명의 10대가 노숙자를 구타해 살해했다. 홈리스에 대한 편견에서 나온 증오범죄다. 한 노숙자에게 쏟아진 구타 장면이 감시 카메라에 그대로 녹화되어 보도되었다. 외신에 보도된 범죄 현장은 지구 반대편 우리마저도 경악케 했다. 범인이 10대 고등학생임은 미국 사회의 증오범죄의 뿌리가 얼마나 심각한지 대변한다. 희생자들이 흑인과 히스패닉이었기에 인종차별과 홈리스 혐오증이 겹친 증오범죄라는 해석이다. 이들 고등학생은 부모의 이혼, 학대 등을 경험한 불우한 정신 세계를 갖고 있었다. 재미 삼아 노숙자를 살해했다는 그들의 변은 듣기조차 민망할 지경이다.

증오범죄의 또 다른 대상으로 동성애를 들 수 있다. 1998년 매튜 새퍼드 사건은 소수 인권 논쟁을 다시 한 번 뜨겁게 달구었다. 와이오밍 주립대생인 그는 동성애자인 탓에 두 백인 청년에게 잔인하게 살해되었다. 범인인 아론 매키니와 러셀 핸더슨 역시 불우한 가정의 희생자였다. 중독자 부모밑에서 학대받으며 자란 청년들이다. 피해자인 매튜 역시나 문제가 많았다. 죽음 얼마 전 에이즈 판정을 받은 그는 이미 약물 복용 중이었고 친구에게 자살을 언급하던 상황이었다. 피해자와 가해자 모두 미국 사회의 극단적 상황을 보여주고 있는 셈이다. 백인 사회는 충격에 휩싸였고 동성애에 대한 뿌리 깊은 증오를 사회 전반이 반성했다. 당시 미국 내에선 에이즈에 관한 이해가 조금씩 확산되고 동성 결혼이 점차 이슈화되는 분위기였다. 이에 힘입어 빌 클린턴 대통령은 증오범죄 처벌법을 의회에 제청했다. 이때 제청된 증오범죄 처벌법은 2002년 의회에서 통과되었다.

또 다른 대표적 사건은 티나 브랜든 사건이다. 이 사건은 매튜 사건보다

5년 먼저 발생했다. 1993년, 역시나 보수적인 네브래스카 주의 작은 도시 폴즈 시티Falls City, 21세 티나 브랜든과 친구 두 명이 백인 청년 둘에게 살해 당한다(이 사건은 힐러리 스웽크의 영화 '소년은 울지 않는다'로 더욱 유명 해졌다). 티나 브랜든은 동성애자가 아니라 성적 정체성을 찾아 방황하던 성전환자였다.

현대의 증오범죄는 더욱 복잡해졌다. 어떤 이들이 증오범죄자인지 정확 히 알 수 없다. 한 가지 분명한 것은 그들에겐 다양함을 이해하고 세계 여러 문화를 포용할 수 있는 지적 능력이 부족하다는 사실이다. 한 가지밖에 모르 면 둘 이상의 사고를 뛰어넘지 못한다. 또한 이들은 불우한 환경에서 자란 청소년이나 성인일 가능성이 높다고 한다. 이러한 증오범죄가 계속되는 한 이방인과 유색인, 소수 인권자들은 막연한 불안에서 헤어나기 힘들 것이다.

당신과 나 사이의 다섯 걸음 원칙

미국인의 삶 속엔 230년 전 이 나라가 독립할 때부터 내려오는 몇 가지 생활 철학이 있다. 기회 균등, 선택의 자유 그리고 사유재산의 존중이다. 그중 사유재산의 존중은 우리도 흔히 쓰는 말, 프라이버시와 관계 깊다. 개인의 자유, 사생활이라는 뜻으로 공공의 개념과 상반된다. 50개 주를 통치하는 연방정부와 각각의 주정부가 절묘하게 어우러지듯 이들의 생활 속에도 공적인 삶과 사생활 보장이 잘 어우러져 있다.

국민 개개인의 삶에서 사적 권리는 매우 중요하다. 예를 들어 우리 집 잔디밭에서 공을 가지고 놀다가 그 공이 이웃집 정원으로 넘어갔다고 하자. 주인에게 정중히 말하고 이웃집 정원에 들어갔으면 모르되, 무심코 울타리도 없는 남의 집 정원에 발을 들여놨다가는 가택 무단침입이 될 수도 있다.

집 주변을 산책하다보면 자주 눈에 띄는 팻말이 있다. 통과 금지No Passing 사인이다. 널따란 잔디밭이 펼쳐져 있다고 무조건 건널 수 있다고 생각하면 오산이다. 중소도시의 경우 울타리 없는 주택과 정원이 대부분이고, 사유지인 경우에도 오픈되어 있다. 따라서 이런 팻말을 무시한 채 건너면 사유재산 침해가 되며 혹시 무슨 일이 생긴다 해도 책임을 물을 수 없는 것이다. 차라리 울타리라도 쳐놓으면 좋으련만 땅덩이가 넓다보니 울타리 세우기도 힘들 것이다.

거의 매일 드나들던 파크 앤드 레크리에이션 센터Parks and Recreation Center는 미국 대부분 지역에 체육 시설을 갖추고 있다. 수영장, 농구장, 헬스장(이들은 헬스장이란 말 대신 피트니스 룸이라 한다), 테니스장, 그 밖의 실내 체육을 위한 다목적실, 차일드 케어, 어린이 체육 교실, 성인 대상 취미 교실 등 용도도 다양하다. 그곳에 들어서면 묘한 기분이 든다. 마주치는 사람마다 입가엔 미소, 몸은 다섯 걸음 법칙이다. 통로에서 마주치면 벌써 저만치서부터 상대방을 의식하기 시작한다. 걸음걸이가 조심스러워지며 마주 지나는 사람을 멀찍이 우회한다. 미국에 거주하는 동안 단 한 번도 고의적으로 몸 부딪는 사람을 보지 못했다. 혼잡한 공간이라 불가항력이라면 모를까, 무심코 타인의 곁을 스치거나 의식적으로 건드리는 사람이 없다는 얘기다. 외려 하도 멀리서부터 상대방을 의식하는 통에 '내가 외국인이라서 피하는 건가?' '내 얼굴에 뭐가 묻었나?' 이렇듯 오해할 정도다. 때로는 지나치게 이방인을 경계하는 듯싶어 짓궂게 상대방 곁을 스쳐 지날 때도 있다. 그러면 화들짝 놀라 'Excuse Me' 혹은 'OOps' 아니면 'I'm Sorry'를 연발한다. 자신이 다가와 스치는 것도 아니건만 이들의 'Sorry'는 자기 보호 역할까지 하는 것 같다. 그럴 때도 역시 입에는 미소, 반대로 깜짝 놀란 몸은 용수철처럼 튕겨나간다. 내 참, 다섯 걸음Five Feet을 넘어설 수 없는 그들의 사적 경계라니!

어떤 이 말로는 '양팔 넓게 벌려 자유롭게 휘두를 수 있을 만큼'이 미국인의 사적 공간이라 말한다. 하지만 내 보기엔 이미 다섯 걸음 전부터 상대방의 호흡을 의식하는 듯싶다. 이들의 모습은 뭐랄까, 외부에 대해 경계심을 품은 상태라고나 할까? 아니면 지나치게 상대방을 의식한다고 할까? 혹자는 그것이 서양인의 예의고 타인을 배려하는 도덕적 매너라고 한다. 하

지만 너무나 깍듯한 탓에 그들의 '사적 자유'가 갖는 배타성을 진하게 느낄
수밖에 없다. 물론 미국인 모두가 그렇다는 건 아니다. 대부분 백인 중산층
의 얘기다.

같은 영어권 국가라도 영국인은 'Hi' 혹은 'Hello'라 말할 때 손을 번쩍
드는 행위에 인색하다. 그 대신 미국인은 아무나 만나도 손을 흔들며 '하
이', '헬로'라 말하며 미소 짓는다. 2007년 이른 봄, 데이비드 베컴이 L.A.
갤럭시로 이적했다. 이적하기 얼마 전 ABC '굿모닝 아메리카'에 출연한
그는 특유의 영국 발음으로 듣는 이를 미소 짓게 했다. 그와의 인터뷰 끝에
사회자 다이안 소여는 '마지막으로 미국인처럼 인사를 해달라'고 주문했다.
베컴은 마치 초등학생인 양 오른팔을 어정쩡 올리며 수줍은 목소리로 '하
이'라 말했다. 팔을 들어 올리는 미국식 인사가 어색했던 모양이다.

사람들 말로는 이런 인사법이 서부 개척 시대에 낯선 상대방을 만났을
때 총이 없음을 알리기 위한 우호의 표시였다고 한다. 팔 하나를 들어 올리
며 헬로라 말함으로써 총을 쏠 의사가 없음을 표현했던 게다. 이들의 다섯
걸음 원칙 역시 낯선 이에 대한 우호적 공간이자 방어를 위한 전제라 할 수
있다. 언뜻 보기에 미국인처럼 개방적이며 우호적인 사람도 없는 것 같지
만 그들 유전자에 새겨진 '사적 경계'는 다섯 걸음의 유리벽으로 보호되어
있다.

미국인의 사생활 존중을 관찰하기 좋은 예는 사춘기 자녀를 가진 부모의
경우다. 아이들이 중학교에 진학할 10대에 접어들면 자기 방문을 잠그기
시작한다. 잠그지 않더라도 아이 방에 주인(?) 허락 없이 들어가는 것은 말
도 안 될 소리다. 부모의 말에 거역하지 않을 테니 절대로 자기 방에 들어오

지 말 것을 약속받는 경우도 있다. 물론 예외인 아이가 있어 부모가 수시로 방에 들어오거나 물건을 뒤적일 수도 있다. 하지만 대부분의 사춘기 자녀는 자신만의 영역을 존중받기 원하고 부모 역시 그들의 관습대로, 자기들이 자라온 대로, 자녀의 사적 영역을 침해하지 않는다.

심리상담가인 친구 애나의 경우, 아이 셋을 키우면서 사춘기 이후 그들 방에 들어가본 적이 없다고 한다. 그게 가능한가 싶어 고개를 갸우뚱하니 정말 그렇다며 두 눈에 힘을 주고 고개를 여러 번 끄덕였다. 그러다 딱 한 번, 막내의 행동거지가 평소와 달리 불안해 보여서 혹시나 하는 마음에 아이 방에 들어갔더란다. 심리학을 전공한 상담선생님이니 오죽했겠는가, 몇 가지 이상한 징조 때문에 책상을 둘러보고 아이가 쓴 메모를 살피면서 막내에게 심각한 일이 발생했을까봐 심장이 오그라들도록 긴장했다고 한다. 그때가 아이들 방에 몰래 들어간 처음이자 마지막이었다.

부부 간에도 그렇다. 아무리 사랑하고 서로에게 헌신적이라도 이들에겐 기본적인 사적 공간이 존재한다. 상대방의 자존심을 존중해야 하며 최소한 넘어선 안 될 남녀 경계가 분명하다. 상대방이 허락지 않는 부부 관계는 이미 오래전부터 범죄로 취급되었다. 사랑이 식으면 이혼한다? 이것 역시 '사랑'을 잃은 데 대한 자존심의 반응이다. 지독히도 부부 중심인 가족 관계도 부모 대 자녀의 사적 공간을 엄격히 구분하는 관습에서 나온다. 자녀의 의견을 존중하고 객관적으로 대할 수 있는 것도 같은 이유에 근거한다. 자녀 교육에서 독립심을 강조하는 것도 같은 맥락이다.

타인을 배려하는 예의범절도 좋지만 이들의 다섯 걸음 원칙은 이방인인 내 마음을 쓸쓸하게 만든다. 서로 부딪고 섞이면서 하나임을 강조하는 우리 문화와는 많은 면에서 비교되기도 한다. 친하게 지낸 많은 미국인 친구들도 곰곰이 생각해보니 가까운 듯 멀게 느껴진다. 수많은 얘기를 나누고 볼을 비비며 따뜻한 포옹을 나누곤 하지만 그들에게 부족한 2%는 타인에 대한 배려가 곧 상대방에 대한 무관심과 통하기 때문일 것이다.

입양, 아름다운 거둠

친구 캐서린은 에티오피아에서 세 아이를 입양했다. 7년 전 갓난 딸아이를 시작으로 그 후 두 차례, 모두 세 아이를 호적에 올렸다. 자신의 생물학적 자녀Biological Child 둘을 합하면 아이가 다섯이다. 모두 제 아이라도 결코 키우기 쉽지 않은 숫자다. 세상 모든 어린이를 생각하는 인류애가 아니면 결정하기 힘들었을 것이다. 그녀의 남편도 우리 식으로 얘기하자면 부처님 가운데 토막이다.

그녀 집에 들어서면 커다란 가족사진이 손님을 맞는다. 입양한 세 아이와 위로 두 남매가 어우러져 사진 속에서 웃고 있다. 친자식 리아와 닉은 프린스턴과 노스웨스턴을 졸업한 수재다. 한 명은 의대 대학원에서 다른 한 명은 카네기홀의 콘서트 감독 인턴으로 각자의 꿈을 키우고 있다. 리아와 닉은 아빠 엄마의 입양 결정을 들었을 때부터 서류 작성과 절차가 순조롭게 진행되도록 적극적으로 거들었다.

에티오피아에서 온 세 아이는 건강하고 행복하게 자라고 있다. 매년 여름이면 2주 동안 인디애나폴리스로 가족 여행을 간다. 그곳에서 아프리카에서 입양된 어린이와 양부모를 위한 콘퍼런스가 열리기 때문이다. 그 기간 중에 캐서린의 아이들은 아프리카에서 온 다른 친구와 만나 캠프 활동을 하며 정체성을 확인한다. 입양한 부모들은 자녀 양육에 관한 경험과 정보를 나누고 어떻게 하면 더 잘 키울 수 있을까 고민하고 의논한다. 교육 전문가의 강의도 듣고 특히 아프리카에서 온 어린이들의 면역성을 담당하는 전문의와의 질의 응답 시간도 있다. 아프리카 입양아는 면역 체계가 달라서 자칫 서구의 질병에 걸리기 쉽다. 발병 가능한 여러 증상을 예방하기 위해 전문의와의 상담은 필수적이다.

우리 주변엔 아시아 어린이를 입양한 친구들이 드물지 않다. 주로 중국에서 입양했고 한국 어린이도 꽤 된다. 캐서린을 통해 알게 된 한 친구는 약 4년여에 걸쳐 중국 아기 네 명을 입양했다. 우리가 미국을 떠나올 때 다섯 번째 입양을 진행 중이었다. 여섯 살부터 한 살까지, 올망졸망 서 있는 그들을 보면 흐뭇한 웃음을 감출 수가 없다. 어찌나 귀엽고 사랑스러운지, 입양한 부모들이야 오죽할까.

입양에 대해 잘 모르던 나는 입양 절차가 간단하고 큰 비용도 들지 않으리라 짐작했다. 하지만 오산이었다. 아시아 문화 축제에서 만난 입양 전문가 팻은 나의 무지를 바로잡아주었다. 그녀 말에 따르면 보통 입양 신청 후 1년을 기다려야 하며, 해외 입양의 경우 경비도 최소 1만 달러 이상 든다고 한다. 1만 달러면 우리 돈으로 약 1000만 원이다. 이 돈은 아이를 데려오는 비행기표(가능하면 아이를 직접 데리러 가야 한다), 아기를 보호하고 있는 위탁모 비용, 각종 수속에 필요한 비용이다. 해외 입양일 경우 입양아의 출신 국가에 따라 2만 달러까지 높아질 수 있다.

입양 기관을 통해 신청하려면 적어도 10장 이상의 서류를 빽빽이 작성해야 한다. 양부모의 교육 정도, 재산(정기적인 소득), 친자녀 상황, 종교, 정상적이고 행복한 가정인지, 아이 양육에 문제가 없는 부모인지, 하나하나 객관적으로 정확히 기술해야 한다. 심지어 친자녀의 성격은 어떤지, 가족이 비만인지, 식습관이 나쁘지 않은지도 심사 대상이 된다. 양부모가 비만일 경우 아이의 식생활에 악영향을 끼칠 수 있기 때문이다. 게다가 입양할 아이의 방이 마련되어야 하고 애완동물이 있을 경우 서류에 그 사진도 첨부한다. 보통 사람이 생각하는 것보다 훨씬 까다롭고 철저하다. 당연히 이모든 절차는 생모와 생부로부터 입양 승낙을 얻은 후에 가능하다. 입양 전에 양부모 교육에도 성실하게 참여해야 한다.

미국인의 입양 문화는 한마디로 놀랍다. 앤젤리나 졸리와 마돈나의 입양 말고도 이 사회의 입양은 오랜 전통이다. 유명 연예인의 입양도 오래전부터 꾸준히 지속되고 있다. 톰 크루즈와 니콜 키드먼도 결혼 후 두 아이를 입양했고 샤론 스톤은 세 아들을 차례로 입양했다. 미셸 파이퍼, 멕 라이언, 스티븐 스필버그, 다이앤 키튼, 조지 루카스, 헨리 폰다, 제인 폰다, 폴 뉴먼, 월트 디즈니, 줄리 앤드루스, 존 덴버, 휴 잭먼 등 수많은 연예인이 아이를 입양해 잘 키우고 있다. 자녀가 없어 입양한 경우도 있고 친자식이 있음에도 입양한 경우도 있다. 전 국민의 애도 속에 세상을 떠난 레이건 전 대통령에게도 입양한 아들이 있다. 전임 포드 대통령에 이어 재임 기간 중에 '입양 주간'을 선포하기도 했다. 1993년 클린턴 대통령은 11월을 '입양의 달'로 지정했다.

레크리에이션 센터에서 알게 된 메리는 처음 나를 보자 반색을 했다.

"너 혹시 한국에서 왔니?"

느닷없는 질문에 어리둥절했지만 30년 전 한국에서 어린 딸을 입양한 그녀로선 한국인인 내가 무척 반가웠던가 보다. 잘 키워 시집까지 보낸 후 작년엔 콜롬비아 어린이를 입양했다고 한다. 딸 자랑을 푸짐하게 늘어놓는

메리 얼굴엔 여느 친정엄마처럼 애틋한 사랑이 엿보였다.

놀랍게도 미국엔 고아원 시설이 거의 없다고 한다. 19세기 말 동부지역만 해도 10만 명이 넘는 고아들이 거리를 방황했다. 찢어지게 가난한 이민자들 속에 어린이는 얼마나 많았겠는가. 그때만 해도 입양 수속과 절차가 마련되기 전이라 일단은 보육원에서 고아를 돌보았다. 그 후 여러 아동운동가와 여성운동가의 노력으로 어린이 입양이 단계적으로 실현되었다.

1945년, 우리나라가 해방되던 해 미국에선 보육원이 사라졌다. 그 후 세계 각국에서 불행을 겪고 있는 어린이를 입양하기 시작했다. 오늘날 이들의 해외 입양이 자연스러운 것도 이미 오랜 시간을 거쳐 그들의 인류애가 생활 문화 속에 자리 잡았기 때문이다. 미국인에 대해 미주알고주알 따지기 좋아해도 그들에게 본받을 장점이 많은 것도 사실이다.

미국 내 고아원이 사라진 데는 포스터 페어런트Foster Parent 제도도 한몫했다. 대리부모 제도로 해석되는 이것은 정부 보조로 아이를 맡아 키워주는 일이다. 간혹 어떤 영화에서는 포스터 페어런트가 나쁜 사람으로 그려지기도 한다. 같은 성당에 다니는 메리앤은 올해 쉰다섯이다. 11월 추수감사절 파티에서 우연히 서로의 가족 얘기를 하다가 자기 가족이 100명도 넘는다는 말에 깜짝 놀랐다. 알고 보니 그녀의 부모가 포스터 페어런트였고 이제까지 키운 아이들이 30명이 넘는다고 한다. 이제 그들이 자라 결혼하고 아이를 낳아서 추수감사절이 되면 100명 넘는 가족이 아파트 공동회관을 빌려 파티를 연다고 한다.

포스터 페어런트란 제 자식으로 받아들이는 입양과 달리 부모 잃은(가정 해체로 인해 대리 양육이 필요한) 아이들을 맡아 기르는 제도다. 최근엔 이들의 조합이 있을 정도로 규모와 제도 면에서 확실하게 인정받고 있다. 언젠가 신문을 봤더니 이들의 단체교섭도 가능하다는 기사가 실렸다. 양육하는 아이를 잘 키우기 위한 양부모 교육도 수시로 행해진다.

미혼모가 아이를 낳으면 곧바로 입양되는 경우가 많다. 출산 전에 생모가 친권을 포기하면 입양을 원하는 부부에게 신속하게 연결된다. 2008년 아카데미상 후보에 올랐던 영화 '주노'에서도 아직 태어나지 않은 주인공의 아기를 위해 양부모가 미리 결정되는 내용이 나온다. 최근에는 아시아와 아프리카 어린이 입양이 많아졌다. 특히 중국의 여자 어린이는 입양 수에서 1위를 달리고 있다. 중국의 남아 선호 사상 때문에 여자 어린이가 더 많이 버려진다는 사실을 미국인은 도저히 이해할 수 없다.

입양 전문 잡지를 들춰보면 아시아 입양 투어 광고를 자주 볼 수 있다. 중국이 1위, 그리고 한국 입양이 세계 3위라는 기사도 쉽게 찾을 수 있다. 과거엔 미국 가정에서도 입양 사실을 아이에게 알리지 않았다. 20세기 중반 이후 해외 입양이 많아지면서 열린 입양Open Adoption이 일반화됐다. 예를 들어 중국에서 여자 어린이를 입양할 계획이면 아이의 생부모의 상황을 알고 입양 후에도 부모끼리 계속 연락을 취할 수 있다. 입양된 아이 역시 성장해 친부모를 만날 수 있고 성장 과정 중에도 아이 소식을 알리거나 서로 안부를 주고받는 것이 가능하다. 아이에게 모국 문화와 정체성을 심어주고 모국 방문 프로그램에도 참여하게 한다.

최근 여성 전문지를 보면 열린 입양에 대한 다양한 기사를 찾을 수 있다. 미국 내 미혼모 출산의 경우, 입양된 아이와 생모가 꾸준히 연락을 주고받거나 오가는 경우도 있다. 친자를 부를 때 입양한 자녀Adopted Child와 대비되는 개념으로 생물학적 자녀Biological Child라는 말도 사용한다. 우리 개념으론 어색한 표현이지만 입양과 재혼이 많은 이들은 친자녀를 '생물학적 자녀'로 표현하는 것에 익숙하다.

이들의 입양 문화 속에는 자식을 소유 개념이 아닌 존재 개념으로 생각하는 서구 개인주의 사회의 특징이 뒷받침되었을 것이다. 건강한 미국 가정의 행복한 입양은 외국인인 우리의 마음까지 겸허하게 만든다. 간혹 잘못된 양부모가 아동 학대를 하는 경우도 있지만 그렇듯 예외적인 사건은 '입양' 보다 '한 개인의 정신적 문제' 에 초점을 맞춰야 한다.

자유로운 의사 표현, 이 나라를 발전시킨 원동력

시사 주간지 「US 뉴스 앤드 월드 리포트」에 재미난 기사가 실렸다. 미국이 외국으로부터 배워야 할 서른 가지. 그중 눈에 띄는 것이 프랑스로부터 '토론'을 배워야 한다는 구절이다. 민주주의 논쟁이 발달한 것 같지만 정작 미국은 자신의 토론 문화에 불만이 많은가 보다. 오랜 역사를 통해 철학과 문화 유산을 쌓아온 유럽에 비해 230년의 짧고도 거친 미국 역사로는 아무래도 그 깊이를 따라가기 힘들 것이다.

유럽 토론 문화의 역사는 고대 그리스 · 로마 시대로 거슬러 올라간다. 그들은 정치 · 사회 · 철학 등 모든 분야에서 토론을 통해 의사 결정을 했다. 그 후 유럽 전체로 퍼져나간 토론 문화는 각 나라 대학 중심으로 발달했다. 영국의 옥스퍼드 대학에서 토론은 필수과목이었다. 14세기 옥스퍼드와 케임브리지 대학 간 토론 대회를 시작으로 토론은 대학생의 필수조건이었다. 유럽의 의회 역시 격렬한 토론의 장으로서 논쟁은 정치인의 기본 소양이었다. 이후 신대륙 개척으로 자연스레 대서양을 건넌 토론 문화는 신생국 건설을 위한 방법론으로 발달하기 시작했다. 각 커뮤니티의 의견을 수렴하기 위해 토론으로 사안을 결정하고 이를 거친 민주적 선거는 대통령제의 밑받침이 되었다. 오죽하면 건국의 조부들이 하나같이 변호사였을까. 현재 43대 부시 대통령에 이르기까지 법조인 출신 역대 대통령은 무려 25명에 달한다.

미국의 16대 대통령인 에이브러햄 링컨은 선거 전 정치 토론의 선구자로 유명하다. 1858년 당시 유권자들은 일리노이 상원 의석을 놓고 겨루게 된 두 정치인에 주목한다. 에이브러햄 링컨과 스티븐 더글러스, 두 사람의 토론을 통해 정견을 듣고 비교 결정할 수 있는 자료로 삼기 시작했다. 당시 스티븐 더글러스는 거물 정치인인 데 반해 링컨은 입문한 지 얼마 안 된 왕초보 정치인이었다. 일곱 차례에 걸친 이 토론으로 링컨은 일약 스타가 되었고 그 후 상원의원을 거쳐 대통령 당선까지 이르게 된다. 링컨의 전기를 읽다보면 이런 구절이 있다.

'미 상원의원 경선 당시 링컨은 수많은 토론에 적극적으로 참여했다. 토론의 상당 부분은 노예제에 반대하는 내용이었다.'

이 문장으로 그가 얼마나 토론을 즐겼는지 알 수 있으며 정치 토론의 현장 또한 짐작할 수 있다. 대선 후보자 간 미디어 토론은 1960년 케네디와 닉슨의 토론이 전 세계의 효시가 되었다. 현재 우리나라에서도 대선 후보들의 텔레비전 공개토론이 실행되고 있는바, 토론은 전 세계 민주국가의 상징이 되었다.

미국 대학의 토론 풍토는 18세기 초부터 형성되었다. 미국에서 가장 오래된 대학 하버드가 개교한 것은 1636년이지만 아이비리그를 중심으로 토론 대회가 등장한 것은 19세기에 이르러서였다. 대학 간 토론 대회는 학교의 명예를 좌우할 정도로 경쟁이 치열했다. 그 후 20세기에 접어들어 제1 · 2차 세계대전 중에 소원했다가 종전 후 청년들이 대학으로 돌아오자 다시 활발해지기 시작했다. 1947년 전국대학토론대회를 시작으로 지금까지 이어지고 있다. 우리나라 대학에서 열리고 있는 각종 토론 대회도 미국과 유럼 대학의 아카데믹 토론을 모델로 삼고 있다.

이렇듯 미국은 Discussion, Debate, Argument 등에 익숙하다. 자유로운 토론과 공개 논쟁, 투표와 설문 방식으로 결론을 도출한다. 각각의 의미에 차이가 있지만 사회 전반적으로 세 가지 방식이 고루 발달해 있다. 먼저 Discussion이란 서로의 의견 교환을 통해 하나의 결정에 도달하는 과정이다. 이때 충분한 토의가 오간 후 다수결이나 만장일치 등의 투표를 통해 의결 과제를 해결한다. 쉽게 말해서 정해진 의제를 놓고 찬반토론을 하는 형식이다. 이에 비해 Debate는 성격이 조금 다르다. 최근 우리에게도 친숙한 디베이트는 한 의제를 놓고 서로 편을 갈라 자신의 합리적 근거를 앞세워 상대방을 설득하는 과정이다. 디베이트에 참가한 두 팀은 중구난방 토론이 아닌 몇 가지 규칙에 의해 주장을 뒷받침해야 한다. 토론을 통한 승리라고까지 표현되는 이것은 근거 자료, 깊이 있는 조사, 상대편을 끌어들이는 토론 능력이 승패를 좌우한다. 이때 승자를 결정하는 것은 제3의 판단자로서 양측 주장 중 한쪽의 팔을 들어줘 승리를 선언한다.

Argument는 좀 더 포괄적이다. 보통 우리말로 논의, 논쟁으로 번역되며 자신의 의견을 논리적으로 펼치는 방식이다. 일상에서, 집 안에서, 학교에서 서로 자신의 말이 옳다고 주장할 때 이 방법을 사용한다. 흔히 부부가 의견 차이로 다투는 것도, 학교에서 친구들과 가벼운 논쟁을 벌이는 것도 Argument에 속한다.

텔레비전 토크쇼의 발달도 미국인의 의사 표현이 얼마나 자유로운지 보여주는 작은 예다. 어느 프로에 출연하든지 당당하고 거침이 없다. 매일 오전이면 각 방송사에서 토크쇼를 방영하고 오후에도 늦은 밤에도 각계각층의 시청자를 위해 수많은 토크쇼를 마련해놓고 있다. 이들의 토크쇼를 보고 있으면 주제의 다양함, 대담한 소재 선택에 깜짝 놀라곤 한다. 정치, 사회, 연예뿐 아니라 성, 마약, 폭력에 이르기까지 출연자는 서슴없이 제 얘기를 풀어낸다. 우리에게도 인기 있는 닥터 키스, 오프라 윈프리, 데이비드 레터맨, 제이 레노 등은 이 나라 의사 표현의 수위를 가늠할 수 있는 프로다.

이들은 유아기 때부터 어른 말씀에 순종하는 바른생활 어린이를 만들지 않는다. 그보다 아이 스스로 자신의 이야기를 꺼낼 수 있도록 돕는다. 아이가 잘못을 저질렀을 때 꾸짖고 탓하는 대신 자신을 변호하고 개인의 권리를 주장할 수 있도록 훈련시킨다. 이는 영어라는 언어가 갖는 횡적 관계와 연관이 깊다. 어린 손자와 할아버지가 얘기할 때도 서로의 인칭은 You, 사장님과 하급직원이 이야기 나눌 때도 상대방의 인칭은 You다(물론 경칭을 나타내는 Sir · Mr · Miss와 같은 단어도 있다). 초등학교 수업 시간에서 가장 인상 깊었던 것은 자기 생각을 열심히 풀어내는 아이와 상대방 얘기를 경청하는 친구들 모습이다. 맞는 대답이 아니어도 좋고 엉뚱한 말이어도 좋다. 상상할 수조차 없는 허튼소리라도 아이들은 거리낌 없이 말하고 듣는다. 학생들이 어떤 발표를 해도 선생님은 신중하다. 쓸데없는 소리한다고 타박하거나 무안을 주지 않는다. 그야말로 열린 교실, 아이들의 자신감 Self Confidence과 상상력은 그렇게 자란다.

만일 친구 이야기를 듣지 않고 다른 짓을 하거나 소음을 내면 선생님은 즉시 이렇게 말을 건넨다. "네가 발표할 때 다른 친구가 시끄럽게 하면 좋을까? 그러니 너도 친구의 이야기를 잘 들어야겠지?" 이런 식의 질문은 학교 생활 전반에 고루 적용된다. 자신의 자유와 권리를 보장받으려면 남부

이들의 자유로운 의사 표현은 소신 있는 작은 시위로 이어진다.

터 배려해야 한다는 사고를 어릴 때부터 가르치는 것이다. 아이들은 자기 생각을 편안하게 얘기하고 다른 친구들은 모두 그 아이 얘기에 귀 기울인다. 이런 과정을 통해 공동 의견을 수렴하는 방법을 연습한다.

초등학교만 그런가? 중·고·대학교도 마찬가지다. 수업 시간 중에 학생들은 하고 싶은 말을 쏟아낸다. 우스운 농담, 수업 내용과 관계없는 질문, 말도 안 되는 논리, 정답과 너무 동떨어진 괴변. 그런 가운데 특이한 의견이 나오고 또 다른 관점에서 사건과 현상을 바라볼 수 있다. 소위 'Brain Storming'이 가능한 것도 자기 표현을 어릴 때부터 훈련받았기 때문이다. 창의성은 그 안에서 개발되고 열매 맺는다. 끊임없이 계속되는 허튼소리와 기발한 얘기 가운데 번득이는 아이디어가 튀어나온다.

대학을 예로 들어보자. 미국의 교수들은 이렇게 말한다. "한국 유학생은 발표는 잘 안 하지만 한번 발표하면 간단명료하게 정답만 말한다." 사실 이 말 속엔 칭찬과 가시가 함께 들어 있다. 한국 학생의 영어가 순조롭지 못한 탓도 있지만 정답이 아니면 안 된다는 강박관념 때문에 생각이 닫혀 있다는 뜻이다. 이는 자신의 아이디어에 충실하기보다 남의 시선과 평가를 두려워하는 탓이다. 하기는, 우리가 받은 교육은 언제나 정답을 요구했다. 오답이나 유사한 답은 존중되지 못한다. 그러니 섣부르게 창의적 의견을 낼 수도 없다. 공연히 엉뚱한 소리했다가 창피만 당한다고 생각하니까.

우리 교육 현장에서는 친구들 사이에 튀거나 잘나 보이면 왕따로 지목받는 경향이 있다. 이웃 나라 일본도 마찬가지다. 남들 앞에서 튀지 않도록, 하나같이 획일적으로 훈련받는다. 그에 반해 미국은 개성을 귀히 여긴다. 남다른 것, 특이한 것, 헛소리라도 기발한 것, 이런 것에 호기심 점수를 높게 준다. 내 말이 옳고, 내 생각이 중요하며 내 의견이 내 인생을 대변한다는 신념, 이것이야말로 이들의 토론 문화를 받쳐주는, 나아가 미국을 받쳐주는 개인주의의 힘이다.

미국인은 자녀 교육에서도 의사 표현을 중요시한다. 평범한 중산층은 아이의 독립성을 존중하는 방법으로 자신의 생각을 맘껏 표현할 수 있게 배려한다. 자신을 보호하고 자신의 의견을 주장하기 위해서는 말처럼 중요한 것이 없다. 때론 부모에게 저렇게 말해도 좋을까 싶을 정도로 야무지게 따지고 들지만 대부분 부모들은 아이의 생각을 무시하거나 버릇없다고 핀잔하지 않는다. 외려 합리적인 대화법을 연습하고 지도한다. 서로 생각을 나눔으로써 두 사람 모두 납득할 수 있는 합일점을 찾으려 노력한다.

우리의 유교 문화가 종적 관계를 강조하는 것처럼 이들 서구 문화는 횡적 관계를 존중한다. 나이, 신분, 권위에 상관없이 의사 표현이 가능한 것이야말로 이 나라를 발전시킨 원동력이 되었을 것이다. 이때 우리가 명심해야 할 것은 '토론에는 정답이 없다'는 것이다. 논제를 여러 각도에서 새롭게 바라보는 것이야말로 창의적 토론의 기본 전제다. 대학의 세미나 수업은 필기시험에 관계없이 토론 참여도를 학점에 포함시킨다. 하버드 법대로 상징되는 소크라테스식 수업 진행도 결국은 개인의 논리와 의사 표현을 강조하는 방식이다.

간혹 방송에서 할리우드 스타의 인터뷰를 보면 저들이 연예인인가 정치가인가 혼란스러울 때가 많다. 자신의 인생 철학, 인간과 세계를 보는 시각이 잘 훈련된 정치인을 방불케 한다. 연예인이 주지사나 대통령이 될 수 있는 것도 자기 표현 훈련이 얼마나 잘 되어 있는가를 증거하는 것 아닐까. 미국의 부자들, 대표적인 CEO들이 리더십과 더불어 스피치에 강한 것도 결코 우연이 아니다. 나이에 관계없이 논리와 경쟁이 지배하는 나라, 새로운 것을 향해 끊임없이 나아가는 진취적 성향이 합해져 미국의 토론 문화를 이끌고 있다.

앞의 「US 뉴스 앤드 월드 리포트」가 발표한 '프랑스 토론 문화에 대한 부러움'은 다음과 같이 해석할 수 있다. 프랑스는 어릴 때부터 지식에 바탕을 둔 논리적 토론을 중요시한다. 프랑스 청소년의 논술과 토론 능력은 세계에서 가장 수준이 높다. 그에 비해 미국인의 토론은 의사 표현이 자유로운 대신 철학적 기반이 부족하다. 하지만 지적 수준이 떨어지는 대신 창의성은 훨씬 높지 않을까 싶다.

미국의 신문들

신문 읽기를 좋아하는 나는 시간 나면 온 방에 펼쳐놓고 하나하나 짚어가며 신문을 읽는다. 그 안에 세상 이야기, 삶의 지혜, 유익한 정보가 있기 때문이다. 아무리 인터넷이 발달했다지만 손 안에 넣고 아무 데서나 읽을 수 있는 것이 어디 신문만 하랴.

미국에는 대략 1700여 개 일간신문과 6300여 개 주간신문이 있다. 어마어마한 숫자다. 그중 대중적 인기를 누리는 신문은 뭐니 뭐니 해도 타블로이드판 지역신문이다. 크기도 작은 데다 사회, 정치, 지역 정보, 광고, 가십, 스포츠 등 짧은 시간에 많은 것을 얻을 수 있기 때문이다. 나라가 워낙 넓다 보니 지역신문이 발달할 수밖에 없다. 주마다 특징이 있고 도시마다 관심사가 다르다. 하긴 오죽하겠는가? 미 대륙 50개 주에서 일어나는 모든 일을 보도할 수 있는 신문은 없다. 모든 활자 매체가 그렇듯이 세분화, 전문화되지 않으면 살아남기 힘든 세상이다.

전국을 커버하는 일간지로는 「투데이」(1982 창간)와 「월 스트리트 저널」이 대표적이다. 「투데이」는 25년 역사에 비해 50개 주에 보급되는 보편 일간지로서 입지를 굳혔다. 2004년 기준 평일 발행 부수가 159만 1629부, 주말까지 팔리는 금요판의 경우 200만 부를 넘긴다. 2006년엔 평일판이 227만 부 나갔다. 2년 만에 70만 부가 늘었다는 얘기다. 이 인기는 전국을 커버하는 뉴스뿐 아니라 흥미 위주의 기사와 컬러 사진, 연예인 스포츠 스타 소식, 시각적인 그래프와 만화 등이 고루 섞인 편집의 묘 때문으로 분석된다. 다른 신문이 모두 점잖은 회색 일색인 반면에 이 신문의 화려한 색채감은 낮은 가격(75센트)과 함께 평범한 소시민을 사로잡을 수밖에 없다.

대도시 분위기의 일간지로는 「월 스트리트 저널」(1889년 창간)과 「뉴욕 타임스」(1851), 「워싱턴 포스트」(1877)를 들 수 있다. 「월 스트리트 저널」은 경제 전문지로 퓰리처상을 29번 수상했다. 아시아판과 유럽판이 각각 편집되고 있으며 하루 205만 부가 배급될 정도로 세계 경제 기사의 중심 역할을 한다.

「뉴욕 타임스」와 「워싱턴 포스트」는 심층 보도에 강해서 「De Facto National Newspaper」(사실상의 전국 일간지)로 쌍벽을 이룬다. 정확한 기사와 논쟁 위주의 「뉴욕 타임스」는 1851 창간 이래 Gray Lady(회색 귀부인)라는 애칭으로 불리며 명성을 이어오고 있다. 2006년 시점까지 퓰리처상을 94번 수상했을 정도로 질적인 기사를 추구한다. 평일 100만 부, 주말판이 160만 부 이상 배급되므로 독자 규모 또한 만만찮다. 특히 1960년대 베트남전 보도로 펜타곤과 벌인 치열한 신경전은 「뉴욕 타임스」를 더욱 유명하게 했다. '펜타곤 페이퍼'라 불리는 베트남전 기록을 「뉴욕 타임스」의 닐 시한 기자가 폭로함으로써 닉슨 행정부와 정면으로 충돌했다. 이에 연방대법원은 수정헌법 제1조, 언론의 자유를 근거로 「뉴욕 타임스」의 손을 들어주었다. 진실을 파헤치는 성향 때문에 사람들은 흔히 이 신문을 일컬어 이렇게 말한다. "그날의 「뉴욕 타임스」는 신문이지만 하루가 지나면 역사가 된다." 요즘같이 미국 뉴스가 세계적 영향력을 끼치는 분위기에선 「NYT」의 역사가 곧 세계 역사인 셈이다. 유의할 것은 「뉴욕 타임스」를 the Times로 줄여 부를 때 영국 일간지 「The Times」와 혼동해서는 안 된다. 시사주간지 「타임 The Times」지와도 구별된다.

2006년 10월 평일 배급량이 65만 6297부인 「워싱턴 포스트」는 워싱턴 D.C. 중심의 정치 기사로 권위를 인정받고 있다. 1972년 우드워드와 번스타인 기자의 워터게이트 사건 폭로는 미 정치사에 남을 '보도의 승리'로 유명하다.

세계 뉴스를 커버하는 2개의 신문도 유명하다. 중동에 관한 심도 깊은 기사로 퓰리처상을 7번이나 수상한 바 있는 「크리스천 사이언스 모니터 Christian Science Monitor」(보스턴 본부)와 미국과 세계 뉴스를 일간으로 보도하는 「인터내셔널 헤럴드 트리뷴The International Herald Tribune」(The New York Times Company 산하, 프랑스 파리 본부)이 그것이다. 영국과 같이 국토가 좁은 경우 일간지가 발달한 반면, 미국은 넓은 국토에 따른 공급망과 50개 주 각각의 특성 때문에 신문보다 실시간 방송이 우세한 편이다. 21세기 들어 인터넷이 대세인 것은 말할 것도 없다.

여느 나라와 마찬가지로 미국의 신문과 시사지도 진보와 보수로 색을 가른다. 예를 들어 「워싱턴 포스트」지와 「월 스트리트 저널」의 경우 남북문제와 독도 등에 관한 예민한 보도로 우리 국민의 실망을 샀으며 현 정권에 대한 보수성 때문에 진보주의의 심기를 거스르고 있다. 다소 진보적이라는 「NYT」도 이라크전을 논하기 시작하면 진보, 보수를 가르기 힘들다. 하지만 부시 대통령과 네오콘에 관해서는 「뉴욕 타임스」가 다소 비판적이다. 시사주간지도 마찬가지다. 대표적 보수 주간지로 「위클리 스탠더드The Weekly Standard」, 「코멘터리Commentary」, 「뉴리퍼블릭The New Republic」, 「내셔널 리뷰The

National Review」가 꼽힌다. 「위크The Week」와 「뉴스테이츠먼The New Statesmen」은 진보 성향을 보인다.

우리에게 잘 알려진 「뉴요커The New Yorker」의 경우 뉴욕 중심 가치관 때문에 자연스레 진보에 기울고, 가장 보편적이며 인기 높은 「타임」과 「뉴스위크」는 기사의 질이 높고 자체 평정 시스템이 발달되어 있다.

미국 현 정권에서 극보수라 함은 네오콘NeoCon으로 대표되는 신보수주의자들이다. 알려진 바와 같이 이라크전 발발을 전후해 유대 세력의 강력한 보좌를 받고 있다. 공산주의와 아랍민족주의를 악의 축으로 보는 이들이 보수와 유대주의를 결합함으로써 하나가 되었다. 이들은 미국 경제뿐 아니라 주요 언론도 좌지우지하는 세력이다. 그러니 언론의 편집 방향이 객관적이길 바랄 순 없다. 보도를 접하는 독자가 알아서 판단할 일이다.

하지만 네오콘과 보수우파는 차이점이 많다. 이 즈음엔 전통적인 보수 논객도 때로 극보수에 반대하고 있다. 2004년 대선 당시 보수 격주간지 「아메리칸 컨서버티브The American Conservative」는 부시의 대 이라크 외교 정책을 비판하며 민주당 케리 후보 편을 들어주었다. 네오콘이 주도한 이라크 침공을 질책함으로써 진정한 보수의 의미를 짚어주고 싶었나 보다. 즉 네오콘과 미국 정통 보수는 같은 보수임에도 정치적 입장이 상당히 다르다. 이렇듯 언제 어디서나 언론과 정치는 얽히고 설켜 있다.

대단히 유감스러운 일이지만 평범한 미국인은 동티모르가 어떤 나라인지, 보스니아가 어디에 있는지, 왜 독도가 중요한 이슈인지, 코소보가 뭐 하는 곳인지 별로 관심이 없다. 매일 만나던 백인 친구 중에도 내가 한국인인지 일본인인지 중국인인지, 아무려면 어떠냐는 생각이다. 그들의 관심은

타인의 개별적인 출신 국가가 아니다. 이미 세계 제일 초강국으로 미국을 상대할 나라는 없다고 믿는다. 그러니 세계 정세, 제3국의 삶에 신경 쓸 새가 어디 있을까.

최근 들어 중국의 경제력이 급부상하고 미국 전체가 메이드 인 차이나 제품 속에 파묻혀 살긴 하지만 여전히 그들은 일상 속에 무심하다. 평일 열심히 일하고 퇴근 후 아이들과 즐겁게 지내며 주말 쇼핑을 즐기거나 피크닉 가서 바비큐를 하는 것, 조깅과 휴가를 즐기며 주일에 교회 가서 회개하고, 매주 월요일 '먼데이 나이트 풋볼'을 보는 것이야말로 더도 덜도 아닌 미국 중산층의 바람직한 생활 패턴이다.

하지만 2008년 부동산 폭락이 세계 경제 불안을 주도하자 뭔가 달라지고 있다. 심각한 경기 침체로 실업자가 증가하고 달러가 사상 최저치로 떨어지며 당장에 자동차 기름값이 갤런당 4달러를 훌쩍 넘어섰다는 사실에 서민들은 엄청난 충격을 받고 있다. 모든 일간지에서 '대공황 이후 가장 끔찍한 상황'이라는 기사가 올라오기 시작했다. 소비에 익숙한 미국 생활이 경제 불황에 얼마만큼 버텨낼 수 있을지 걱정하는 이들이 늘고 있는 상황이다. 설마 미국이, 설마 달러가, 설마 설마 하는 동안 미국의 자존심은 뿌리 깊은 곳에서부터 흔들리고 있다. 시간이 걸리더라도 과연 이 위기를 잘 극복할 수 있을지, 앞으로 몇 년 동안 일본식 경기 침체를 겪게 될지, 세계 경제의 주도권을 중국과 중동에 넘겨줄지, 현재로서는 그 누구도 내다보지 못하는 상황이다. 어쨌거나 젊고 패기 넘치는 나라 미국은 목하 오리무중이다. 그에 비해 세계 역사는 도도한 흐름을 멈추지 않고 있다.

영국에 훌리건이 있다면 미국엔 테일게이터가 있다

스포츠에 광적인 미국인을 얘기하면서 빼놓을 수 없는 것이 테일게이팅 파티다. 8월부터 시작되는 풋볼 시즌이면 매주 토요일마다 대학축구 경기가 홈 경기와 어웨이 경기로 나뉘어 일주일에 한 번씩 교대로 열린다. 미국인의 혼을 사로잡는 대학 풋볼은 8월부터 1월 초까지 풋볼광들을 들뜨게한다. 대학 풋볼은 지역 사회를 대표할 뿐 아니라 그 지역에 사는 사람들에게 확실한 주인의식을 갖게 한다. 메이저리그 야구나 프로 풋볼도 대학 풋볼의 인기를 따라갈 수 없다. 직장 때문에 연고지를 옮기거나 결혼 때문에 거주지를 옮겨도 미국인은 누구나 하나쯤 혼신을 다해 응원하는 풋볼 팀을 갖고 있다. 예를 들어 오하이오 주립대를 나온 학생은 미국 어디에 살든 간에 OSU 버카이의 열혈팬이다. 네브래스카 대학을 나온 학생은 그 누가 뭐라 해도 네브래스카 허스키스의 영원한 팬이다. 풋볼 잘하는 학생이 가장 인기 있고, 응원을 이끄는 치어리더의 인기 역시 하늘을 찌른다. 이것만 봐도 이들의 스포츠 정서를 짐작할 수 있다.

풋볼 경기장을 하늘에서 내려다보면 길고 둥그스름한 사발 모양을 하고 있다. 그 탓에 풋볼 게임을 볼게임Bowl Game이라 부른다. 대학 풋볼은 리그별 결승전을 네 곳에서 치른다. 뉴올리언스의 슈가볼, 마이애미의 오렌지볼, 파사데나의 로즈볼, 하와이의 파인애플볼, 특히 캘리포니아의 파사데나(장미꽃이 특산품이다)에서 개최되는 로즈볼은 대학 풋볼 결승전 중에 가장 유명하다. 각 대학팀은 그 주를 대표하는 별명을 갖고 있는데 예를 들면 오하이오는 버카이Buckeyes, 미시간은 울버린Woolverines, 아이오와는 호카이Hawkeyes, 인디애나는 후지어Hoosiers, 노스웨스턴은 와일드캐츠Wildcats 이런 식이다.

풋볼의 규칙은 한 팀 22명, 공격과 방어가 따로 나눠진다. 한 쿼터에 15분씩, 4쿼터로 진행되는데 4쿼터 동안 누가 점수를 많이 내느냐로 승부가 정해진다. 먼저 '다운' 이라는 말을 기본적으로 알아야 한다. 다운이란 공격 측에 주어지는 네 번의 공격 기회인데 첫 공격은 First Down, 두 번째 공격은 Second Down 이런 식이다. 네 번의 기회에 10야드를 전진하면 공격권이 유지된다. 그렇지 못하면 상대방에게 공격권을 내준다. 볼을 가지고 달리는 선수가 상대방 엔드존End-Zone에 들어가는 것을 터치다운이라 하며 6점을 얻게 된다. 그 후 필드 골이 성공하면 1점을 추가한다. 상대 골대로 공을 차 넣는 필드골은 3점이다. 수비 진영이 공격진을 상대 엔드존까지 밀어붙이면 세이프티로 2점을 얻을 수 있다. 그 밖의 규칙은 경기를 보면 쉽게 알 수 있다. 단순한 듯 보이는 이 경기가 미국인에게 가장 인기가 좋은 것은 그들의 정서와 맞아떨어지기 때문이다. 버펄로들의 싸움을 연상시키기도 하고 서부 개척 시대의 땅따먹기를 떠올리기도 하니 말이다.

풋볼 경기장의 또 다른 즐거움은 마칭밴드의 퍼레이드와 테일게이팅 파티다. 마칭밴드는 풋볼 경기의 꽃, 경기 전과 중간 휴식 시간, 경기 후에 퍼레이드를 한다. 테일게이팅 파티는 말 그대로 자동차 꼬리 문을 열고 벌이는 파티다. 주로 밴이나 미니트럭의 뒷문을 열고 테이블을 차린 다음 온갖 먹을거리를 장만해 풋볼 경기 전후로 파티를 한다. 수많은 미국인이 파티

마니아인 것을 생각하면 축구 경기장 주차장 파티도 상상이 가능하다. 나역시 OSU 풋볼 시합 후 테일게이팅 파티를 해보았지만 생각처럼 어색하진 않다. 공원 대신 축구장 주차장으로 피크닉 장소가 바뀌었을 뿐이다.

이들의 테일게이팅 파티는 어떤 파티보다 걸지다. 먼저 경기가 있는 주말이면 사람들이 오전부터 주차장으로 몰려든다. 경기 관람료 외에 주차비가 20달러를 훌쩍 넘어도 일찍부터 와서 가족이나 친구들끼리 차 뒷문을 열고 테이블을 차린다. 바비큐 그릴, 아이스박스, 간이의자를 꺼내고 고기, 햄버거, 빵, 소시지, 샐러드, 맥주, 음료, 칩스 등 그 어떤 파티보다 풍성하다. 간혹 경기 후에 먹고 마시다가 말썽이 나는 경우도 있기 때문에 풋볼 경기가 있는 날이면 경찰은 비상근무에 들어간다.

우리가 살던 오하이오 컬럼버스는 풋볼 명문 오하이오 주립대OSU로 유명하다. 홈게임이 있는 날이면 도시 전체가 떠들썩하고 풋볼 경기장은 만원을 이룬다. 때로 해외 토픽에 등장할 만큼 테일게이팅 파티 역시 대단하다. 대학 전체를 가득 메운 자동차마다 남녀노소 할 것 없이 떠들썩한 파티를 벌인다. 먹고 마시고 떠들고 응원가를 부른다. 어웨이 게임이 있는 날이면 수많은 젊은이들이 상대팀 지역에 원정 응원을 간다. 각 대학마다 정해진 빛깔의 티셔츠를 입고 풋볼보다 더 과격한 응원 경쟁을 벌이기도 한다.

각 지역별, 대학별로 특색을 자랑하는 테일게이팅 파티도 많다. 예를 들어 핫스파를 주차장에 준비해 스파를 즐기며 파티를 열기도 하고 풋볼 명문 루이지애나 주립대처럼 클래식한 분위기에 정장을 입고 고풍스러운 파티를 즐기는 경우도 있다.

미국의 대학 풋볼은 생각보다 엄청난 산업이다. 연간 10억 달러(약 1조

원)가 넘는 돈이 오간다. 경기장 입장료는 기본이고 경기 실황을 독점 중계하는 텔레비전 중계료가 엄청나다. 홈경기나 어웨이 경기 때마다 이동하는 응원단도 지역 경제에 도움을 준다. 로즈볼, 코튼볼, 슈가볼 등 메이저 볼 경기에 진출하는 팀에겐 수백만 달러의 학교 지원금이 전달된다. 따라서 풋볼 잘하는 대학은 기금이 늘어나고 그 기금은 학교 발전에 긍정적인 역할을 한다.

금전적인 부분 외에도 대학 풋볼은 학생과 지역 주민의 자긍심을 대표한다. 대학 마크가 찍힌 후드티를 입고 풋볼 마크가 찍힌 스티커를 자동차에 붙이며, 자기 지역의 풋볼 응원가를 부르고 끼리끼리 뭉친다. 우리나라의 지연과 혈연이 끈끈한 것처럼 미국인에겐 대학 풋볼이 그 역할을 대신한다.

테일게이팅 파티가 벌어지는 날 슈퍼마켓 매출이 급증함은 말할 것도 없다. 풋볼을 모르던 시절엔 테일게이터가 치약 이름인지(콜게이트를 연상함) 악어장난감인지(앨리게이터를 연상함) 도저히 짐작이 되지 않았으나 자동차 꼬리 문을 열고 파티를 한다는 뜻을 안 후 어이가 없어 웃은 적이 있다. 테일게이팅 쿡 북도 있다. 심지어 테일게이팅 용품이 따로 마련되어 있어 인기리에 판매되기도 한다. 파티 중엔 음악도 한몫하는데 염치없는 테일게이터들은 음악을 아주 크게 틀어놓는다. 좁은 주차장에서 경쟁적으로 음악을 틀어놓아도 아무도 뭐라 할 수 없는 것은 그 노래가 대개 풋볼 경기와 관련 있기 때문이다. 테일게이팅 파티는 단순한 풋볼 응원이 아닌, 스포츠 마니아들의 삶의 여흥이며 지역 사회의 축제라 할 수 있다. 특색 있는 테일게이팅 파티로 관광객을 유치하기도 한다.

대학 홈게임의 테일게이팅 파티. 이들은 아침 일찍부터 주차장에 모여 파티 준비를 시작한다.

영국에 훌리건이 있다면 미국엔 테일게이터가 있다. 훌리건이 난데없는 법석으로 우리를 놀라게(때로 겁나게) 한다면 테일게이터는 끼리끼리 먹고 마시며 여흥을 즐긴다. 경기장마다 몰려다니며 난동을 일으키진 않지만 미국인의 자동차 문화와 바비큐 문화를 복합적으로 보여주면서 때로 서부 개척 시대의 광기를 분출할 수 있는 굴뚝 역할을 한다. 이는 게임의 승부와 관계없이 한 판 축제를 즐기려는 젊은 미국의 풍속도라 할 수 있다. 스포츠는 이래저래 현대 미국인의 스트레스를 해소해주고 있다. 오죽하면 'Tailgate Nation'이라는 말이 있을까.

포틀럭 파티, 음식 한 접시씩 들고 오세요

파티를 광적으로 좋아하는 이를 일컬어 '파티 애니멀' 혹은 '파티 마니아' 라 부른다. 생일 파티, 결혼 피로연, 연말 파티, 크리스마스 파티, 추수감사절 파티, 깜짝 파티, 집들이, 총각 파티, 여자들끼리 만나는 파티, 출산 예정 파티, 결혼 전 신부를 위한 파티, 각자 음식 한 접시씩 가지고 모이는 파티, 초등학생이나 중·고교 여학생들이 즐기는 파자마 파티, 고등학교와 대학교에서 졸업생이 모이는 홈커밍 파티, 졸업 예정자를 위한 졸업 파티 기타 등등…. 명절마다, 집집마다, 연령별로, 직업별로 다양한 파티가 있다.

이 중 가장 인상 깊었던 것이 포틀럭 파티Potluck Party다. 십시일반이 우리나라의 미덕인 것처럼 이들에겐 포틀럭 파티가 그 역할을 하는 듯싶다. 19세기 후반부터 보편화된 이것은 주말, 이웃들이 각자 음식을 한 접시씩 마련해 파티를 열고 서로의 정을 나누던 데서 시작되었다. 나 같은 이방인에게도 얼마나 편한지 모른다. 어떤 자리에 초대받았을 때 '음식 한 접시씩 가지고 오세요' 라 부탁받으면 마음이 그리 편할 수가 없다. 무엇을 선물할 것인지 고민하지 않아도 되고, 서먹한 분위기에서 우왕좌왕할 것도 없고, 우리 음식 맛나게 한 접시 해가면 우리 문화 소개도 되고, 낯선 이와 대화하기도 편하다. 교회나 성당 커뮤니티에 속해 있는 사람이면 포틀럭 파티를 자주 갖게 된다. 음식 함께 나누는 일이 코이노니아Koinonia의 중요한 부분이다 보니 소규모 신앙공동체에선 절기마다, 행사마다 포틀럭 파티를 한다. 우

갖가지 포틀럭 파티. 모임이 있을 때마다 저마다 음식 한 접시를 준비하여 풍성한 식탁을 꾸밀 수 있다.

리 성당에선 매번 모임마다 알파벳순으로 나누어 주요리, 야채요리, 후식을 번갈아 준비한다.

친구들끼리 모임을 할 때도 '음식 한 접시' 들고 가서 저녁 시간을 즐길 수 있다. 음식 만들기 어려운 사람은 음료나 디저트를 준비하면 그만이다. 젊은이들 파티에선 피자를 사 간다든가, 칩스나 음료, 쿠키, 맥주, 와인 등을 들고 모인다. 바빠서 가져갈 것이 없으면 집에 있는 초콜릿 상자 하나도 아무 상관없다. 외국인을 위한 각종 파티에서도 자기 나라 전통 음식 한 가지씩 들고 모이면 세계 음식을 고루 맛볼 수 있다. 마치 음식 축제에 온 것처럼 다양하고 특별한 파티가 된다.

초등학생과 고등학생 학부모인 나는 초등학교 인터내셔널 페어, 고등학교 모임, 아이들 밸런타인데이, 핼러윈 파티, 크리스마스 파티 등에 참가하면서 포틀럭 파티를 즐길 수 있었다. 언젠가는 일주일에 세 번이나 포틀럭 파티 음식을 준비한 적도 있다. 우리 음식이 건강에 좋고 맛도 좋다는 걸 알고 있는 미국인은 한국 음식 몇 가지를 번갈아 준비할 때마다 무척 반가워했다.

파티를 주관하는 사람은 짧은 메모의 초대장을 보내는데 예를 들어 BYOB는 Bring Your Own Bottle이란 말로, 파티에 오면서 각자 음료를 가져오라는 뜻이다. RSVP Repondez Sil Vous Plait는 참석 여부를 알려달라는 약어이며 ASAP As Soon As Possible는 되도록 빨리 응답해달라는 뜻이다.

딸아이는 친구들 18세 파티에 초대받으면서 생일 파티가 제법 거창한 것에 놀랐다고 한다. 청소년에게 가장 중요한 파티가 바로 16세, 18세 생일 파티이기 때문이다. 16세 파티는 운전 면허를 취득할 수 있는 나이고 18세 생일은 투표권 행사가 시작되는 나이다. 대부분 아이들이 18세 생일을 계기로 독립만세를 부른다. 독립이 내포하는 책임과 의무를 생각한다면 별로 좋을 것도 없는데 말이다.

외국인인 우리에게 기억에 남는 포틀럭 파티는 뭐니 뭐니 해도 인터내셔널 페어다. 이민자도 많고 유학생도 많으며, 취업, 연구 등 여러 목적으로 미국에 거주하는 외국인이 많은 탓에 공립초등학교는 언제나 만국 어린이로 넘쳐난다. 인터내셔널 페어는 미국 전체 초등학교를 통틀어 1~2월에 열린다. 세계 각국 학생과 학부모들이 전통 음식을 마련해 포틀럭 파티를 연다. 민속의상 패션쇼, 장기 자랑 등 다양한 행사가 학교 재량으로 펼쳐진다. 한국 어린이가 많은 학교일수록 우리 문화에 대한 소개가 다양하다. 미국 어린이는 이 행사를 통해 물질만으로 평가할 수 없는 각 나라의 고유 정서와 특이한 문화를 배울 수 있다. 아시아에서 온 우리 가족 역시 유럽 여러 나라와 남아메리카, 아프리카 전통을 고루 접할 수 있었다.

이렇듯 평범한 중산층 모임에는 포틀럭 파티가 가장 많다. 상다리가 부러지도록 차려야만 손님을 만족시키는 것이 아니라 초대하는 사람도 편하게, 초대받는 손님도 편하게 모일 수 있으면 최고다. 이는 기독교적 나눔과 미국식 합리주의를 혼합한 이들만의 미풍양속이다.

조금씩 증가하는 무신론

1980년대 레이건 대통령 이후, 보수주의자들은 진보주의자 때문에 도덕과 종교가 무너졌다고 개탄한다. "공립학교에서는 기도 시간을 없애고 창조론 대신 진화론을 가르쳤다. 학교 평준화로 공립 교육의 질은 갈수록 떨어지고 부실 교육의 책임을 사회와 학교에 전이시킴으로써 부모의 책임 회피를 조장했다. 동성애를 부추겨 건전한 성문화를 타락시키고 낙태법 폐지에 동조함으로써 정치 세력화를 꾀했다." 보수주의자들은 위의 모든 것을 진보주의자 탓이라고 힐난한다.

기독교를 토대로 출발한 미국은 무신론에 대해 상당한 거부감을 갖고 있다. 기독교 외 타 종교를 탄압하던 19세기 말까지 무신론이란 하느님을 부인하는 동시에 국가 정체성을 흔드는 말이었다. 수정 헌법 제1조에 의해 종교의 자유가 보장된 나라임에도 무신론은 상당히 불편한 존재로 그 면을 이어왔다.

하지만 근 10년 동안 무신론자 수는 5% 안팎을 오가고 있으며 최근에는 그 수가 조금씩 늘고 있다. 5%라면 '애개, 겨우'라고 생각하지만 미국 인구가 3억을 넘었으니 5%면 1500만 명이다. 만일 무신론자 대다수가 사회 지식층이거나 상류 계층에 속해 있다면 그 영향력은 예상보다 더 클 수도 있다.

마침 딸아이 학교의 다이버시티 시간에 무신론자 패널이 다녀갔다. 이곳 콜로라도만 해도 무신론자 그룹의 단체 활동이 활발하다. 그들의 입장과 철학을 밝힌 브로슈어를 나눠주고, 무신론 비디오테이프를 마련해 궁금해하는 사람들에게 나눠주고 있다. 브로슈어에는 '왜 우리는 무신론을 선택했나?' '우리가 무신론자가 된 이유' '자연으로 돌아가자' 등에 대한 설명이 적혀 있다. 그들의 생각을 읽어가자니 자연주의 철학과 대지에 뿌리 내린 영성적 기운마저 느껴진다. 과학주의를 넘어 우주를 하나의 섭리로 여기는 초월주의로 발전한다. 그들이 나눠준 홍보용 비디오테이프도 마찬가지다. 뭐랄까, 상상했던 것과 달리 그들의 생각은 깊고 겸손하며 도덕적이고 초자연적이다. 영생도 없고 사후 세계도 없으며 신화도 없고 기도도 없다. 이 세상 자연의 일부로 태어나 주어진 생에 감사하며 살고, 이웃을 사랑하고 겸손히 살다가 죽을 때도 자연의 일부로서 기쁘게 세상을 떠난다고 한다. 기독교 신자인 나는 이들의 영성 역시 조물주와 연결되어 있다는 생각이 들었다.

테이프의 맨 마지막에는 정다운 노부부가 나와 이런 여운을 남기며 끝을 맺는다. '이승에서 착하게 산 것으로 만족합니다. 우리가 만일 천국까지 탐낸다면 너무 이기적인 것이겠지요? 자연에서 태어나 자연의 일부로 돌아가는 것, 행복한 생에 감사하며 살다가 그 생을 마치는 것이 올바른 자세라고 생각합니다.' 두 손 꼭 잡고 숲 속으로 걸어가는 두 사람의 뒷모습은 한없이 겸허했다.

기독교인이 위대한 자연을 주신 하느님을 찬양한다면 무신론자는 자연의 아름다움을 있는 그대로 받아들이고 그 일부로서 생에 감사한다. 물론 일부 무신론자는 기독교와 대립해 논쟁을 일삼지만 보통의 무신론자는 겸손하고 조용하다.

무신론의 역사를 살펴보면 왜 미국인이 무신론을 그토록 경계하는지 짐작할 수 있다. 1800년대 초 독일 철학자 포이에르바하Feuerbach는 현대 무신론의 교부로 불린다. 그는 처음 가톨릭 신자였다가 루터에게 매혹된 후 개신교로 개종했고 기독교의 모순에 당착해 무신론자가 되었다. 그는 죽음 후에 올 내세보다 몸으로 살아가는 현세를, 불멸의 영혼을 믿기보다 인간의 육신과 선한 마음에 깊은 관심을 가졌다. 이후 그의 유물론적 무신론은 마르크스에게 영향을 준다.

1841년 카를 마르크스는 23세에 박사 학위를 취득하면서 무신론자임을 선언했다. 자의식이야말로 최고 유일의 신적 존재라 주장함으로써 신을 부정했다. 그 후 파리에서 엥겔스를 만나 경제 문제에 깊은 관심을 갖게 돼 사회주의 이론을 확립한다. 무신론은 독일의 심리학자 프로이트Sigmund Freud, 철학자 에른스트 블로흐Ernst Bloch, 영국의 현대 철학자 버트란트 러셀로 이어지면서 조금씩 변화해 현대에 이르게 되었다. 미국과 영국을 중심으로 한 '실증적 과학주의'는 무신론을 이론적으로 뒷받침한다.

1776년 기독도 정신 아래 건국된 미국 입장에서 19세기에 태동한 무신론은 결코 허락할 수 없는 금기였다. 세일럼의 마녀사냥도 그렇고 아메리칸 인디언도 그렇고 공산주의자를 색출하려던 매카시 광풍도 그렇다. 그들의 신이 허락지 않는 종교는 종교가 아니고 신이 없다 부정하는 모든 것은 악마의 결과물이었다. 게다가 20세기 유물론의 실체인 소련의 존재는 레이건의 말대로 '악의 제국'이었고 부시 대통령이 말하는 '악의 축' 역시 종교적 배타성이 크게 작용한다.

1930년대 스페인 내전의 독재자 프랑코는 무정부주의자와 공산주의자를 좌파 무신론자로 싸잡아 내몰았다. 전통적 가톨릭 국가인 스페인에서 민심을 사로잡기 위해 이보다 더 좋은 방법은 없었을 것이다. 철학적 배경을 모르더라도 공산주의가 신을 부정하는 것 자체만으로 미국인은 무신론을 경계할 수밖에 없다. 하지만 전체 인구의 5% 안팎인 무신론자들이 유물론을 신봉하는 것은 아니다. 홍보용 비디오테이프 속에서 그들은 자연의 법칙에 순응하며 삶을 귀히 여기고 남을 판단하지 않는 순수한 삶에 초점을 두고 있다.

이 나라 무신론의 현재가 있기까지 몇 가지 중요한 사건이 있었다. 1925년 테네시 주에서 있었던 '스코프스 원숭이 재판'은 한 교사가 수업 시간에 진화론을 언급한 것이 계기가 되었다. 그때만 해도 다윈의 진화론 따위를 교단에서 언급하는 것은 있어서도, 있을 수도 없는 일이었다. 진화론과 창조론은 법정에서 대립했고 진화론자 교사는 당연히 패소했다. 그 후에도 학교에서는 창조론을 가르쳤고 학생들은 수업 시간 중에 기도했으며 성경을 읽고 교육받았다. 하지만 일부 대중은 진화론의 공적 노출에 깊은 관심을 갖게 되었다.

그러던 1963년 반문화 운동이 한창일 즈음, 무신론자인 매들린 오헤어 Madalyn Murray O'hair에 의해 대법원 소송이 제기된다. 공교육에서 기독교와 창조론을 가르치는 것에 대한 위헌소송이었다. 종교의 자유를 보장하는 수정조항 제1조에 근거해 대법원은 그녀의 팔을 들어주었다. 그 후 모든 공교육에서 창조론이 사라지고 기도 역시 금지되었다.

21세기 들어 창조론과 진화론은 또 한번 격렬히 대립했다. 2005년 펜실베이니아 주에서 일어난 '지적 설계론'에 관한 재판이었다. 보수와 진보의 신경은 날카로웠고 신앙과 과학의 말초는 서로에게 날을 세웠다. 쉽게 말해 지적 설계론이란 우리가 속한 우주를 누군가 창조하고 모든 일을 지적으로 설계했다는 이론이다. 창조론에 과학적 이미지를 가미했다. 진화론 교육에 반감을 갖고 있던 펜실베이니아 도버 교육위원회는 2004년 10월, 과학 시간에 지적 설계론을 삽입해 창조론 교육을 시도했다. 이는 진화론이 불완전한 가설이라는 것을 전제로 한다. 하지만 부시 대통령이 신임하던 보수주의 판사 존스는 수정 조항 제1조에 의거해 진화론 편을 들어주었다. 이 재판으로 미 전역이 촉각을 곤두세웠으며 연방대법원의 존스 박사는 생명의 위협까지 경험했다. 2005년 말, 우리가 미국에 머물던 당시 지적 설계론은 모든 기독교 신자들 사이에 은밀히 오갔던 암호 같았다.

보수주의자들은 현재 공교육의 문제점을 '종교 교육의 상실'로 보고 있다. 그러나 다인종·다문화 국가인 미국에서 공교육에 기독교를 접목하는 것은 시대적 착오라는 느낌이다. 기독교 교육을 위해 홈스쿨링을 선택하거나 종교 단체 산하의 사립학교에 보내는 것은 얼마든지 가능하다.

얼마 전 지역신문에서는 고교 교사가 수업 시간에 성경 구절을 언급했다가 징계를 받은 사건이 보도되었다. 수업을 듣던 학생이 교사의 언행을 부모에게 얘기했고 그들의 항의를 받은 학교 측에선 교사를 징계할 수밖에 없었다. 도대체 그것이 무슨 대수냐 싶지만 미국인의 사고 구조는 우리와 다르다. 지켜야 할 것과 아닌 것이 하도 많아 정말이지 혼란스럽다.

2006년 11월 어느 날, 캘리포니아 세크라멘토의 마이클 뉴도가 엉뚱한 소송을 제기했다. 1달러 화폐에 적혀 있는 In God We Trust(주 안에서 우리는 믿는다)라는 문구가 무신론자 차별이라는 것이 이유다. 미 의회는 이 문구를 1956년에 채택했다. 이후 모든 달러에 In God We Trust가 새겨졌다.

미국이 어떤 나라인가. 기독교 정신이 곧 건국 신화인 나라다. 신대륙에 건너온 그들은 첫 수확 후 감사 기도를 올리기 위해 교회를 지었다. 그다음 해 수확 후 학교를 짓고 그다음 해에야 자신들이 살아갈 집을 지었다고 한다. 물론 이 말은 사실일 수도, 상징일 수도 있다. 다만 이들의 생활 속에서 하느님이 최우선인 것을 보여주는 데 손색없는 예라고 할 수 있다. 기독교 입장에서 볼 때 마이클 뉴도의 주장은 참으로 어이없다. 반대로 이 나라 헌법에 명시된 '종교의 자유'를 생각하면 무신론자 주장도 일축할 수 없다.

티베트 불교에 심취한 친구에게 물어보니 그녀의 의견은 색다르다. '그 문구가 있건 없건 무슨 상관이니? 하느님이 기독교의 하느님일 수도 있고 다른 신일 수도 있고, 각자 알아서 의미를 둔다면 아무 상관없는 거 아닐까?' 그녀의 말도 일리가 있다. 이 나라가 추구하는 다양성을 다시 한 번 생각하게 되었다.

그 얼마 후 인터넷 매체 '월드넷 데일리'의 발표에 따르면 2007년 이후부터 1달러 동전이 제작될 것이라 한다. 그 동전 안에는 'In God We Trust 대신 E Pluribus Unum우리는 하나'라는 문구를 새길 예정이다. (1787년에 만들어진 미국 최초의 동전에도 'We are One'이라 새겨져 있다.) 물론 지폐에는 'In God We Trust'가 여전히 남아 있겠지만 말이다.

공립초등학교에서 아침마다 외우는 '국기에 대한 충성 맹세'도 마찬가지다. 2006년 초, 우리나라에서는 국기에 대한 맹세를 없애자는 여론이 강세였다. 하지만 이 나라 어린이는 수업 시작 전에 '국기에 대한 충성 맹세'

를 외우고 하루를 시작한다. 전국적으로 몇 차례 논란이 있었으나 여전히 많은 학교에서 실행되고 있다.

전국적 논쟁을 불러일으킨 이 사건은 2002년, 2004년, 대법원에 항소되면서 충성 맹세에 적힌 'under God' 구절이 문제가 되었다. 정치와 종교의 분리를 규정한 수정 헌법 제1조에 위배되는 탓이다. 이 논쟁 역시 무신론자가 제기했기에 대다수 기독교인이 항의하고 분개했다. 미 전역은 국기에 대한 충성 맹세 논쟁으로 들끓었다. '과연 그것이 필요한가?'에서부터 '다인종 국가인 미국으로서는 필수'라는 주장이 격렬히 대립했다. 2005년 9월 연방판사는 '공교육에서 충성 맹세를 하는 것은 위헌'이라고 판결했다. 역시 'under God'가 문제였다. 하지만 자발적인 선택으로 충성 맹세를 외우는 것은 무방하다고 한다.

개인적인 소견으로 이들의 충성 맹세는 '미국화'의 첫걸음이다. 막내가 다닌 초등학교에선 작년에 이민 온 초등학생도, 멕시코 불법 이민자의 자녀들도, 잠시 거주하는 이방인도 '성조기에 대한 충성 맹세'를 매일 아침 외운다. 우리 집 막내 역시 아침마다 가슴에 손을 얹고 '국기에 대한 충성 맹세'를 외우곤 했다. 교장 선생님은 '원하는 사람만 외우세요'라고 덧붙이지만 아이들은 뜻도 모른 채 입을 모으곤 한다. 만일 이런 형식이 없다면 갈수록 늘어나는 이민자와 갈수록 다양해지는 복합 문화를 어떤 이념 아래 하나로 모을 수 있겠는가? 다양화와 미국화는 동전의 앞뒤 면같이 하나이되 둘인 이 나라의 과제다. 두 가지가 알맞게 균형을 이룰 때 미국의 미래는 밝다. 둘 중 하나로 치우친다면 그에 따른 고통 또한 만만찮을 것이다.

해마다 주요 시사지에서는 종교 분포도를 기사로 다룬다. 매년 무신론자는 5% 선이며 신을 믿는 사람은 80~90%를 오락가락한다. 그중엔 천주교인, 기독교인이 있고 동양 종교(불교 · 힌두교 · 이슬람교)를 가진 이도 있다. 그저 신의 존재를 인정하는 잠재적 신앙인도 다수 포함된다. 우리나라의 무신론자는 삶을 살아감에 있어 압박을 느끼지 않지만 미국에서 무신론자로 살기는 쉽지 않은 분위기다. 물론 그들의 선택에 왈가왈부하진 않는다. 하지만 무신론에 대한 편견은 은근하고 보편적이다.

주변의 여러 친구들 중에는 독실한 기독교인이 대부분이다. 반면 교회나 성당에 다니지 않으면서 도덕적이며 선량하고 지혜로운 친구도 많다. 우리가 가톨릭임을 아는 친구 부부는 우리 앞에서 그들이 무신론자임을 얘기하기를 꺼렸다. 혹시나 종교적 논쟁이 우정을 갈라놓을까 우려했던 탓이다. 하지만 그들은 더할 수 없이 착하고 성실하다. 게다가 불우한 외국 어린이를 입양해 지극 정성으로 키우고 있다. 인류애로 치면 그들의 발바닥도 못 쫓아갈 우리다. 그들이야말로 평화를 사랑하는 인본주의자다.

현재의 무신론자는 종교와 도덕의 분리, 종교와 정치의 분리를 주장한다. 더불어 그들의 존재와 타 종교의 존재도 인정해줄 것을 요구한다. 이 부분에서는 소극적 기독교인과 타 종교인들도 공감하는 것 같다.

2004년 미국에서는 '무신론의 해' 캠페인이 열렸다. 기독교 근본주의와 보수 정계에서는 이를 비애국적 행위라고 비난했다. 하지만 무신론 단체의 주장은 명료하다. 세계에서 행해지는 폭력은 오직 사랑으로 해소할 수 있으며, 인류 평화를 위해 모든 폭력을 불식하자고 말한다.

그들의 철학에도 몇 가지 설득력이 있다. 먼저, 인류의 미래는 신이 아닌 인간에게 달려 있다는 주장이다. 무신론자는 사후 세계를 믿지 않는 대신 인간 존재를 확신할 수 있는 현재의 삶에 최선을 다한다. 바르게 살고 남을 배려하며 생에 감사하고 평화로운 세상을 만들기 위해 노력하는 삶, 그것이야말로 평화를 가져오는 지름길 아니겠냐고 되묻는다. 따지고 보니 인류 역사상 가장 무서운 전쟁은 종교 갈등에서 출발했다. 현대를 위협하는 테러 역시 서로 다른 신앙이 이유다. 무신론자라면 신과 천국을 믿지 않을 것이고 내 믿음을 위해 전쟁을 일으킬 이유가 없으며, 오직 이생에서 충실히 살며 행복한 삶을 위해 노력할 것이다. 하지만 무신론 역시도 지나치게 이론적인 느낌이다.

최근 늘고 있는 무신론과 동양 종교로 인해 미국의 보수 중산층은 상당히 긴장하고 있다. 반대로 일부 지식인 중심의 진보적 젊은 계층은 무신론에 상당히 호감을 갖고 있다. 2007년 「뉴스 위크」의 여론조사에선 47%의 응답자가 무신론에 대해 수용적이었으며 30대 미만 응답자의 61%는 더 수용적이어야 한다고 대답했다. 해가 거듭할수록 무신론에 대한 이해가 높아지고 있다는 의미다. 하지만 대선에선 무신론자를 뽑지 않겠다는 사람들이 62%에 달했다. 미국인이 믿고 있는 'In God We Trust'는 예나 지금이나 변함없다. 달라진 것이 있다면 '현대인의 다양성'을 인정하는 이들이 늘고 있다는 점이다.

이들은 왜 자원 봉사에 열심일까

현대는 물질적 풍요와 정신적 빈곤, 상대적 박탈감과 절대적 우월감이 동시에 존재하는 시대다. 이와 같은 자본주의 사회에서 가장 두려운 것은 사랑하고 사랑받지 못하여 생기는 소외와 고독이다. 그것으로부터 범죄가 생겨나고 인권이 위태로워지며 이기적 집단으로 인한 피해자가 생긴다. 이러한 사회일수록 가진 자와 없는 자 사이에 공감대가 절실하다. 보이지 않는 계급의 골은 자발적 선행에 의해 메워질 수 있다.

물질주의의 상징 미국에서 자원 봉사가 활발한 것은 바로 인간 심성 균형 맞추기가 아닌가 싶다. 심리적 여유의 적극적인 표현과 타인을 위한 무보수의 노고는 현대문명이 우리에게 준 상처를 감쪽같이 치유할 수 있다. 그렇다고 자원 봉사가 대단한 것만은 아니다. 그저 밥 먹고 잠자듯, 자신의 생활 속 일부로 조용히 실천해나가는 사람들이 많다. 아니면 평생을 봉사와 더불어 보내는 훌륭한 사람들도 있다. 하여, 어느 것이든 다른 이를 위해 시간과 노력, 재능과 땀을 쏟아내는 것은 누가 뭐래도 수고롭고 아름답다.

미국은 이미 오래전부터 자원 봉사가 활성화되어왔다. 전체 인구 중 40% 이상이 자원 봉사를 하고 있고 미국 내 전체 가구 중 3분의 1 이상이 사회문제에 관심을 갖고 있으며 심지어 고등학교 12학년 학생의 경우 80% 이상이 사회봉사에 참여하고 있다. 각계각층 남녀노소 모두 소신에 따라 자원 봉사를 실천하는 셈이다. 그 중 가장 많은 것이 병자와 노인을 돕는 일이며 학습지도나 특별활동 지도가 그 다음을 차지한다. 아동과 청소년 관계의 봉사는 워낙 광범위해서 많은 이의 손길이 언제라도 필요한 분야다. 학부모 자원 봉사뿐 아니라 각 단체의 청소년 관계 자원 봉사도 두드러진다. 이 나라에 거주하는 동안 나 역시 일주일에 사나흘 자원 봉사를 하고 있다. 이를 통해 주변인과 친근해질 수 있고 내가 머문 지역 사회에 대하여 애정을 느낄 수 있었다.

미국 사회에 자원 봉사가 많은 이유는 무엇일까. 아마도 타인에 대한 배려와 이웃사랑 실천이라는 기독교 정신에 기인할 것이다. 반대로 극단적인 빈부 격차, 문화와 인종의 다양화에서 생긴 갈등 해소를 위해 사회 융합의 한 방편으로써 자원 봉사가 요구된다. 세대 차이, 인종 갈등, 계층 간 소외를 좁힐 수 있는 묘안이란 뜻이다. 민족 국가라는 구심점이 없으니 전체 미국인을 아우를 수 있는 보조 장치로도 효율적이다.

미국에 머물면서 놀란 것은 많은 공공시설에 '자원 봉사를 환영한다'는 문구가 여기저기 붙어 있는 것이다. 예를 들어 공공도서관의 경우 정규 직원이 있는 반면 자원 봉사를 적극 수용하고 환영한다. 도서관 행사, 프로그램 지도, 외국인을 위한 영어 강습, 청소년 지도 등 많은 부분에서 자원 봉사자를 활용하고 있다. 책을 제자리에 꽂는 일부터 바둑 지도나 스토리텔링까지, 봉사자의 능력을 백분 활용할 수 있도록 도서관 기능을 활성화한다. 우리 같으면 귀찮아서라도 봉사자를 거절하는 분위기인데 이들은 별 능력 없이도 봉사하겠다는 마음만 있으면 약간의 사전 지도를 통해 봉사의 기회를 마련해준다.

(학교도 마찬가지다. 초등학교는 학부모의 손길이 유난히 필요한 곳이다. 교실 정리나 아이들 수업 보조, 교구 준비 등 본인에게 봉사 의지만 있으면 도울 일은 얼마든지 있다. 그뿐 아니다. 중·고등학교 학부모는 각 분야, 행사별로 자원 봉사를 신청할 수 있다. 학부모 자원 봉사는 공교육의 재정적 부담과 학교 운영의 틈새를 메워줌으로써 경제적 효과와 학부모 참여 효과를 동시에 누릴 수 있다. 학교 역시 학부모를 교육 현장에 끌어들임으로써 교육 성과를 높이고 있다.)

　여름방학 동안 국립공원을 여행하면서 많은 자원 봉사자를 만났다. 일흔 넘는 할아버지서부터 어린 학생까지 시간 있고 건강이 있는 이들은 즐거운 마음으로 자원 봉사를 하고 있었다. 여행객을 위한 단순한 안내부터 주차 정리까지, 그들은 여름내 국립공원에 머물면서 자연을 즐기고 봉사도 한다. 문화의 다양성을 국립공원 홍보와 연계해 세계 각국 젊은이들과 상호 교환 프로그램을 마련하는 것도 이채롭다. 우리나라에도 미국 국립공원 자원 봉사를 통한 인적 교류 프로그램이 있는 것으로 안다. 유타의 한 국립공원에서 만난 청년들은 흙먼지를 뒤집어쓴 채 공원 내 말뚝 손질에 비지땀을 흘리고 있었다. 그들은 각각 독일과 프랑스로부터 교환 프로그램으로 미국에 왔으며 유럽에서 경험할 수 없는 광활한 자연을 느끼고자 자원 봉사를 신청했다고 한다. (가장 인상 깊었던 자원 봉사자는 로키 산 국립공원에서 만난 할아버지다. 그는 은퇴 후 매년 여름이면 국립공원에서 자원 봉사를 해왔다고 한다. 중년 넘어 노년으로 향하는 그의 딸도 올여름 함께 봉사에 참여했다. 여름 휴가차 가족들이 찾아오고 손자들이 들러 격려해주기도 한다니 은퇴 후 보람 있게 보내는 세월이 그에겐 무엇보다 소중하고 뿌

듯하다. 게다가 손자 손녀에게 좋은 본이 되고 있어 가문의 영광 아니겠느냐고 호탕하게 웃는다.)

자원 봉사 중 가장 바람직한 것은 부모자식이 함께 하는 것이라고 한다. 가문의 영광뿐 아니라 봉사의 세습이라고나 할까. 초강국 미국을 버티는 힘은 자원 봉사에서 나오고 자녀의 자원 봉사를 독려하는 것은 이 나라 미래를 탄탄하게 한다. 덴버 자연과학박물관에서 만난 한 모자母子는 여름방학 내내 박물관에서 자원 봉사를 한다. 엄마는 인체의 신비 코너에서, 초등학교 고학년인 아들 션은 지구의 자전과 공전을 설명하는 스페이스 코너 봉사를 맡았다. 어린 그는 두 눈을 빛내며 우주의 신비를 설명했다. 박물관은 은퇴 후 노인들의 자원 봉사가 활발한 곳이다. 지혜로운 그들은 시간과 능력을 갖추고 박물관 찾는 가족들을 따뜻하게 맞는다.

거대한 국립공원 옐로 스톤이나 그랜드 캐니언엔 여름휴가 내내 자원 봉사를 하는 가족이 많다. 경제적 여유가 있는 중산층 중심으로 여행과 봉사를 함께 할 수 있는 발런투어리즘Volunteerism(Volunteer와 Tourism의 합성어)이 유행이다. 그들은 국립공원 안에서 캠프 생활을 하면서 공원 유지에 필요한 여러 가지 봉사를 한다. 그야말로 자연과 하나 되어 자연을 지키는 프로그램이다. 대부분 자원 봉사는 모든 경비를 자신이 부담한다. 약간의 혜택이 있을 수 있지만 캠프 경비며 봉사 중 경비는 자비 지출이 기본이다. 사람들은 자원 봉사를 희생이라 생각지 않는다. 봉사할 수 있는 시간과 기회가 있다는 것에 외려 감사하는 듯 보인다. 나라의 유산 보호를 위해 한몫한다는 자부심과 명예, 부모로서 자녀에게 좋은 역할 모델이 됨을 무형의 재산으로 생각하고 있다. (자원 봉사의 대표 모델인 Tauck's Guest-volunteer

Program은 2006년 대통령 표창을 받았다. 이 재단에선 각 가정과 국립공원을 연계해 자원 봉사와 휴가를 함께 즐길 수 있도록 코디해준다. 이 프로그램을 통해 자원 봉사를 한 인원은 5000명이 넘고 해를 거듭할수록 그 숫자는 늘고 있다. 많은 미국인이 소비성 휴가보다 보람찬 휴가를 선호하고 있다. 이들을 연결하고 조직할 수 있다면 더 많은 가족이 자원 봉사에 참여할 수 있을 것이다.)

이렇듯 자원 봉사가 활성화되기까지는 대대로 이어져온 기독교 정신이 근간이 되었다. 또한 1993년 클린턴 행정부가 제창한 미국 지역봉사 활동법National and Community Service Trust Act이 큰 몫을 했다. 이 법안에선 특히 학교 교육과 지역 사회를 연계한 자원 봉사 활동을 강조한다. 학생들로 하여금 학습뿐 아니라 지역 사회 문제 해결을 위한 자체적 능력을 배양하도록 했다. 미국 사회에서 커뮤니티(지역 사회)는 매우 중요하다. 극단의 개인주의 사회에서 공동체 의식을 느끼고 자발적이며 창조적 삶을 키워나가기 위해서는 아동기부터의 '커뮤니티 활동'이 필수적이다.

1997년 4월 27일엔 전 현직 대통령이 모여 미국 사회의 '공동체 의식'을 배양시키자는 '자원 봉사 회담'을 개최했다. 자원 봉사는 자선이나 일방적인 수고가 아니라 몸과 마음이 함께 따라야 하는 실천적 행위며 대내외적으로 공동체 의식을 넓혀가는 일임을 다시 한 번 강조했다. 더불어 국민 전체의 도덕적 기준을 향상시키고 후대를 위한 정신적 유산을 남길 수 있다. 미국인이 좋아하는 말 'We are American' 속에는 이민국으로서의 모순과 초강국의 자부심이 동시에 깃들어 있다.

누군가 이런 질문을 할 것이다. 왜 그들은 자기밖에 모르는가, 세계에 뿌려진 수많은 고통, 전쟁과 빈곤의 국가를 위해 미국은 왜 좀 더 깊은 관심과 적극적 해결을 도모하지 않는가, 라고. 하지만 역사가 늘 그래왔듯이 역사적 위선은 미국만의 것이 아니다. 로마가 그랬고 대영제국이 그랬으며 고대 이집트와 페르시아, 프랑스와 스페인, 독일과 중국 등 시대의 강국들은 힘의 행사와 제국의 통치 사이에서 균형을 잡지 못했다. 우리 시대의 초강국 미국 역시 자국의 이익이 최선일 것이다.

　앞서 전제했듯이 이 나라 정치, 경제는 보통사람의 가치관과 다를 수 있다. 미국 내에서도 현 행정부 정책을 비판하는 여론이 높고 미국 경제의 문제점과 세계를 지배하는 자본주의 방식에 이견을 가진 사람도 무수히 많다. 우리가 아는 미국은 하나인 듯싶지만 그들의 조국 미국은 다양하기 이루 말할 데 없다. 다만 이 글에서 말하는 자원 봉사와 공동체 의식 배양은 그들만의 것이라기보다 세계의 보편적 중산층이 지향해야 할 가치관이라 여기면 좋겠다.

3부

결코 만만찮은 미국의 교육

삐걱거리는 교육의 평준화

미국의 교육은 크게 공교육과 사교육으로 나눌 수 있다. 초등 교육은 Elementary School, 중·고등 교육은 Secondary School로 부르며 합해서 총 12년이 의무교육이다. 공립학교는 미국 전체에 1만 6000여 개의 학군이 있으며 사립은 그보다 훨씬 적어 1000여 개가 존재한다. 공교육은 전적으로 세금에 의존하기 때문에 주에 따라, 교육구의 예산에 따라 질적으로 차이가 크다. 대도시 부유층 주거지는 교육세가 높아 교육 예산이 풍부하고 저소득층 거주지는 교육 환경이 열악할 수밖에 없다.

우리가 살던 콜로라도는 주지사 대대로 공교육에 관심이 깊다. 지난 2006년 중간선거에 당선된 새 주지사도 공교육 문제를 해결하겠다는 포부를 밝혔다. 구체적인 방법으로 제시된 것이 바로 교육 투자 확대와 각 학교 공개 평가 제도다. 초등학교부터 모의 테스트를 실시해 학교별, 과목별 성적을 인터넷에 올린다. 학교 프로필이 궁금한 학부모는 인터넷으로 각 학교의 성적, 학생 분포, 교육의 특성을 비교할 수 있다.

공교육의 질을 향상시키려는 노력은 다음 몇 가지 대안으로 대표된다. 먼저 공립교육 내 차별화 프로그램인 마그넷 스쿨을 예로 들어보자 (http://www.magnet.edu). 마그넷 스쿨은 보통 공립학교와 마찬가지로 일반 학생이 입학한다. 거주 할당 비율이 있지만 컴퓨터 배정이 대부분이다. 20년 전 이 학교가 처음 등장했을 때는 흑인 학생과 백인 학생을 고루 흡수하는 것이 목적이었다. 현재의 목표는 더욱 확대되어 다양성에 초점을 맞추고 있다. 즉 인종, 빈부 격차, 문화 차이를 줄이면서 원하는 학생들에게 양질의 교육 프로그램을 제공하는 것이다. 이 학교에서는 보통 두 가지 특징을 묶어서 프로그램을 운영한다. 예를 들어 수학 · 과학 마그넷 스쿨, 예술 · 기술 마그넷 스쿨로 나누기도 하고, 영재 마그넷 스쿨, 과학 · 기술 마그넷 스쿨로 나누기도 한다.

또 하나, 일반 공립학교와 차별화된 시스템인 차터스쿨(http://www.uscharterschools.org) 제도가 있다. 1991년, 공교육의 대안으로 만들어진 이것은 주정부 보조를 받는 특화된 공립학교로서 부실한 공교육의 단점을 보완하고 사교육의 장점을 흡수하기 위한 제도다. 차터 스쿨은 교육 전문 단체와 학부모, 교사가 합의해 교육구의 허가를 받아 설립한다. 학교의 교육 목표를 명시한 '학교 헌장'을 채택, 자체적으로 학교를 운영하고 계약 기간 내에 교육 목표를 달성해야 한다. 만일 계약 기간 동안 성과가 없으면 재계약 심사에서 탈락한다. 따라서 전인교육보다는 학력 향상에 신경을 쓴다. 현재 차터 스쿨은 전국 40개 주에 3600개가 넘는다. 학생 수로 따지면 100만 명 이상이다. 우리가 살던 소도시에만도 차터 스쿨이 예닐곱 개 되었다. 주로 중 · 고등 교육 중심이며 주 전체로 치면 70~80여 개의 차터 스쿨이 있다.

마그넷 스쿨과 차터 스쿨의 성과는 2007년 집계된 최우수 고등학교 리스트에 나타나 있다. 「뉴스 위크」에서도 보도했듯이 1351개 고등학교 중에 달라스의 두 마그넷 스쿨이 1~2위를 다투었다. 6위와 11위도 각각 차터 스쿨과 마그넷 스쿨이 꼽혔다. 이러한 교육적 성과 때문에 앞으로도 차터 스쿨 제도는 확대될 전망이다. 하지만 같은 공교육 체제 아래 일반 공립학교는 차터 스쿨에 좋은 학생을 빼앗기게 되므로 상대적으로 피폐해질 수밖에 없다. 마그넷 스쿨이나 차터 스쿨을 통한 교육 개선은 바람직하지만 그것이 일부 수혜자에 그치는 까닭에 미국 내에서도 여전히 찬반이 엇갈리고 있다.

사립학교는 국가의 보조 없이 자체적으로 운영되는 학교다. 기숙학교인 보딩 스쿨Boarding School, 가톨릭 교회가 운영하는 퍼로키얼 스쿨Parochial School로 크게 나눌 수 있다. 보딩 스쿨은 다음 두 가지로 다시 나뉜다. 대학 예비 학교인 프렙 스쿨Prep School과 엄격한 규율을 자랑하는 군사 학교Military School가 있다. 우리가 아는 소위 명문 사립고등학교는 프렙 스쿨을 말하며 연간 3~4만 달러 이상의 학비가 든다. 많은 유명 인사들이 프렙 스쿨을 나온 아이비리그 출신이다. 부시 대통령 부자가 대표적인 예다. 프렙 스쿨의 교육 목표는 아이비리그이며 학생들의 명문대 진학 성과가 명성을 좌우한다. 그와 달리 같은 사립이라도 퍼로키얼 스쿨은 3000~5000달러의 등록금이 든다. 프렙에 비해 교육의 질이 떨어지긴 하지만 사립인 만큼 학생 생활과 교육에 신경을 많이 쓴다.

규모가 작은 사립학교도 다양하다. 기독교 재단에서 운영하거나 개인의 교육 투자로 설립된 학교도 많다. 유치원부터 고등학교까지 갖춰진 곳이 있고 유치원부터 중학교 혹은 유치원부터 초등학교까지 운영하는 곳도 있다. 발도르프 학교처럼 실험 정신에서 출발한 대안 학교도 있다. 집 근처에 마침 발도르프 학교가 있어서 공개 투어 시간에 학교를 둘러보았다. 텃밭과 공작실이 있으며 도예실, 목공실, 너무나도 자연 친화적인 놀이터가 인상적이었다. 우리 가족이 대안 교육에 관심이 많아 그랬는지 발도르프 학교는 친숙한 모교 같았다. 이 학교는 북미에만 157개교가 있으며 80여 년 전 미국에 개교한 이래 꾸준히 늘어나고 있다.

미국의 공교육을 부실 교육이라 하지만 공립학교도 주와 지역에 따라, 동네와 주민에 따라 현격한 차이를 보인다. 소위 '학군 좋다'는 지역은 중산층 이상이 많이 사는 곳이며 엄청난 교육비가 세금에 포함된다. 대도시보다는 주택가 주변 학교가 안전한 것도 사실이다.

아시아 이민의 교육열은 어느 곳에서나 명성이 자자하다. 특히 교육세와 지방 교육 예산이 가장 높은 뉴저지 주의 경우 아시아 학생의 교육 성과는 타의 추종을 불허한다. 최근 급격히 증가한 히스패닉은 미국 교육에 동화되기보다 미국 내 공립학교에서 자기들의 커뮤니티를 형성하는 편이다. 아프리칸 아메리칸 역시 교육 공동체 형성에는 실패한 분위기다. 이렇듯 계층 간, 인종 간 학력 차가 크고 경제적 능력 면에서도 간극이 깊어 이들의 교육의 평준화는 사실상 무의미하다.

막내의 초등학교를 선택할 때 우리는 개방형 등록Open Enrollment을 신청했다. 비록 집에서 멀기는 했지만 백인과 히스패닉, 아시아인이 고루 섞인 아담한 학교를 찾아냈다. 그 학교에 다니게 된 막내는 별다른 문화 충격 없이 잘 적응했다. 개방형 등록은 필요한 어린이에게 더 나은 학교를 선택할 수 있는 기회를 주기 위해 해마다 학기 초에 학부모와 학생들로부터 신청을 받는다. (물론 해당 학교 정원 범위 내에서 가능하다).

막내가 다닌 크릭사이드 초등학교는 학생 분포가 다양하고 자연 친화적인 것이 특징이다. 아프리카 유럽 · 아시아 · 남미 등 세계 15개국에서 온 어린이들이 함께 공부한다. 소풍을 자주 가고 학교 마당에서 유기농 텃밭을 가꾸며 쓰레기 분리 배출을 어린이들에게 가르치고 실천하는 학교다. 우리 부부가 바라던 체험 학습과 자연 친화적인 면에서 이 학교는 상당히 만족스러운 편이었다.

친구 잉그리드는 아들 조이를 집 근처 백인 위주 공립학교에 보내지 않고 여러 인종이 고루 섞여 있는 학교를 선택했다. 조이는 백인이지만 미국 사회의 다양성을 고려할 때 백인 학교에 다니는 것보다 세계 각국의 어린이가 고루 다니는 이 학교가 아이의 인성을 위해 더 낫다고 판단한 것이다. 백인 부모 중에는 이같이 생각하는 이가 예상외로 많았다.

미 행정부는 2002년 낙제학생방지법No Child Left Behind Act을 제정해 초등학교를 중심으로 학생의 학력 수준을 높이고자 노력 중이다. 주 전체 학교 대상으로 모의 시험을 보면 히스패닉이 많거나 다인종 학교의 경우 평균 성적이 좋을 리 없다. 그들 중엔 의료보험이 없는 아이들도 많고 부모의 수입이 적어 별다른 특별활동을 할 수 없는 아이도 많다. 이런 학생을 위해 정부에서 연간 500~1000달러의 교육 보조금을 지급한다. 1년 예산이 자그마치 3억 달러다. 바우처 제도Voucher System는 가정 형편이 어려운 아이들의 의료나 학습을 보조한다.

미국 공교육의 질을 높이기 위한 방안으로, 경쟁력 있는 영재 교육 프로그램인 IB와 AP 프로그램도 빼놓을 수 없다. 그중 IBInternational Baccalaureate는 유럽에서 시작한 영재 프로그램이다. 직역하면 국제 학위다. IB 프로그램은 스위스 제네바에 본부를 두고 1965년부터 시행되었다. 전 세계 130여

개국 학생들에게 이 프로그램을 제공한다. IB는 초등학교부터 고등학교까지 3단계로 나뉘어 구성된다. 커리큘럼이 심화되어 공부하기 힘들지만 그 대신 학점이 상대적으로 높이 평가된다. AP Advanced Placement는 과목별 대학 과정을 고등학교 때 미리 공부하는 것이다. AP 시험에서 일정 점수를 통과하면 대학 학점으로 인정받을 수 있다. 보통 과목보다 IB나 AP 수업을 이수하면 대학 입시에 유리하다. 대학 입시를 의식하고 수업을 듣는 것은 아니지만 결국 자신의 우수성을 드러내는 한 방법으로 통용된다. 미국 대학은 도전적이며 적극적인 학생을 원한다. IB와 AP를 듣는다면 학업에 대한 열정이 있다는 증거다.

이웃 마을의 고등학교에서는 IB와 AP 프로그램을 모두 도입했다. 하지만 딸아이가 다니는 고등학교에선 미국에서 보편화된 AP 프로그램을 선택할 뿐이다. 보통의 경우 IB나 AP 클래스에 들어가려면 약간의 테스트를 받거나 지난 학기 성적을 참조해 우수성을 증명해야 한다. 하지만 요즘 대부분 고등학교에선 원하는 학생 모두에게 개방하고 있다. 그렇다고 누구나 IB나 AP를 듣는 것은 아니다. 덜컥 신청해놓고 수업을 따라가지 못하면 드롭하거나 보통 과목으로 옮겨야 한다.

많은 공립학교에서도 학생들에게 IB나 AP 프로그램을 권장하는 편이다. 학교 평가에서 이 점수가 중요한 역할을 하기 때문이다. 예를 들어 AP 클래스의 개수와 그 클래스를 듣는 학생의 수, AP 시험을 치른 학생들의 평균점수가 학교 평가 및 학부모에게 내보이는 증거가 될 수 있다. 뿐만 아니다. 개별적인 대학 응시에서도 위의 클래스를 이수하면 도움이 된다. 이렇듯 능력별 학습을 통해 뛰어난 학생들을 고무하고 대입에서 차별화할 수 있는 프로그램이 공립학교에서도 얼마든지 가능하다.

SAT미국 대학입학시험나 ACT가 1년에 대여섯 번 응시 기회가 있는 반면, AP 는 1년에 한 번 보며 각 과목별로 시험을 치러야 한다. 점수는 1~5점까지, 3점 보통을 기준으로 5점 만점을 받으면 우수하다. 우리나라에서도 최근 유학 준비 차원에서 AP 시험을 치르는 학생이 늘고 있다. 매년 5월 민족사관 고등학교에서 과목별로 실시한다.

각 지역 대학에는 초·중·고 영재 학생을 위한 프로그램도 마련되어 있다. TIPTalent Identification Program를 통해 상위권 학생들의 영재성을 개발해준다. 또한 미국의 중·고생은 학년에 관계없이 SAT를 치를 수 있다. SAT 과목이 세 과목(영어와 수학, 작문)이다보니 영재성 있는 학생이 SAT를 미리 치러서 우수한 성적을 거둘 수 있다.

가끔 딸아이가 다니는 고등학교에서 몇몇 중학생을 만날 때가 있다. 상급학교인 고등학교에서 수업을 듣기 위함이다. 만일 그 학생이 수학에 뛰어난 영재라면 굳이 아이를 제 학년에 붙들어놓을 필요가 없다. 중학생이라도 능력만 된다면 고교 수업을 들을 수 있다. 그러나 특별한 경우를 제외하고 제 아이의 영재성을 강요하는 부모는 없어 보인다. 제 나이에 맞게 성장해 자신이 좋아하는 삶을 선택할 수 있도록 지도하는 것이 이곳 부모의 평범한 미덕이다.

이 나라 학부모의 교육열이 해마다 높아지고 있다. 특히 베이비부머 세대 부모들은 삶이 경쟁 그 자체였기에 후손 역시 경쟁 사회에서 살아남기 원한다. 중·고생을 위한 개인 교습과 그룹 과외, 대도시 주변엔 우리나라처럼 입시 학원이며 독서실도 있다. 그래도 아직 우리보다는 대학에 대한 집착이 훨씬 덜한 편이다. 아니, 대학에 대한 개념 자체가 애초부터 다르다. 비싼 사립대학보다는 주립대학에 많이 가고, 성적이 좋지 않으면 입학이 쉬운 커뮤니티 칼리지에 들어간다. 1~2학년 동안 학점 관리를 잘해 일반 대학 편입을 시도하는 학생도 많다. 공부하고자 노력만 한다면 길은 얼마든지 열려 있는 것이 이 나라 교육의 특징이다.

일부 언론에선 아이비병에 걸린 부모들을 조명하지만 대부분 미국인은 자기와 맞는 대학, 실질적인 공부, 그 밖의 교육 기관을 통해 삶에 필요한 기술과 지식을 얻고자 한다. 굳이 대학에 가지 않고도 자신의 꿈을 펼칠 수 있다면 '대학'이라는 액세서리가 필요 없다. 빌 게이츠며 스티브 잡스 등 많은 이들이 대학을 중퇴하고 자기 사업에 뛰어들지 않았던가. 대학 따위에 관계없이 자신의 꿈을 이룬 이들도 비일비재하다.

실업계 없는 미국 공교육, 자퇴율이 높은 까닭은

이 나라 공교육에서 인문계와 실업계 구분이 없는 것은 특이한 일이다. 반드시 대학에 가지 않아도 자기만 열심히 하면 충분히 먹고살 수 있는 나라, 이것이 우리가 알고 있는 미국의 이미지다. 2007년 8월 우리나라에서 학벌 위조가 문제 되었을 때「워싱턴 포스트」는 '한국, 학벌 위조 파문'이라는 기사를 실었다. 왠지 낯이 뜨거워지는 이유는 두 가지 때문이다. 하나는 '학벌' 아니면 성공할 수 없다는 사회 분위기, 또 하나는 거짓이 너무 쉽게 통용되는 우리의 허술함 때문이다.

미국 사회가 학벌 없이도 당당하게 살아갈 수 있다면 이들은 어떤 통로로 직업 교육을 실시할까? 고교 졸업 후 취업을 원하는 학생들은 공교육 내에서 다소나마 직업 훈련을 받을 수 있다. 일반 수업에서도 학생의 직업 선택에 도움을 줄 수 있는 실질적 내용을 공부한다. 대학 입시를 위한 SAT에서 영어와 수학만 필요로 하기에 다른 과목을 통해 보다 폭넓고 현실적인 내용을 배우곤 한다. 예를 들어 경제·경영 시간이면 학생들은 은행, 카드, 증권 등에 관해 상세히 배운다. 프로젝트를 통해 경제 비판 기사도 써보고 몇 그룹으로 나누어 30초짜리 상품 광고 제작도 한다. 선택한 품목의 생산, 판매, 판촉에 이르기까지 계획하고 조사하는 과정을 토대로 한다.

미국은 고3 과정인 12학년까지가 의무교육이다. 실업계가 없는 대신 각 교육구에서는 고교 재학생을 대상으로 직업 훈련 기관을 연결해준다. 예를 들어 컴퓨터 실무에 흥미가 있다면 학교 수업 시간 중에 타 전문기관에 직접 가서 배울 수 있다. 학기 초 수업 신청 시 희망하는 실무 과목을 선택하면 된다. 이는 고등학교 졸업 후 직장을 잡기까지, 관심 분야를 공부하고 실습하기 위해서다. 고교 졸업 후 진학할 수 있는 직업학교도 있다. 고등학교 3학년(12학년) 말미에 카운슬러와 상담해 본인이 원한다면 직업학교에 진학이 가능하다.

남미 이민자가 늘어나고 고교생의 중퇴가 심각해지면서 직업 훈련 기관의 필요성은 더욱 절실해졌다. 고교 졸업 후 사회 진출에 적극적인 도움을 주고 고교 중퇴로 인한 청소년 일탈을 예방할 수 있기 때문이다. 그들을 사회 인력으로 흡수할 수 있다면 개인 삶의 질을 향상시킬 뿐 아니라 국가 경제에도 큰 도움이 된다.

이 나라 중·고교 시스템은 대학과 유사하다. 각자 과목을 신청하고 시간마다 교실을 찾아 돌아다녀야 한다. 반이나 담임선생님이 없는 대신 카운슬러가 학생의 학점 이수 및 학교 생활을 도와준다. 지정된 교실이 있는 것도 아니고 담임선생님이 챙겨주는 것도 아니다. 시간마다 교실을 돌아다니며 수업을 들어야 하고 능력이 안 될 경우엔 숙제와 시험이 버겁기 그지없다. 같은 반 친구가 있는 것도 아니다. 단짝으로 몰려다니는 패거리가 없으면 외롭고 쓸쓸하다. 미국 청소년 영화를 보면 여학생과 남학생이 떼를 지어 몰려다닌다. 맘에 안 드는 친구를 자기 클럽에서 제외해 왕따시키는 장면도 볼 수 있다. 한창 친구가 소중하고 좋을 나이에 친구 없이 '나 홀로 학교 다니는' 학생들도 상당히 많다.

2006년 「타임」은 자퇴의 나라The Nation of Drop Out라는 제목의 기사를 실었다. 교육부 통계에 의하면 공립고교생 중 약 30%의 학생이 졸업 전에 학교를 떠난다. 나라가 워낙 넓고 다양하다보니 어떤 도시는 중퇴율이 낮고 어떤 도시는 높다. 하지만 도시 특성과 규모에 관계없이 라티노와 흑인 학생 중퇴율이 40%를 넘어선다. 백인의 경우 자퇴율이 훨씬 낮다.

2007년 존스홉킨스 대학 연구팀의 발표도 마찬가지다. 졸업률이 60%가 채 안 되는 고등학교가 10곳 중 한 곳을 넘는다는 보고였다. 이 보고에서도 역시 가난한 남부와 남서부 지역의 중퇴율을 심각하게 지적했다. 빈부 격차와 사회적 불평등, 기회의 불균형이 그대로 반영된 결과다.

이러한 현실은 1983년 레이건 대통령 당시 공교육 현실을 고발한 한 보고서에서 이미 예견되었다. 카네기교육재단에서 발표한 보고서 '위기에 처한 국가'에 따르면 이 나라 공교육 수준이 세계 하위며 이에 따라 미국의 경쟁력은 극도로 약화될 것이라 내다보았다. 교육 수준의 하위뿐만이 아니다. 청소년이 갖가지 사회악에 노출되는 것도 간과할 수 없는 현실이다. 일례로 공교육에서 발생한 총기 사건을 살펴보면 1990년대 이후 빈번해진 것을 알 수 있다.

우리 생각에 미국은 고등학교까지 의무교육이니 누구나 다 졸업할 것만 같다. 하지만 상급학교에 진학할수록 학업에 흥미를 잃고 개인주의에 근거한 독립성 때문에 학업 이탈로 이어질 수 있다. 학교 생활에서 의미를 찾지 못한 학생은 우울증에 빠지기 쉽다. 프라이버시를 강조하는 사회라 부모조차 자녀의 우울증을 모르고 지내는 경우가 많다.

빌과 멜린다 게이츠 재단 보고서는 고등학교 중퇴생의 50%는 학교 생활이 지루하고 학업 또한 장래 직업과 전혀 연관성이 없다고 생각해 중퇴했다고 밝힌다. 해마다 100만 명 이상의 고교생이 자퇴하고 있으며 그중 흑인, 히스패닉, 원주민 등 유색인종의 자퇴율은 50%에 육박한다. 중퇴에 관한 이 놀라운 통계만으로도 미국 공교육의 몸살을 짐작할 수 있다. 교육열 높은 우리 사고로는 믿을 수 없는 수치다.

그렇다면 학교를 떠난 학생들은 어디서 어떤 일을 할까? 두말할 필요 없이 일용직이나 단순노동직에서 일한다. 고교 자퇴생이 많다는 것은 국가적 경쟁력의 후퇴를 말한다. 가뜩이나 학력 저하로 골머리를 앓고 있는 판국에 졸업마저 포기한다는 것은 국가 생산성의 막대한 손실을 의미한다. 이런 상황을 막기 위해 어떤 주에선 자퇴 학생의 취업 금지를 법안에 올렸고 어떤 주에선 자퇴허가제를 실시하도록 건의하고 있다. 고교 졸업생에게만 운전 면허를 주자는 주장, 고등학생 일용 취업을 막자는 주장 등 고교 중퇴율을 낮추기 위한 비상 대책이 강구되고 있다.

영화 '터미네이터'로 유명한 캘리포니아 주지사 아놀드 슈워제네거는 기술학교(직업학교Vocational Education)를 무척 강조한다. 2007년 직업교육에 5000만 달러의 교육 예산을 신청한 그는 직업훈련만이 중퇴율을 낮출 수 있다고 말한다. 기술 습득을 통해 인생 설계를 할 수 있다면 아무 준비 없이 섣부른 중퇴를 결정하지 않을 것이란 얘기다. 진보적 아이디어가 많은 그는 2007년 「타임」이 뽑은 '세계를 움직이는 인물 100'에 선정되기도 했다.

우리나라도 그렇지만 미국 역시 부의 재생산이 심각하다. 가난한 아이들은 당장 먹고살기 위해 학교를 떠난다. 부모에게 경제적 여유가 있으면 자녀에게 많은 혜택을 줄 수 있고 학교 생활 역시 윤택하게 할 수 있다. 학비는 전혀 들지 않지만 이곳의 고교 생활은 거의 우리의 대학 생활과 비슷하다. 좋은 옷 입고, 세련되게 화장하고, 과외도 하고, 부모의 교육열이 높아 이런저런 특별활동도 한다. 우리가 상상하듯 이 나라 교육이 평등하다면 중퇴율도 그리 높진 않을 것이다.

하지만 가난하다고 해서 기회마저 없는 것은 아니다. 미국 교육의 최대 장점은 공부하고자 하는 학생은 최선을 다해 지원하는 것이다. 빈곤 아동을 위한 기초 프로그램으로 헤드 스타트가 있다. 저소득 아동을 경제적으로 지원해 그들의 기초 학습과 정서 발달을 물심양면으로 돕는다. 이 프로그램에 해당되는 어린이는 1년에 7000달러 이상 보조를 받는다. 프로그램을 운영하는 직원만도 21만 명, 부모를 포함한 자원 봉사자가 전국 통틀어 136만 명이다. 2005년만 해도 미 전역의 4만 9000개 교실에서 90만 명이 넘는 유아들이 헤드 스타트의 지원을 받았다.

초·중·고교를 거치는 과정도 마찬가지다. 빈곤층 학생이 특별활동 보조를 원하면 바우처 지원을 받을 수 있다. 또한 각종 기부금을 통해 공부하려는 학생을 적극적으로 지원한다. 대학의 경우도 마찬가지. 가정 형편이 어려워 미국에서 대학에 다니지 못한다고 알고 있다면 미국이라는 나라를 잘 모르고 하는 소리다. 학업 의지가 있고 성적이 좋으면 대학은 가난한 학생에게 전액 장학금을 마다하지 않는다. 이 나라 대학의 장학금은 Need Based(필요한 사람이 먼저 혜택받는 방식)가 기본이다. 아무리 공부를 잘해도 부자에겐 돌아가지 않고 가정 형편이 어려운 학생에게 최우선적으로 장학금이 돌아간다.

베이비부머 세대는 고등학교 졸업장 없이도 도시에 와서 열심히 일하면 먹고살 수 있었다. 하지만 지금은 상대적 경쟁력이 높아진 시대다. 게다가 백인 청년층은 소위 플로어워크Floorwork라 불리는 막노동을 기피한다. 실제로 멕시코 이민과 유색인종이 단순노동직의 대부분을 차지하므로 백인 청년이 고교 중퇴 후 가질 수 있는 하층직업은 거의 없다. 다국적기업의 해외 진출 때문에 미국 내 단순노동직이 갈수록 줄고 있다. 중저가 생필품은 거의 모두 수입에 의존한다. 특히 중국 제품 의존도가 높아 중국산 아닌 것을 찾기 힘들 지경이다. 따라서 백인 청년의 대학 진학이 절실해졌으며 대학에 진학하지 못할 경우 안정된 생활을 이뤄나가기 힘들게 되었다. 철저한 물질주의가 더 나은 직장에 대한 욕구를 불러오고 그에 따라 이 나라 역시 대학 입학 경쟁률이 점차 높아지고 있다.

공교육을 받쳐주는 부모들의 작은 정성

부시 행정부가 출범할 때 장담한 것이 있다. '어린이를 위한 교육적 지원만큼은 아끼지 않겠다'고 한 것이다. 그러나 이라크 전쟁 발발 후 교육 예산은 점차 줄어들고 있다. 일선 교사와 학교 행정 담당자는 줄어드는 예산을 피부로 느끼고 있다. 그래도 미국은 자원 봉사와 기부금 제도가 정착되어 있어 그런대로 교육 살림살이를 이끌어가고 있다. 쉬운 예로 학기 시작 즈음이면 각 가정에 'Wish List'가 우편으로 배달된다. 봉투 안의 편지는 이렇게 시작된다.

"뭘 팔거나 뭔가 만들어달라는 부탁이 아닙니다. 당신의 기부금 모두는 우리 학교 학생과 교직원에게 직접적인 도움을 줄 것입니다."

그리고 다음 장엔 각 과목, 각 분야, 각 활동마다 어떤 물품이 부족하고 얼마의 금액이 필요하다는 명세가 상세히 기록되어 있다. 그중 부모가 자신이 돕고 싶은 부분에 표시해서 답장을 보낸다. 기부금이나 기부할 수 있는 물품이 작아도 좋고 커도 좋다. 예를 들어보자. 만일 내가 고등학교 음악 시간에 필요한 보면대를 기증하고 싶으면 '보면대 2개'라고 표시해서 보낸다. 그 후 그에 해당하는 금액을 기부하거나 집에서 쓰던 보면대 혹은 새로 구입한 보면대를 물품으로 기증해도 좋다.

학부모 출입이 활발한 초등학교의 경우 학부모회에서 기부금을 마련한다. 때로는 물품 판매를 통해, 때로는 학교 행사를 통해 학용품이나 학교 기물 보수, 대체 등에 사용한다. 예를 들어 작년 한 해 동안 막내가 다닌 초등학교에선 네 번의 기부금 모금이 있었다. 한 번은 학용품이나 선물포장지 등을 팔아 그 수익금으로 학교 기물을 대체했다. 그에 관한 자세한 수입과 내역이 각 가정에 전해지는 것은 물론이다.

또 한번은 독서 마라톤으로, 한 달 동안을 독서 권장의 달로 정하고 아이가 책을 한 쪽 읽을 때마다 10센트면 10센트, 5센트면 5센트를 약속한다. 아이는 독서 마라톤 기간에 책을 열심히 읽을 것이고 책 읽는 아이는 부모를 행복하게 한다. 언제, 어떤 책을 몇 쪽 읽었다는 기록 카드가 있고 행사 말미에는 아이가 총 몇 권, 몇 쪽의 책을 읽었는지 알 수 있다. 그렇게 100쪽을 읽으면 10센트 곱하기 100 해서 10달러를 학교에 기부할 수 있고 500쪽을 읽으면 50달러, 1000쪽을 읽으면 100달러를 약정, 기부한다. 하지만 그것도 자기 마음이라 크게 부담이 안 되는 선에서 기부가 가능하다. 아이는 책 열심히 읽어서 좋고 부모는 아이가 책읽기에 재미 붙여 좋고, 학교는 학교대로 기부금을 마련할 수 있어 좋으니 일거삼득이다.

책읽기 좋아하는 막내는 독서 마라톤 기간 동안 500쪽을 약속했다. 하루에 15쪽 정도 읽어야만 한다. 우리는 한 쪽 읽을 때마다 10센트를 적립하기로 했다. 독서 마라톤이 끝나는 시점에서 아이는 비록 그림책이지만 1000쪽 넘는 분량을 소화해냈다. 기부 금액은 총 100달러가 되었다.

이런 행사도 있다. 초등학교 5학년 학생이 주체가 되어 한 슈퍼마켓에서 요리 재료를 기부받아 스파게티 디너파티를 열었다. 슈퍼마켓 입장에선 광고 효과 및 자원 봉사의 의미가 있고 학교는 학부모들을 초대해 가족적인 저녁 시간을 보낼 수 있었다. 스파게티 디너의 수익금은 5학년 여름 캠프를 위해 기부되었고(물론 요리는 학교 주방장이 맡고) 아이들은 행사 준비며 포스터, 그날 식탁 세팅 등을 해내는 뿌듯한 프로젝트를 완성했다.

뿐만 아니다. 두어 달에 한 번 가난한 이들을 위해 집에 있는 식료품을 모으는 행사도 있는데, 어릴 때부터 없는 이를 배려하는 좋은 습관을 들여준다. 식료품을 받는 이들은 도움받아 감사하고, 아이들은 남을 도울 수 있어 행복하다. 부모들은 작은 정성으로 아이와 함께 지역 사회에 봉사할 수 있는 작은 통로를 마련한 셈이다. 연말이 되면 아이들의 그림으로 실용품을 만들어 판매한다. 티셔츠에 찍어내거나 머그컵을 만들거나, 성탄카드나 달력을 만들어 부모와 친지, 친구들에게 판매한다. 물론 수익금은 학생의 미술교재를 준비하는 데 사용한다. 기부금과 자원 봉사는 당당하고 학교와 학부모, 학생 모두 만족한다. 이들의 치맛바람은 내 자식만 위한 것이 아니라 다수 학생을 위한 것 같다. 이처럼 모든 학교마다 갖가지 기부 행사와 자원 봉사 프로그램이 마련되어 있다. 모든 과정과 결과가 투명하게 처리되므로 학생과 학부모가 기꺼이 참여할 수 있다.

학교마다 가족지원부서Family Resource가 있어 과외 지도가 어려운 학생들에게 방과 후 수업이나 특기 교육 교습비를 지원한다. 이웃 고등학교 페어뷰 FairView 경우 Before School, After School Program 두 가지를 병행한다. 학생들은 원하기만 하면 악기 교습, 명상, 각종 스포츠, 학습 관련 활동 등을 수업 전후로 나누어 배울 수 있다. 학교마다 할당되는 교육 예산을 재량껏 활용하고 나머지는 학부모나 단체의 자원 봉사로 충당한다. 이렇듯 교육열이 대단하다보니 교육 수준 높은 부모들이 가만있을 리 없다. 자기 자식뿐 아니라 다른 자녀를 위해 봉사와 기부를 서슴지 않는다.

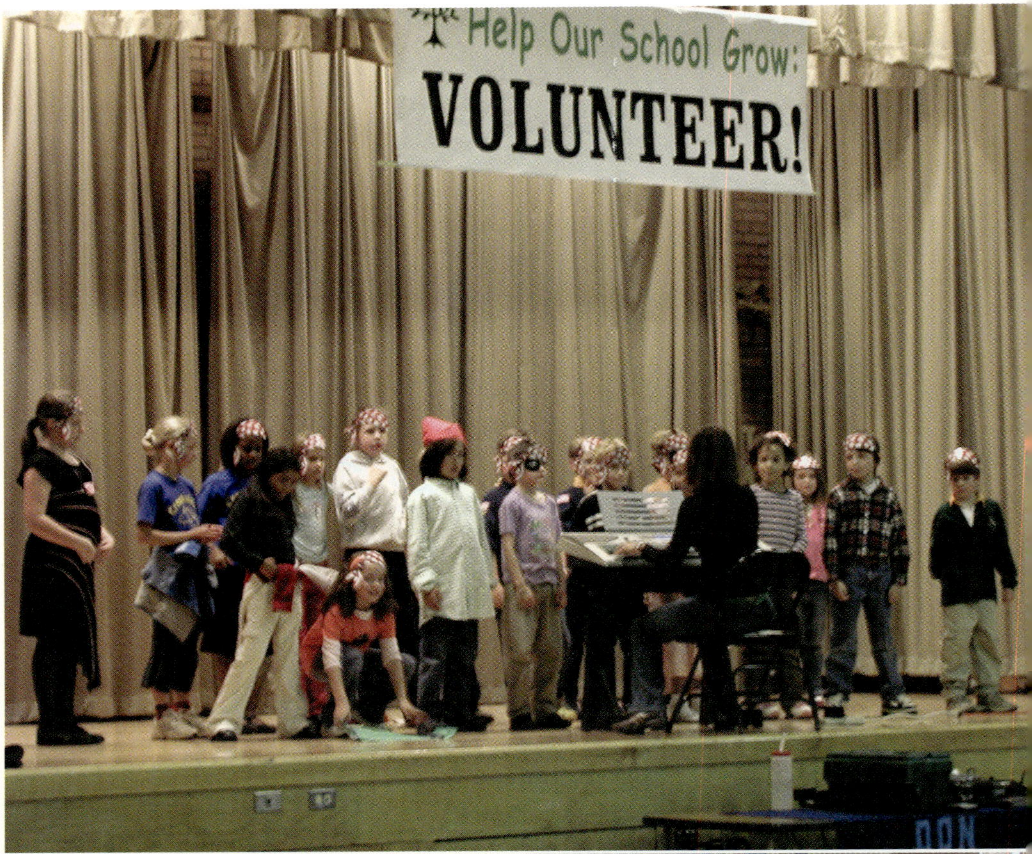
Help Our School Grow:
VOLUNTEER!

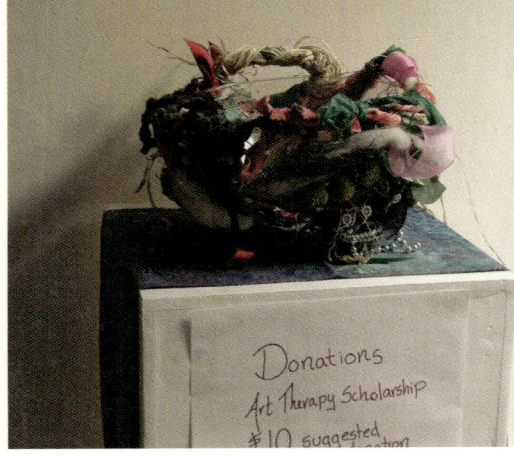

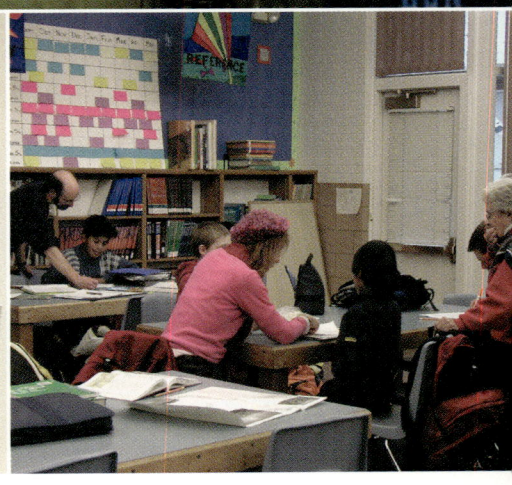

Donations
Art Therapy Scholarship
$10 suggested

REFERENCE

근처 주립대학 학생들도 초·중·고교에서 자원 봉사를 하는 경우가 많다. 콜로라도 주립대 조경학과 학생들은 연구비 지원을 받아 막내가 다니는 초등학교에 유기농 텃밭과 정원을 설계, 시공하고 있다. 운동에 취미가 있는 학생들은 중·고등학교 인트라뮤럴 스포츠에서 학생들을 가르친다. 초등학교 읽기 프로그램, 외국인 영어 교육에서 자원 봉사하는 대학생도 많다. 이렇듯 모든 학생을 위한 학부모의 적극적 치맛바람(?)과 교육적 연계는 미국 공교육의 허를 메우는 실한 밑거름인 듯하다.

기부와 자원 봉사는 미국사회의 미덕이다. 특히나 교육 현장은 양질의 교육을 위해 언제나 자원 봉사를 환영한다. 왼쪽 아래 사진은 기부금을 걷는 바구니다.

241

명문대 입시를 위한 완벽한 커리어 만들기

미국 대도시에 한국형 학원이 있다는 얘기는 오래전부터 회자되었다. 특히나 동부 명문대가 분포한 지역, 서부 대도시에선 한국 친구 따라 SAT 특별반에 다니는 미국 학생도 있다. 아시아계 학부모가 교육열이 높은 것은 이미 잘 알려진 사실이다.

앞에서 언급했듯이 미국 명문대는 경쟁이 치열하다. 오죽하면 주요 시사지에서 아이비 열풍이라 표현할까. '내 아이 어떻게 하면 아이비리그 보낼까?' 마치 우리의 입시철, SKY대 보내기 전략과 유사하다. 하지만 그 전략이란 것이 알고 보면 단순하다. SAT나 ACT, 내신 성적에 근거해 대학 자율로 학생을 선발한다. 이곳의 대학은 성적과 과외 활동, 입상 경력이나 지역 봉사를 고루 본다. 그래도 역시 중요한 것은 GPAGrade Point Average, 내신성적와 수능시험에 해당하는 SAT, ACT 성적이다. 주립대학의 경우 '합격은 성적순'이라고까지 말할 정도다. 이들에게도 A학점은 치열한 싸움이다.

남들과 차별화되기 위해 이곳 학생들도 과외를 많이 한다. 내 주변에도 개인 지도를 받는 학생이 꽤 된다. 경제적 여유가 있는 가정에선 다양한 특별활동을 뒷받침한다. 체험 교육으로 아이의 인성을 키워주기도 하지만 궁극적으로 치열한 대학 입시에서 완벽한 레주메를 작성할 수 있기 때문이다. 한 아이를 예로 들어보자. 그는 어려서부터 중산층 부모에게 사랑받으며 좋은 환경, 바른 가정 교육 속에 자랐다. 초등학교 때는 피아노와 바이올린 레슨을 받았고 학교 음악 시간에 트럼펫을 배웠다. 여름방학 때면 캠프에서 각종 팀스포츠를 배웠고 꾸준히 지역 어린이 야구단에서 피처를 했다. YMCA에서 일주일에 한 번 농구 클래스를 들었고 수영은 짬짬이 개인 지도를 받았다. 11학년에 구조원Lifeguard 자격증도 받았다. 중학교에 입학해 학교 오케스트라에서 바이올린을 연주하고 시립청소년 오케스트라에서도 연주했다. 중학교 이후 테니스와 골프 클래스가 재미있어 학교 대표선수까지 했고 정해진 시간 안에 성적 관리를 위해 일주일에 두 번 수학과 글쓰기 과외를 한다. 고등학교 재즈밴드에서 트럼펫을 연주했고 재즈가 좋아 작곡도 배웠다. 석 달마다 있는 교내 연주회를 통해 재즈 실력을 닦아나가다가 11학년 겨울방학에는 유럽 공연도 했다. 그뿐 아니다. 지역 봉사를 위해 노인병원에서 한 달에 한 번 연주를 하고 여름방학이면 근처 국립공원에서 자원 봉사를 했다. 중학교 3년 동안은 아빠와 함께 자연사박물관에서 자원 봉사도 했다. 자, 얼마나 장황한 경력인가. 거짓말이 아니다. 초·중·고교를 거치면서 실제로 이 정도 해내는(?) 학생이 더러 있다. 세속적으로 말해 대입 원서를 위해서는 그야말로 완벽한 커리어다.

위 학생의 활동은 다음 네 파트로 나눠진다. 학업, 음악, 운동, 봉사. 그중 음악과 운동은 초등학교부터 고등학교까지 성실하게 이어진다. 레슨을 꾸준히 받고 오케스트라와 밴드에서 활동한다. 운동 역시 학교에 개설되어 있는 여러 종목을 꾸준히 따라가면 된다. 봉사 활동은 부모님의 배려로 함께 할 수 있었다. 모든 활동에 부모님의 경제적 후원이 뒤따랐다. 때마다 오고 가는 데 필요한 교통편도 부모님 아니면 불가능하다.

미국 중산층 부모들은 아이들 실어 나르느라 정신이 없다. 학교, 음악 레슨, 과외, 팀스포츠 등 아이 뒤꽁무니 쫓아다니느라 바쁘다. 이때 경제력이 모든 것을 좌우하진 않지만 자녀를 뒷받침하는 데는 어쩔 수 없이 경제적 · 시간적으로 여유 있는 부모가 큰 도움을 줄 수 있다.

공휴일, 시립도서관에 있으면 과외를 받는 학생을 자주 볼 수 있다. 식당에서, 로비에서, 휴게실에서 아이들은 책을 펴놓고 과외 지도를 받는다. 자녀의 성적을 관리해준다는 전문 학원도 있다. 아이의 성적을 올려준다는 문구와 함께 각종 신문, 잡지, 심지어 텔레비전에 학습 관리 프로그램 광고가 나온다. 막내의 초등학교 교장선생님은 학부모들에게 자랑이 유난하다. 미국인이 50%, 히스패닉이 30%, 아시아와 그 밖의 지역이 약 20%인 이 학교가 주 단위 모의고사에서 우수한 성적을 거두었기 때문이다. 보통의 경우, 외국인이 많은 학교는 모의고사 성적이 좋지 않다. 영어에 서툰 아이들이 많기 때문이다. 하지만 교장선생님은 아시아 학생 특히 한국 어린이들이 수학과 과학을 잘해서 좋은 결과가 나왔다고 칭찬해주신다. 어깨가 으쓱해지는 순간이었다.

최근 들어 미국도 많이 변했다. '대학 안 가도 먹고살 수 있는 세상'이 '대학을 졸업하지 않으면 편하게 살 수 없다'는 쪽으로 바뀌고 있다. 앞에서 언급했듯이 백인 청년층은 자의 반 타의 반, 블루칼라에서 밀려나고 있다. 화이트칼라가 되기 위해 혹은 여유로운 중산층의 삶을 위해 많은 이들이 대학 진학을 원한다.

또 하나 큰 원인은 베이비부머 세대의 경쟁 의식이다. 베이비부머란 제2차 세계대전 후인 1946~1965년에 출생한 약 2억 6000여 명의 미국 사회 주도 계층이다. 이들은 미국 인구의 30%를 차지하고 있으며 이전 세대의 종교적이며 보수적 생활 태도와는 달리 성해방과 반전을 주도하며 격동의 70~80년대를 건너왔다. 현재의 초강국 미국이 있기까지 치열한 경쟁을 통해 현 위치에 이르렀기에 많은 베이비부머들이 2세의 교육과 삶에 대해 적극적이다. 따라서 중산층에 속한 베이비부머는 자식이 아이비리그를 비롯한 명문대에 진학하기 원한다. 대학 진학 후에도 정신적 · 경제적 지원을 마다하지 않는다. 전 세대 부모가 자식의 완벽한 독립을 원한 반면 이즈음 부모는 부모 자식 간의 끈을 유지하려고 한다. 이 나라 부모들이 변하고 있다.

간혹 해외 토픽에 이런 뉴스가 실린다. 미국의 대학생들이 엄마 치맛바람에 놀아난다든가, 대학원생, 심지어 직장을 구한 젊은이들도 부모에게 학비와 용돈을 타서 쓰며 심지어 부모 집에 얹혀살고 있다는 기사 말이다. 이런 글을 접할 때면 은근히 배반감을 느낀다. 미국인은 독립심이 강하다느니, 아주 어릴 때부터 자립심을 키워준다느니 하는 얘기를 어릴 때부터 자주 들어왔기 때문이다.

한번은 또래 학부모들과 둘러앉아 자식 키우는 얘기를 할 기회가 있었다. 주로 40대 중반에서 50대 중반의 백인 주류층이었다. 그중 한 아버지가 자기 아이들을 일컬어 무처Moocher라고 했다. '아이들 때문에 힘들어 죽겠다'며 엄살을 피웠다. 무처를 우리말로 의역하면 왕빈대쯤 될까? 남에게 기대어 자신의 이익을 야금야금 취하는 것, 그런 사람이나 상황을 일컫는 말이다. 그 아버지의 한마디에 모든 부모가 박장대소하며 동의했다. 그 자리에 모인 대부분 부모들은 자녀의 대학과 대학원 학비를 보조하고 있었고 취업한 자식과 한 집에 사는 부모도 있었다.

매년 10월, 미국 대학의 수시원서 쓸 계절이 되면 각종 언론에 이런 기사가 쏟아진다. 대학 순위, 원서 잘 쓰는 법, 내 아이 대학 잘 보내기, 우리는 왜 명문대에 가려고 하는가 등이다. 한번은 '하버드에는 누가 갈까'라는 특집기사가 실렸는데 다음 호 독자투고란에는 이 기사에 대한 반론이 가득했다. 미국 대학 중에 좋은 대학이 얼마나 많은데 왜 하버드만 꼽았느냐, 미국을 움직이는 실제 기술자들은 커뮤니티 칼리지에서 충분히 배울 수 있다, 명문대가 무슨 대수냐, 프린스턴이나 예일 대학을 무시한 처사다, 「포춘」지가 발표한 미국 CEO 50명 중엔 아이비리그 출신보다 주립대 출신이 많은데 무슨 헛소리냐 등 다양한 반응이다.

매스컴이 워낙 말초적이라 아이비리그에 관한 기사가 빈번하면 야릇한 충동을 느끼게 된다. 우리 학부모들이 S대 Y대 하면서, 그 대학 못 가면 큰일 나는 거 아닌가 싶은 혼란에 빠지는 것과 유사하다. 그래도 이곳 대학은 고루 평등한 편이다. 미국 내 수많은 대학이 양질의 교육을 제공하고 있다. 명문대로 갈수록 공부하기 어려운 것은 말할 필요도 없다. 정신없이 돌아가는 쿼터제(석 달이 한 학기로 구성됨)는 개강과 함께 보고서와 시험에 시달리다 학기를 마치는 경우도 있다. 그러나 어느 대학이든 제 하기에 따라 많은 것을 변화시킬 수 있다. '입학보다 졸업이 어렵다'는 말은 이곳 대학의 성격을 대변해주는 말이다.

책임의 경계를 분명히 하는 학교

막내가 초등학교 1학년이 된 지 며칠 안 되어 담임선생님인 미즈 리드에게서 편지가 왔다. 뭘까 싶어 읽어보니 우리 막내가 급식 시간에 뭔가 잘못했다는 내용이다. 식탁 테이블 다리를 발로 차서 다음 한 주 동안 빈 테이블에서 혼자 점심을 먹게 되었단다. 어찌된 영문인지 모르지만 콧등이 시큰했다.

초등학교 1학년, 외국인으로 학교 생활에 적응하기도 어려운데 이런 날벼락이 있나 싶어 월요일, 담임선생님을 찾아갔다. 의외로 담임선생님은 담담했다. 점심 예절을 가르치기 위해 규칙을 위반할 때는 그런 벌칙을 준다는 것이다. 급식선생님께 물어보니 막내가 의자에 앉아 다리를 흔들다가 식탁 다리를 발로 찼기 때문이란다. 갑자기 머리가 띵했다. 어른도 긴장하면 다리를 흔들 수 있건만 초등학교 1학년이 식탁 다리를 톡톡 건드렸다고 벌을 줘야 하나? 만일 우리 같으면 그 자리에서 아이를 꾸짖고 말았을 게다. 하지만 이들은 꾸짖는 대신 조용하고 낮은 목소리로 이렇게 말한다. "규칙을 위반하면 다른 친구들에게 방해된다. 다음 한 주 동안 따로 앉아 점심을 먹으면서 무엇이 잘못되었는지 생각해봐라."

이곳 선생님들은 해도 되는 것과 안 되는 것을 뚜렷이 구분한다. 규칙을 위반할 때는 스스로 깨달아 반성하도록 유도한다. 언뜻 생각하면 아이 인격을 존중한 합리적 방법 같지만 한편으론 예외 없고 냉정하기까지 하다.

특히 남을 배려하는 부분에선 어릴 때부터 철저한 훈련을 받는다. 타인의 권리를 존중하는 것과 나의 권리를 행사하는 것은 같은 의미라 여기기 때문이다.

또 다른 예로 이런 일이 있다. 초등학교에선 점심식사 전후로 모든 학생에게 리세스 타임Recess Time을 준다. 기상이변이나 몹시 아프지 않은 이상 모두 나가 놀아야 한다. 어린이의 건강과 신체활동을 위해서라지만 한겨울 영하의 날씨에도 예외 없이 나가 놀아야 하니 '놀이' 보다는 왠지 '의무' 라는 생각이 든다. 그 시간이면 몇 명의 선생님이 운동장에서 아이들을 지도 감독한다. 학교 생활 중에 아이들끼리 있다는 건 있을 수 없는 일이다.

1학년 초반, 막내는 리세스 시간에 무척 힘들었다. 같은 학급의 히스패닉 친구 둘이 짓궂게 굴었기 때문이다. 놀이터에서 밀기도 하고 놀리기도 했다. 같은 ESL 클래스에서도 은근히 텃세를 부렸다. 약이 오른 막내는 어린 마음에 한 아이와 다투었다. 서로 팔을 밀고 잡아당기는 정도였다고 한다. 하지만 그 대가는 뜻밖이었다. 리세스 시간에 운동장 구석에 홀로 앉아 무엇을 잘못했는지 반성해야 했다. 막내를 먼저 잡아당긴 히스패닉 친구는 선생님 눈에 띄지 않아 벌을 면했다. 후에 담임선생님께 이의를 제기하니, 학생의 안전을 위해 '절대로' 잡거나 밀거나(발로 차거나 싸우는 건 말할 것도 없다) 소리를 지르거나 놀려서도 안 된다고 한다. 아니, 아이들이 놀다 보면 소매를 잡아당길 수 있고 서로 미끄럼을 타겠다고 슬쩍 밀 수도 있지 않은가. 하지만 이들은 리세스 규칙에 철저하다. 타인에게 괴로움을 주는 말과 행동은 초등학교에서부터 엄격하게 다룬다. 만일 학교에서 작은 안전사고라도 나면 담당교사뿐 아니라 학교 전체가 책임을 져야 한다. 운이 나쁘면 간혹 학부모 소송을 감당해야 할 경우도 생긴다.

이들 교육에서 책임 소재는 몹시 중요하다. 교사도 학생도 자기 자신을 보호할 방어 기제가 분명해야 한다. 특히 초등 교육에서는 학생의 등교 전후와 교내에 있는 시간을 명확히 구분한다. 만일 오전 8시가 등교 시간인데 그보다 10분 먼저 학교에 도착해도 자기 교실에 들어갈 수 없다. 대신 밖에서 줄서서 기다렸다가 8시 시작종이 울려 선생님이 문을 열어주면 나란히 입실한다. 오전 8시를 기점으로 학교가 어린이를 책임진다. 성격이 급한 막내는 줄서서 잘 기다리다가도 문이 열리면 냉큼 교실에 들어가느라 서두른 적이 몇 번 있다. 때마다 주의를 받았음은 물론이다. 선생님이 꾸중한 것은 아니지만 우리로서는 엄격한 그 규칙에 당황스러울 수밖에 없었다.

방과 후 학교에 남아 있으려면 부모가 함께 있거나 선생님과 함께 있어야 한다. 한번은 아이를 데리러 가는데 도중에 교통사고 때문에 차가 밀려 15분 정도 늦었다. 그런데 학교 놀이터에서 담임선생님이 막내를 지키고 있는 것이 아닌가. 이미 모든 학생이 학교를 떠났고 교내엔 방과 후 프로그램에 참여하는 학생들만 선생님의 지도 아래 움직이고 있었다. 공연히 미안해 고맙다고 했더니 선생님 하시는 말씀, 다음에 이런 일이 있을 땐 반드시 전화해달라고 하신다. 고의로 그런 것은 아니었지만 내 얼굴이 새빨갛게 달아올랐다.

방과 후 하교시간이 정확한 이유는 어린이 안전문제를 고려함이다. 학교에 남아서 논다거나 청소를 한다거나, 아이들끼리 어울려 다른 곳에 간다는 건 초등학교에서 있을 수 없는 일이다.

초등학교 고학년도 마찬가지다. 이들에게는 정확한 하교 시간이 중요하다. 끝나면 곧바로 학교에서 나가줘야 한다. 중·고등학교는 한결 덜하지만 초등학교에선 책임 소재 때문에 등·하교 시간을 정확히 준수한다.

이런 현실을 극단적으로 보여주는 기사가 최근 「타임」에 실렸다. 사우스캐롤라이나와 와이오밍 주에서 태그 놀이(치기 장난)나 술래잡기 같은 뒤쫓기 게임을 금지하는 초등학교가 늘고 있다는 내용이다. 어떤 학부모는 술래만 하는 아이가 생길 경우 왕따 취급을 받을 수 있다는 이유로 금지 쪽에 손을 들었다. 어떤 부모는 아이들이 뛰놀 수 있는 기회를 막아서야 되느냐고 반기를 들었다. 워싱턴 주의 스포캐인 초등학교는 2005년부터 태그 놀이를 금지했고 체육 시간에만 일부 허용한다. 아이들의 안전을 위한 규칙이라지만 책임 소재에 너무도 민감한 이 사회 분위기를 절실히 느낄 수 있는 부분이다. 뭉치면 살고 흩어지면 죽는다는 우리식의 집단주의도 문제가 있지만 이들의 지나친 개인주의도 상당히 답답하다.

첫 겨울 어느 아침, 막내가 열이 있어 학교를 쉬게 되었다. 일단 학교에 전화를 하고 해열제를 먹인 후 하루 푹 쉬었더니 열이 내렸다. 감기의 시작이었지만 해열제 덕분인지 열 내린 후 별다른 증상은 없었다. 다음 날 약간의 미열이 있었으나 불타는 한국인의 교육열 때문에 아이를 데리고 등교했다. 그랬더니 선생님이 이렇게 묻는다. "해열제를 언제 마지막으로 먹였느냐?" "어젯밤에 해열제 먹고 푹 자서 열은 대충 내린 것 같다." 그랬더니 다시 집으로 데려가란다. 학교 규칙상 해열제 없이 24시간 동안 열이 나지 않아야 등교할 수 있다는 것이다. 이런, 이런!

아파도, 몸이 괴로워도 꾹 참고 등교하는 것이 미덕인 우리로서는 납득이 가지 않는다. '아마 다른 친구들에게 감기 옮길까봐 그러는 게지. 미국은 남을 배려하는 사회라잖아? 내 아이가 아프면 집에서 쉬어야지, 다른 친구들에게 감기 옮기면 안 되겠지? 그런 마음으로 아이를 집에 데려왔고 그 다음 날도 잠깐씩 미열이 있어 집에서 쉬었다.

그렇게 몇 달이 가고 이곳의 공교육을 이해하게 된 후 나름대로 다음 두 가지 결론을 내릴 수 있었다. 첫째, 아이에게 열이 있을 경우 다른 친구를 배려하는 것 외에 응급 상황이 발생할 수 있다. 따라서 학교로서는 책임의 경계를 분명히 해야 한다. 둘째, 미국의 의료보험제도가 하도 엉망이라 학생 중엔 의료보험이 없는 경우가 꽤 된다. 아이와 부모를 생각해서 열이 있을 때는 무조건 쉬는 것이 여러 모로 합리적이다.

학년 초, 각 가정에 이런 유인물이 배달된다. '교내에서 사고가 발생했을 때 교육청이 지정한 의료기관에 가서 당신의 아이를 응급치료해도 좋으냐?' 만일 '예스'라고 대답하면 응급사고 발생 시 학교의 조처에 맡긴다는 뜻이다. 만일 '노'라고 대답하면 부모와 연락이 닿기까지 아이의 응급치료는 보류된다. 이 서류를 미리 받아두는 이유도 책임 소재를 분명히 하려는 이들의 방침이다. 만일 아이가 그네에서 떨어져 다리를 다쳤더라도 부모가 허락지 않은 상황에서 응급처치를 받게 되면 후에 학부모와의 관계에서 난처한 일이 벌어질 수 있다.

우리 집 막내 역시 교실에서 두어 번 머리를 부딪친 적이 있다. 가벼운 타박상이라 겉으로 봐서는 알 수 없는 가벼운 정도였다. 하교 후 아이의 가방에서 두 가지 서류를 발견했다. 하나는 아이가 교실에서 어떻게 머리를 부딪쳤다는 담임교사의 보고서 형식의 편지였고 하나는 학교 간호사 선생님의 소견서였다. 아이의 증상이 어땠으며 머리 타박상의 경우 어떤 일이 발생할 수 있는지 상세한 설명이 곁들여져 있었다. 만일의 사태에 대비한 비상대책도 적혀 있었다. 역시 이 나라의 철저함은 알아줘야 한다.

소풍을 가거나 근처 공원에 견학 갈 때도 각 가정에 공문이 배달되고 부모의 사인을 받게 되어 있다. 당신의 아이가 10월 20일 금요일, 공원에 소풍을 가도 좋으냐? Yes or No 둘 중 하나에 표시해서 다시 학교에 보낸다. 만일 아이가 가기 원치 않으면 학교에 남아 시간을 보낼 수 있다. 미성년자의 경우 어떤 일이든 부모의 허락을 전제해야 한다.

학교에서 학년 대상으로 영화를 볼 때도 마찬가지다. 무비 데이라 하여 아이들에게 만화영화를 보여주더라도 사전에 부모에게 유인물을 보내 반드시 허락 사인을 받아야 한다. 그 영화가 '곰돌이 푸우' 같은 유아용이라도 부모의 교육 철학에 따라 해당 영상물을 거부할 수 있기 때문이다. 이것 역시 책임 소재를 분명히 하려는 이들의 교육 방침이다.

미국인들은 태어날 때부터 자기 보호를 학습한다. 어릴 땐 어른과 주변 환경으로부터 자신을 보호하고 어른이 되어서도 책임 한계를 분명히 함으로써 자신을 보호해야 한다. 자신의 책임에 선을 긋는 것은 사회 구성원 간의 신뢰가 바탕이 되어야 한다. 너와 나 사이, 책임과 권리를 분명히 해야만 합리적으로 살아갈 수 있는 곳이 미국이다.

평등에 초점을 맞추려는 노력들

미국의 의무 교육 역사는 토머스 제퍼슨에서 시작된다. 독립선언서의 기초자며 3대 대통령이던 그는 '빈부의 격차, 지능의 차이를 넘어 모든 '백인' 아이들은 무료로 3년간 교육을 받아야 한다'고 주장했다. 인간 평등을 외친 그에게서 '백인 아이'라는 문구가 강조된 것은 애석하기 그지없다.

이들의 교육을 통합적으로 언급하긴 어렵다. 주마다 제도가 다르고 방법론에도 차이가 있기 때문이다. 유치원이 의무인 주도 있고 아닌 경우도 있다. 교육비는 연방정부, 주정부, 시, 카운티가 고루 나누어 부담하는데 연방정부에선 9% 내외만 지원한다. 따라서 각 주와 교육구별로 교육 예산이 다르고 선거를 통해 뽑히는 교육위원의 교육관과 역할에 따라 방향이 달라진다. 미국 교육에 대한 인터넷 정보가 저마다 차이 나는 것도 위와 같은 이유에서다. 개인의 유학 경험담 역시 수없이 많은 변수를 갖고 있다.

사실상 모든 공교육의 목표는 단순하다. 문맹을 없애는 것, 모든 직업군에 알맞은 인력을 배치하는 것, 그리고 나라 살림을 위한 세금을 거둬들일 재원을 형성하는 것이다. 이 모든 것을 통해 애국심을 고취하는 것 또한 중요한 목표다. 각 나라마다 공교육의 역사와 방법론은 끊임없이 변화해왔다. 그중 미국의 교육이 중요한 이유는 많은 나라에 영향을 줄 수 있기 때문이다. 존 듀이의 실험 학교에서 시작된 열린 교육은 아직까지도 지지와 비난을 한 몸에 받고 있다.

어쩌면 미국의 교육은 엘리트 중심 교육인지도 모른다. 국민 교육의 질을 높이기 위해 백방으로 노력한다지만 이미 사립학교의 재원들은 상류사회를 목표로 하고 출발한다. 경제적으로 여유 있는 백인 부모는 사립학교를 절대적으로 선호한다. 양질의 엘리트 교육, 피교육자 간의 인맥 형성 등이 자녀의 미래를 좌우하기 때문이다. 각 대학에서 빈곤층 자녀에게 전액 장학금을 준다 해도 실제로 그들이 대학에 들어갈 수 있는 확률은 희박하다. 결국 미국의 핵심은 백인 중산층 중심의 엘리트로 형성될 수밖에 없다. 이처럼 이들의 공교육에 때로 감탄하다가도 막상 그 한계를 생각하면 가슴이 답답하다. 기회의 평등으로 대표되는 이 나라 역시 계층 간 유리벽은 상당히 두텁다.

매년 8월 말 학기 초가 되면 아이들은 필요한 학용품을 한꺼번에 들고 학교에 간다. 연필 2세트, 크레용 24색, 노트 3권, 가위 1개, 지우개 1개, 파일 3개, 클리넥스 1통, 페이퍼 타월 2뭉치 이런 식이다. 한 번 준비물을 가져가면 1년 내내 준비물이 거의 없다. 나머지 교재는 교육구를 통해 모든 학교에 고루 지급된다. 학기 초 준비물마저도 기부금으로 공급하는 경우가 있다.

우리가 살던 도시의 '크레용과 계산기Crayon and Calculator' 프로그램을 예로 들어보자. 여름 내내 큰 쇼핑몰 앞마다 홍보지가 나붙는다. '크레용과 계산기 프로그램, 모든 학생에게 학용품을 선물합시다' 라는 내용이다. 도움이 필요한 아이들에게 학용품을 준비해주기 위해 기부를 받는다. 티끌 모아 태산이 된 그 기부금은 어려운 학생들의 학용품을 모두 무료로 마련해준다. 수혜자의 다수는 가난한 히스패닉이다.

미국인은 독립 이전부터 세금을 몹시 싫어했다. 그 쓰임새를 따지고 논하는 것에 익숙하고 당당하다. 간혹 라디오를 통해 교육 포럼의 내용을 들어보면 가장 문제가 되는 것이 줄어드는 공교육 예산과 외국인에 대한 교육 혜택이다. 이들은 자신이 내는 세금의 쓰임새에 상당히 민감하며 토론회나 공청회를 통해 시민의 목소리를 전달한다. 외국인 자녀를 공교육에 흡수한다는 것은 자기 자녀에 대한 교육 예산이 그만큼 줄어든다는 뜻이다. 그들에게 약간의 교육비를 받거나 아예 사립학교만 입학 가능하도록 조처해야 한다는 얘기도 있다. 하지만 아직까지 이들 대중의 의견은 호혜 평등에 기초를 두고 있다. 특히 공교육에서는 불법 이민자의 자녀에게도 똑같은 기회를 주어야 한다는 의견이 많다.

그렇다면 많은 사람이 공교육의 질을 탓하는 가운데 공교육을 어떻게 인식하고 있는지 「타임」의 설문조사를 참고해보자. 공교육을 위해 세금을 더 내겠느냐는 질문에 대해 59% 찬성, 38%가 반대했다. 공교육에 점수를 매긴다면? A라 평한 사람이 5%, B라 평한 사람이 31%, C라는 사람이 44%였다. 즉 공교육에 대한 국민의 의견은 B학점 혹은 C학점이란 얘기다. 고교 중퇴가 큰 문제라 생각하는 비율이 89%였고 고등학교에서 직업 교육을 선택할 수 있어야 한다는 의견에 88% 찬성한 것으로 나타났다. 이 설문을 분석해보면 이 나라 공교육에 문제가 많고 고교 때 직업 훈련이 필수적이란 얘기다. 대학에 가지 않고도 먹고살기 위해서는 직업 교육이 선행되어야 한다.

미국 의무 교육은 고등학교까지이고 5, 3, 4학제거나 6, 3, 3학제다. 수업 일수는 주마다 약간의 차이가 있으나 180일 기준이며 대신 학년 시작부터 끝까지 200일로 잡고 그중 스노 데이(눈이 많이 오는 콜로라도는 겨울에 몇 번 스노 데이가 있다), PTA(학부모와 선생의 간담회), 워크숍 데이(프로페셔널 데이라 하여 학생들은 한 달에 한 번 쉬고 선생님들은 이날 교재 준비나 회의를 한다) 등이 20일 안에 포함되어 있다. 이는 교육구별로 자치적으로 운영할 수 있다. 동부의 어느 지역은 유대 학생이 많아 유대 축제일에 쉬는 학교도 있다. 같은 공휴일 중에도 주에 따라 쉬는 학교와 쉬지 않는 학교가 구분된다.

미국 학기가 가을에 시작되는 이유는 오래전 미국 중부 지역에서 부모를 도와 여름내 농사일을 할 수 있도록 배려한 데서 비롯되었다는 이야기가 있다. 6월부터 8월까지 농번기에 방학을 하고 농사일 없는 겨울에 학교에 다니는 것이 현재 학기제의 전통이 되었다는 설이다. 믿거나 말거나, 하지만 일리 있는 얘기다. 이 나라 서머타임이 농번기인 봄·여름·가을에 일찍 일어나 직장에 가고 퇴근 후에도 농사일을 할 수 있게 하기 위한 데서 기원했다는 얘기도 있다. 에너지 절약도 되고 농번기 일손도 도울 수 있으니 일거양득인 셈이다.

필수학점제를 택하는 고등학교는 영어 8학기 4학점, 수학 6학기 3학점, 미국사·세계사·경제 등 여러 종류의 사회 과목이 7학기 3.5학점, 과학 4학기 2학점, 직업 교육 2학기 1학점, 체육 4학기 2학점, 선택 과목 12학기 6학점, 직업 교육을 선택할 때는 해당 학점을 이수하면 된다. 각 주 교육구마다 차이가 있지만 이들은 매일 같은 시간에 같은 수업을 듣는다. 예를 들어 1교시 영어, 2교시 체육이면 월요일부터 금요일까지 시간표가 같다. 어떤 주에선 50분 수업에 5분 쉬는 시간, 어떤 주에선 90분 수업에 20분 쉬는 시간 등 시간표는 주에 따라 다양하게 운영된다.

어느 날 라디오에서 '나쁜 선생님'을 주제로 한 교육 포럼을 방송했다. 언뜻 생각에 '나쁜 선생님'이면 학생을 체벌하는 선생님인가 싶었는데 미국 학부모에게 물어보니 잘 가르치지 못하는, 소위 학습지도 능력이 미흡한 선생님을 일컫는 말이란다. 가뜩이나 '열린 교육'으로 아이들 지식 교육이 힘든 상황에서 교사의 학습 자질까지 미흡하다면 설상가상 아닌가.

학생의 자유 의사를 존중하고 개인에 맞는 지도를 하며 꾸짖기보다 격려하고 학습 성과보다 전인 교육에 초점을 맞추는 것. 지식 위주 학습에서 벗어나 창의성에 주목하는 교육은 세 아이의 엄마 입장에서 볼 때 바람직하다. 하지만 미국 어린이의 학력 수준이 점차 낮아지고 기성 세대의 해악이 청소년층에 내려오면서 공교육의 질은 끝이 보이지 않을 정도로 추락한다는 평가다.

미국 공교육에서 가장 문제가 되는 것은 중학교 교육이다. 오죽하면 그들 입으로 중등교육을 일컬어 마의 삼각지대라 하겠는가. 국제보건기구에 따르면 선진 11개국 중 미국 중학생의 정신적·사회적 문제가 가장 심각한 편이라고 한다. 사춘기 시절의 그들은 호기심도 많고 성인 모방의 충동을 조절하기 힘들어 폭력과 범죄 등에 민감하게 반응한다. 이에 2000년 들어 미 행정부가 새롭게 교육 개선을 외치고 있지만 아직까지도 딱히 효과를 보지 못하고 있다.

참고로 이들 교육에서는 학생을 절대 체벌하지 못한다. 아무리 경미한 것이라도 체벌은 어린이 학대로 분류되며 가정에서도 역시 체벌하면 경찰에 신고 대상이 된다. 만일 학교에서 담임선생님이 아이 몸에서 체벌 흔적을 발견하면 교사가 부모를 경찰에 신고한다. 신고를 안 했다가 아이에게 무슨 일이 발생하면 교사까지 처벌 대상이 된다. 극단적 경우엔 아이 본인이 체벌한 교사나 부모를 신고할 수 있다.

막내의 2학년 담임 미즈 헨리는 사람 좋기로 유명하다. 올해 나이 쉰, 그녀 역시 나처럼 여덟 살 난 딸아이가 있다. 그래서인지 유난히 아이들에게 따뜻하고 교육 목표나 방법론보다는 그저 사랑하고 아끼고 이해하는 스타일이다. 학생들에게 말을 건넬 때도 조분조분, 마치 수화手話를 하듯 손과 표정으로 많은 것을 표현한다. 학부모 콘퍼런스가 있던 어느 날 그녀가 이렇게 물었다. '미국의 수학 교재가 너무 쉽다고 생각되지 않느냐. 한국에서는 수학 진도가 훨씬 빠르지 않느냐.'

하긴 이곳 공립학교 수학은 우리나라에 비해 한결 쉽다. 2학년인 막내가 1학기 내내 배운 것이 7+7, 9+9와 같은 일의 자릿수 2배 만들기 덧셈이다. 12+4 같은 수셈을 배우다가 서서히 곱셈 준비를 해나가는 셈이다. 짐작하기는 우리 공립학교에선 두 자릿수 덧셈 뺄셈을 벌써 배우지 않을까 싶다. 선행 학습을 하면 백 단위 덧셈과 뺄셈, 구구단까지도 아이들은 손쉽게 해낼 것이다. 우리 학부모의 엘리트 교육에 대한 열망은 초등교육에서부터 선행 학습으로 나타나지 않던가.

이어 그녀는 변명인 듯 다음 설명을 덧붙였다.

'중국과 한국, 인도 어린이들이 수학을 빨리 배우는 걸로 알고 있다. 하지만 우리는 아이들 전체 수준을 고려해 천천히 다지듯이 공부하고 있다.'

그녀의 말 속에서 왠지 모를 연민이 묻어났다. 지식 전달이 느린 미국 교육이 안타까운지, 모든 아이를 배려하려는 그들의 교육 방식을 자부하는지, 오랜 시간 초등학교 교사 생활을 하는 그녀 역시 이 나라 공교육에 대해 생각이 많을 것이다.

수학 진도는 뒤처질지 모르지만 이들의 영어 교육은 가히 감동적이다. 이들 입장에서 보면 국어 수업인데, 자기 나라 말 배우는 것이 뭐 그리 대수일까? 하지만 방법론에서 우리가 배워야 할 것이 몇 가지 있다. 이들은 읽고 쓰고 말하기를 무척 중요시한다. 학교에 들어가기 전 알파벳을 다 익혀야 하는 건 아니지만 일단 초등학교에 입학하면 체계적인 읽기 수업을 받는다. 먼저 낱자를 익히고 단어를 익히고 단계별로 읽기 수준을 높여간다. 약 스무 명의 학생에 담임선생님이 한 분이지만 읽기 선생님이 따로 있어 중점 지도한다. 일주일에 한 번 도서관 수업 시간에는 아이들 수준에 맞춰 스스로 책을 빌린다. 어떤 때는 사회 진도에 맞춰, 어떤 때는 과학 진도에 맞춰 흥미 있는 책을 스스로 고를 수 있다.

막내는 매일 학교에서 세 권가량의 책을 집으로 가져온다. ESL 클래스에서는 아이의 읽기 수준을 고려해, 리딩 클래스에서는 미국 어린이들과 어느 정도 수준을 맞추기 위해 선생님이 직접 책을 골라 보내준다. 그러면 아이는 집에서 엄마와 함께 책을 읽고 일주일에 두 번 정도 독후감을 적어간다. 그림을 그려도 좋고 글을 써도 좋고, 자기를 표현할 수 있는 것이면 뭐든 OK다. 학교와 가정의 피드백이 원활할 뿐만 아니라 교사의 정성도 지극하다. 아이마다 틀린 문장을 고쳐주고, 읽기 진도를 확인하며, 개인별 차트를 만들어 세심하게 지도한다.

이방인으로 이들 수업에서 감동받은 순간은 다름 아닌 일대일 수업이다. 보조선생님은 읽기가 처지거나 외국인이라 수업을 따라갈 수 없는 아이를 데리고 한 시간 내내 일대일로 지도한다. 천천히 책을 읽어주고 말을 걸고, 책의 내용이 무엇인지 쉽게 묻고 대답한다. 그 풍경은 뭐랄까, 어미 새가 아기 새에게 모이를 집어주듯 자상하고 따뜻하며 느긋한 분위기다. 이렇게까지 표현하는 이유는 내가 목격한 모든 읽기 수업이 이런 분위기에서 진행되었기 때문이다. 1년 반 동안 도서관 자원 봉사를 하면서 갖가지 학습 활동을 목격한 결과다. 심지어 교사 회의와 학부모 회의를 지켜볼 기회도 많았다. 토론과 자유로운 의사 교환을 통해 교육 목표를 실현하려는 평교사의 노력이 인상적이었다.

히스패닉 이민자가 급격히 많아지면서 각 학교마다 스페인어와 영어를 능숙하게 구사하는 교사가 늘고 있다. 남미 이민자는 다른 나라에 비해 독특한 면이 있다. 영어를 배우려는 의사도 별로 없고 자기들끼리 똘똘 뭉쳐 집단 거주를 한다. 영어를 모르는 히스패닉 아이들은 두 언어에 익숙한 교사에게 지도를 받아 영어 실력이 눈에 띄게 향상된다. 학교에서는 다수인 히스패닉 아이들을 배려해 영어와 스페인어를 병행한다. 영어 못하는 학부모들도 그다지 힘들 일은 없는 것이다. 외려 미국인이 스페인어를 배워야 한다고 야단들이다.

학부모 노릇 제대로 하기 힘든 미국

아이를 키우면서 가장 가슴 벅찬 순간은 언제일까? 큰아이 초등학교 입학식 날, 조그만 몸집, 큼직한 윗도리에 유난히 커 보이는 가방을 메고 아이들 무리에 섞여 있던 장면. 딸아이 초등학교 학예회 때 음악에 맞춰 율동을 하면서 한 동작도 틀리지 않고 열심히 따라 하던 모습. 그리고 막내가 난생처음 스쿨버스에 올라타며 마치 우주선에라도 탑승하듯 엄마를 향해 자랑스레 손 흔들던 풍경. 이렇듯 소품 같은 기억들이 하나하나 아름다운 단편으로 떠오른다.

어린아이에 대한 감성은 미국 엄마들도 마찬가지다. 가을학기 첫날, 아이를 마중하러 스쿨버스 정류장에 기다리고 있는데 1학년 새내기 엄마 서넛이 카메라를 들고 정류장에 모여들었다. 등교 첫날, 스쿨버스에서 내리는 장면을 사진기에 담기 위해서다. 드디어 기다리던 스쿨버스가 도착하자 엄마들은 저마다 카메라 셔터를 눌러대기 시작했다. 마치 이날의 감격을 평생 간직하려는 듯 얼굴엔 함박웃음이 가시지 않는다. 달려드는 아이를 부둥켜안으며 엄마들은 연신 볼에다 입을 맞춘다. 올림픽 금메달리스트가 부럽지 않은 장면이었다. 내참, 엄마들이란!

그러던 부모가 자녀의 사춘기가 되면 예민해지기 시작한다. 대학에 가지 않고도 얼마든지 잘살 수 있다는 생각은 흘러간 옛 얘기가 되었다. 하버드를 졸업한 인문계 박사 초봉이나 건축 현장에서 뛰는 배관공이나 1년 버는 액수가 비슷할 수 있다. 자동차 정비처럼 필수 서비스업 역시 웬만한 대학 졸업자보다 연봉이 더 높다. 하지만 직장 문턱이 높아진 미국으로서는 대학 졸업장이 초봉에 큰 영향을 주는 것만은 틀림없다. 비슷한 계열 업종에 취직할 때 대학 졸업장은 초봉이 평균 2~3만 달러 차이 나게 한다. 그러니 이곳 중산층 부모들이 자녀 교육에 나 몰라라 할 수 없는 형편이다.

교육에 열 올리는 엄마를 일컬어 사커 맘Soccer Mom이라 부를 때가 있다. 동네방네 축구가 흔한 나라에선 '축구 엄마'가 뭔 대수일까만 이들에겐 축구 과외 활동이 동네 앞마당에서 공 차는 것 이상을 의미한다. 축구장에 가서 코치를 받고 팀을 짜서 시합도 해야 한다. 때마다 라이드며 간식, 자원봉사가 필요하니 부모의 역할은 필수적이다.

특히 여름방학이면 어린이 축구 시합에 부모들이 간이의자와 아이스박스를 메고 와서 먹고 마시며 처음부터 끝까지 응원하는 모습을 볼 수 있다. 이렇듯 열성적인 부모들이다 보니 극성 엄마를 사커 맘이라 부르나보다. 딸아이 이사벨의 축구 경기에 열심히 응원하러 다니는 톰 크루즈는 그럼 사커 대디라고 해야 하나?

야릇한 것은 이렇게 땅 넓고 잔디 흔한 나라에서 왜 아이들이 집 밖에 나가 개별적으로 놀 수 없느냐는 것이다. 어린이가 놀러 나갈 때 반드시 어른이 따라 나간다. 플레이 데이트Play Date라 하여 친구 집에 한번 놀러 가려 해도 미리 전화한 후 약속하고 데려갔다 데려와야 한다. 프라이버시를 중요시하는 이곳은 상대방 허락 없이 놀러 가거나 지나는 길에 한번 들른다는 정서가 통하지 않는다. 그냥 심심해서 아이들끼리 동네 놀이터에 나가 뒹굴며 놀 수 없는 것이 이들의 주거 환경이고 생활 습관이다. 게다가 아동범죄에 대한 경계심이 사회 전반에 확산되어 있어 어린이 혼자 놓아두는 것은 비상식적인 일로 통한다. 50개 주마다 차이는 있지만 대략 10세 전후의 어린이를 '나홀로 집에' 두는 것은 법으로 금지되어 있다. 12세까지도 이웃이나 주변 관찰자의 보호 아래 있어야만 혼자 있는 것이 가능하다.

친구 제니퍼는 아이가 친구 집에 놀러 가면 반드시 그 집에 함께 머물다가 데려온다. 상대방 부모를 잘 모르기 때문에 믿고 맡길 수 없다는 것이 그녀의 철학이다. 그 부모의 성격도 모르고 아이가 뭘 하고 놀지도 모르며 만일의 경우 제 아이가 위험에 처할 수도 있다고 우려한다.

동네 놀이 문화가 전무全無한 가운데 아이들은 팀스포츠를 즐기기 위해 반드시 클럽에 가입해야 한다. 축구의 경우 양 팀이 성립되어야 하기에 지역 YMCA나 레크리에이션 센터를 통해 팀에 가입한다. 이 나라에서 별 인기 없던 축구가 최근 들어 대학에서, 중·고교에서, 초등학교에서도 점차 인기를 모으고 있다. 1994년 미국에서 월드컵이 개최되기 전까지만 해도 축구를 모르는 사람이 허다했다. 그 후 프로팀이 탄생하면서 단번에 축구 붐이 일기 시작했다. 최근 영국의 데이비드 베컴 영입을 계기로 젊은 층에게 더욱 어필하고 있다. 크지도 않은 우리 동네엔 축구장 8개가 들어서 있는 초대형 축구 광장도 있다. 휴일 이른 아침마다 그곳에 들어차는 축구광들을 보면 머지않아 이 나라 축구가 크게 발전하리라는 느낌이 든다.

이렇듯 자식에 대한 지극 정성은 중산층의 여유를 증명하는 척도라 할 수 있다. 반대로 그러지 못한 부모 입장에서는 그야말로 '부모 노릇하기 힘든 나라'도 미국이다.

70% 이상의 주부가 취업 중인 미국에서 학부모 노릇을 하기란 만만찮은

일이다. 가장 큰 문제는 방과 후 시간을 방치하는 것이다. 게다가 사춘기에 접어들면 부모와의 대화 단절이 심각하다. 대학생 아들을 둔 친구 잭은 '미국 청소년은 결코 부모에게 물어보거나 의논하는 일이 없다'며 혀를 찬다. 독립심이 곧 소통의 부재라는 얘기다. 흔히 외화에서 보듯 부모 자녀가 친구처럼 지내고 진지한 대화를 나누며 문제를 풀어나가는 일은 그들에게도 '드라마 같은 일' 아니겠냐고 반문한다.

초등학교는 그래도 좀 나은 편이다. 중학교에 진학하면 학부모 상담에 신경 써야 한다. 부모는 바쁘고 아이는 사춘기라 제 자식이어도 모르는 부분이 많아진다. 중·고교에 담임이 없기 때문에 학생의 상태를 모르기는 카운슬러도 마찬가지다. 아이들은 이때부터 자기만의 방에 틀어박히기 시작한다. 운동과 그룹 활동(체육·음악·기타 활동)에 참여하지 않으면 학교 생활에서 구심점을 찾을 수 없다. 따라서 학업에도 흥미를 잃게 된다. 하여 부지런한 부모는 자녀의 특기 활동을 위해 음악 레슨이며 운동 경기를 모두 쫓아다닌다. 취업 여성 중 많은 수가 다시 가정으로 돌아가고 싶어 한다는 얘기는 생의 안락함을 즐기기보다 단속하기 힘든 사춘기 자녀를 제대로 키워보자는 마음이 크다.

실제로 내 주변 엄마들 중에도 전업 주부가 꽤 많았다. 막내가 다니는 초등학교 엄마 열에 여섯 정도는 '목하 살림 중'이다. 여성의 사회 활동이 활발한 이곳에서 뜻밖의 일이었다. 매스컴에서는 이를 두고 '페미니즘의 퇴보' 혹은 '페미니즘의 복고'라고 한다. 직장과 가정을 분주히 오가며 자아 성취와 경제적 능력, 자녀 양육과 가정 생활을 거뜬히 해치우던 소위 '슈퍼우먼'과 '슈퍼맘' 시대는 한물간 경향이다.

부모 중 한 사람이 집에 있으면 자녀 성장에 바람직한 것도 사실이다. 자녀의 방과 후 활동을 보조할 수 있기 때문이다. 미국은 자녀가 음악 레슨을 받거나 체육 활동을 해도 차로 데려다 주고 데려와야 한다. 학교에 남아 운동을 하거나 특별활동에 참가해도 마찬가지다. 2007년 버지니아테크 사건 이후 한국 이민자의 생활에 대한 반성론이 대두되었다. 부모가 생업 활동에 헌신적으로 몰두하다 사춘기 자녀 교육을 소홀히 한 면이 새롭게 조명된 것이다. 미국 학교에 적응하려면 스포츠와 특별활동이 뒷받침되어야 한다. 그것이 안 될 경우 아이들은 기가 죽고 사회성이 떨어지기 쉽다. 낯선 언어, 문화 충격 속에서 사회성마저 연습할 기회를 빼앗긴다면 이방의 청소년은 힘겨울 수밖에 없다.

　백인 중산층 부모도 자주 열리는 운동 경기며 중·고교 음악 활동에 쫓아다니려면 정신 바짝 차려야 한다. 자녀의 사생활을 존중하면서 교우 관계와 학교 생활에 신경 써야 함은 물론이다. 우리나라 열성 엄마들이 자녀 대입에 신경 쓰듯 미국의 학부모 역할도 만만찮다. '만 18세 되면 알아서 독립하라'는 서구적 가치관 속엔 '그때까지는 부모로서 최선을 다하겠다'는 백인 중산층의 교육관이 숨어 있다.

미국의 대표적인 학부모 유형 다섯 가지

미국의 공교육에서는 한 학기에 적어도 한 번 이상 학부모 면담이 있다. 초등학교는 방과 후 학부모와 시간을 맞추어 일대일 개인 면담을 한다. 중·고교에 올라가면 담임선생님이 없으므로 각 과목 선생님과 돌아가며 상담한다. 딸아이 학교는 사흘 정도를 학부모 면담일로 정하고 첫날은 성이 A~G 사이, 둘째 날은 H~Z 사이, 마지막 날은 통합, 이런 식으로 스케줄을 정한다. 해당 날짜가 되면 자녀의 시간표를 들고 체육관과 카페테리아에 설치된 각 과목 선생님을 찾아다녀야 한다. 체육관에는 성이 A~G인 학생을 상담하는 선생님, 카페테리아에는 성이 H~Z인 학생을 담당하는 선생님들이 테이블과 의자를 마련하고 앉아 학부모를 기다린다. 학부모는 담당 선생님 앞에 조용히 줄을 서 순서를 기다린다. 아이의 성적과 출결, 학습 참여도를 상담한 후 상담 확인 사인을 하고 자리를 뜬다.

어떤 부모는 자식 자랑에 시간 가는 줄 모르고 어떤 부모는 결석에 대한 변명이나 자식 잘못한 일에 핑계 대기 바쁘다. 듣기로는 자녀의 에세이 점수가 나쁘다고 전화로 항의하거나 학교에 쫓아와 소리치는 부모도 있다고 한다. 아이의 학점이 나쁘게 나올 경우 학교로 따지러 오는 부모도 있다. 중간 성적이나 학기말 성적이 인터넷에 오르는 날이면 휴대전화와 이메일이 학교로 빗발친다. 과다 접속으로 시스템이 다운되는 난감한 사태도 발생한다.

고등학생인 딸아이 역시 성적 문제로 곤욕을 치른 적이 있다. 평가 기준에 대한 오해 때문에 생긴 일이다. 딸아이뿐 아니라 다른 학생들도 마찬가지다. 외국인인 우리는 성적에 불만이 있어도 미주알고주알 따지기 힘들어 대충 넘어가지만 이곳 학부모 중엔 거세게 항의해 담당교사를 곤경에 빠뜨리기도 한다.

　이 세상 모든 교사의 꿈은 학생을 사랑하고 그들과 즐겁게 공부하는 것일 게다. 하지만 부모들이 극성스러워지면서 교사의 업무도 버거워졌다. 공립학교 교사를 대상으로 한 설문조사에서 '가장 힘든 일이 무엇이냐'는 질문에 '학부모 상담'이라고 답한 비율이 가장 높았다. 초임 교사의 경우는 더 심해서 학부모 상담이 가장 힘들다고 답한 사람이 90%에 달한다. 학부모의 열성과 참섭 때문에 초임 교사 중 과반수가 5년 내에 학교를 떠나는 실정이다.

　부모는 교사의 말을 신뢰하기 전에 자식을 먼저 믿는 편이다. 학교에서 불이익을 당했다고 아이가 거짓말을 할 때, 학교와 선생님을 곤란에 빠뜨릴 수 있는 것이 이곳 공교육의 현실이다. 심지어 소송에 이르는 수도 있다. 아무리 소송이 흔한 미국이지만 이런 얘기는 믿어지지 않는다. 개인의 권리와 영역의 충돌은 인간관계를 이처럼 삭막하게 만든다.

　공립 중·고교의 경우 한 선생님이 여러 클래스를 가르치게 되고 해당 학생을 다 합하면 그 수가 200~300명인 경우가 있다. 중·고교 학부모 콘퍼런스에 가보면 교사직 참 힘들겠구나 싶은 생각이 들 정도다. 이심전심의 정서를 가진 우리에 비해 모든 것이 개별적이며 모든 것을 존중해야 하고 모든 것에 공평해야 하니 얼마나 힘들까.

우스갯소리로 미국 학부모는 다음 몇 가지로 나눌 수 있다.

1. 헬리콥터 학부모

좋은 부모는 교사를 신뢰하고 아이를 맡긴다. 하지만 헬리콥터 학부모는 학교 주변을 배회하다가 자녀에게 무슨 일이 생기면 당장 찾아오는 학부모다. 심지어 학교에서 자원 봉사를 하거나 다른 일로 학교를 돕는 척하면서 항상 아이 주위를 맴돈다. 아예 학교 근처로 이사 와서 아이를 등교시킨 후에 학교 주변에서 얼씬거리기도 한다. 이들은 아이의 모든 것을 감당하며 실패와 좌절로부터 자녀를 철저히 방어한다.

헬리콥터 학부모가 주장하는 것은 다음과 같다. '누구에게나 제 자식은 귀하다. 현재 같은 공교육 환경에서 자녀 보호는 필수적이다. 학교를 불신하는 것이 아니라 사회가 위험하다. 아이들에게는 부모의 관찰과 도움이 절실히 필요하다. 내 아이를 위해 최선을 다하는 것, 그게 뭐가 나쁘냐.

2. 아전인수 학부모(몬스터 학부모)

자녀가 학교에서 평범하거나 뒤처질 때, 적극적인 부모는 속이 터진다. 어떻게 해서든 내 아이가 튀도록 만들어야 한다. 500명의 학생 중에 어떻게 해야 내 아이가 튈까, 선생님 눈에 들게 할까. 이런 고민에 밤잠 설치는 부모들이다. 이들은 지나치다 싶게 제 자식만 챙긴다.

딸아이 역사 선생님 미스터 램지는 제 아이의 우수성을 들어 학점 따지러 오는 학부모에 대비, 학생의 숙제와 작문 등을 버리지 않고 모아둔다. 아예 학기 초부터 학생들에게 '숙제와 작문은 모아놓겠다'고 선언한다. 그는 이 증거물로 학부모의 터무니없는 주장을 꺾은 경우가 꽤 많다. 심한 부모는 학점뿐 아니라 선생님의 교육 방식, 학교의 규칙 등에도 불만이 많다.

3. 드라이클리닝 학부모

학교를 세탁기 정도로 생각하는 부모다. 지나치게 간섭하는 부모도 있지만 반대로 아이 교육에 무신경한 부모도 많다. 부부가 직장 다니며 생활비를 벌어야 하기 때문에 질 좋은 교육은커녕 행여 말썽을 부릴까 노심초사다.

고등학교 앞에서 딸아이 하교를 기다리다 보면 '아이고머니나, 뉘 집 딸 아들인가' 하는 생각이 들 만큼 걱정되는 아이들이 많다. 물론 외모나 성향으로 사람을 판단할 수 없지만 이 나라 청소년의 분방함은 상상을 초월한다. 부모들은 집 안에서 엉망인 아이들이 학교 다녀오면 드라이클리닝한 것처럼 말끔히 세탁될 것을 기대한다. 이 말은 제 아이가 잘못되었을 때 학교에 책임을 묻는다는 뜻도 내포한다.

내가 접한 20여 명의 교사는 모두 능력 있고 좋은 선생님이었다. 공교육의 나쁜 환경이나 교육의 질도 이방인인 내겐 장점이 훨씬 더 많아 보였다. 학교에 다니는 것만으로 아이가 잘된다면 얼마나 좋을까, 절반의 책임은 가정에 있다는 걸 모르는 부모도 꽤 있나보다.

4. 문화 역차별 학부모

다양한 인종, 다양한 문화에 열려 있는 미국 공교육을 우려하는 학부모다. 경제력이나 인종, 환경 면에서 교사들은 몹시 다양한 학부모를 접해야 한다. 미국의 다양성은 교육 현장에서도 핵심 과제다.

　미국 전체 교사의 90%가 백인이다보니 흑인 학부모는 그 점이 제 자녀에게 불리하다 여긴다. 히스패닉은 더 심하다. 그들은 영어마저 신통찮기 때문이다. 이 경우 공교육에 대한 불신은 다양성에 대한 역차별로 나타난다. 공연한 피해의식에 사로잡혀 교육 환경을 매도한다.

　5. 공공의 적 학부모
　자녀 교육의 잘못된 부분을 공공의 책임으로 돌리는 경우다. 중ㆍ고교 학생들은 수업 시간 외에 자율적으로 시간을 보낸다. 부모들(특히 명문대 진학을 바라는 부모들)은 자녀의 성적이 부진할 때 무조건 학교 탓으로 돌리는 경향이 있다. 자식의 나쁜 성적이 유전자 때문이거나 집안 분위기, 부모 탓은 아니라고 말한다. 내 아이의 잘못된 모든 것이 제도 탓이고 사회 환경 탓이며 다양하다못해 뒤범벅이 된 이 나라 문화 탓이라고 말하는 이 유형은 국가는 오직 나를 위해 존재하고 학교는 오직 내 아이만을 위해 존재한다고 믿는다.

　위의 다섯 가지 학부모 유형 가운데 '자녀 교육은 곧 가정의 책임'이라 말한 사람은 없다. 저마다 교육의 책임을 학교와 사회에 전가하고 있다. 미국 8학년 학생 2만 5000명을 대상으로 한 National Education Longitudinal Study 조사(2006년)에 따르면 학생이 바라는 학부모 역할 중 다음 네 가지가 가장 중요한 것으로 꼽혔다.
　집에서 자녀와 토론을 즐기는 부모, 가정 교육에 중점을 두고 책임지는 부모, 학교와의 문제에서 대화로 풀어나가는 부모, 자녀의 학교일에 적극적으로 참여하는 부모다.

이 중 토론을 즐기는 가정의 자녀가 학업 성적에 가장 긍정적 효과를 보였다고 한다. 학교의 역할도 중요하지만 집안 분위기와 부모의 지혜가 못지않게 중요하다는 뜻일 게다. 실제로 영국의 교육학자 번스타인은 학교 교육 이전에 가정에서의 언어 사용이 교육 성과를 좌우한다고 말한다. 예를 들어 하층민 자녀일 경우 가정에서 사용하는 언어 수준 탓에 학교 교육의 성과도 낮을 수밖에 없다. 반대로 중산층 자녀는 부모와의 질적인 대화와 다양한 토론 덕에 학업 성적이 저절로 좋아진다. 사회 구조상 기존의 학업 과정은 사회 계층 유지와 밀접한 관계를 맺고 있다. 각 가정의 교육적 분위기와 언어 사용에 따라 자녀의 학업 성과가 달라진다. 따라서 인종과 문화가 다양한 미국은 교육을 통한 신분 상승이 쉬울 수도, 어려울 수도 있다. 그나마 누구에게나 '기회의 평등'이 주어지는 만큼 '가정 교육만 잘 시키면' 계층 간 경계를 뛰어넘을 수 있다.

앞서 말한 몇 가지 형태의 부모 외에 자녀 교육에 힘쓰는 바람직한 부모 유형도 많을 것이다. 교사를 신뢰하며 학교에 우호적이고 자녀의 바른 성장을 위해 정성을 다하는 부모, 이런 이들이 많아질수록 학교와 사회, 나라가 발전할 수 있다.

학부모로 성공하는 몇 가지 방법

백인 중산층이 생각하는 바람직한 학부모는 어떤 모습일까. '아, 저 엄마는 참 본받을 점이 많구나' 아니면 '저러면 안 되겠다' 싶어 눈살을 찌푸린 적도 있다. 그중 느낀 점을 정리해보려 한다. 부모의 역할이란 지구별 어디에서나 비슷하지만 이들만의 특성도 있다.

자녀의 학교 생활을 도우려면 먼저, 학교 행사나 모임에 되도록 모두 참여하는 것이 좋다. 이 같은 성의는 치맛바람도 아니고 제 자식을 위한 얼굴 내밀기도 아니다. 자연스레 교육 현장에 참여할 수 있는 학부모의 권리라 생각하면 좋다. 봉사 기회가 있으면 형편이 허락하는 한 시간과 노력을 투자해야 한다. 이 나라 공교육은 학부모에게 상당히 열려 있다. 부족한 예산 가운데 더 나은 교육을 시키려니 뜻있는 부모의 작은 손길이 소중하다. 조사에 따르면 아빠 엄마가 학부모 콘퍼런스나 PTA 미팅(학부모 교사회의)에 잘 참여하는 경우 자녀의 학업 성취도가 높다고 한다. 우리 같은 외국인은 영어가 되지 않아 참여를 꺼리거나 피하는 경우가 많다. 하지만 외국인이라서 '특별 대우를 받는 장점'도 있다. 말이 안 되면 몸짓으로 하면 된다. 뜻이 있으면 길이 있고 길이 통하면 마음도 통한다.

교사와의 만남과 상담은 오직 내 아이의 학교 생활, 활동을 지도하기 위해서다. 설혹 선생님이 서운한 말, 아이의 잘못을 꼬집는 말을 해도 개인적 감정이 아님을 전제해야 한다. 나 역시 교사와 상담 중에 서너 번 상처를 받은 적이 있다. 한번은 인종차별이 아닌가 싶은 마음도 들었다. 하지만 한 발짝 물러나서 생각하니 교사의 시각은 정확하고 공평했다. 아이를 위해 도움을 주고 싶은 객관적 평가였다. 편견으로 판단을 흐린 것은 교사가 아니라 공연한 피해의식에 몸을 사린 나였다.

다음으로, 선생님에게 내 아이의 학습적 장단점을 잘 설명해야 한다. 일방적 자랑이나 약점은 오해를 불러올 수 있다. 어떤 동기부여가 아이에게 도움이 되는지, 아이를 격려할 수 있는 방법을 서로 나눠 가져야 한다. 그러면 선생님이 교육을 좀 더 효과적으로 할 수 있다. 이 나라 교육의 기본은 학생 개개인의 존엄과 자신감을 키워주는 데 있다. 이 세상에서 너는 가장 특별한 존재며 누구보다 소중한 사람이라는 신념을 심어준다. 그렇게 자란 아이들은 당당하고 거침없으며 자신의 개성을 살려 당당한 삶을 개척한다. 이렇듯 아이의 기를 살리는 좋은 방법은 아이의 미래를 위해 어른들이 협력하는 것이다.

성적 면에서도 유의해야 한다. 미국의 대학 입시는 우리와 많이 다르다. 성적 자체만으로 평가하자면 내신과 SAT가 중요하다. 그중 내신은 '성장세'를 가장 높이 평가한다. 1학년에 D를 받았지만 2학년에 B를 받고 3학년에 A를 받을 수 있는 학생, 그 가능성에 높은 점수를 준다. 이 말은 곧 아이의 성적 자체보다 얼마나 발전했는지 어떤 과정을 통해 노력하고 공부했는지, 어떤 가능성이 있는지를 본다는 뜻이다. 고학년 학부모 상담에서는 교사가 얼마나 내 아이를 세심히 관찰하는지, 긍정적으로 인도하는지, 그 점에 주목해야 한다. 당장의 성적에만 집착한다면 교육적 효과가 적다.

미국 대학 입시 원서에는 본인의 경험을 바탕으로 한 '에세이'가 중요한 몫을 차지한다. 이때 가장 좋은 에세이는 '위기에 빠졌을 때, 어려운 일에 면했을 때 어떻게 스스로 헤쳐나갔는지, 어떤 가치와 배움을 얻었는지'를 자신의 목소리로 적은 것이다. 시험 점수도 중요하지만 용기 있는 자, 도전 정신을 높이 사는 것이 이 나라 입시의 특징이다. 아니, 용기와 도전 정신은 독립 이래 내려온 미국 정신이다.

자녀의 특별활동과 커뮤니티 봉사에도 관심을 가져야 한다. 무엇이든 한 두 가지를 꾸준히 하는 것이 좋다. 미국의 중산층은 자녀와 함께 커뮤니티 자원 봉사를 하는 것을 큰 자랑으로 생각한다. 작은 도움이 필요한 곳은 얼마든지 있기 때문이다. 내가 속한 외국인 모임 단체에는 부엌일을 도맡아 하는 봉사자들이 있었다. 누군지 참으로 헌신적이고 부지런하다 했더니만 알고 보니 이웃 주립대학 교수님이라고 한다. 이 나라 명절 때면 외국인을 초대해 포틀럭 파티를 열어주는 퇴직 공무원 그룹도 있다. 20년 동안 한 번도 빼놓지 않고 좋은 음악을 들려준 합창단도 있다. 외국인을 대상으로 하숙을 치는 할머니는 때마다 학생들을 불러 모아 조촐한 파티를 연다. 전통 음식이랄 것까지 없지만 갖가지 빵과 쿠키를 구워 이 나라를 찾은 외국인 학생에게 따뜻한 자리를 마련해준다. 그 밖의 여러 통로를 통해 부모와 자녀가 함께 봉사하는 모습을 자주 보았다. 이들 가정에서 배울 것이 참 많다.

다음은 여성지 「Working Mother일하는 엄마」에 소개된 미국 중산층 가정의 '자녀 잘 키우는 방법'이다. 이들의 가치관이 배어 있는 만큼 미국 중산층을 이해하는 데 도움이 될 것이다.

1. Use Your Words. 좋은 말을 사용하자.

타인을 존중하는 언어, 친절의 의미를 규칙적으로 아이에게 이야기해준

274

다. 아이에게도 그날 얼마나 착하고 즐겁게 지냈는지 그 일을 골라 칭찬해주자.

2. Show Him How. 바람직한 행동을 몸으로 보여주자.

동료에게 작은 선물을 하거나 연장자에게 문을 열어주는 것, 배우자의 사소한 일을 거들거나 다른 이에게 친절을 베푸는 모습을 아이에게 보여줘라. 부모는 아이에게 좋은 습관을 가르쳐주는 역할 모델이 될 수 있다.

3. Be Nice Together. 좋은 역할은 함께 나누자.

부모와 아이가 함께 자원 봉사를 해라. 네 아이에게 좀 더 나은 세상을 만들 수 있다는 희망을 선물할 수 있다.

위에 소개한 세 가지 방법은 상당히 간단해 보인다. 하지만 곱씹을수록 결코 내용이 가볍지 않다. 자녀를 잘 키우기 위해 어른인 내가 뭘 할 수 있을까? 공부를 대신해줄 것도 아니고 아이의 24시간을 조종할 것도 아니다. 부모가 할 수 있는 최선이란 선량한 시민, 지혜로운 어른의 본을 보여주고 나누는 것이다. 특히 이들이 꼽은 미덕이 '타인을 위한 배려와 봉사'에 초점을 맞추고 있음은 인상적이다. 개인주의의 한계를 극복하는 데 이보다 더 좋은 방법은 없을 것이다.

홈스쿨링, 공교육을 믿지 않는 별난 사람들

작년 추수감사절 파티에서 만난 멜라니는 주립대학 4학년이다. 아시아를 좋아하며 특히 인턴십을 위해 두 차례나 중국에 다녀온 명랑한 학생이다. 추수감사절 연극에서 주인공을 맡은 그녀는 우리에게 깊은 호감을 표시했다. 딸아이가 혹시나 고교 선배인가 싶어 어느 학교를 졸업했냐고 물었더니 홈스쿨링Home Schooling을 했다고 대답했다. 얘기 중에 그녀가 이웃 고등학교에서 육상 선수로 활약했다는 것도 알았다. 홈스쿨링을 하면서 공립학교에서 필요한 부분을 보충할 수 있었다는 얘기다. 홈스쿨링은 자녀를 공교육의 폐해에서 보호할 수 있는 것이 장점이지만 사회성 부족이나 특별활동, 봉사 활동 등이 어렵다는 단점도 있다. 이런 단점을 보완하기 위해 그녀는 이웃 학교와 연결, 체육 활동을 했고 육상부에서 활약했다. 앞으로의 삶을 봉사 활동에 바치고 싶다는 그녀는 아마도 독실한 기독교 가정에서 자란 것 같다.

가장 가까운 친구 리치 부부는 세 아이를 홈스쿨링하는데 첫아이만 대학응시를 위해 공립고등학교에 보냈다. 왜 홈스쿨링을 선택했느냐고 물었더니 이유가 간단하다. 기독교 정신을 아이에게 가르치고 기도하는 생활을 위해서라고 대답한다. 리치의 부인은 결혼 전 선생님으로 근무했고 아이를 낳고부터 전업 주부의 길을 택했다. 그녀의 경력이 홈스쿨링에 큰 역할을 했을 것이다.

평소 홈스쿨링에 관심이 많아 하루하루 수업을 어떻게 하느냐고 물었다. 서재에 책상 세 개를 놓고 학교 수업 시간처럼 진행한단다. 세 아이의 나이 차가 있긴 하지만 같은 과목을 진행하는 데 어려움이 없다고 한다. 서로 가르치고 질문하며 해결하는 경우도 많고 체험 교육을 위한 견학이나 실습도 자주 한다. 아이들을 나쁜 문화에서 보호할 수 있고, 시간적 여유가 많아 독서나 그 밖의 취미 활동도 다양하게 할 수 있다. 심지어 그녀는 아이들을 가르치기 위해 통신대학의 강의를 듣는다. 대학 측 평가로는 홈스쿨링 학생들의 학업 성취도가 평범한 학생보다 높다고 한다. 공식 통계도 홈스쿨링 학생의 평균 성적이 공립학교 학생보다 훨씬 높다. 그러니 미국에서 가장 열성적인 부모는 홈스쿨링 부모인 듯하다.

이렇듯 이 나라에는 종교적 신념 때문에 집에서 아이들을 가르치는 부모들이 있다. 공립학교에서 창조론 교육과 기도가 금지되면서 일부 기독교인이 홈스쿨링을 시작한 것이다. 2005년 정부 조사 결과, 홈스쿨링을 선택한 부모의 72%는 기독교 윤리와 종교를 제대로 가르치는 것이 목적이라 응답했다. 인본주의와 진화론은 허용하면서 창조론을 거부한 공교육을 불신하기 때문이다.

보수공화당은 공교육의 모든 폐단이 민주당의 진보주의자들 탓이라 주장한다. 반면에 진보 측은 공립학교가 정부 정책에 무조건 순응하는 무감각한 시민을 양산한다고 말한다. 그들의 말에 따르면 공교육에서는 '미국은 정의로운 국가, 경찰은 우리 친구, 우리 지도자는 훌륭한 사람' 등의 내용을 주입함으로써 이 나라의 건국 정신인 자유와 평등, 인류 평화와 환경 보호에 부적합한 인간형을 만들어낸다는 것이다. 이방인이 보기에 양쪽 의

견 모두 일리가 있다. 다만 한 가지 분명한 것은 현재 공교육이 신앙과 분리
되어 있다는 사실이다.

홈스쿨링이 늘어난 시점은 지난 1984년 레이건 대통령이 '교육의 1차적
권리와 책임은 부모에게 있다'고 천명한 후다. 1978년에 1만 2500명이던
홈스쿨링 학생 수가 1994년에는 50만 명에 달했으며, 2003년 110만 명에 이
어 최근 200만 명을 넘어섰다. 이는 전체 의무교육 학생 수의 1~2%에 달한
다. 한 기독교 교파에서는 자녀들을 공립학교에서 단체로 자퇴시키자는 말
까지 하고 있다.

종교 문제 외에도 마약, 폭력, 질 낮은 교육 등에 노출되어 있는 것도 공
교육을 불신하는 이유다. 하지만 홈스쿨링이라고 무조건 집에서 알아서 공
부하는 것은 아니다. 홈스쿨링 학생을 위한 프로그램 제공 단체도 많고 연
간 1만 달러 이상 드는 값비싼(?) 홈스쿨링 보조 학교도 있다. 2000년에 개
교한 버지니아 주 패트릭 헨리 대학은 홈스쿨링 학생을 위한 대학이다. 이
학교는 아이비리그 버금가는 시설과 실적으로 유명하다. 우리에게 리틀 아
인슈타인으로 잘 알려진 쇼 야노와 그 여동생 사유리 야노도 홈스쿨링으로
공부했다. 천재인 그들을 위한 특별 커리큘럼이 필요했기 때문이다. 현재
이 나라 홈스쿨링은 규모와 체계, 공교육 버금가는 행정적 신뢰도를 갖추
고 있어 대학 지원 시 부족한 점이 하나도 없다.

홈스쿨링을 하는 학생은 원하는 경우, 언제라도 알맞은 학년으로 공교육
에 복귀할 수 있다. 2005년 통계에 따르면 초·중학생 중에 공립학교 학생
수는 4840만 명, 사립학교 학생 수는 630만 명이다. 홈스쿨링 학생은 200만
명을 넘어섰고 매년 7~15%가량 늘고 있다.

공교육의 폐단에 대한 비판이 하도 높아서 정말로 그런가 싶어 1년 넘도록 살펴보았다. 폭력, 마약, 알코올에 노출된 것은 사실이지만 그것도 주에 따라, 도시 규모에 따라, 동네에 따라 천차만별이다. 시카고나 뉴욕 같은 대도시 공립학교 중에는 등교할 때 금속 탐지기를 통과해야 하는 학교가 있다. 부유층 동네에는 백인 중심의 전형적인 공립학교도 있다. 아니면 백인 중심이며 중산층 학생들과 교육열 높은 아시아 학생들이 고루 섞인 학교도 있다.

같은 미국인이면서 홈스쿨링에 대해 의아해하는 학부모도 많다. '왜 학교를 놔두고 집에서 가르치려는지, 공교육을 거부했으니 별난 사람들 아니겠냐'며 고개를 갸우뚱한다. 부모 중 적어도 한쪽의 헌신이 있어야만 홈스쿨링이 가능한 터라 일반 부모 특히 맞벌이 부부는 상상도 못할 일이다. '별난 사람 되는 것'도 먹고살 일이 해결된 후에야 가능하다는 얘기다.

이들은 홈스쿨링에 대한 세부 규제 조항을 마련해놓고 있고 필수과목과 180일 학습 일수를 준수한다. 뿐만 아니라 교육청에서 실시하는 모의고사를 치르고 성적표를 제출한다. 때로는 통신 강의나 주립대학의 여름방학 특별 프로그램에 참가하기도 한다. 현재 34개 주에서 홈스쿨링에 대한 세부 법규를 마련했고 나머지 주에서도 홈스쿨링을 합법적으로 인정한다. 명문 하버드 대학에서도 홈스쿨링 학생을 매년 10명 정도 선발하는 것으로 알려져 있다.

청소년을 유혹하는 다양한 것들

미국 청소년은 16세에 운전면허를 취득할 수 있다. 우리로 치면 고등학교 1학년에 해당되는 나이다. 이 나라엔 소셜 시큐러티 넘버가 있지만 우리처럼 주민등록증이라는 것이 없다. 따라서 운전면허 취득은 신분을 확인할 수 있는 아이디가 생기는 걸 의미한다. 언제 어디서나 신분을 증명할 때 면허증이 요구된다. 물론 면허를 취득했다고 해서 당장 운전을 하고 다니진 않는다. 고교생 중에 차를 가지고 등교하는 경우는 일부일 뿐이다. 청소년 운전이 얼마나 위험한지 미국의 부모들은 잘 알고 있다. 자동차가 필수인 나라라 하는 수 없이 청소년기부터 운전을 하지만 어쨌거나 이들의 사고가 사회적 문제임도 부인할 수 없다. 열여섯이면 너무 이르다 싶지만 운전은 미국인에게 그만큼 필요하다.

우리가 살던 도시 DMV(차량등록소)에 가면 그 옆으로 자동차보험 회사가 나란히 붙어 있다. 복도엔 청소년 교통사고 기사가 한 면 가득 차지하고 있다. 경고 차원인지 보험 회사 광고인지, 10대 청소년 운전 사고율이 가장 높다는 걸 강조하고 있다. 하지만 어떻게 해서든 빨리 어른이 되고 싶은 이들을 말릴 수는 없다. 매도 빨리 맞으랬다고, 어차피 해야 할 운전 부모 밑에 있을 때 시킨다고 부지런히 제 자식 연습시키는 부모들이 대부분이다.

2007년 영화 '트랜스포머'는 한 아버지가 고교생 아들에게 첫 차를 골라주는 것에서 시작된다. 그들이 고른 중고차가 후에 트랜스포머로 변신한다. 중고차를 찾는 이 중에는 청소년 자녀에게 첫 차를 사주려는 부모들이 많다. 청소년은 사고 위험도 높고 보험료도 비싸 단단한 중고차가 무엇보다 인기다. 이때 부모들은 자녀의 안전을 위해 세심하고 꼼꼼하게 중고차 상태를 확인한다.

면허 취득만큼 중요한 것이 음주 가능 연령인 만 21세다. 우리 대학생들이 신입생 환영회에서 겪는 술자리는 이들에게 법적으로 허락되지 않는다. 알코올의 경우 슈퍼마켓에서는 오직 맥주만 판매한다. 일부 보수적인 주에서는 슈퍼마켓에서 맥주조차 판매하지 않는다. 그 외 알코올 음료는 모두 리쿼 스토어에 가야만 구입이 가능하다. 리쿼 스토어 안을 들여다보면 세상에 저렇게 많은 술이 있을까 싶을 정도로 수량과 종류가 엄청나다. 리쿼 스토어에서 알코올을 구입할 때는 반드시 나이를 확인할 수 있는 면허증을 요구한다. 만일 21세 미만에게 알코올을 판매하면 경고 조치되고 세 번 이상 적발되면 가게 문을 닫아야 한다.

음주 규정이 그만큼 엄격한 것은 청소년 음주가 심각하다는 반증이기도 하다. 우리나라에 비해 미국의 음주 습관은 알코올 중독에 빠지기 쉽다. 어우러져 모임에서 마시기보다 혼자 마시거나 우울증 같은 신경장애로 알코올에 손을 대기 때문이다. 대대로 내려오는 기독교 전통 역시 하나의 이유가 될 것이다. 사회 갈등 구조가 복잡할수록 종교는 양 극단 현상을 낳기 쉽다. 그렇다고 미국 대학생이 4학년이 되도록 술을 못 마시는 것은 아니다. 집 근처 주립대만 해도 주말마다 떠들썩한 파티가 곳곳에서 벌어진다.

이들이 가장 문제 삼고 있는 것은 가짜 신분증이다. 구글을 검색하면 'Fake ID Software'가 수없이 많다. 원하는 청소년은 20~100달러로 성인 신분증을 손쉽게 만들 수 있다. 그렇다면 가짜 신분증은 언제 어떻게 쓰일까. 고등학교 졸업 파티 시즌에 가짜 아이디가 가장 많이 돌아다닌다. 우리가 살던 소도시에도 5월 졸업 파티 즈음에 시 경찰로부터 우편물이 배달되었다. '자녀들이 Fake ID를 만들지 못하도록 충고해달라'는 내용이었다. 주변 대학생 몇에게 물어보니 가짜 아이디로 술도 사고 바, 펍, 나이트클럽에 가는 친구도 있다고 했다.

이렇듯 조급하게 어른이 되려는 증상은 성문화에서 가장 두드러진다. 미국의 중·고교를 배경으로 한 영화에서 성에 대한 언급과 암시는 노골적이다. 특히 졸업 파티인 프롬Prom 풍경과 학교 생활에서 성에 대한 은유는 우리 정서에 비춰보면 놀랍기만 하다. 자녀의 성에 대해 방어할 수 없는 부모들은 일찍부터 자녀의 성교육에 신경을 쓴다. 이들의 성교육이 몇 살 혹은 몇 학년부터 시작되는지 모르지만 성의식이 자유로운 이곳은 외려 성에 대한 부정적 생각이나 편견이 적은 편이다. 그 대신 성교육을 통해 혼전 임신, 에이즈, 인구 문제에 대비하고, 성관계로 인한 질병 예방에 신경 쓰고 있다. 어느날 여럿이 모여 성에 대한 토론을 하던 중에 대학생 친구 신디가 재미난 얘기를 했다. 자신의 13세 생일날 아빠가 콘돔 한 박스를 선물했다는 것이다. 말이 끝나자마자 백인 친구들은 박장대소를 했다. 아이고머니나, 아니, 그게 어디 웃을 일인가?

워너 브러더스가 제작한 '키이스 박사와 함께Dr. Keath Ablow Show'라는 토크쇼는 미국인의 현재를 직시할 수 있는 정신적 소재를 다룬다. 여성과 남성 사이의 희한한 일, 인종차별, 부모 자식 간의 심각한 갈등, 여차하면 그 자리에서 쌈박질이라도 날 만큼 자극적인 소재들을 다루었다. 2006년 겨울 어느 날인가, 아직도 처녀를 지키고 있는 특별한 젊은이들이 초대되었다. 닥터 키이스는 국보급 스타를 모신 듯 그들 총각과 처녀들을 신기한 '인간'으로 대우했다. 간간이 삽입된 청소년 인터뷰에서는 고등학교 입학 후의 성경험을 너나없이 자랑하기도 했다.

뜻밖의 일은 이들 백인 중산층이 생각보다 훨씬 보수적이라는 사실이다. 성에 대한 그들의 청교도적 원칙은 결코 개방적이지 않다. 유럽에서는 청소년 임신을 사회문제로 다루지만 미국은 청소년 성행동부터 사회문제에 포함시킨다. 유럽의 접근이 보다 객관적이며 개방적이라는 뜻이다. 통계에 따르면 지난 10년간의 성교육 캠페인 결과, 백인 청소년의 혼전 임신율은 점차 줄어들었다. 그 대신 히스패닉과 흑인의 비율은 더 높아졌다. 결국 전체 혼전 임신율에는 큰 변화가 없는 셈이다. '혼전 순결을 지키자'는 부시 행정부의 성교육 캠페인은 지난 10년간 10억 달러를 들였음에도 별 효과를 보지 못했다. 참고로 2007년 5월 영국 「가디언」지에 발표된 미국 청소년의 혼전 성경험은 10년 전이나 지금이나 똑같이 평균 14.9세로 발표되었다.

이 나라는 음주와 흡연에 대해 기독교적 금욕을 강조한다. 1919년 시행된 금주법과 같이 '술을 만들지도, 팔지도, 마시지도 못하게 한 법률'은 이 나라의 종교적 보수성을 증거하고 있다. 금연은 또 어떠한가. 금연에 관한 세계적 명성을 떨치고 있는 캘리포니아 주는 오래전부터 엄격한 금연법 제정으로 애연가의 목을 죄어왔다. 담뱃세 인상, 놀이터 근처 7.62미터 즈음부터 흡연 금지, 옥외 제한 흡연 등 캘리포니아 금연법은 국내외로 유명하다. L.A. 근교의 칼라바사스 시에서 2006년 제정된 금연법은 흡연 자체를 죄악시한다. 극소수 예외를 제외하고는 시 전체에서 금연할 것을 법률로 통과시켰다.

대부분 주에서 법으로 정해진 흡연 가능 연령은 만 18세다. 아무리 빨리 어른이 되고 싶어도 흡연 역시 법적 제한을 받는다. 개인의 자유와 권리, 행복추구권에 의해 '금연법' 또한 폐지돼야 한다는 애연가의 주장이 나올 법하다. 개인주의와 청교도적 금욕주의는 미국 사회 모든 분야에서 나타나는 현상이다. 청소년 문화 역시 기성세대의 기독교 윤리관과 물질주의의 현실적 분방함 사이에서 양 극단으로 나뉜다.

부모들이 프롬을 두려워하는 이유

해마다 5월 말이면 졸업 시즌에 접어든다. 대부분 고교 졸업식이 5월 말, 6월 초이기 때문이다. 프롬Prom 즉 졸업 파티가 열리기 일주일 전, 각 집으로 서너 장의 유인물이 배달된다. 한 장은 프롬에 대한 자세한 설명과 함께 프롬 시즌에 청소년 사고를 막는 방법이 적혀 있고, 나머지 한 장에는 학부모 자원 봉사를 요청하는 내용이다.

처음 유인물을 읽었을 때는 이게 뭔가 싶어 이해가 가지 않았다. 졸업 파티를 하는데 왜 이렇게 야단법석인가 싶었다. 하지만 졸업 파티에 대해 몇 가지 이야기를 듣고 난 후 부모들의 신경이 예민할 수밖에 없는 이유를 알게 되었다. 각 집에 배달되는 편지의 내용은 다음과 같다.

1. 아이들의 건강과 미래를 위해 과음하지 말라고 충고해주십시오.

2. 술은 곧 마약이나 그 밖의 유해한 것과 연결되므로 특별히 아이들에게 주의를 기울여주십시오.

3. 음주 운전은 절대 안 되며, 음주한 친구가 운전하는 차에도 동승하지 말 것을 당부해주십시오. 음주한 친구가 운전하려는 것도 반드시 막아야 합니다.

4. 필요하면 집으로 연락해 부모가 데려가게 하거나 자원 봉사를 하는 학부모에게 연락해 안전하게 귀가할 수 있도록 조언해주십시오. 전화만 하면 부모가 언제든지 대기하고 있음을 알려주십시오.

이 같은 유인물은 PEN_{Parent Engagement Network}과 시 경찰, 지방변호사협회, 지역교육청 합동으로 마련한 것이다. 프롬 시즌에 어른들이 얼마나 예민한지 잘 알 수 있다. 뿐만 아니다. 그 즈음엔 시내 곳곳을 자주 순찰한다. 학생들이 많이 다니는 길목마다 밤늦은 시간까지 경찰이 비상 근무에 들어간다. 때로 한 무리의 학생과 경찰이 실랑이를 벌이는 것도 볼 수 있다.

또 다른 유인물엔 프롬을 무사히 넘기기 위한 학부모 지침도 소개된다.

1. 대형 파티를 피하십시오. 위험합니다.

부모가 파티를 열어주고 싶으면 이메일 초대를 피하고 엽서나 카드로 초대하십시오. 초대 시 자신의 전화번호를 적고 상대 부모의 전화번호도 적어 파티 내용을 상의하도록 하십시오.

2. 파티 준비도 다른 부모와 함께 하며 아이들 문제를 친숙하게 의논하십시오. 학생들 초대 시 이웃에게 미리 양해를 구하는 게 좋습니다. 파티에 참석하는 학생들에게 몇 가지 지켜야 할 룰을 설명해주십시오. 예를 들어 음주, 약물, 흡연 금지를 미리 밝혀야 합니다. 그 대신 음악, 게임, 영화 등을 함께 즐길 수 있게 준비해주십시오.

3. 아이들이 파티를 하는 도중 정기적으로 주변을 살펴야 합니다. 어른 역시 금주입니다. 음주 없이 잘 놀 수 있음을 어른이 먼저 보여야 합니다. 술을 마시거나 취한 아이들은 부모에게 즉시 연락하십시오.

4. 집으로 갈 때 안전하게 돌아갈 수 있게 지도해야 합니다. 다른 부모와 협력, 학생의 귀가를 끝까지 마무리해주십시오.

5. 파티 중 어떤 불미한 일이 생기면 곧 경찰에게 연락하십시오. 경찰도 비상 근무 중입니다.

프롬 파티에서도 학부모 기부와 자원 봉사는 꼭 필요하다. 어떤 부모는 음식을 기부하고 어떤 부모는 파티 이벤트 자원 봉사를 한다. 심지어 폴라로이드 필름도 기부받고 갖가지 게임에 필요한 소도구도 기부받는다.

우리가 살던 도시에서는 각 지역별로 애프터 프롬 파티를 공식적으로 마련한다. 밤에 시작한 프롬 파티가 자정 전후에 끝나면 이어 학생들이 밤새 모여 놀 수 있도록 애프터 파티를 준비하는 것이다. 각자 헤어져 놀면 나쁜 일이 생기기 쉬우므로 학생 보호 차원에서 대형 파티를 마련한다. 밤 12시부터 새벽 5시까지 열리는 이 파티는 티켓 비용 30달러를 기부금 형식으로 받는다. 형편이 어려워 티켓을 살 수 없는 학생은 당연히 무료다. 나머지 비용은 학부모, 파크 앤드 레크리에이션 센터, 경찰, 청소년 단체의 협찬으로 진행되며 행사 중에 모인 기부금은 2005년 허리케인 참사로 아직도 고통받고 있는 뉴올리언스 고등학교에 보내기로 했다. 이 복잡한 와중에도 기부금을 선행에 쓰는 것 또한 이들의 센스 있는 미덕이다.

애프터 프롬 파티의 프로그램이 재미나다. 미국 청소년들이 공식 파티에서 어떻게 노는지 알 수 있다. 댄스, 가라오케, 카니발 게임, 카지노, 음식, 사진, 커피 음료 바, 기타 등등. 마지막 제비뽑기 상품으로 자동차 한 대도 걸려 있다. 그날 밤, 애프터 프롬 파티에는 무려 세 개 고등학교에서 1300명의 학생이 참석했다. 엄청난 수다. 학부모는 자녀 안전을 확인할 수 있어 좋고, 학생들은 위험한 놀이에 유혹받지 않고 여럿이 즐겁게 놀 수 있어 좋다. 예나 지금이나 프롬 풍경은 변함없지만 음주 운전이나 학생 간의 다툼은 커뮤니티의 노력으로 해결되고 있다.

이렇게 신나는 프롬을 부모들이 두려워하는 이유는 다분하다. 값비싼 파티 드레스를 사고 화장을 하며 손·발톱 정리와 머리 만지는 것에 거금을 들이는 정도는 아무렇지도 않다. 택시도에 값비싼 리무진을 타는 것도 상관하지 않는다. 외려 학생 몇이 리무진을 빌리면 비용은 높아질지라도 음주 운전은 막을 수 있다. 새벽까지 노느라 지친 아이들이 졸음 운전을 해 집에 돌아오는 것보다 기사 딸린 리무진 빌려 타는 것이 부모 입장에서는 안심이 된다. 혹시나 사고가 날까, 분위기에 휩싸인 아이들이 뜻밖의 엉뚱한 짓을 하지 않을까, 음주 후에 운전을 하면 어떻게 하나, 비상사태를 염려하는 부모는 밤새 잠 못 이루고 아이의 귀가를 기다린다.

이렇듯 자녀 안전에 신경 쓰는 이유는 프롬 시즌에 청소년 음주 운전 사고 발생률이 높기 때문이다. 역대 청소년 사망 원인 중 1위가 바로 교통사고다. 연방고속도로 교통안전국의 2003년 통계를 보면 그해 교통사고로 사망한 청소년은(16~20세) 5988명이었다. 그 수는 해마다 2~3%씩 늘고 있다.

매해 졸업 시즌이면 시사 주간지마다 프롬 파티를 다룬다. 우리로서는 상상하기 힘든 야릇한 내용들이다. 어떤 고등학교는 만 21세 넘는 사람은 프롬 파트너로 참석할 수 없게 했고 어떤 학교는 프롬에 교사의 참석을 금지했다. 성인 남성 파트너는 사고 칠 가능성이 많고, 몇 년 전엔 프롬에 참석한 교사가 제자와 사랑에 빠진 사건도 발생했기 때문이다. 파티장 입구에서 소지품 검사도 한다. 마약이나 술을 소지했는지 적발하기 위해서다. 술 냄새가 나는 사람은 당연히 못 들어간다. 즐거운 분위기가 자칫 위험한 현장으로 변할 것을 우려한 것이다.

최근 우리 청소년도 미국의 프롬 파티에 대해 깊은 호기심을 보이고 있다. 프롬 파티는 최근 들어 생긴 것이 아니고 상당히 오래전부터 고교 졸업 파티로서 역사를 시작했다. 프롬이란 Promenade의 줄임말로 본래 무도회라는 뜻이다. 졸업을 상징하는 이 파티는 파트너 선택부터 턱시도와 드레스, 여학생의 경우 화장과 손톱 손질, 부케, 구두에 이르기까지, 평소 학교 다니던 때와 달리 최대한 성인 무드로 변신한다.

이 과정에서 무엇보다 중요한 것은 파트너의 선택이다. 프롬 파티의 주요 프로그램은 당연히 댄스이고 멋진 파트너와 춤추는 것은 고교시절의 완성을 의미한다. 이들 고등학생은 좋아하는 파트너를 잡기 위해 오래도록 공을 들이곤 한다. 여러 경험자에게 직접 물어보니 청소년 영화에서 보는 것과 크게 다르지 않다고 한다.

20세기 초반 프롬 파티에선 댄스가 차지하는 시간이 아주 짧았다. 시대가 변하면서 음악이 경쾌해지고 청소년 문화가 개방적으로 변하자 큰 홀, 유명 라이브 밴드가 파티의 필수조건이 되었다(영화 'Back to the Future'를 보면 1950년대 프롬 파티 모습이 생생하게 그려진다). 행사 중엔 프롬 킹과 프롬 퀸도 선발한다. 학생들은 돈을 모아 리무진을 예약하고 프롬 얼마 전부터는 댄스 연습에 열을 올린다. 장소는 때로 커다란 무도회장이 있는 호텔이나 고급 식당이 될 수 있지만 많은 학교에서는 강당을 축제 분위기로 장식해 그곳에서 행사를 치르기도 한다.

내 아이가 고등학교를 졸업하고 성인이 되려는데 대견하지 않은 부모가 어디 있을까. 다만 충분히 준비되지 않은 상태에서 그 경계를 넘어서는 아이들이 안타까울 뿐이다. 만 열여덟 살이면 서양이나 동양이나 철없긴 마찬가지다. 다행히 정신 차려 대학에 진학하거나 그렇지 않더라도 자기 인생에 충실하다면 모를까, 천방지축 세상을 모르고 텀벙 뛰어들면 부모 마음이 좋을 리 없다. 그래도 미국 부모들은 어릴 때부터 자녀의 독립심을 강조했고 청소년기를 마칠 무렵이면 부모로부터 떨어져 나와 사는 것이 보편화되어 있다. 앞으로 우리 세대 역시 그들의 풍속도를 따라가지 않을까.

학업도 학비도 만만찮은 미국의 대학

　매년 9~10월이면 각 고등학교가 술렁거린다. 많은 대학에서 전국 고등학교를 돌며 입시 설명회를 하기 때문이다. 우리 입시가 12월 이후인 것에 비해 미국의 입시는 11월에 시작된다. 11월 초에 수시를 마감하고 12월 초에 발표해 1월 초까지 정시를 마감한다. 대학홍보관이 전국 20여 개 도시에서 입시설명회를 연다. 이처럼 넓은 나라에서 전국 각지를 투어하는 것은 대단히 힘든 일이다. 미국의 대학들이 학생 유치 작전에 신경을 쓰고 있다. 사립 명문대에서도 좋은 학생 선발을 위해 열을 올린다. 해마다 발표되는 미국 대학 순위가 중요한 것도 그만큼 학교 간 경쟁이 심해지고 있다는 증거다.

　물론 하버드나 예일, 프린스턴 등 불패 신화를 가진 명문은 투어에 그다지 집착하지 않는다. 반대로 어중간한 대학은 입시설명회를 통해 어느 정도 효과를 얻고 있다. 가장 애매한 것이 주립대와 사립대 사이에서 고민하는 경우다. 학비 저렴한 주립대에 가자니 실력이 아깝고 명문 사립대에 진학하자니 미국인 입장에서도 학비가 만만찮다. 하지만 하버드, 예일 같은 대학에서는 학비보조를 극대화함으로써 저소득층 학생에게도 충분한 기회를 주고 있다. 참고로 사립대 학비는 미국인과 외국인에게 동등하다. 미국의 명문대에서 아시아 투어를 계획한 것도 좋은 학생을 유치하려는 국제적인 노력이다. 우리나라에서도 이들의 학교설명회가 해마다 열리고 있다.

각 고등학교는 대학별 입시설명회가 열리기 전에 미리 예정표를 발표한다. 날짜와 시간별로 학교가 정해지고 관심 있는 학생은 학과 선생님 사인을 받아 출결 담당 사무실에 결강 여부를 알려야 한다. 정해진 시각에 소강당이나 세미나실로 가면 입학담당관이 학교 소개를 시작한다. 그 대학에 관심 있는 학생만 참가하므로 어떤 대학은 5명, 어떤 대학은 7명, 이런 식으로 모임이 진행된다.

딸아이는 노스웨스턴 대학 설명회에 참석했다. 모인 학생 6명 모두가 그 학교에 원서를 쓰고자 했다. 너도나도 모든 대학설명회에 중복해 참석하진 않는다. 정말 가고 싶은 대학, 궁금한 대학을 선별해 한두 차례 찾아갈 뿐이다. 어찌 보면 대다수 학생이 대학에 무관심한 것 같고 어찌 보면 대학 교육에 대해 그만큼 객관적이다. 당연히 주립대에 진학한다는 학생도 많다. 이들에겐 주립대 학비가 저렴하니 달리 사립대를 생각할 필요가 없다.

설명회에 참석한 학생들은 구체적인 질문으로 궁금한 점을 해결한다. 간단한 소개와 설명에도 불구하고 이 모임을 통해 진학할 대학을 결정하는 학생이 많다. 입학담당관은 모임에 온 학생들에게 대학 브로슈어를 보내주고 원서 접수 마감에 임박해 각종 정보지를 수시로 보내준다. 학생은 메일로 궁금한 점을 질문하고 당일 혹은 그다음 날 구체적인 답변을 받을 수 있다. 비록 사소한 질문이라도 대학 입학과로 문의하면 성의 있는 답변을 받을 수 있다. 원서를 쓰면서 애매한 사항도 묻기만 하면 최대한 도움을 준다. 부모와 교사의 도움 없이 스스로 알아서 입시 원서를 작성할 수 있다. SAT, ACT, AP, IB 성적은 시행 기관에서 대학으로 직접 성적을 보내준다. 학교에서 학생이 준비할 것은 내신, 특별활동 사항, 교사추천서, 에세이 등이다.

대부분 학생은 8월 말 개학 후 원서 준비를 시작한다. 부지런한 학생은 여름방학부터 입시 원서에 첨부할 에세이를 준비한다. 11월에 근접해서야 원서 준비를 시작하는 학생도 있다. 대개의 부모는 '제 일 잘 알아서 하려니' 믿고 맡겨둔다. 스스로 모든 것을 챙겨야 하기에 학생은 이리저리 뛰어다니느라 바쁘다. 선생님을 찾아가 추천서를 부탁하고 카운슬러와 상담해 성적 처리를 확인한다. SAT를 비롯한 입시 관련 성적은 칼리지보드Collegeboard, www.collegeboard.com에 연락해 응시 대학으로 보낸다. 에세이를 적고 여러 시험 성적과 학생부기록(내신과 특별활동)을 원서에 채워 넣으면 준비 완료다.

대입 상담 카운슬러의 말에 따르면 '미국 대학은 최대한 학생 입장을 배려해 합격할 수 있도록 안내해준다'고 한다. 입학 당락을 학업 성적 기준으로 정확히 자르기보다 정말 그 대학에 가기 원하는 학생을 위해 융통성을 많이 갖는다는 얘기다. 예를 들어 한 명문대의 경우, 신입생 SAT 점수는 오차 300점 이상이다. SAT 2000점 받은 학생도 가고 2300점 받은 학생도 입학한다. 가장 중요한 것은 학생의 적극성과 발전 가능성이다. 미국 대학 입학에서 에세이가 중요한 것은 그것을 통해 자신의 의지와 열정을 보일 수 있기 때문이다.

우리 상상과 달리 이 나라 고교생은 명문 대학에 그다지 집착하지 않는 편이다. 외신을 통해 들어오는 '아이비 열풍, 신아이비 열풍' 등은 수많은 학생 중 일부라 여기면 된다. 명문대일수록 백인 중산층 중심인 것도 부인할 수 없다. 아시아 학생의 명문대 진출은 다른 유색인에 비해 두드러진다. 한국, 인도, 싱가포르, 중국의 약진이 대단하다. 그중 인도와 중국의 유학생

은 최근 몇 년간 전체 유학생 수의 반을 차지했다. 이들의 성적 또한 최상위 권에 분포한다. 중국과 인도의 경제력이 급상승하고 있는 과정에서 앞으로 두 나라의 미래는 뛰어난 유학생, 우수한 인력들이 이끌어갈 것이다.

2004년 미국 인구통계국에 의하면 백인 고교생의 대학 진학률은 68.4%, 흑인 학생은 61.1%인 데 비해 아시아계 진학생은 76%에 달한다. 인구 비율을 감안한다면 백인이 단연 으뜸이지만 상대적으로 아시아계 학생이 높은 비율을 차지하는 것은 인상적이다.

이 나라 평범한 고등학생의 예를 들어보자. 오클라호마 주에서 태어나 공립 중·고등학교를 졸업한 학생들은 대다수 오클라호마 주립대학에 진학하고 싶어 한다. 성적이 별나게 뛰어나거나 남다른 뜻이 있다면 모르되 중산층 부모 역시 주립대학을 선호한다. 단 미국인이라도 같은 주에 거주하지 않으면 Out of State라 하여 두 배 이상의 학비를 내야 한다. 콜로라도에 사는 학생이 캘리포니아 주립대에 입학하려면 우선 입학 자체가 어렵고 (캘리포니아 주립대는 캘리포니아 학생을 70~90% 선발한다) 타 주 학생은 Out of State로 분류된다. In State로 인정받으려면 부모가 1년(혹은 2년) 이상 거주하며 꾸준히 세금을 내거나, 학생이 2년 이상 거주해야 하는 등 최근 그 조건이 주마다 까다로워지고 있다.

미국의 4년제 대학은 2500여 개에 달한다. 전국 고교 졸업생의 3분의 2가 대학에 진학하며 그중 주립대에 다수가 흡수되고 사립대와 2년제 커뮤니티 칼리지 등에 고루 지원한다. 「뉴욕타임스」에 따르면 2년제와 4년제 대학에 진학 중인 1500만 명의 학생 중 50% 가까운 학생이 학위 취득에 어려움을 겪고 있다고 한다. 무조건 대학에 진학했으나 주어진 학업을 감당하지 못해 2학년 진학 시 탈락하거나 재수강해야 하는 숫자다.

미국의 2년제와 4년제 대학은 탄력 있는 교육제도로 운영되고 있다. 예를 들어 성적이 좋은 학생 중에도 커뮤니티 칼리지를 선택하는 경우가 있다. 2년제 대학에서 A학점을 받으면 최상위 주립대 3학년에 진학할 수 있고 그 대신 1~2학년 학비를 절약하는 효과가 있기 때문이다. 이처럼 2년제 커뮤니티 칼리지의 장점은 저렴한 학비다. 과목당 수강료가 100달러 안팎이라 일하면서 공부하는 것이 가능하다. 웬만한 취업에는 실용 교육에 중점을 둔 2년제 대학도 효율적이다. 캘리포니아 주 고교 졸업생 중 50% 안팎이 커뮤니티 칼리지를 선호한다고 보도되었다.

2005년도 캘리포니아 주립대 등록학생 수를 살펴보면 1학년이 7만 4799명인 데 비해 2학년은 3만 8388명으로 반 가까이 줄어든다. 그 안에는 2학년 진학을 위한 수학, 영어 테스트에서 탈락한 학생이 꽤 많다는 뜻이다. 휴학 중에 돈을 벌거나 사회 경험을 쌓기 위해 등록을 미루는 학생도 있다. 3학년 등록생 수가 9만 5470명으로 늘어난 것도 흥미롭다. 잠시 휴학했던 학생들, 2년제 커뮤니티 칼리지에서 편입한 학생들이 새롭게 등록한 결과다.

대학 입학과 동시에 행복 끝, 지옥 시작이라 말하는 걸 보면 미국 대학이 그다지 만만찮은 것 같다. 그 비싼 등록금이 해마다 5~10% 인상되어도 그에 불만을 품은 학생들이 데모했다는 소식은 듣지 못했다. 이는 대학에 거는 신뢰가 무너지지 않았다는 반증이기도 하다.

해마다 10월, 입시철이 다가오면 「타임」, 「뉴스 위크」, 「US 뉴스」 등에

'명문대 학비가 과연 제 역할을 하는가?' 하는 내용의 회의적인 기사가 다투어 올라온다. 한 해 4000만원 넘는 천문학적 학비가 교육의 질을 그만큼 보장하는가, 교육비와 교육의 질에 관한 질문은 미국 사회에서도 끊임없이 계속된다. 심지어 비싼 사립대 학비를 내야 할 바엔 기왕이면 아이비리그로 가자는 붐이 일고 있다. 그에 준하는 여러 명문 대학에도 우수한 학생이 몰리고 있다.

2006년부터 급격히 늘고 있는 인터넷 접수도 한몫하고 있다. 각 대학마다 학생들에게 인터넷 접수를 권장한다. 인터넷 접수가 못 미더운 학생에 한해 우편 접수도 받고 있다. 학생 자신의 활동과 능력을 증명하기 위한 폴더, 파일, CD 등의 부자료는 받는 대학도 있고 아예 정중히 거절하는 대학도 있다. 응시생의 편의를 고려한 통합입학원서 Common Form공통양식을 채택하는 학교도 늘고 있다. 이는 공통된 양식으로 여러 대학에 응시하는 방법이다. 누이 좋고 매부 좋은 장점은 있지만 지원 학교에 숫자적 제한이 없기 때문에 아무 곳에나 원서 접수를 하면 원서 대금이 상당히 많이 든다.

개인적이며 합리적인 중산층은 좋은 대학의 기준 역시 다분히 개별적이다. 대학 선택의 폭이 넓고 자신의 꿈을 이루기 위해 여러 번 도전할 수 있는 것이 이 나라 대학 교육의 장점이다. 우리는 흔히 '미국의 아이비리그를 나와야 상류층에 낄 수 있으며 막강한 인맥 형성에 도움이 된다'고 생각하지만 정작 이들 백인 중산층 부모들은 그런 목표에 신경 쓰지 않는다. 이 나라 정서상 자녀에게 특정 대학을 권유할 순 있어도 부모가 강요할 수 있는 분위기는 아니기 때문이다.

대학 지원에 가장 우선시되는 것은 경제적 능력이다. 미국의 부모는 우리처럼 자녀 교육에 무턱대고 정성과 돈을 쏟아 붓지 않는다. 본인이 벌어 학교에 다니거나 학자금 융자를 얻는 경우가 많고, 부모의 보조가 있더라도 일부에 그칠 뿐, 4년 학비를 전액 부담하는 일은 거의 없다. 성인 자녀와 이 나라 부모는 엄연한 독립 관계다.

그다음 고려되는 것이 본인의 학업 능력이다. 묻지마 명문 대학보다는 자신의 능력과 취미가 중요하다. 무조건 좋은 대학에 붙고 보자는 식은 미국 대학에서 통하지 않는다. 고등학교까지 망아지처럼 뛰어다니다가 대학 입학 후 학업에 몰두하기가 쉽지 않다.

고등학교 때까지 하도 놀아서 그럴까? 대학생 상당수가 평균 수준에 못 미친다는 보고가 해마다 나오고 있다. 캘리포니아 주립대의 경우 2005년 신입생의 3분의 1 이상이 영어, 수학 보충 수업을 받아야 하는 수준이었다. 이들이 말하는 공교육의 부실이 가져온 결과라 할 수 있다.

마지막으로 꼽을 수 있는 것이 보통 사람의 교육적 정서다. 부모도 학생도 욕심만으로 비현실적인 학벌에 매달리지 않는다. 무조건 명문대를 나와야 한다든가, 대학 졸업장이 있어야만 사람 구실을 한다는 생각은 비상식적이다. 심지어 성적을 잘 받기 위해 커닝이나 부정 행위를 하는 것은 이들로서는 도저히 이해하거나 용납할 수 없는 일이다.

이 나라 개인주의와 합리주의는 '좋은 대학의 기준'에도 일관성 있게 반영된다. 남들이 말하는 간판 대학이 아닌, 자신의 꿈과 취업을 연결해줄 수 있는 개인적 판단에 의해 합리적으로 선택된다. 하나의 가치 아래 전 국민이 목매지 않는, 이 나라의 다양함도 큰 이유가 될 것이다. 땅덩이가 이렇게 넓으니 각박하게 살 필요가 없고 굳이 대학 졸업장 휘날리며 출세에 매달릴 이유도 없다. 피말리는 경쟁과 숨막힐듯 치열한 삶은 뉴욕, 시카고, L.A. 등 대도시의 풍경일 따름이다. 나머지 대륙에 흩어져 살고 있는 사람들은 자기 할 일에 충실하면서 지금 이 순간 열심히 살아가고 있다.

미국 대학을 나누는 몇 가지 기준

미국 명문대를 나누는 방법은 두 가지다. 하나는 아이비리그를 중심으로 역사와 전통, 학문적 능력, 졸업생의 업적으로 나누는 방법, 또 다른 하나는 풋볼 리그를 중심으로 나누는 방법이다. 미국의 대학은 풋볼 명문이 학업에서도 명문인 경우가 많다. 고등학교 풋볼 선수들이 유명 대학으로 진학하고 그 학교가 운동도 잘하고 공부도 잘하는 경우는 비일비재하다.

「US뉴스」에서는 매년 종합대학 순위와 리버럴 아트 순위를 따로 매긴다. 리버럴 아트 칼리지라 하면 소규모 사립대학이면서 양질의 교육을 제공하는 뛰어난 학교를 의미한다. 세계적인 스포츠 방송 ESPN과 CNN의 스포츠 전문잡지 「스포츠 일러스트레이티드Sports Illustrated」는 풋볼리그를 중심으로 대학을 분석한다. 예를 들어 빅 10이면 공부도 잘하고 풋볼도 잘하는 중부의 10개 대학을 이른다. 팩 10은 태평양을 끼고 있는 캘리포니아 중심의 10개 대학을 이르고, 캘리포니아 주립의 여러 대학이 이 리그에 들어간다.

동부는 역시 아이비리그, 미국 독립 이후 대학의 역사를 증거하는 그들은 역사상 여러 훌륭한 인물을 배출했으며 여전히 철통같은 명성을 지키고 있다(1636년에 개교한 하버드는 230년 미국 역사보다 무려 140년이나 긴 역사를 자랑한다). 이 나라 CEO 중에는 아이비리그보다 주립대 출신이 훨씬 많다고 하지만 아이비리그에 대한 환상은 미국 교육의 심벌이기도 하다.

아메리칸 풋볼의 역사는 대학의 역사에 근거를 두고 있다. 최초의 풋볼 경기가 시작된 시기는 1840년대로 거슬러 올라간다. 당시 영국에서는 공을 들고 달리는 럭비가 유행했고 그 게임이 영국 군인들에 의해 캐나다로 건너와 그곳 대학에서 유행했다. 1869년 11월 6일 미국의 러저스Rutgers 대학과 뉴저지 대학(지금의 프린스턴) 간에 최초의 럭비 경기가 있었고 그 후 컬럼비아 대학, 예일 대학, 캐나다의 맥길 대학 등이 대학 리그에 합류했다. 하버드 대학 학생 중심으로 럭비에 그들만의 규칙을 곁들이기 시작, 1875년 예일 대학과 하버드 대학 간의 최초 미국대학축구American College Football 경기가 열렸다. 미국을 상징하는 아메리칸 풋볼의 역사가 벌써 130년을 넘어선 것이다.

현재도 NFL, AFL 중심의 프로 풋볼보다 대학 풋볼College Football, NCAA이 인기 있는 것은 프로 풋볼이 대도시 중심인 반면, 대학 풋볼은 방방곡곡 대학이 있는 곳이면 어디서나 열리기 때문이다. 대학이 있으면 풋볼이 있고 풋볼을 잘하면 인기가 좋으며 인기 좋은 대학은 곧 공부도 잘하는, 꼬리에 꼬리를 무는 효과가 있다.

특히 미국 남부 지역은 프로 풋볼보다 대학 풋볼에 더 열광한다. 애틀랜타나 뉴올리언스는 그곳 프로팀인 Falcons와 Saints보다 애틀랜타의 조지아 대학팀, 조지아텍 팀에 열광하고 뉴올리언스의 LSU(루이지애나 주립대학)에 더 많은 관심과 응원을 보낸다. 캘리포니아 · 오하이오 · 펜실베이니아 · 플로리다 주의 주립대학들은 대학의 유명세와 풋볼 유명세가 비례하는 좋은 예다.

따라서 미국의 대학을 가르는 대중적 시각은 풋볼 콘퍼런스에 의한 분류가 아닌가 싶다. 더 애틀랜틱 코스트, 빅 이스트, 빅 10, 빅 12, 패시픽 10,

1700년대 프린스턴 대학교와 하버드 대학교의 모습. 이들의 역사는 곧 미국 교육의 역사이기도 하다.

애틀랜틱 10, 빅 사우스, 노스이스트, 서던랜드 콘퍼런스 등이 그것이다. 예를 들어 빅 10이라 하면 풋볼 명문인 오하이오 주립대, 노스웨스턴, 일리노이, 인디애나, 아이오와, 미시간, 미시간 주립대, 미네소타, 펜실베이니아 주립대, 퍼듀, 위스콘신 대학이 들어 있다. 빅 12에 속한 학교는 네브래스카, 미주리, 캔자스 주립대, 캔자스 대학, 콜로라도, 아이오와 주립대, 오클라호마, 텍사스, 텍사스 A&M, 텍사스텍, 오클라호마 주립대, 베일러 대학 등이다. 패시픽 10의 경우 태평양을 끼고 있는 10개 학교가 들어간다. USC, 오리건 주립대, UCLA, 오리건 대학, 애리조나 주립대, 애리조나 대학, 워싱턴 주립대, 워싱턴 대학, 스탠퍼드, 캘리포니아 대학 등이다. 재미나게도 이 분류 속에 아이비리그는 없다. 스포츠에 열광하는 미국 대중에겐 공부벌레 아이비리그보다 풋볼리그가 명문이기 때문이다.

그렇다고 아이비리그가 중요하지 않다는 건 아니다. 미국 역사를 훑다 보면 대학의 역사는 곧 아이비리그의 역사라 해도 과언이 아니다. 하지만 웬만한 사람들이 모르는 것이 있다. 아이비리그 역시 대학 간 풋볼 경기 때문에 붙여진 이름이란 사실이다.

위키피디아에 의하면 아이비리그는 미국 남동부에 위치한 여덟 개 명문 사립대의 스포츠 리그다. 학교 건물에 뒤덮인 담쟁이덩굴을 보고 풋볼 경기를 취재하던 기자에 의해 '아이비리그'라 언급되었다. 1954년에 결성된 이 리그는 당시 북동부에 있던 브라운, 컬럼비아, 코넬, 다트머스, 하버드, 프린스턴, 펜실베이니아, 예일 대학으로 구성되었다. 명문 MIT에는 풋볼팀이 없었고 남부, 서부, 중부 등에 흩어진 명문대는 거리가 너무 멀었기 때문에 하나의 리그로 형성될 수 없었다.

현재 이들의 명성을 빛나게 하는 것은 학문적 업적과 역사적 인물, 졸업생 기부금에 의한 풍부한 학교 재정과 훌륭한 교수의 영입이다. 뉴욕과 워싱턴에 근접한 만큼 입지 조건도 최상이다. 더불어 역사와 전통이 상대적으로 빈약한 이 나라 정서상 세계에서 가장 훌륭한 대학의 존재는 전 국민의 자랑이자 상징이다. 학벌 없는 사회를 표방하는 미국이지만 '학벌과 재산, 명예와 인맥' 또한 아이비리그의 공공연한 매력이다.

　　미국 대학을 형태별로 나누면 유니버시티, 리버럴 아트 칼리지, 커뮤니티 칼리지 등이 있고 주립대와 사립대로도 구분할 수 있다. 흔히 아는 대학 중에는 이름이 같거나 비슷해 혼란스러운 경우가 있다. 예를 들어 미시간 대학과 미시간 주립대, 펜실베이니아 대학과 펜실베이니아 주립대 등을 구분해야 한다. 주립대학이 여러 이름으로 산재한 경우도 많다. 예를 들어 워싱턴 주에는 워싱턴 주립대, 워싱턴 대학교, 센트럴 워싱턴 대학교, 에버그린 주립대 등이 모두 주립대고 콜로라도 주립대의 경우 몇 개의 주립대가 각 도시에 분산되어 있어 CU at Boulder, CU at Denver 등 지명이 뒤에 따라온다.

　　같은 이름의 대학이 다른 주에 공존하는 경우도 있고 보스턴 대학과 보스턴 칼리지도 구분해야 하며, 노스웨스턴과 노스이스턴처럼 이름 한 부분이 비슷한 대학도 구분해야 한다. 루이스 앤드 클라크 법과대학(미 역사 초기 미시시피 강 서부를 탐험해 태평양에 도착한 유명한 탐험가)이나 칼리지 오브 윌리엄 앤드 메어리(영국의 윌리엄 3세와 메어리 2세의 이름을 딴 대학, 1693년 개교했으며 초기 대통령인 조지 워싱턴, 토머스 제퍼슨 등이 거쳐갔다) 같이 역사적 인물의 이름을 딴, 우리에게 낯설지만 뛰어난 대학도 있다.

우리 귀에 익숙한 명문은 많지만 실제로 우리가 전혀 듣도 보도 못한 명문도 상당히 많다. 예를 들어 리버럴 아트 칼리지들은 우수한 교수, 뛰어난 학교 시스템, 능력 있는 졸업생을 배출해 학교 평가에서 높은 순위를 차지한다. 에머슨, 엠허스트, 윌리엄스 칼리지 등을 예로 들 수 있다. 외국 학생이 가장 많은 주로는 매사추세츠와 뉴욕, 캘리포니아 주가 꼽힌다. 명문이 산재한 곳, 대도시 중심의 대학이 외국 학생들의 선호도가 높음을 보여준다.

각 대학은 학기제, 쿼터제를 도입한다. 학기제Semester라 하면 우리처럼 1년을 1학기, 2학기로 나눈 학사제도를 말하며 하버드, 예일, 프린스턴, 브라운 등이 이 제도를 따른다. 1년을 넷으로 나누어 쿼터제를 실시하는 학교도 있다. OSU나 노스웨스턴, 스탠퍼드, 칼텍, 시카고 대학이 대표적이며 한 학기가 석 달 단위로 짧아 타이트한 학사 일정이 특징이다. 두 형태의 학기제는 크게 차이가 없지만 쿼터제가 더 많은 학사 일정을 소화할 수 있고 학기제는 한 학기가 길어 좀 더 심층적인 공부를 할 수 있다.

명문대와 비명문대 사이에 편견은 없다

미국 대학은 4년제 대학이 2500여 개, 2년제 대학이 1600여 개 있다. 그 중 우리에게 이름만으로도 친근한 대학이 있고 영화 속 주인공의 출신 학교로 언급되어 기억에 남는 대학도 있다. 주로 영화에 등장하는 대학은 명문인 경우가 많고 그들을 통해 상류사회나 잘나가는 직종의 경험담을 보여줌으로써 명문 대학 이미지는 관객의 잠재의식 속에 파고든다.

사랑 영화의 고전 '러브 스토리'는 하버드와 래드클리프 학생 간의 사랑 얘기다. '금발이 너무해' 역시 하버드 법대를 배경으로 한다. '에너미 오브 스테이트Enemy of the State'에서는 조지타운 법대 졸업생이 주인공이며 '내 친구의 웨딩'에서 줄리아 로버츠와 남자 친구는 브라운 대학 동창이다. 멕 라이언의 출세작 '해리와 샐리가 만났을 때'에선 주인공 두 사람 모두 시카고 대학을 졸업했고 '악마는 프라다를 입는다'의 앤 해서웨이는 노스웨스턴 대학에서 언론을 전공한 것으로 나온다. 아프리카 구원의 빛으로 통하는 앤젤리나 졸리와 브래드 피트 주연의 '미세스 앤드 미스터 스미스'에서는 브래드 피트가 MIT 졸업생이라고 거짓말을 했다가 노트르담 대학에서 미술사를 전공한 것이 탄로 난다. 대통령 영애를 소재로 한 영화 'First Daughter'의 무대는 스탠퍼드 대학이다. 하버드 대학 졸업생 맷 데이먼은 'The Talented Mr. Ripley'에서 가짜 프린스턴 대학 졸업생으로 등장한다.

위의 영화에서 볼 수 있듯이 이들은 명문대 이름을 확실히 내거는 일에 인색하지 않다. 명문대가 대수도 아니고 명문대가 아니라고 얕잡아보지 않기 때문이다. 대학 간판이 사회적 지위나 경제적 능력에 절대적이지 않으니 주인공이 아이비리그 출신인 것에 예민할 필요도 없다. 돌려 말하면 스탠퍼드 대학을 나와도 실업자가 될 수 있고 대학을 나오지 않아도 실속 있는 기술 하나로 중산층 가정을 이루어 안정된 생활을 누릴 수 있다. 게다가 땅덩이가 넓으니 이웃사촌에 대한 비교 의식으로 괴로워할 필요도 없다. 다양한 인종과 다양한 문화는 이들의 비교 의식을 더욱 희석시킨다.

대학의 다양성도 마찬가지다. 학교마다 백인과 유색인종이 고루 섞여 있지만 지역에 따라 비율 면에서 큰 차이를 보인다. 명문대일수록 다양한 나라로부터 수많은 엘리트가 유학 오고 중부 주립대학은 백인 위주이며 유색인 중에는 아시아인이 다수를 차지한다. 고교 졸업생이 가장 많은 2008년에는 동북부 대학보다 서부와 동남부 대학의 응시생이 늘었다. 백인 고교 졸업생이 줄어든 대신 아시안과 히스패닉의 수가 증가했다. 예일 대학의 리처드 레빈 총장은 영국 「파이낸셜 타임스」와의 인터뷰에서 '대학의 국제화'를 강조했다. 아이비리그 대학들이 세계의 다양성을 받아들이고 국제 문제에 관심이 많은 지도자를 양성해야 한다고 주장했다.

대학의 다양화는 보이지 않는 곳에서도 진행 중이다. 미국 최초의 대학이자 300억 달러가 넘는 기부금으로 유명한 하버드 대학은 2007년 2월 새로운 역사의 장을 열게 되었다. 제28대 총장에 드루 파우스트Drew Faust라는 여교수가 임명된 일이다. 여성 인사에 가장 보수적이던 하버드가 노벨상 수상자들을 물리치고 타 대학 출신 여성을 총장으로 선택했다. 과연 '하버드의 조용한 혁명'이라 불릴 만한 혁신이다. 하버드를 방문한 사람들은 교내에 새겨진 문구 'Diversity Makes Our Own'에 감동받는다. 세계 모든 인종, 다양한 사람들이 선의의 경쟁을 통해 발전시킨 대학, 그 느낌을 실감할 수 있기 때문이다.

미국에서 두 번째로 오래된 윌리엄 앤드 메어리 대학도 최근 종교개혁 논란(?)으로 시끌벅적했다. 2006년 10월, 진 니콜 총장이 대학 내 채플의 십자가를 철거해 대학을 모든 종교에 개방하자고 주장했기 때문이다. 채플의 십자가가 철거되자 대학 동문들은 기부금 봉쇄 등으로 강력히 반발했다. 1만 8000명의 서명과 동문 및 학생들의 요구로 몇 달 만에 채플의 십자가는 다시 세워졌다. 하지만 보수 기독교 전통을 고수해온 미국 명문 대학에서 이런 시도가 있었음은 고무적이다. 대학 내 종교의 다양화 역시 언젠가는 받아들여야 할 과제다.

빅 10의 명문 미시간 대학에서는 몇 해 전부터 성적 우수자 중심의 입시 전형에서 벗어나 소수자인 흑인과 여성에게 입시 할당을 부여하고 있다. 소수자인권법령Affirmative Action으로 불리는 이 제도는 대학 내 다양성이야말로 미래의 경쟁력을 좌우한다는 데에서 기인한다. 초기 단계에선 소수자 학력이 뒤처질지 모르지만 동질의 학생보다는 다양한 배경의 학생이 서로의 창의력을 자극할 수 있다. 이와 반대로 아시아인 입장에서는 불리한 것도 사실이다. 흑인과 히스패닉 할당분 때문에 우수한 아시아 학생이 대학 응시에서 밀려나기도 한다.

프린스턴 대학 보고서에 따르면 어퍼머티브 액션이 아닐 경우 흑인과 히스패닉 합격률은 현재의 반 이하로 떨어질 것이라 한다. 그 대신 아시아 학생이 80% 이상 차지할 것으로 예견했다. 명문대 지원자 중 아시아인은 강력한 다수로 떠오른 지 이미 오래다.

미국의 지난날을 되돌아보면 민족과 문화의 다양성이 역사 발전의 원동력이었음을 알 수 있다. 엘리트 교육의 산실인 대학의 다양화야말로 나라의 힘으로 이어지는 중요한 요소다.

세계로부터 우수한 인재가 모여드는 것도 여러 이유가 있을 것이다. 뛰어난 교육 환경, 세계 최고의 도서관, 첨단의 실험 장비, 능력 있는 교수진, 인간관계의 평등, 일한 대로 거둘 수 있는 합리적인 사회 구조, 덧붙여 'Diversity Makes Our Own'이라는 긍정적 신념이 초강국 이 나라를 힘 있게 받쳐주고 있다.

4부

신으로부터 받은 축복,
광활하고 다양한 풍광

지역별로 훑어보는 미국의 50개 주

미국인이 즐겨 부르는 반非 공식적 국가는 God Bless America다. '신이여 미국을 축복하소서'라는 내용이다. 영국의 국가는 조금 다르다. God Save the Queen, '신이여 여왕을 보호하소서'라는 내용이다. 전쟁과 내분이 많던 영국은 여왕(혹은 왕)을 보호하는 것이 바로 애국심의 발로였나보다. 미국 국가로 불리는 The Star Spangled Banner의 마지막 구절은 이렇다. The Land of the Free and the Home of the Brave, 자유의 땅, 용감한 백성의 땅이란 뜻이다. 미국인은 자신의 조국을 신이 축복한 땅, 자유와 용기 있는 자들의 땅이라고 말한다.

세 차례 미국에 거주하는 동안 여러 곳을 여행했고 그중 가장 절실히 느낀 것은 이 나라의 광활함과 다양한 풍광이었다. 역사와 전통은 인간과 시간의 어울림 속에 만들어지거나 때로 조작되지만 축복받은 자연만큼은 장구한 세월 속에서 의연함을 자랑한다. 두 달간의 미 대륙 동서 왕복, 캘리포니아, 애리조나 중심의 서부 여행, 시카고와 콜럼버스 중심의 중부 여행, 그리고 콜로라도·유타·뉴멕시코 지역의 중남부 자동차 여행을 통해 우리는 신대륙 이 나라가 신으로부터 받은 축복을 확인할 수 있었다. 더불어 230년 이들의 역사가 이루어낸 인간의 문명, 물질과 자본이 이룩한 거대 도시의 문명도 목격했다. 그들 역사 속에 소외된 아메리칸 원주민의 애잔한 현실도 잊지 않고 마음에 챙겨둘 수 있었다.

워싱턴 몬태나 노스다코타 미네소타 버몬트 메인 오리건 아이다호 위스콘신 뉴햄프셔 와이오밍 사우스다코타 아이오와 미시간 뉴욕 매사추세츠 네바다 유타 콜로라도 네브래스카 일리노이 인디애나 오하이오 펜실베이니아 뉴저지 로드아 코네티 캘리포니아 캔자스 미주리 켄터키 웨스트 버지니아 버지니아 델라웨어 메릴랜드 애리조나 오클라호마 아칸소 테네시 노스 캐롤라이나 뉴멕시코 미시시피 앨라배마 조지아 사우스 캐롤라이나 텍사스 루이지애나 플로리다

미국의 50개 주.

미국은 누구나 쉽게 여행할 수 있는 나라다. 그러나 구석구석 돌아보기에 결코 만만한 나라는 아니다. 비행기로 움직이며 점찍고 다니는 것은 누구나 할 수 있다. 하지만 드넓은 대륙, 서로 다른 50개 주를 체험하는 것은 전문적인 여행가에게도 쉽지 않다. 몬태나 주를 여행했다고 해서 그곳의 많은 것을 알고 넘어갔을까. 다만 그 주의 풍광과 분위기, 넓은 하늘과 끝없이 펼쳐진 평야를 보며 영화 '가을의 전설'을 떠올리는 정도였을 게다. 옐로스톤이 있는 와이오밍 주를 여행했어도 와이오밍의 정서를 알 수 없다. 우리는 다만 바람처럼 지나치며 그 땅의 향기를 추억으로 가둬놓을 수 있을 뿐이다.

미국의 50주는 지역적으로 크게 네댓으로 가를 수 있다. 동부 애팔래치아 산맥을 중심으로 동쪽과 서쪽, 로키 산맥을 중심으로 동쪽과 서쪽, 그리고 가로로 크게 갈라 남부와 북부로 나눈다. 시차별로는 다섯 지역으로 나눌 수 있다. 뉴욕 중심의 동부 시간대, 시카고 중심의 중부 시간대, 덴버 중심의 산악 시간대, 샌프란시스코 중심의 태평양 시간대, 그리고 알래스카-하와이 시간대로 구분된다. 경도를 기준으로 미국을 세로로 다섯 등분한다고 생각하면 될 것이다. 매해 연말 뉴욕의 타임스 스퀘어에서 생중계하는 새해맞이 행사도 서부 L.A.에서 보면 3시간 이르다. 시카고에서는 12월 31일 자정이 되어도 하와이 호놀룰루에서는 아직 밤 8시를 지나는 참이다.

보수적인 주와 진보적인 주로도 나눌 수 있다. 2006년 공화당과 민주당을 지지하는 사람들을 각각 6200만, 5900만 정도로 추측하므로 뉴욕 중심의 대륙 동북부와 시카고 중심의 서너 주, 서부 캘리포니아 지역이 진보 성향을 보이고 나머지 중부, 남부에 있는 주들은 보수적 성격을 띤다.

　미국의 동부는 청교도들이 도착한 신대륙 중심지인 만큼 네덜란드와 영국의 영향을 많이 받았다. 반면 애팔래치아 산맥 서부 지역은 원주민과 우호 관계를 유지했던 프랑스의 영향이 크다. 서·남부에 위치한 캘리포니아·콜로라도·뉴멕시코·텍사스 주 등은 역사적·지역적으로 스페인 영향이 강하다. 따라서 주마다 지명과 거리 이름의 유래가 다를 수밖에 없다. 특히 캘리포니아는 아시아인과 중남미인 수가 많아 미국이 과연 백인 중심의 나라인지 되묻게 한다. 뉴멕시코는 말할 것도 없고 콜로라도 주 역시 최근 중남미인 정착이 안정되어가고 있다.

　각 주의 지명을 보면 스페인과 원주민 전통을 더욱 실감할 수 있다. 인디애나 주는 인디언의 땅이라는 뜻이며 매사추세츠 역시 큰 언덕이라는 원주민 말이다. 다코타는 친구 혹은 동맹이란 뜻이고 미네소타 역시 흐린 물이라는 원주민 말에서 유래했다. 네바다는 스페인어로 눈이 덮였다는 뜻이고 몬태나는 산이 많다는 의미다. 우리가 살던 콜로라도도 붉다는 뜻의 스페인어다. 콜로라도 강의 붉은 강물과 붉은빛 바위를 상징하는 말일 게다. 그밖에 많은 주들이 원주민 말과 스페인어에서 이름을 따왔다. 물론 조지아 주나 사우스캐롤라이나 주처럼 영국 왕족의 이름을 빌린 곳도 있다.

　땅덩이가 넓다보니 지역마다 방언이 있고 생활 형태도 판이하다. 미국인이면서 미국을 모르는 이가 상당수고 동부와 서부 대도시 사람들은 와이오밍이나 몬태나 주에 사는 이들의 유유자적한 생활을 모른다. 로키 산맥 깊숙한 숲 속 마을에 살던 이가 뉴욕의 번잡함과 인심 사나움을 어떻게 짐작할 수 있을까. 미국엔 아직도 아미시 피플이나 퀘이커 교도처럼 종교적 순수성을 지키기 위해 근대문명을 거부하며 전통적 방식으로 살아가는 이들이 있다. 여행을 하다보면 '여기가 미국 맞아?' 라는 소리가 절로 나오는 곳도 있다. 우리가 생각하는 '축복의 땅 미국' 이 아닌 척박하고 메말랐으며 극도로 가난한 지역도 꽤 있기 때문이다.

미국 인구의 80%는 다음의 대표적인 다섯 도시에 산다. 2006년 통계에 의하면 뉴욕 인구가 약 1874만 7000명으로 가장 많고 로스앤젤레스가 약 1292만 3000명, 시카고가 약 944만 3000명, 필라델피아가 약 582만 3000명, 달라스가 581만 9000명이다. 서울의 인구가 1000만이 넘으니 미국 3대 도시 안에 드는 규모라 할 수 있다. 인구밀도가 가장 높은 주는 뉴저지 주로 1제곱마일(1.6㎢) 안에 1134명이 살고, 인구밀도가 가장 낮은 주는 알래스카로 1제곱마일에 1명이 산다.

지역과 인종에 따라 삶의 형태, 가치관뿐 아니라 영어 발음도 천차만별이다. 남부로 갈수록 방언이 심하고 아프리칸 아메리칸의 발음은 모음이 거의 들리지 않는다. 영국 영어의 모음과 자음 발음이 확실한 반면 미국 영어는 발음과 형식이 갈수록 불분명해지고 있다. 영국 영어를 소위 'Queen's English' 라고 한다면 자유분방한 미국 영어는 'Liberal English' 라 하겠다. 언어학과 언론을 전공하는 친구 자넷은 미국 영어는 스페인어 억양에 아시아 여러 국가의 발음까지 섞여 더욱 다양화될 것이라 예측한다. 예를 들어 'All Right' 라는 말도 a 발음이 거의 안 들리고 l 발음도 r과 섞여 대충 지나고 만다. i 발음 역시 뭉그러지는 경향이다. 남부에 가면 규칙과 관계없는 문법이 구어로서 통용되는 곳도 있다.

대도시인 뉴욕과 L.A. 등은 인종이 다양하고 교통 혼잡의 극치를 이루며 영화에서 보듯 범죄율도 (비교적) 높고 빈부 격차도 심하다. 흔히 미국인은 양보심이 많다고 얘기하지만 인구밀도 높은 지역에서는 동양이나 서양이나 상식이 통하지 않는 경우가 많다. 경찰을 예로 들어보자. 드라마에서 보듯 LAPD(L.A. 경찰) 혹은 NYPD(뉴욕 경찰)에게 친절을 기대하기 힘들다. 인구에 비해 경찰이 부족하고 범죄율이 높으면 그들도 현실에 적응할 수밖에 없다. 소도시의 경찰은 그와 다르다. 달리던 자동차가 펑크가 나면 경찰차 두 대가 앞뒤로 지키고 서서 도와줄 때도 있다. 단순한 속도 위반 자동차를 쫓기 위해 세 대의 경찰차가 출동하기도 한다. 접촉 사고만 나도 구급차, 소방차, 경찰차가 사이렌을 울리며 한순간에 도착한다. 대도시에선 상상할 수 없는 친절 봉사다.

　　중부의 중소 도시, 대학 중심의 칼리지타운 등은 대도시에 비해 안전하고 물가도 싼 편이다. 뉴저지와 같이 교육 환경이 좋은 지역은 세금이 비싸다. 세금이 싼 지역은 아무래도 공공시설과 교육 투자가 뒤처진다. 자녀가 고등학교를 졸업하면 부모로부터 독립하는 분위기라 어떤 대학에 입학하느냐에 따라 거주지가 크게 바뀐다. 캘리포니아에 사는 고교생이 하버드 대학에 입학하면 자녀는 보스턴에 있는 학교로 간다. 따라서 추수감사절이나 성탄절 같은 명절이면 전국 대이동이 일어난다. 우리의 명절, 민족 대이동과 다른 점이 있다면 미국인 대부분은 비행기로 장거리를 이동한다는 점이다. 직장도 마찬가지다. 어느 주에 취업하느냐에 따라 거주지를 옮기게 된다. 고향 아닌 다른 주에 거주하는 미국 국민이 과반수 이상이라 하지 않던가.

이처럼 미국이라는 거대한 나라는 십인십색, 주마다 지역마다 다른 풍속도를 갖고 있다. 외국인으로 미국을 바라볼 때 이 나라가 얼마나 넓고 다양한지 잊을 때가 있다. 뉴욕과 같은 대도시도 미국이고 2시간을 달려도 차 한대 볼 수 없는 몬태나의 황량한 벌판도 미국이다. 남부 흑인 정서가 진하게 남아 있는 뉴올리언스도 미국이고 뉴멕시코 남단 쓸쓸한 인디언 보호 구역도 똑같은 미국이다. 그런 미국의 풍광을 간단하게나마 살펴보자.

미국을 알고 느끼려면 동서 횡단 여행이 최고

　백인 중산층의 휴가 여행지는 미 전역에 퍼져 있는 국립공원이 으뜸이다. 국립공원공단National Parks Service, www.nps.gov에서 관리하는 기념지, 유적지, 국립공원 등은 모두 391개 지역이며 그중 국립공원으로 불리는 곳은 58개다. 1916년에 국립공원법이 통과되면서 40개 국립공원과 기념지를 시작으로 발족한 NPS는 2006년 현재 2만여 명의 직원을 거느리고 있으며 14만 명의 자원 봉사자로 운영되고 있다.

　미국 내 여행으로는 단연 자동차 여행이 으뜸이다. 비행기 · 기차 여행도 발달했지만 이것으로 움직이게 되면 각 도착지마다 숙박 시설을 이용해야 하고 기차역이나 공항에서 또 다른 교통편을 찾아야 한다. 자동차 여행을 해본 경험에 따르면 국립공원 근처의 모텔이나 캠프장을 이용하면 아름다운 국립공원을 비교적 저렴하게, 샅샅이 둘러볼 수 있다.

　약 400년 전 유럽 백인들이 동부에 상륙한 후 서부로 점차 전진하면서 넓혀간 그들의 경로를 따라가 보자. 동부 식민지에 가장 먼저 생긴 13개 주를 북쪽부터 나열하면 뉴햄프셔, 뉴욕, 매사추세츠, 로드아일랜드, 코네티컷, 펜실베이니아, 뉴저지, 델라웨어, 메릴랜드, 버지니아, 노스캐롤라이나, 사우스캐롤라이나, 조지아 순이다. 뉴햄프셔 북쪽에는 1829년 23번째 주가 된 메인 주가 있고 뉴욕 주 위쪽으로는 1791년 14번째 주가 된 버몬트 주가 있으며 버지니아 주 위쪽에는 1863년 35번째 주가 된 웨스트버지니아가 붙어 있다. 13개 주 가운데도 뉴저지는 1787년에 3번째 주가 되고, 매사추세츠는 1788년에 6번째 주가 된다. 우리에겐 별 의미 없는 연도 같지만 이들 역사에서는 몇 년도에 몇 번째 주가 됐는지를 중요하게 다룬다.

최초의 주 13개 지역에서 가장 유명한 곳은 뉴욕과 워싱턴 D.C., 동부명문 아이비리그일 것이다. 그중 워싱턴 D.C.는 1790년부터 지금까지 미연방의 수도로서 제 역할을 다하고 있다. 처음 이곳을 수도로 정할 당시, 건국의 조부들은 무척이나 고심했다. 이미 정치·경제적으로 상반된 입장에 놓여 있던 남과 북의 형평성을 위해 어느 한 지역에 치우침 없는 지역을 물색했던 것이다.

세계 초강국의 중심인 만큼 워싱턴 D.C.를 빛내는 상징물은 수없이 많다. 국회의사당, 백악관은 말할 것도 없고 2900만 권의 도서에 6000만 점 이상의 서류, 사진, 지도, 악보 등의 자료를 자랑하는 세계 최대 규모의 국회 도서관이 유명하다. 국회의사당 동쪽에 자리 잡은 국회도서관은 미국 역대 대통령의 이름을 따서 토머스 제퍼슨관, 존 애덤스관, 제임스 매디슨관으로 지정됐다. 건물 사이가 지하 통로로 연결되어 마치 장서를 위한 하나의 제국인 듯한 느낌을 준다. 영국의 대문호 셰익스피어의 자료를 모아놓은 셰익스피어 도서관도 유명하다. 세계 모든 나라의 역사·정치·문화에 관한 자료가 해당 국가의 국회 도서관보다 방대할 것이다.

그 밖에 링컨기념관, 알링턴 국립묘지, 오벨리스크 모양의 워싱턴 기념탑, 펜타곤(미 국방부), FBI(미 연방수사국), 국립 자연사 박물관 등 거대한 구조물과 주요 공공 기관이 산재해 있다. 그중 외국인으로서 가장 부러운 것이 바로 스미소니언 박물관Smithsonian Institution이다. 이 박물관은 영국 과학자 제임스 스미손이 55만 달러를 기부해 세워졌다. 1846년 설립된 이후 6000여 명의 직원을 거느린 종합 박물관으로 발전했다. 이곳의 가장 큰 특징은 엄청난 양의 수집품이다. 13개 박물관과 갤러리로 구성된 이곳은 1억 3900만이라는, 도저히 상상할 수 없을 만큼의 컬렉션을 자랑한다. 마치 역사가 짧은 이 나라의 허기를 채우려는 듯한 무시무시한 집착을 대하는 듯싶다. 우리나라 전시실도 마련되어 있어 소소한 근대의 소품들이 한국의 얼굴을 대변하고 있다. 특히 국립 자연사 박물관은 갖가지 공룡 표본으로 인기가 좋다. 선사시대부터 현재까지 인류 역사에 관한 이들의 깊고 방대한 연구를 생각하면 정신이 번쩍 들 지경이다.

또 하나 인상 깊었던 것은 그 훌륭한 박물관들이 모두 무료 관람이라는 점이다. 1년 365일 중 추수감사절과 성탄절 빼고는 아무 때나 누구든지 원하는 만큼 관람할 수 있다. 사시사철 모여드는 엄청난 관람객 속에는 세계 각국의 어린이도 수없이 많다. 이들 중에 분명 인류의 미래를 이끌어나갈 인재가 나오지 않을까 싶다.

교육열 높은 우리에게 동부 하면 가장 먼저 떠오르는 것은 8개 명문대로 구성된 아이비리그다. 로드아일랜드 주 프로비던스의 브라운 대학, 뉴욕 시티의 컬럼비아 대학, 매사추세츠 주 케임브리지의 하버드 대학, 코네티컷 주 뉴헤이븐의 예일 대학, 펜실베이니아 주 필라델피아의 펜실베이니아 대학, 뉴저지 주 프린스턴의 프린스턴 대학, 뉴햄프셔 주 핸오버의 다트머스 대학, 뉴욕 주 이타카의 코넬 대학 등이다. 1636년 개교한 하버드 대학을 비롯해 위의 대학 대부분은 18세기에 건립됐다(이 학교들이 최초의 13개 주에 위치하고 있음은 말할 것도 없다). 아이비리그라 불리게 된 것은 불과 60년 전인 1954년, 각 대학 간 풋볼 경기에서 비롯됐다. 풋볼의 인기가 치솟고 있을 당시 졸업생의 기부금 모집과 학부생 간의 단결, 경쟁을 도모하기 위해 여덟 개 대학이 아이비리그를 결성했다.

2007년 여름, 하버드 대학이 화제에 오른 것은 최고 액수의 대학 기금을 자랑하는 그들이 주식 투자 등으로 연 이율 23%의 고수익을 올렸기 때문이다. 이에 하버드의 자산 규모는 349억 달러, 우리 돈으로 32조 4500억 원이다. 이는 우리나라 교육 예산보다 약 2조 원가량 많은 액수다. 그 수익 대부분은 장학금, 시설 투자 등에 쓰일 예정이다. 그러니 하버드가 세계 인재들에게 가장 인기가 높은 대학일 수밖에 없다. 학비가 1년에 4만 5000달러가 넘지만 중산층 학생에게로 확대된 전액장학금 혜택 덕분에 2008년 입시에선 역사상 최고의 경쟁률을 보여주었다.

동·북부 주의 면적이 상대적으로 좁은 반면 펜실베이니아 주를 지나 오하이오, 인디애나로 전진하면서 주의 면적은 확연히 넓어진다. 초기 개척자들이 애팔래치아 산맥 서쪽 땅을 그렇게 탐낸 것도 끝없이 펼쳐진 광활한 대지 때문이었다. 중부 지방으로 넘어가다 보면 애팔래치아 산맥을 끼고 아름다운 경치가 펼쳐진다. 우리가 기대하는 웅대한 장관보다는 동부 특유의 아기자기한 명소들이 흩어져 있다. 델라웨어 강변의 경치, 애팔래치아 산맥을 굽이굽이 지나는 철로, 역사적 인물이나 독립 전쟁의 흔적들이 국립 기념지로 남아 있고 유럽풍의 몇몇 도시 지역은 미국의 초기 역사를 짐작케 한다. 예를 들어 도시마다 독일풍 마을이라든가 프렌치 마켓 같은 거리를 두어 초기 이민자들의 분위기를 보존하고 있다. 왕과 귀족이 존재하지 않았던 미국으로서는 17~18세기풍 유적지들이 '민속촌'인 셈이다.

동부에 워싱턴과 뉴욕이 있다면 중부에는 시카고가 있다. 뉴욕과 L.A.에 이어 제3의 도시로 알려진 이곳은 1837년 시로 승격됐다가 1871년 대화재로 시 대부분이 초토화된다. 전해지는 얘기로는 외양간의 소가 등잔을 엎어 화재가 발생했지만 정확한 원인은 여전히 밝혀지지 않고 있다. 전화위복이랄까, 불에 탄 시카고는 그 후 세계 유명 건축가들의 건축 실험장이 됐다. 도시 재건을 위한 역발상이 성공한 것이다.

20세기 초반, 금주법 시행 당시 마피아 알 카포네의 무대였던 이곳은 1970년대 이후 대도시 정화 사업에 성공한 도시로 손꼽힌다. 1970년대 뉴욕이 그랬듯이 이곳 또한 범죄와 폭력, 도시 문제가 심각했지만 행정부와 시민의 노력으로 깨끗하고 아름다운 바람과 호수의 도시가 됐다. 1996년 말레이시아 쿠알라룸푸르의 페트로나스 트윈 타워(450m)가 완공되기 전까지 세계에서 가장 높았던 시어즈 타워(443m)는 시카고를 찾는 모든 이에게 여전히 가장 인기 좋은 명소다. 타워 전망대에서 내려다본 미시간 호수, 바다처럼 펼쳐진 푸른 호수를 생각하면 아직도 가슴이 설레곤 한다. 시카고는 높이 720미터에 200층 규모의 시카고 세계무역센터를 계획할 정도로 고층빌딩에 대한 염원이 높은 도시다. 미시간 호수를 끼고 새파란 하늘 위로 치솟아 있는 시카고의 마천루는 뉴욕의 마천루보다 간결하고 아름다우며 정갈한 느낌을 준다.

미국 대도시의 특징은 세계적인 미술관, 입이 쩍 벌어질 정도로 아름답고 방대한 공공도서관, 공룡 모형을 자랑하는 자연사박물관과 항공 우주 중심의 과학박물관, 세계적으로 명성이 자자한 오케스트라와 무용단이 반드시 있다는 점이다. 또 하나 특징은 그 도시를 대표하는 건축물과 세계적으로 유명한 대학이 두서넛 이상은 존재한다는 것이다. 시카고에도 50명이 넘는 노벨상 수상자를 배출한 시카고 대학과 노스웨스턴 대학 등이 있다.

자동차로 미국 동서 횡단을 계획할 때 중심이 되는 길은 90번·80번·70번·40번 등 모든 주를 통과하는 고속도로다. 미국의 도로는 가로가 짝수, 세로가 홀수로 구분된다. 이는 마치 세로로 난 길이 애비뉴, 가로로 난 길이 스트리트인 것과 같은 이치다. 태평양에서 대서양까지 동서를 가로지르는 위 도로들은 90번이 북쪽, 40번이 남쪽, 70번과 80번은 미국의 중간 부분을 관통한다.

예를 들어 동부 보스턴에서 90번 도로를 타고 출발하면 나이아가라 폭포 근처를 지나 시카고를 경유한다. 계속 서진하는 길목에는 사우스다코타의 러시모어 산이 있고 로키 산맥 북쪽의 몬태나를 지나면 시애틀에 이를 수 있다. 동부 볼티모어에서 출발하는 70번 도로는 오하이오 컬럼버스를 지나 인디애나폴리스를 관통하고 세인트루이스 쪽으로 남하해 로키 산 국립공원이 있는 덴버에 이른다. 그 후 광대하고 기기묘묘한 유타와 애리조나, 네바다의 국립공원들로 이어진다. 미국 여행을 하며 우리가 이용한 도로는 90번, 80번, 70번 등 다양했다. 이 도로를 타고 달리다 원하는 국립공원을 발견하면 비스듬히 내려뻗은 주도로나 지방도로를 타면 된다.

일리노이 주 90번 도로를 타고 서진하면 위스콘신을 통해 미네소타를 지나게 된다. 쌍둥이 도시로 유명한 미니애폴리스와 세인트폴, 그 두 도시를 끼고 미시시피 강이 흐른다. 그 강을 가로지르는 I-35W 도로의 큰 다리가 2007년 8월 1일에 붕괴된 문제의 다리다. 미국판 성수대교라며 우리나라에서 전하는 외신으로도 왁자지껄하게 보도되었다. 미네소타 주를 벗어나기까지는 도시와 평야가 번갈아 나타난다. 그러다 갑자기 시야가 확 뚫리면서 끝없이 펼쳐진 평원을 만나게 되는데 그곳이 바로 사우스다코타다. 다코타 주는 우리에겐 그다지 알려지지 않은 곳이다. 중북부에 있는 터라 군이 그곳까지 찾지 않는 탓이다. 서부에 산재한 멋진 캐니언과 로키 산맥, 동부의 유명 도시들과 달리 국립공원과 문화 유적지가 몰려 있는 곳도 아니다. 여행의 효율을 고려하면 뒷전으로 밀려난다. 따라서 자동차 횡단 여행이 아니면 90번 도로에서 만나는 러시모어 산의 매력을 느낄 수 없다.

미국에 살면서 그렇듯 넓은 지평선과 하늘을 만난 것은 충격이었다. 물론 그전에 그랜드 캐니언, 죽음의 계곡, 자이언 캐니언 등지를 여행했지만 중·북부 평원의 절망적인 그 무엇은 '넓다'는 표현으로 부족하다. 도로를 달리는 동안 북쪽 하늘에선 폭우가, 남쪽 하늘에선 푸른 하늘이, 저 멀리 앞쪽에선 뭉게구름이, 우리가 지나온 뒤쪽에선 먹구름이 밀려온다. 너른 평야를 둘러보면 아무것도 없고 아득히 먼 곳에 개미만 한 농가 한 채, 그리고는 어쩌다 지나게 되는 마을 입구의 햄버거 가게와 주유소, 모텔뿐이다. 우리가 여행한 때는 마침 7월 마지막 주, 러시모어 산 주변 폐광에서 전국 폭주족(모터사이클족)의 축제가 있었다. 1년에 한 번 멋쟁이 폭주족들이 자신의 애마, 모터사이클을 몰고 방방곡곡에서 그곳에 모여든다. 폭주족 하면 생각나는 것, 젊음과 혈기다. 하지만 이들 모터사이클족은 할아버지, 할머니, 아저씨, 아줌마 등 다양한 연령과 직업군을 자랑한다. 우리나라 도심의 묻지마 폭주가 아닌, 나름의 철학과 안전장치를 중요시하는 스피드 마니아들이다. 90번 도로를 달리며 셀 수 없을 만큼의 모터사이클을 볼 수 있었다. 세상에 저런 모터사이클도 있구나 싶게 크고 강력하며 근사한 것들도 많았다.

또 하나 우리 가슴을 쓸어내린 것은 바로 아메리칸 원주민에 대한 회한이었다. 우리가 달리는 이 노정을 따라 원주민이 쫓겨났을 생각을 하니 공연히 애틋하고 서러웠다. 사우스다코타가 유명한 것은 『나를 운디드니에 묻어주오』의 배경인 운디드니 학살 사건 때문이다. 1890년 고스트 댄스라는 원주민 부흥 운동을 탄압하기 위해 백인 기병대가 파견됐고 저항하던 원주민과 부녀자 400여 명이 학살됐다. 이는 원주민 저항 운동의 마지막이라 할 만큼 처참한 결과였다. 고스트 댄스가 비록 종교적 성향을 띠었더라도 백인 입장에서는 그들의 집단행동이 심상치 않았던 것이다. 무차별 학살된 원주민의 영혼을 위로하기 위해 매해 12월이면 이곳에서 말타기 행사가 벌어진다. 남아 있는 원주민 후손들은 이 행사를 통해 정체성을 찾고 그들의 인류학적 가치를 계승하고자 하는 것이다.

미국 대통령 4인의 얼굴이 부조로 조각된 국립유적지 근처에 인디언 용사 크레이지 호스의 얼굴을 조각하는 공사가 한창 진행 중이다. 우리가 방문한 1998년 8월은 마침 크레이지 호스의 미완성 조각을 최초로 공개하는 달이었다. 입장료가 제법 비싸 까닭을 물어보니 오직 기부금과 입장료에 의존해 거대한 조각 공사를 추진 중이라는 대답이었다. 크레이지 호스 기념상은 뜻있는 이들의 작은 정성으로 조금씩 모습을 드러내고 있다.

미국의 국립공원에서는 야생동물을 쉽게 만날 수 있다.

인디언 유적지.

세계 최고 · 최대의 국립공원을 가진 나라

1916년 4월 5일, 미국 의회에서 특이한 행사가 벌어졌다. 미국의 자연보호론자, 시민 단체의 지도자와 정부 관리들이 국립공원공단 설립의 필요성을 증언한 것이다. 이에 힘입어 1916년 국립공원공단이 탄생했다. 그 덕분에 세계인은 오늘날의 옐로스톤, 요세미티와 그랜드 캐니언, 러시모어 산과 아치스 국립공원 등을 즐기게 됐다.

대부분 국립공원에서는 다음과 같은 4, 7, 45, 100의 규칙을 정해놓고 있다. 4는 애완동물을 반드시 4피트 이하의 줄로 묶어달라는 뜻이다. 7은 대부분 국립공원의 맥시멈인 7일 패스다. 하루 관람권으로 다 볼 수 없으니 일주일 단위로 끊는 것이 저렴하기 때문이다. 45는 국립공원 내에서 운행할 수 있는 최대 속력이다. 야생동물도 많고 시즌엔 관광객도 많으므로 20마일 평균 속도에 45마일 최대 속도를 정해놓고 있다. 100야드는 야생동물을 관찰할 수 있는 경계 거리다. 인간도 보호하고 야생동물도 보호하자는 두 가지 목적을 갖고 있다.

미국의 국립공원에 가면 오소리, 여우, 산양, 바이슨, 사슴 등을 흔하게 볼 수 있다. 사우스다코타에서 야영할 때는 텐트 바로 곁까지 바이슨이 다가와 놀다 간 적도 있다. 옐로스톤처럼 여름 한철 최대의 관광객을 자랑하는 곳에서도 야생동물을 흔히 볼 수 있다. 야생동물이 나타나면 너도나도 자동차를 멈추고 동물을 관찰하거나 기념 촬영을 한다. 교통 체증이 심해

오갈 수 없어도 누구 하나 탓하거나 서두르는 일이 없다. 고속도로를 달리다가 사슴과 충돌하는 사고도 간혹 발생한다.

이 나라 국립공원 시스템은 외국인으로서 감탄할 점이 무척 많다. 우선 깨끗하고 조용하며 질서를 잘 지킨다. 자원 봉사자가 많아서인지 공원 전체의 분위기가 밝고 활발하다. 서부 옐로스톤이나 요세미티 국립공원은 워낙 사람이 많아 떠들썩한 곳도 적지 않다. 이들 국립공원 면적은 엄청나게 넓다. 공원 내에서도 차를 타고 오랜 시간 움직여야 한다.

매점이나 기념품점은 상대적으로 규모가 아주 작다. 옐로스톤, 그랜드 캐니언 등에는 식당과 편의점이 있지만 유타 주의 아치스 국립공원이나 캐니언랜드 국립공원에는 매점은커녕 음수대만 비치되어 있다. 콜로라도 북쪽의 공룡국립공원 같은 곳은 푸세식 화장실이다. 손 닦을 시설도 없어 물수건으로 대충 해결하지만 화장실 상태는 매우 정갈하다. 캐니언랜드와 공룡국립공원 등은 지형이 험하고 대도시에서 멀어 상대적으로 관광객이 적다. 따라서 자연도 잘 보존되어 있고 유유자적하게 웅장한 경관을 감상할 수 있다. 하지만 너무나 광활해 비수기엔 오랜 시간을 달려도 차 한 대 마주치지 못하는 경우도 있다.

성수기가 아닌 2월에 캘리포니아와 네바다 주 경계에 위치한 죽음의 계곡 국립공원을 여행할 때였다. 마침 해가 뉘엿뉘엿 지던 데스 밸리를 벗어나 남쪽 L.A.로 돌아오는 길이었다. 하늘은 점점 검푸르게 변하고 사방은 그야말로 죽음처럼 고요했다. 달리는 차 속에서 자동차 엔진 소리가 주변으로 메아리칠 정도였다. 꼬박 두 시간을 달리는데 차 한 대를 만나지 못했다. 계곡의 길이만 남북 225㎞, 데스 밸리 안의 도로 길이만도 1600㎞에 달

많은 국립공원에서 캠핑이 허락되지만 환경 보호를 위해 대부분 공원 입구의 마을에서 캠핑을 한다. 모텔도 있고 호텔도 있지만 미국인이 가장 선호하는 것은 RV Recreation Vehicle다.

대단위 국립공원에는 적극적인 자원 봉사가 공원 운영에서 중요한 몫을 차지한다.

한다. 칠흑 같은 밤, 우리 가족은 야릇한 기분에 휩싸여 끝도 없는 미로를 헤매는 것 아닌가 싶은 두려움을 느꼈다.

뉴멕시코에서 유타 주로 거슬러 올라가는 길도 그랬다. 황량한 평원을 달려가는데 간혹 마주치는 차는 있었지만 어쩐 일인지 가도 가도 사람 사는 곳이 나오지 않았다. 마침 계기판을 들여다보니 기름은 바닥으로 가라앉고 있었다. 계속해서 달려도 주유소가 나올 기미가 보이지 않았다. 거침없이 트인 사막은 해거름 속에 가라앉고 자칫 길에서 밤을 새워야 할지도 모를 상황이었다. 미국의 평원을 달리다 보면 간혹 이런 표지판이 나올 때가 있다. "지금부터 150마일 내에는 주유소가 없습니다. 주유하고 가십시오." 이런 표시판을 눈여겨보지 않으면 황야의 미아가 될 수 있다. 대륙 횡단을 하면서 이런 경험이 서너 번 있었다. 정말이지 그때 흘린 비지땀을 생각하면 아직도 온몸이 끈끈해지는 것 같다.

국립공원이나 주립공원에서 가장 부러운 것은 어린이를 위해 마련한 교육의 장이다. 지금 당장 www.nps.gov에 접속해 아무 주에 있는 국립공원에 들어가보자. 모든 국립공원마다 반드시 'for kids'(어린이를 위한 코너)와 'for teachers'(선생님을 위한 코너)가 있다. 이 프로그램은 어린이들에게 국토에 대한 경이와 사랑을 일깨워주고 그들이 나라를 사랑하고 자연보호에 앞장서도록 장려하기 위해 마련된 것이다. 어린이를 지도하는 선생님 역시 국립공원에 대해 많은 것을 알아야 한다. 하다못해 소도시의 초등학교 교사들도 지역의 자연환경에 대한 교육을 철저히 받고 학생들이 필드트립(소풍)을 갔을 때 지역의 특징에 관해 상세하게 교육하도록 훈련받는다. 혹은 자원 봉사자를 활용해 어린이를 지도한다. 모든 국립공원, 주립공원마다 어린이를 위한 레인저Ranger(산림보호관) 프로그램이 있다. 어린이들의 신청을 받아 그 지역의 자연 보호에 대해 강의하고 함께 체험 활동을 하며 시청각 교재와 놀이를 통해 환경 사랑, 국토 사랑을 가르친다.

'Support Your Park'(당신의 공원을 돕는 방법)란도 반드시 있다. 어떤 국립공원은 참여 프로그램을 권장하고 어떤 곳은 기부와 자원 봉사를 권장한다. 대단위 국립공원에서는 적극적인 자원 봉사가 공원 운영에 중요한 몫을 차지한다.

많은 국립공원에서 캠핑이 허락되지만 환경 보호를 위해 대부분 공원 입구의 마을에서 캠핑을 한다. 모텔도 있고 호텔도 있지만 미국인이 가장 선호하는 것은 RVRecreation Vehicle다. 캠프장을 이용해서 미국의 국립공원을 여행하고 싶다면 코어Core와 같은 캠프장을 이용하면 좋다. 코어는 전국 국립공원에 퍼져 있는 캠프장으로 텐트 야영은 25달러, 침대 두 개(이층 침대도 있다)의 캐빈은 40달러, RV 캠프는 50달러 안팎의 요금을 받는다. 수도와 전기(캐빈과 RV의 경우), 세탁 시설과 샤워 시설이 있고 식사는 각자 해결해야 한다. 중산층 중에는 RV를 이용해 여름 내내 국립공원을 순례하는 이들도 있다. 지역마다 마련된 대형 슈퍼에서 장을 보고 필요한 물건을 채워, 침대와 간이 부엌이 설치된 RV를 타고 먹고 자고 마시며 드넓은 대륙, 아름다운 국토를 헤매고 다니는 것이다.

그랜드캐니언.

요세미티 국립공원과 콜로라도 주 남단에 있는 국립공원인 그레이트 샌드 듄.

천하 절경, 신이 축복한 땅

러시모어 산이 있는 래피드 시티Rapid City에 도착하기에 앞서, 90번 도로 남쪽으로 뻗어 있는 배드랜드Badlands 국립공원을 볼 수 있다. 마치 지옥의 풍광을 연상시키듯 황량하고 기괴한 돌덩이들이 야릇한 빛깔과 오묘한 형태의 산맥을 이루며 끝없이 펼쳐진다. 이곳에서 남서쪽으로 내려가면 유타와 콜로라도 주 북쪽, 백악기 공룡이 나타났다는 공룡국립공원에 다다른다.

다코타 주를 지나 서쪽으로 향하면 와이오밍 주에 도달한다. 미국 최초의 국가 기념물인 데블스 타워가 우리를 기다리고 있다. 우리에겐 낯선 이름이지만 미국인에겐 중·북부의 랜드마크가 될 만한 인상 깊은 유적지다. 경관이 얼마나 특별했으면 국립유적지 제1호로 지정됐을까. 마치 둥치가 잘린 아이스크림콘을 엎어놓은 듯 솟아오른 거대한 지층, 지옥에 불기둥이 있다면 바로 저렇게 솟아오르지 않을까 싶다.

미국을 대표하는 옐로스톤 국립공원은 와이오밍 주 서북쪽에 가서야 나타난다. 가장 오래된 국립공원으로 와이오밍·몬태나·아이다호 주에 걸쳐 있다. 옐로스톤에 진입하는 소도시 코디와 남쪽으로부터 들어오는 잭슨은 관광 도시로 유명하다. 특히나 잭슨은 아름답고 운치 있는 소도시로서 미술전시회, 대규모 세미나로도 잘 알려져 있다.

그곳에 진입하기 위해서는 끝없이 뻗어 있는 산맥들을 통과해야 한다. 지형도 무척 험하다. 몬태나를 관통하는 90번 도로에서 남쪽으로 돌아 내려오는 길이 그나마 괜찮은 길이다. 몬태나 주는 브래드 피트 주연의 영화 '가을의 전설' '흐르는 강물처럼' 그리고 캐빈 코스트너 주연의 '늑대와 함께 춤을' 의 배경이 된 곳이다. 세 영화에 모두 아메리칸 원주민이 등장한다. 더 최근 영화로는 '브로크백 마운틴' (2005)이 있다. 1962년을 배경으로 두 카우보이 남자의 절실한 사랑을 그린 영화다. 그곳의 풍경은 뭐랄까, 먹먹하다. 로키 산 산등성이에 올라 멀리 아래를 굽어보면 세상의 모든 것이 멈춰버린 듯한 느낌이 든다. 500년 전에도 1000년 전에도, 21세기도 똑같은 모습이다. 광활한 산과 들판에 한 줄기 도로만 굽이칠 뿐 그 어느 것도 결코 변하지 않을 것처럼 의연하고 웅대하다.

서부로 갈수록 자연의 풍광은 '아메리칸 원주민' 을 떠오르게 한다. 이 너른 벌판을 말 타고 달렸을 원주민, 수우족을 떠올리지 않을 수 없다. 또, 엄청난 소 떼를 몰며 천천히 이동했을 카우보이가 생각난다. 서부 개척의 역사는 소 떼를 앞세운 육식 문화와 총과 문명을 앞세운 서구 문화에 짓밟힌 아메리칸 원주민 소멸의 역사이기 때문이다.

옐로스톤은 1872년 그랜트 대통령에 의해 세계 최초의 국립공원으로 지정됐을 때, 길도 숙박 시설도 없었다. 그러다 서부의 자연 경관에 깊은 관심을 갖고 있던 시어도어 루스벨트 대통령이 국립공원국을 제정하고 나서야 (1916년) 도로와 숙박 시설이 차츰 마련됐다. 20세기 초반에 자동차가 보급되자 그때부터 미국인은 전 국토를 쏘다니기 시작했다. '미국' 하면 캠핑이 떠오를 정도로 이 나라 남녀노소는 정말이지 국립공원 찾아다니는 걸 좋아한다.

제주도 다섯 배 크기의 옐로스톤 국립공원에 들어가면 1만여 개의 온천,

샌프란시스코

200여 개의 간헐천, 캐니언과 호수, 석화림과 야생동물이 산재한다. 1988년 발생한 대화재 때문에 한쪽 숲은 새까맣게 타버렸다. 약 60만 년 전에 화산 폭발로 이루어진 이곳은 1시간에 3~4분 정도 50미터 높이로 치솟는 온천수로 상징된다. 부글대는 유황 온천 사이를 걸어 다니며 태고의 기이한 풍경을 만날 수 있다. 옐로스톤에서 남하하면 그랜드 테턴Grand Teton 국립공원을 통과한다. 계속 남진해서 80번 도로를 만나면 유타 주의 주도이자 몰몬교가 세운 도시 솔트레이크 시티에 도달한다.

유타 주는 생각하기에 따라 미국에서 가장 아름다운 곳일 수도, 가장 이상한 곳일 수도 있다. 동쪽으로는 아치스 국립공원Arches N.P. 캐니언랜드Canyonlands 국립공원, 캐피톨 리프Capitol Reef 국립공원 등이 넓게 퍼져 있고 서남쪽으로는 자이언 캐니언Zion Canyon과 브라이스 캐니언Bryce Canyon이 기기묘묘한 장관을 연출한다. 콜로라도 강을 따라 형성된 웅장한 캐니언들은 애리조나 주의 그랜드 캐니언까지 이어진다. 특히 캐니언랜드 국립공원은 몸서리치도록 거대한 규모와 험한 지형 탓에 감히 넘볼 수 없는 태고의 아름다움을 지니고 있다.

유타 주에서 서진하면 네바다 주가 나온다. 아마도 미국 전체에서 가장 황량한 곳일 게다. 가도 가도 끝없는 네바다 사막은 주도로나 지방도로도 적은 편이다. 남쪽 경계에 자리 잡은 라스베이거스와 서쪽 경계에 위치한 르노만이 도박 도시 혹은 관광 도시로 명성을 떨치고 있다. 네바다 주 남쪽에 위치한 애리조나 주는 우주의 기운이 모여 있다는 세도나와 그랜드 캐니언으로 유명하다.

솔트레이크 시티에서 80번 도로로 네바다 주를 지나면 캘리포니아에 도착한다. 태평양에 면한 캘리포니아 주는 바나나처럼 기름한 형태에 다양한 도시를 갖고 있다. 우리가 잘 아는 샌프란시스코와 L.A., 샌디에이고가 있고 할리우드와 디즈니랜드, 요세미티 국립공원, 킹스 캐니언 국립공원, 죽음의 계곡으로 유명하다. 서부 여행을 하는 사람들은 캘리포니아 대도시에서 멀지 않은 이곳을 반드시 거치게 되어 있다.

1868년 존 무어가 발견해 1890년에 국립공원으로 지정된 요세미티는 '하품하는 입'이라는 의미의 원주민 언어다. 아마도 해프돔의 모양을 상징한 듯싶다. 샌프란시스코에서 3시간 반밖에 걸리지 않는 터라 해마다 약 350만 명의 손님을 맞는다. 특히나 여름철 관광객은 엄청나게 많다. 시에라 네바다 산맥의 웅대한 계곡과 폭포, 험준한 산세, 반으로 뚝 잘라진 해프돔 Half Dorm의 위용을 대하면 저절로 숨이 막힌다. 콜로라도 로키 산맥의 암벽등반도 유명하지만 해프돔의 암벽등반은 산을 사랑하는 모든 이들의 로망이다.

대륙의 서쪽 캘리포니아 주를 유명하게 만드는 것은 샌프란시스코와 L.A., 샌디에이고 같은 아름다운 도시들이다. 뉴욕보다 연간 생산량이 높은 곳도 바로 이곳이다. 세계에서 가장 아름다운 다리 금문교와 히피 문화로 알려진 샌프란시스코. 시의 규모도 비교적 작고 특이한 고층 건물도 없지만 매력적인 빌딩과 도시 구성 덕에 미국 국민 모두에게 사랑받고 있다.

샌프란시스코는 뉴욕만큼이나 다인종, 다문화로 상징된다. 20세기 이전부터 중국인이 들어오고 이어 일본인이 이주했다. 20세기 중반에 이르도록 아시아 이민자는 차별 속에 살아야 했다. 막노동에 저임금을 견뎌내며 아시아 이주 사회를 형성했다. 고통이 컸던 만큼 샌프란시스코는 아시아인에게 더할 수 없이 편안한 도시다.

1800년대 초반까지 스페인령이었던 샌프란시스코가 1821년 멕시코에 귀속되고 이어 전쟁을 통해 미국 영토가 된 것은 1847년이다. 미국 영토가 된 다음 해, 세크라멘토 근처에서 금광이 발견되어 벼락부자를 꿈꾸는 이들이 세계 각지에서 이곳으로 몰려들었다. 이름 하여 골드러시Gold Rush, 그 당시 금광을 찾아 모여든 이들을 49ersForty Niners라 부른다.

막대한 부를 통해 높은 경제 수준을 가진 것 외에도 샌프란시스코는 1960년대 버클리 대학에서 시작한 히피 문화와 1970년대 동성애 운동으로 대표되는 곳이다. 시내에 있는 역사적인 건물들, 가파른 언덕과 그 위를 달리는 전차, 차이나타운, 부둣가, 알 카포네가 갇혀 있던 알카트라즈 감옥 등 도시 전체가 관광지요 구경거리다.

한인이 가장 많이 거주하는 L.A.는 굳이 설명이 필요치 않다. 할리우드와 디즈니랜드, 유니버설 영화사와 태평양 해변을 따라 펼쳐져 있는 환상적인 풍경. 그곳을 따라 내려가면 캘리포니아 남단의 샌디에이고를 만난다. 1922년 설립된 샌디에이고 동물원은 세계에서 가장 많은 동물을 수용하고 있다. 시월드와 레고랜드 등은 샌디에이고에 가면 한번쯤 들러볼 만한 곳이다. 단 하나 이 지역의 단점은 자연재해인 지진과 화재에 노출되어 있다는 것이다. 1906년 발생한 샌프란시스코 대지진과 지난 2007년 10월, 기후가 극도로 건조해서 발생한 샌디에이고 대형 화재 등은 인간의 힘으로 막을 수 없는 재난이었다.

캘리포니아에서 태평양에 발을 담그고 되돌아 동부로 향해보자. 90번과 80번을 번갈아 타고 서쪽으로 갔다면 동쪽으로 방향을 틀 땐 70번 도로를 이용하는 것이 좋다. 만일 여행 시기가 한여름이라면 70번 도로와 80번 도로에서는 태양의 열기를 각오해야 한다. 하이웨이 곳곳에 과열로 인한 찢어진 타이어가 뒹굴고 에어컨을 너무 오랫동안 틀면 엔진에 무리가 가서 차가 멈춰버리는 불상사도 생길 수 있다. 자동차의 상태가 괜찮다면 장거리 여행에 사용해도 좋지만 미국인들은 마일리지를 감안해 튼튼한 차를 렌털하는 경우가 많다. 무제한 마일리지를 선택하면 장거리를 운전해야 하는 횡단 여행을 비교적 저렴하게 해결할 수 있기 때문이다.

미국 전체를 관통하는 도로는 최남단의 10번에서 시작한다. 미국의 남쪽 경계를 훑고 지나는 도로라고 생각하면 된다. 로스앤젤레스에서 시작해 텍사스의 엘파소, 루이지애나의 뉴올리언스, 플로리다의 잭슨빌까지 뻗어 있다. 엄청나게 뜨거운 지역들이다. 이어 20번 도로는 10번 도로에서 갈라져 텍사스 주의 달라스에서 조지아 주 애틀랜타를 경유, 대서양으로 향한다. 40번 도로는 캘리포니아를 출발해 오클라호마와 테네시 주를 가로지른다. 30번과 50번, 60번은 사이사이에 걸쳐 비스듬히 이어져 있다.

40번과 70번 도로 사이에는 유타의 국립공원들이 놓여 있다. 앞에서 언급한 아치스 국립공원, 캐니언랜드 국립공원, 브라이스 캐니언, 자이언 캐니언 등은 양쪽 도로에서 진입이 가능하다. 가장 큰 감동을 주었던 곳은 캐니언랜드 국립공원이다. 그 광활함은 그랜드 캐니언에 비할 바가 못 되고 지형의 험악함은 세상의 끝을 상상하게 만든다. 황무지 중의 황무지, 기암절벽과 캐니언의 웅장함은 보는 이를 압도한다.

70번 도로를 동진해 만나는 콜로라도 주 역시 국립공원이 많은 곳이다. 8개 국립공원과 10개의 국립기념지가 있으며 세계 최고 높이의 협곡을 가르는 로열조지 브리지Royal Gorge Bridge가 있다. 로키 산맥 남단의 절경을 살필 수 있는 로키 산 국립공원, 소도시 다이나소어에 있는 엄청난 면적의 공룡 유적지, 콜로라도 남부의 원주민 최대 유적지인 메사 베르데 국립공원, 그레이트 샌드 듄 등은 직접 가서 보고 만지지 않으면 도저히 느낄 수 없는 천혜의 장관이다.

콜로라도 주를 포함한 중부의 미주리 · 텍사스 · 유타 주 등은 항공 · 우주산업과 핵 관련 산업이 발달했다. 곳곳에 배치된 인디언 보호 구역 안에 핵 폐기물 저장고나 우라늄 광산이 있어 원주민 처우 문제를 거론할 때마다 이슈가 되곤 한다.

40번 도로를 타고 진입할 수 있는 뉴멕시코의 국립공원도 뛰어나다. 반델리어 국립유적지와 원주민 전통 마을이 있는 타오스, 화이트 샌드 국립 유적지 등도 꼭 한번 가볼 만하다. 화이트 샌드 유적지는 흰 모래사막 지역으로 오래전 아파치족이 살았다. 현재는 공원 내에 미사일 테스트 지역이 있어 그 기간엔 유적지 일부의 통행을 제한하고 있다. 뉴멕시코 주에서 가장 유명한 곳을 들라면 단연 산타페일 것이다. 아름답고 이국적인 도시 산타페, 동서 횡단을 계획한 많은 여행객들은 산타페를 보기 위해 남부를 지나는 수밖에 없다. 해발 7000피트(213m)에 위치한 이곳은 스페인과 원주민 문화가 뒤섞여 있고 주민의 3분의 1이 스페인어를 사용한다.

스페인풍의 작은 도시, 어도비 형식의 붉은 건물들, 푸에블로 원주민의 생활양식, 무엇보다 우리의 가슴을 뜨겁게 하는 것은 산타페 중심에서 열리는 원주민 공예품 노점상이다. 이들의 모습이 이국적으로 보이는 것은 외국인인 우리 역시도 신대륙 아메리카를 백인의 땅이라 전제하기 때문이다. 역사는 흐르고 주인은 바뀌는 것, 누군가 흥하면 누군가 쇠하고, 어디가 솟으면 어딘가 가라앉는 자연의 법칙을 깊이 실감하며 원주민의 아름다운 공예품을 오랜 시간 꼼꼼히 훑어보았다.

70번 도로를 타면 캔자스 시티를 거쳐 오하이오 주 컬럼버스에 도달한다. 이곳 역시 원주민 유적이 많이 있지만 기념물로 정해진 곳은 거의 없다. 70번 도로의 종착점은 볼티모어, 그보다 위쪽의 76번 도로는 필라델피아, 80번 도로는 뉴욕에, 90번 도로를 타면 보스턴에 도착한다. 이로써 미 전역의 국립공원과 대표적인 도시를 훑어볼 수 있다.

여행 중에 지나는 수많은 도시들, 아름다운 촌락들은 한나절 머물며 구경할 수 있다. 볼티모어나 피츠버그, 필라델피아 같은 대도시는 이틀여 머물면서 건국 초기의 역사적 현장을 살펴보면 좋다. 우리의 경우, 거주지와 동떨어진 남동부를 여행하기는 쉽지 않았다. 내시빌, 뉴올리언스, 몽고메리, 마이애미 등에도 역사적 현장이나 아름다운 명소가 많을 터였다. 가보진 않았지만 플로리다 주의 해변은 서너 군데가 국립공원으로 지정되어 있다. 마이애미야 워낙 유명한 미국 최남단 휴양지고 플로리다 반도 최남단의 에버글레이즈 국립공원은 탁한 늪지와 악어 등으로 많은 관광객을 끌어들이고 있다.

서너 차례 미국을 여행하며 느낀 것은 지구상의 거대한 나라 중에 이처럼 사회간접자본이 풍부한 나라가 없다는 것이다. 나라 구석구석, 온 국민이 찾아볼 수 있도록 도로와 캠핑 시설, 화장실(오지의 경우 재래식 화장실), 식수 등이 구비되어 있다. '세상에 어떻게 이런 곳에서 캠프를 한다는 거야?' 이런 생각이 들 정도로 척박한 곳에도 원하는 캠퍼들이 있으면 자그마한 시설을 만들어놓는다. 모든 사용자들은 자연환경을 아끼고 야생 동식물을 보호하는 자세를 갖추고 있다. 또 하나 인상 깊은 것은 백인 중산층이 모이면 상당히 조용하다는 것이다. 언어 자체가 입속에서 맴돌기 때문일까, 남을 배려하는 습관 때문일까. 세계인이 모이는 관광지에 가면 아시아인의 목소리가 크게 들리고 이 땅의 주인인 그들의 목소리는 자분자분하다.

인간의 역사가 이뤄낸 문화 유적은 적지만 축복받은 이 땅에는 거대한 절경이 수없이 많다. 거쳐간다고 다 알 수 있는 것도 아니고 며칠 한 곳에 머물렀다고 국립공원의 아름다움을 충분히 알 수 있는 것도 아니다. 그러나 이들의 산천을 여행해보면 미국인이 노래하는 'God Bless America'의 의미를 조금은 느낄 수 있다.

참고자료 및 문헌

A Statistical Portrait of The United States, Social Conditions Trends, 2nd Edition 2002, By Patricia C. Becker.
Datapedia of the United States 1790~2005, George Thomas Kurian.
Demographics of The U.S. 2nd Edition, 2000, Cheryl Rus.
Engendering Culture (New Directions in American Art), Barbara Melosh, Smithsonian, 1991.
Harlem Renaissance, Nathan Irvin Huggins, Oxford University Press, 2007.
Imperial Ambitions : Conversations on the Post - 9/11 World(American Empire Project),
　　Noam Chomsky (interviews with David Barsamian), Henry Holt & Co. 2005.
Remembering Manzanar : Life in a Japanese relocation camp, Cooper, Michael L., Clarion Books, 2002.
Statistical Abstract of the United States, 2006 (The National Data Book), US Census bureau.
The American Spirit, 10th Edition, David M. Kennedy, Thomas A. Bailey, Houghton Mifflin Co. 2002.
Vital Statistics on American Politics 2005~2006, Harold W. Stanley, Richard Niemi.
http://en.wikipedia.org/
http://seoul.usembassy.gov/
http://www.boulder.lib.co.us/
http://www.census.gov/
http://www.nycgovparks.org/
http://www.time.com/time/magazine/
http://www.voanews.com/
경험으로서의 예술, 존 듀이, 책세상, 2003.
나를 운디드니에 묻어주오, 디 브라운, 나무심는 사람, 2002.
나쁜 사마리아인들, 장하준, 부키, 2007.
대륙횡단철도, 스티븐 E. 암브로스, 청아출판사, 2003.
만들어진 신, 리처드 도킨스, 김영사, 2007.
몸으로 떠나는 여행, 크리스틴 콜드웰, 도서출판한울, 2007.
미국 문화와 생활, 개리 앨턴, 동인, 2003.
미국에 대해 알아야 할 모든 것, 미국사, 케네스 데이비스, 책과함께, 2004.
아메리칸 버티고, 베르나르 앙리 레비, 황금부엉이, 2006.
육식의 종말, 제레미 리프킨, 시공사, 2002.

미국 명백한 운명인가, 독선과 착각인가

1판 1쇄 인쇄 2008년 8월 1일
1판 1쇄 발행 2008년 8월 9일

지은이 최승은 · 김정명
펴낸이 김현정
펴낸곳 도서출판리수

기획·홍보 김현주
교정 최귀열
북디자인 알디

등록 제4-389호(2000년 1월 13일)
주소 서울시 성동구 행당동 328-1 한진노변상가 117호
전화 2299-3703
팩스 2282-3152
홈페이지 www.risu.co.kr
이메일 risubook@hanmail.net

ⓒ 2008, 최승은 · 김정명

ISBN 978-89-90449-45-0 04810